LA ONZIÈME PLAIE D'ÉGYPTE

Elizabeth Peters, de son vrai nom Barbara Mertz, s'est passionnée dès son jeune âge pour l'archéologie, avec une prédilection pour l'Egypte ancienne. Titulaire d'un doctorat en égyptologie de l'Université de Chicago, elle a sillonné tous les sites antiques, d'Abou Simbel au Delta du Nil. Spécialiste reconnue dans sa discipline, elle est l'auteur de plusieurs manuels universitaires de référence.

Mais cette égyptomane éclairée est doublée d'une romancière de talent qui a entrepris de faire revivre les « grandes heures » de l'égyptologie au tournant du siècle, lorsque l'Angleterre victorienne s'enthousiasmait pour les découvertes de Petrie ou de Maspero. D'où l'idée de recourir au mode d'expression le plus populaire, le roman policier, pour faire découvrir ce monde fascinant.

C'est ainsi que devait naître, il y a quelque dix ans aux Etats-Unis, un inoubliable trio romanesque qui allait conquérir des millions de lecteurs dans plus de douze langues : l'indomptable Amelia Peabody, son mari, le savant et coléreux Emerson, et leur imprévisible rejeton, Ramsès, à la fois charmant, génial et facétieux, tout droit sorti d'une nouvelle de Saki...

En 1986, Elizabeth Peters a reçu l'une des distinctions les plus importantes du roman policier : le « Anthony Grandmaster Award ». Elle a également publié d'autres romans sous le pseudonyme de Barbara Michaels. Aujourd'hui, son fan club, « Les Amis d'Elizabeth Peters », est présent dans quarante-quatre pays. Elle vit actuellement dans le Maryland.

Paru dans Le Livre de Poche :

LE MYSTÈRE DU SARCOPHAGE

LA MALÉDICTION DES PHARAONS

LE SECRET D'AMON-RÂ

UN CROCODILE SUR UN BANC DE SABLE

ELIZABETH PETERS

La onzième plaie d'Égypte

TRADUIT DE L'ANGLAIS PAR GÉRARD DE CHERGÉ

LE LIVRE DE POCHE

Titre original :

THE DEEDS OF THE DISTURBER

Sa sœur était sa protectrice,
Celle qui débusque l'ennemi,
Qui déjoue les intrigues des méchants
Par le pouvoir de sa parole.
La plus éloquente, celle dont le discours ne faillit point,
Admirable dans l'art de commander.
O Puissante Isis !
« Hymne à Osiris », XVIIIe Dynastie

CHAPITRE PREMIER

A bien des égards, je me compte au nombre des femmes les plus fortunées qui soient. Certes, un cynique pourrait faire observer que cela n'avait rien de bien remarquable au XIXe siècle de l'ère chrétienne, à une époque où les femmes étaient privées de la plupart des « droits inaliénables » revendiqués par les hommes. Cette période de l'Histoire britannique est souvent désignée par le nom de sa vénérable souveraine ; et, quoique nul n'ait davantage de respect pour la Couronne que moi, Amelia Peabody Emerson, l'honnêteté me contraint à souligner que les remarques ineptes de Sa Gracieuse Majesté concernant le sexe qu'elle ornait ne firent rien pour sortir ledit sexe de la piètre estime en laquelle on le tenait.

Mais je digresse. Je suis incapable de m'en empêcher, car les torts infligés à mes sœurs opprimées ne manquent jamais d'éveiller en mon sein une flamme d'indignation. Sommes-nous encore loin, aujourd'hui, de l'émancipation que nous méritons ? Quand — ô quand — la justice et la raison prévaudront-elles, et la Femme descendra-t-elle du piédestal sur lequel l'Homme l'a juchée (dans le seul but de la soumettre) pour prendre la place qui lui revient de droit auprès de lui ?

Dieu seul le sait. Toutefois, comme je le disais — ou comme je m'apprêtais à le faire — j'ai eu la chance de surmonter (d'aucuns diraient « pulvériser ») les barrières sociales et éducatives érigées par les jaloux du sexe opposé en vue d'entraver les progrès féminins. Ayant hérité de mon père l'indépendance financière en sus d'une vaste culture classique, je décidai de parcourir le monde.

Jamais je ne parcourus le monde. Mes pas s'arrêtèrent en Egypte — car c'est là, dans la terre antique des pharaons, que je découvris ma destinée. Depuis cette époque, j'ai embrassé la profession d'archéologue et, bien que la modestie m'interdise de réclamer plus que mon dû, je puis affirmer sans mentir que mes contributions dans ce domaine n'ont point été négligeables.

Dans ces efforts, j'ai été assistée par le plus grand égyptologue de ce siècle et de tous ceux qui ont précédé : Radcliffe Emerson, mon distingué et fidèle époux. Lorsque je rends grâce au bienveillant Créateur (ce qui m'arrive fréquemment), le nom d'Emerson occupe une place de choix dans ma conversation. Car, si le labeur et l'intelligence jouent un rôle indéniable dans nos succès terrestres, je ne saurais m'attribuer le mérite de ma rencontre avec Emerson, à l'endroit et à l'époque où elle se produisit. Ce n'est certainement pas le hasard, ni un étrange caprice du sort, qui fut à l'origine de cet événement cataclysmique. Non ! Le Destin veillait. Peut-être les anciens philosophes païens avaient-ils raison de croire que nous avons tous vécu des vies antérieures. Peut-être cette rencontre dans les couloirs poussiéreux du vieux musée de Boulaq n'était-elle *pas* la première ; en effet, il me sembla d'emblée reconnaître ces yeux flamboyants, d'un bleu de saphir, ces lèvres fermes, ce menton creusé d'une fossette (quoique celle-ci, à l'époque, fût cachée par une barbe broussailleuse que je persuadai par la suite Emerson de raser). En proie à une douce nostalgie, je laissai vagabonder mes pensées — tout comme nous avions peut-être vagabondé, de conserve, parmi les imposantes colonnes de l'ancienne Karnak, sa main hâlée par le soleil étreignant la mienne, son corps vigoureux vêtu de la jupe courte et de la collerette perlée qui devaient magnifiquement mettre en valeur sa splendide musculature...

Je m'aperçois que je me suis laissé emporter par l'émotion, comme cela m'arrive souvent lorsque j'évoque les remarquables attributs d'Emerson. Permettez-moi d'en revenir à mon récit.

Aucun mortel ne peut raisonnablement espérer atteindre la totale félicité en ce monde imparfait. Etant une personne douée de raison, je ne l'espérais point. Il y a cependant une limite au degré d'exaspération qu'une femme peut endurer ; or, au printemps 18.., alors que nous nous préparions à quitter l'Egypte après une nouvelle saison de fouilles, j'avais atteint cette limite fatidique.

Des indélicats m'ont parfois accusée de nourrir d'injustes préventions contre la gent masculine. Emerson lui-même l'a insinué — alors qu'il devrait savoir, mieux que tout autre, à quoi s'en tenir. Quand j'affirme que la plupart des contrariétés que j'ai subies ont été causées par des membres de cette gent, il ne s'agit nullement d'un préjugé mais d'une simple constatation. Depuis mon père, homme estimable mais d'une horripilante distraction, jusqu'à mes cinq méprisables frères, en passant par tout un assortiment d'assassins, de cambrioleurs et de méchants de tout poil, la liste inclut même mon propre fils. A vrai dire, si je tenais une comptabilité rigoureuse, je pense que Walter Peabody Emerson, mieux connu de ses amis comme de ses ennemis sous le nom de Ramsès, remporterait la palme pour le degré d'exaspération qu'il me cause avec constance.

Il faut connaître Ramsès pour pleinement l'apprécier. (J'utilise ce verbe dans son sens premier, « percevoir par l'expérience personnelle », et non « porter un jugement favorable sur » ou « estimer hautement ».) J'aurais mauvaise grâce à me plaindre de son physique, n'étant pas bornée au point de croire que le teint anglo-saxon est supérieur à la carnation olivâtre et aux boucles de jais des races méditerranéennes, races qu'évoquait fortement (et inexplicablement) mon fils. Son intelligence, en soi, n'était pas une source d'insatisfaction. J'avais toujours pressenti qu'un enfant issu d'Emerson et de moi-même serait doté d'une intelligence supérieure ; je ne m'attendais cependant pas, je l'avoue, à ce qu'elle revêtît une forme si extraordinaire. Sur le plan linguistique, Ramsès était un génie juvénile : dès l'âge de huit ans, il maîtrisait le langage hiéroglyphique de l'Egypte ancienne ; il parlait l'arabe avec une aisance consternante (cet adjectif se rapportant à certains éléments de son vocabulaire), et l'usage même qu'il faisait de sa langue maternelle se distinguait, à un âge précoce, par un style pompeux convenant davantage à un vénérable érudit qu'à un petit garçon.

Ce talent portait les gens à croire — indûment — que Ramsès était tout aussi précoce dans les autres domaines. (« Désastreusement précoce » était une expression qu'employaient parfois ceux qui tombaient sur Ramsès à l'improviste.) Pourtant, à l'instar du jeune Mozart, s'il possédait un don suprême — une oreille aussi remarquable pour les langues que l'était celle de Mozart pour la musique — il se révélait par ailleurs plutôt en dessous de la moyenne. (Je n'ai pas besoin de rappeler au lecteur cultivé le fâcheux mariage de Mozart et sa mort dans la misère.)

Ramsès n'était point dépourvu d'aimables qualités. Il affectionnait les animaux, mais à un degré souvent extrême : il prenait sur lui de libérer des oiseaux en cage ou des chiens enchaînés, estimant qu'il s'agissait là d'une punition cruelle et injustifiée. Il s'attirait fréquemment des coups de bec ou de griffes (de la part d'un lionceau, en une occasion), et les propriétaires des animaux en question s'élevaient contre ce qu'ils jugeaient être une forme de violation.

Comme je le disais, Ramsès possédait quelques aimables qualités. Par exemple, il était totalement dénué de préjugés de classe. Le petit chenapan préférait échanger des histoires salaces avec les Egyptiens de la classe inférieure, dans les souks, plutôt que de s'adonner à des jeux convenables avec des enfants anglais. Il était beaucoup plus heureux pieds nus, vêtu d'une *gallabièh* déguenillée, que dans son beau costume de velours noir à col de dentelle.

Les aimables qualités de Ramsès... Il ne désobéissait pas souvent à un ordre direct — à condition, bien sûr, que des considérations morales supérieures ne l'en empêchassent point (Ramsès étant seul juge en la matière) et que l'ordre fût formulé en termes suffisamment spécifiques pour prévenir toute échappatoire. Il eût fallu les talents conjugués d'un président de la Haute Cour de Justice et d'un général des Jésuites pour composer une telle injonction.

Les aimables qualités de Ramsès ? Je crois qu'il en possédait encore quelques autres, mais elles ne me viennent pas à l'esprit pour le moment.

Ce printemps-là, cependant, ce n'était pas Ramsès — pour une fois — qui me causait de l'exaspération. Non : le coupable était mon adoré, mon admiré, mon respectable époux.

Emerson avait des raisons légitimes d'être de méchante humeur. Nous avions fait des excavations à Dachour, près du Caire, un site comprenant certaines des pyramides les plus nobles de toute l'Egypte. Le « firman » (permis de fouilles, délivré par le Service des antiquités) n'avait pas été aisé à obtenir, car le directeur du Service, M. de Morgan, avait eu le dessein de garder le site pour lui. Je ne lui avais jamais demandé pourquoi il y avait renoncé. Ramsès était impliqué dans l'affaire, je ne sais comment ; dès lors que Ramsès était impliqué dans quelque chose, je préférais ne pas entrer dans les détails.

Connaissant ma passion enflammée pour les pyramides, Emerson s'était fait une joie naïve de pouvoir m'en fournir. Il m'avait même octroyé une petite pyramide pour moi toute seule. Quoique j'eusse pris grand plaisir à explorer les tunnels humides du monument miniature, infesté de chauves-souris, je n'avais rigoureusement rien découvert d'intéressant, hormis une chambre funéraire vide et quelques débris de poteries. Nos efforts pour déterminer la cause des vents inexplicables qui, de temps à autre, balayaient les couloirs de la Pyramide Rhomboïdale s'étaient révélés vains. S'il existait des ouvertures camouflées et des passages secrets, nous ne les avions point trouvés. La Pyramide Noire elle-même, dans la chambre funéraire de laquelle nous avions été emprisonnés, s'avéra décevante ; le Nil étant alors en crue, les passages inférieurs étaient inondés, et Emerson ne fut pas en mesure de se procurer la pompe hydraulique qu'il avait espéré utiliser.

Je vais vous confier, cher lecteur, un petit secret sur les archéologues. Ils feignent tous d'avoir de nobles ambitions. Ils prétendent que leur unique but, en faisant des fouilles, est de mettre au jour les mystères du passé et de contribuer ainsi à enrichir les connaissances humaines. Ils mentent. Ce qu'ils veulent, en réalité, c'est une trouvaille spectaculaire qui leur permette d'avoir leur nom dans les gazettes et de susciter l'envie et la haine de leurs rivaux. A Dachour, M. de Morgan avait atteint son rêve en découvrant (comment, j'ai refusé de m'en enquérir) les bijoux d'une princesse du Moyen Empire. L'or et les pierres précieuses brillent d'un éclat mystique ; la découverte de Morgan (je ne veux pas savoir comment il l'a faite) lui valut la renommée qu'il désirait, en sus d'un article dithyrambique et d'une gravure flatteuse dans l'*Illustrated London News*.

Un érudit — ou prétendu tel — qui excellait à faire imprimer son nom dans les gazettes était Mr. Wallis Budge, le responsable du British Museum, qui avait fourni à cette institution certaines de ses plus belles pièces. Chacun savait que Budge avait acquis ses trophées, non par excavation mais au moyen d'un commerce illégal d'antiquités, et qu'il les avait fait sortir du pays en contrebande, en infraction flagrante des lois régissant ce type d'exportations. Pour rien au monde

Emerson n'aurait suivi l'exemple de Budge, mais il se serait volontiers contenté d'une stèle comme celle que Petrie, son principal rival, avait découverte l'année précédente. Le monde de l'érudition biblique était en effervescence, car cette stèle contenait la première mention (unique à ce jour) du mot « Israël » dans les écrits égyptiens. C'était un authentique exploit, et mon cher Emerson aurait vendu son âme au Diable (auquel, de toute manière, il ne croyait pas) pour un semblable butin. Flinders Petrie était l'un des rares égyptologues que respectât Emerson, encore qu'à contrecœur, et je suis sûre que le sentiment était réciproque. Ce respect mutuel était sans doute la raison de l'intense rivalité qui les opposait — quoique les deux hommes eussent préféré mourir plutôt que d'admettre qu'ils se jalousaient.

En sa qualité d'homme (fût-il supérieur à ses pairs), Emerson ne pouvait avouer ce désir parfaitement naturel et raisonnable. Il essayait donc de ME rendre responsable de son désappointement. Il est vrai qu'un léger intermède policier avait interrompu quelque temps nos excavations, mais il n'y avait rien là d'inaccoutumé ; cela se produisait presque à chaque saison et Emerson, en dépit de ses incessantes jérémiades, prenait autant de plaisir que moi à nos activités de limiers.

Toutefois, cette dernière diversion en date avait présenté une caractéristique inhabituelle. Une fois de plus, notre adversaire avait été le mystérieux Maître Criminel, connu seulement sous son sobriquet de Sethos. Une fois de plus, bien que nous eussions déjoué ses infâmes machinations, il avait échappé à notre vengeance — non sans avoir professé un attachement aussi subit qu'inexplicable (aux yeux de certains) pour mon humble personne. Pendant plusieurs heures mémorables, j'avais été sa captive. C'était Emerson qui m'avait libérée, heureusement avant que ne se fût produit quelque chose d'inconvenant. Sans relâche, j'avais assuré à Emerson qu'à aucun moment ma dévotion envers lui n'avait faibli ; que la vision de mon mari enfonçant la porte, un cimeterre dans chaque main, prêt à livrer bataille pour me secourir, était une image enchâssée au tréfonds de mon cœur. Il ajoutait foi à mes serments. Il ne doutait pas de moi... dans sa tête. Subsistait pourtant un noir soupçon, un ver dans le fruit de notre affection conjugale, qui ne voulait point disparaître.

Je fis tout mon possible pour le chasser. En paroles, et surtout en actes, je ne ménageai pas ma peine pour prouver à Emerson mon inaltérable estime. Il me sut gré de mes paroles (et surtout de mes actes), mais le vil doute n'en subsista pas moins. Combien de temps, me demandai-je tristement, cette situation perdurerait-elle ? Combien de temps encore devrais-je déployer mes efforts pour le rassurer ? Ceux-ci commençaient à nous éprouver, l'un comme l'autre, au point que Ramsès s'étonnait des yeux cernés de son père et lui demandait ce qui pouvait bien troubler son repos.

N'étant point du genre à me dérober quand le devoir m'appelle, je poursuivis mes efforts avec détermination, jusqu'à ce qu'Emerson fût contraint, par pur épuisement, à se déclarer convaincu de ma bonne foi. La découverte d'une inscription nous permettant d'identifier le propriétaire, inconnu jusqu'alors, de la Pyramide Rhomboïdale lui permit de terminer la saison sur un ersatz de triomphe. Je savais cependant qu'il continuait de ruminer ; je savais que son ambition n'avait pas été satisfaite. Ce fut avec un immense soulagement que j'achevai nos bagages et fis mes adieux — aussi affectueux que provisoires, l'espérais-je — aux étendues sablonneuses de Dachour.

N'importe quelle femme peut imaginer le plaisir qui était le mien à la perspective de retrouver notre suite du *Shepheard,* l'hôtel le plus élégant du Caire. Je savourais à l'avance un bain digne de ce nom, dans une authentique baignoire, avec de l'eau bien chaude, du savon parfumé et des serviettes moelleuses ; les services d'une coiffeuse et d'une lingère ; les boutiques et les journaux, sans oublier la société de personnes raffinées. Nous avions réservé des couchettes à bord du steamer postal de Port Saïd, qui ralliait Londres sans escale en onze jours. Il eût été plus rapide de prendre un bateau à destination de Marseille, mais le voyage en chemin de fer entre cette ville et Londres, via Paris et Boulogne, était inconfortable et peu pratique, surtout pour des voyageurs munis d'un grand nombre de malles. Nous n'étions pas particulièrement pressés et la perspective d'une croisière tranquille nous souriait ; j'estimais cependant avoir droit, avant d'embarquer, à quelques jours de luxe. Je doute qu'une autre femme puisse supporter avec autant d'équanimité que moi les difficultés qu'il y a à loger sous une tente, dans une tombe abandonnée ou dans un monastère hanté — toutes choses qui m'étaient arrivées — ni goûter davantage que moi les beautés de la vie dans le désert. Toutefois, lorsqu'on a le confort à sa disposition, je suis partisan d'en faire bon usage. Emerson, lui, ne partage pas ce point de vue : il est plus heureux sous une tente que dans un luxueux hôtel, et il exècre la compagnie des personnes raffinées. Il endura néanmoins son sort avec résignation, car nous n'étions au Caire que pour deux jours.

L'après-midi de notre arrivée en ville, je barbotais joyeusement dans ma baignoire, savourant un rare moment de tranquillité d'esprit. Ramsès était parti avec Abdullah, notre excellent *raïs,* pour je ne sais quelle expédition. La chatte Bastet, qui quittait rarement son jeune maître, avait refusé de l'accompagner, ce qui me confortait dans l'idée que ladite expédition, sur la nature de laquelle Abdullah et Ramsès s'était montrés fort évasifs, relevait d'un genre que je n'aurais point approuvé. N'importe : Ramsès était autant en sécurité avec Abdullah qu'avec n'importe quel autre individu, mâle ou femelle. (C'est-à-dire, *relativement* en sécurité.) Je m'occuperais de Ramsès en temps opportun ; pour le moment, son absence ne pouvait qu'ajouter à mon plaisir.

La chatte Bastet, perchée sur le bord de la baignoire, m'observait à travers les fentes de ses yeux dorés. Elle était fascinée par les bains. Je suppose que l'immersion totale dans l'eau devait lui sembler une étrange façon de se laver.

Quoique Dachour ne fût guère éloigné du Caire, nous n'étions pas venus dans la capitale depuis plusieurs semaines. Une respectable pile de missives et de périodiques nous attendait. A ma requête, Emerson laissa entrebâillée la porte de la salle de bains et me fit la lecture du courrier. Il y avait plusieurs lettres de Walter, le frère d'Emerson, et de sa femme, ma tendre amie Evelyn. Ils nous congratulaient pour notre retour imminent et nous donnaient des nouvelles de nos nièces et neveux.

Le reste du courrier était sans intérêt. Emerson le posa de côté et reporta son attention sur les journaux, qui s'étaient accumulés au fil des semaines. J'écoutai avec une somnolence amusée les bribes d'informations qu'il choisissait de lire à haute voix, car il avait une notion assez étrange de ce qui pouvait piquer ma curiosité. La progression de nos forces au Soudan — oui, cela m'intéressait, dans la mesure où c'était tout près de chez nous (notre pays spirituel, l'Egypte). En revanche, les réclames pour les breaks Daimler (un nouveau véhicule propulsé par un moteur à combustion interne de deux cylindres) et pour le water-closet à colonne Lambeth ne m'inspirèrent pas outre mesure. Je m'abstins pourtant de protester ; la voix profonde d'Emerson résonnait agréablement à mes oreilles, et ses commentaires piquants sur les « inconforts modernes » ajoutaient du sel aux articles proprement dits. Contemplant rêveusement mes orteils qui flottaient à la surface de l'eau parfumée, je sombrai dans une douce torpeur, d'où je fus brutalement arrachée par le cri de rage d'Emerson :

— L'infernale absurdité !

J'en déduisis qu'il avait délaissé le *Times* pour se plonger dans un autre périodique — sans doute le

Daily Yell, dont les colonnes provoquaient souvent chez lui ce type de réaction.

— Qu'est-ce qui est une infernale absurdité, mon chéri ? m'enquis-je.

Suivit un froissement de pages rageusement tournées. Enfin, Emerson s'exclama :

— J'aurais dû m'en douter ! Votre cher ami O'Connell est l'auteur de ces balivernes !

J'allais lui répliquer que Mr. Kevin O'Connell n'était pas précisément « mon cher ami », mais cela n'aurait pas été la stricte vérité. Je ne l'avais guère vu ces dernières années, mais, durant notre enquête sur le meurtre bizarre de Lord Baskerville, je m'étais pris d'affection pour le jeune journaliste. Sans doute était-il impétueux et impertinent dans l'exercice de sa profession ; toutefois, il s'était révélé un allié indéfectible quand nous en avions eu besoin, et il n'avait point tenu rigueur à Emerson de l'avoir précipité, d'un coup de pied bien ajusté, au bas du grand escalier du *Shepheard.*

— Qu'a donc encore fait Mr. O'Connell ? demandai-je.

Grand bruit de papier froissé.

— Il retombe dans ses anciens errements, Peabody. Encore des maudites momies, encore des maudites... euh... fichues malédictions !

Je me redressai, éclaboussant les pattes de Bastet, qui émit un feulement rauque et fixa sur moi un regard noir-doré.

— Je vous demande pardon, lui dis-je.

— Pourquoi donc ? cria Emerson.

— Je parlais à Bastet. Veuillez poursuivre, Emerson. Lisez-moi son article.

— Non.

— Je vous demande pardon, Emerson ?

— C'est moi qui vous demande pardon, Amelia, répliqua mon mari avec une glaciale dignité, mais je ne vous lirai pas cet article. A vrai dire, j'ai l'intention de détruire ce journal, ainsi que tous ceux qui contiendront la plus légère allusion à un sujet qui, pour des raisons que je ne m'explique pas, produit un effet des plus extraordinaires sur votre cerveau d'ordinaire compétent.

— Compétent, Emerson ? Compétent, avez-vous dit ?

La réponse d'Emerson, s'il y en eut une, fut couverte par le bruit du journal qu'il chiffonnait, lacérait et piétinait. J'attendis que la tornade se fût apaisée avant de lancer :

— Franchement, Emerson ! Vous ne pourrez pas détruire tous les exemplaires de ce journal en vente au Caire, et votre comportement ne peut manquer de piquer ma curiosité.

Emerson se mit à grommeler dans sa barbe. Cela lui arrive parfois. Je saisis quelques bribes éparses : « mince espoir... satanée obstination... devrais pourtant le savoir... après toutes ces années... » J'entrepris de savonner mon pied sans faire de commentaire ; le mariage m'a enseigné que le silence est parfois plus efficace qu'une interminable discussion. Il se mit finalement à lire (reconnaissant ainsi, tacitement, la force de mon argument). Sa voix était déformée par le sarcasme au point d'en être comique.

— Nouvelle manifestation de la malédiction ! La momie royale frappe de nouveau ! Où cela s'arrêtera-t-il ? Mardi dernier, à trois heures de l'après-midi, une distinguée visiteuse s'est foulé la cheville en glissant sur un trognon de pomme...

J'éclatai de rire.

— Excellent, Emerson ! Très humoristique, j'en conviens. A présent, lisez-moi l'article.

— C'est ce que je fais. Il est impossible, Amelia, de caricaturer le style littéraire de votre ami O'Connell. Ce sont ses mots exacts.

Le fait qu'il utilisât mon prénom indiquait, s'il en était besoin, qu'il était encore fâché contre moi. Depuis l'époque enchanteresse où il me faisait sa cour, dans une tombe égyptienne abandonnée, Emerson m'appelle par mon nom de jeune fille — Peabody — quand il est dans de tendres dispositions. Pour ma part, jamais je ne succombe à la tentation puérile d'employer son nom de baptême — Radcliffe — qu'il abhorre. Emerson il fut pour moi à l'époque, Emerson il demeurera toujours : un nom sanctifié par des souvenirs aussi doux que palpitants.

Toutefois, je finis par le persuader de me relater ce qu'il avait lu sur l'affaire. La momie malfaisante ne résidait pas en Egypte, comme je l'avais supposé, mais dans les galeries poussiéreuses de cette vénérable institution qu'est le British Museum. La cheville foulée était une astuce passablement laborieuse de Mr. O'Connell, mais l'incident initial s'était révélé beaucoup plus sérieux. Fatal, pour tout dire.

En rejoignant son poste dans la Salle Egyptienne, un matin, un gardien avait découvert le corps d'un certain Albert Gore, veilleur de nuit, étendu devant l'un des objets exposés. L'infortuné avait apparemment été victime d'un transport au cerveau ou d'une crise cardiaque. S'il s'était effondré à proximité d'un vase Ming ou d'un manuscrit médiéval, son trépas n'aurait suscité aucune émotion — hormis, suppose-t-on, chez sa famille et ses amis. Seulement l'objet en question se trouvait être un sarcophage, avec sa momie et tout, ce qui n'avait pas manqué d'aiguillonner l'instinct journalistique de Mr. O'Connell. Celui-ci pouvait être considéré, je suppose, comme une sorte d'expert en matière de malédictions de l'Egypte ancienne.

« Transport au cerveau... mais causé par quoi ? » proclamait son premier gros titre.

Réponse d'Emerson :

— Sac à papier, le bonhomme avait soixante-quatre ans !

« Comment expliquer l'expression d'horreur peinte sur les traits du mort ? » interrogeait O'Connell.

Emerson :

— Par l'imagination délirante de Mr. Kevin O'Connell.

« Peut-on mourir de peur ? » s'enquérait Kevin.

A quoi Emerson répondit, s'adressant à moi :

— Billevesées !

La momie avait été baillée au musée l'année précédente par un donateur anonyme. Kevin, déployant toute la ténacité dont il était capable, avait découvert le nom du mystérieux individu, et cette révélation ne fit qu'attiser l'intérêt des lecteurs pour ce qui n'était autrement qu'un fragile tissu d'inventions. Rien ne fascine tant le public britannique que la monarchie, et une touche de scandale royal est encore plus délectable.

J'estime plus sage de ne pas dévoiler, fût-ce dans les pages de ce journal intime, les véritables noms et titres des personnes concernées. En effet, si dans un futur plus ou moins proche les notes archéologiques consignées ici devaient être jugées dignes d'une publication (ce qui ne manquera pas d'être le cas), je serais bien la dernière à souhaiter raviver une tache oubliée depuis longtemps sur la Monarchie — laquelle, en dépit de ses manquements, exige la loyauté de toute Anglaise digne de ce nom. Qu'il suffise de dire que le donateur — que je nommerai dorénavant le comte de Liverpool — était apparenté à une dame des plus distinguées. Comme le dirait Emerson, ladite dame avait infiniment trop de descendants, directs et collatéraux, qui bambochaient de par le monde et se mettaient dans des situations impossibles.

Si le comte avait espéré se soustraire à l'influence maléfique de son cercueil égyptien, il avait trop tardé. Peu après l'avoir cédé au Museum, il trouva la mort dans un accident de chasse.

— Bien fait pour le vaurien, commenta Emerson, qui partageait mon aversion pour les sports sanguinaires. Voilà une momie sensée et un cadavre intelligent. Son fils n'en est pas sorti indemne, lui non plus. C'est un jeune dépravé extrêmement déplaisant, semble-t-il, qui souffre d'une maladie dégénérative extrêmement déplaisante. Parfait exemple de justice immanente. Excellente momie !

— De quelle maladie s'agit-il, Emerson ?

Il froissa bruyamment le journal.

— Une femme pudique ne poserait pas une telle question, Peabody.

— Ah ! Vous voulez parler de *cette* maladie extrêmement déplaisante... J'imagine pourtant que même une gazette comme le *Yell* ne la désigne pas par son nom ?

— Les euphémismes existent, Peabody, les euphémismes existent, répondit Emerson d'un ton austère. N'importe quel lecteur connaissant le jeune homme et son milieu pourrait deviner aisément.

— Voilà donc toute l'influence néfaste de la momie ? Un accident de chasse, un cas de... euh... de maladie, et une mort naturelle par transport au cerveau ?

— Le nombre habituel de dames écervelées se sont pâmées en sa présence, répliqua Emerson d'un ton caustique. Et les habituels médiums ont reçu des messages de l'Au-delà. Humph ! On peut difficilement stigmatiser la crédulité du public, quand notre distingué Conservateur des Antiquités Egyptiennes et Assyriennes alimente leur sottise.

— Wallis Budge ? Voyons, Emerson, il n'irait quand même pas...

— Si fait ! Ce type ne reculerait devant rien pour avoir son nom dans les journaux. Comment pareil imbécile a-t-il pu atteindre cette position... DAMNATION !

Aucune subtilité de l'art du typographe, pas même des lettres capitales, ne saurait rendre l'intensité de ce hurlement de rage. Emerson est connu de ses ouvriers égyptiens sous le sobriquet admiratif de « Maître des Imprécations ». Ses remarques vigoureuses, tant par le volume que par le contenu, lui ont valu ce titre. Cependant, même pour Emerson, ce cri sortait du commun, au point que la chatte Bastet, qui s'était plus ou moins accoutumée à lui, tressaillit violemment et tomba dans la baignoire avec un grand *plouf* !

Mieux vaut ne point décrire en détail la scène qui suivit. Mes efforts pour repêcher le félin gigotant se heurtèrent à une résistance hystérique ; l'eau déborda de la baignoire et inonda le carrelage ; Emerson accourut à la rescousse ; Bastet s'élança d'un bond puissant, telle une baleine harponnée, et prit la fuite en miaulant et en crachant, semant de l'eau dans son sillage. Emerson et elle entrèrent en collision sur le seuil de la salle de bains.

Le silence qui suivit fut rompu par la voix tremblotante du safragi, le domestique de garde devant notre chambre, demandant si nous requérions son assistance. Emerson, assis dans une flaque d'eau savonneuse, prit une profonde inspiration. Deux des boutons de sa chemise sautèrent dans mon bain. D'une voix d'un calme exquis, il rassura le serviteur avant de reporter sur moi son regard exorbité.

— Vous n'êtes pas blessée, j'espère, Peabody ? Ces égratignures...

— Elles ne saignent presque plus, Emerson. Ce n'était pas la faute de Bastet.

— C'était la mienne, je suppose ? susurra-t-il.

— Allons, mon chéri, je n'ai pas dit cela. Avez-vous l'intention de vous relever ?

— Non, dit Emerson.

Il tenait encore le journal. Lentement, avec pondération, il sépara les pages trempées, cherchant l'article qui avait occasionné son éclat. Dans le silence, j'entendis Bastet, qui s'était réfugiée sous le lit, grommeler un monologue blasphématoire. (Si vous vous demandez comment je savais qu'il était blasphématoire, je présume que vous n'avez jamais eu de chat.)

Observant mon mari assis sur le carrelage de la salle de bains, au milieu d'une flaque d'eau, j'éprouvai un regain d'admiration et d'affection. Avec quelle injustice cet homme était-il dénigré par ceux qui ne le connaissaient point dans l'intimité ! Ses explosions de colère étaient aussi brèves que bruyantes ; la crise passée, il retrouvait aussitôt son affabilité coutumière, et je crois que peu d'hommes auraient pu garder une attitude aussi digne dans une telle position. Bien que l'eau dans laquelle il siégeait assombrît peu à peu le tissu de son pantalon, causant un fâcheux inconfort, il demeurait imperturbable.

Enfin, il s'éclaircit la gorge.

— Ah ! nous y voici. Je vous prie, Amelia, de vous abstenir de tout commentaire jusqu'à ce que j'aie terminé ma lecture... « Dernière heure. Nouveaux développements sensationnels dans le mystère du British Museum. Notre correspondant a appris que, d'ici quelques semaines, une fameuse équipe de limiers tentera de résoudre l'énigme de la momie maléfique. Le professeur Radcliffe Emerson et son épouse, Amelia Peabody Emerson, dont les lecteurs du *Daily Yell* connaissent bien les brillants exploits... »

Il était impossible à un être de chair et de sang de ne point réagir. Dans un élan impétueux, je m'écriai :

— Nom d'une pipe !

Emerson me scruta par-dessus le bord dégoulinant du journal trempé. Ses yeux bleus flamboyaient, signe de courroux qui m'était familier. Agitant mon luffa pour donner davantage de poids à mes paroles, j'enchaînai :

— Vous ne pensez tout de même pas, Emerson, que je suis à l'origine de cette histoire abracadabrante ? Même si j'avais nourri le désir d'enquêter sur cette affaire — or je conviens avec vous qu'il s'agit d'une mystification — je n'aurais pas eu le temps matériel de communiquer avec Mr. O'Connell. Le journal que vous lisez doit dater de plusieurs semaines...

— Quinze jours, pour être précis.

Il jeta le journal et se remit debout. Son regard demeura rivé sur moi, ses yeux plus fulgurants que jamais.

— Ne me croyez-vous pas, Emerson ?

— Si fait, Peabody. Si fait.

Ayant dégrafé son pantalon trempé, il l'ôta et entreprit de défaire les boutons restants de sa chemise.

— Veuillez plier votre pantalon sur la chaise ! lui intimai-je. J'ai donné à laver la plus grande partie de vos vêtements et je ne sais quand... Emerson ! Que faites-vous ?

Le tissu mouillé résistait à ses efforts pour dégager les boutons de leurs boutonnières. Alors, gonflant ses biceps, Emerson déchira la chemise du haut en bas ; les boutons qui restaient encore fusèrent dans la pièce comme autant de balles.

— Aphrodite émergeant de l'écume, murmura-t-il d'une voix rauque.

Je m'avisai alors que j'étais toujours debout, le corps dégoulinant d'eau, ma grosse éponge à la main. Je partis d'un grand rire.

— Emerson, vous êtes un fieffé coquin ! Si vous voulez bien me tendre cette serviette...

D'un seul bond, il traversa la pièce et me serra contre son sein.

Je protestai, arguant de la fenêtre ouverte, de l'heure peu favorable, de l'état glissant de ma personne (et de la sienne), du risque d'être interrompus par le safragi, par Ramsès ou la chatte. Pour toute réponse intelligible, Emerson fit allusion à un certain volume de poésie arabe recommandant un certain nombre de notions qui, en temps normal, ne viendraient jamais à l'esprit des couples mariés, si dévoués fussent-ils. Constatant qu'il demeurait sourd aux appels de la raison, j'abandonnai la lutte ; et, de fait, quelque temps plus tard, je me rangeai volontiers à son opinion selon laquelle le volume en question pouvait receler de nouvelles possibilités intéressantes.

C'est le cœur lourd que nous fîmes nos adieux à notre fidèle ami Abdullah et à sa très nombreuse famille, à la gare de chemin de fer du Caire. Abdullah aurait voulu nous escorter jusqu'à Port Saïd (à nos frais), mais je l'en avais dissuadé. Bien que sa barbe, grisonnante à l'époque de notre première rencontre, fût aujourd'hui d'un blanc neigeux, Abdullah paraissait la moitié de son âge ; néanmoins, dans les moments de dépression, il tendait à proférer des remarques mélancoliques sur le poids des ans et sur le fait que nous risquions de ne jamais nous revoir. Plus les adieux se prolongeraient, plus ce serait pénible (pour moi, non pour Abdullah, qui se délectait du mélodrame sous toutes ses formes).

En conséquence, notre départ fut moins éprouvant qu'il aurait pu l'être. Accroupis sur le quai, les hommes, y compris Emerson et Ramsès, riaient et badinaient en évoquant les événements marquants de la saison passée. Lorsque le départ du train fut imminent, nos dévoués compagnons s'ouvrirent un chemin à travers la foule et nous portèrent sur leurs épaules jusqu'à la porte de notre compartiment. Tel est le respect affectueux que vouent tous les Egyptiens à mon célèbre époux que, parmi les personnes qui furent malencontreusement renversées dans la mêlée, rares furent celles qui protestèrent à voix haute. Et tandis que le train s'ébranlait, une centaine de voix se mêlèrent en un concert de cris d'adieu : « Allah te protège, Maître des Imprécations ! Dieu répande ses bénédictions sur toi et ton honorée femme, la Sitt Hakim ! La paix soit avec vous ! » Ce fut un moment touchant, et des larmes brouillèrent ma vision au spectacle du jeune Selim, l'ami favori de Ramsès, qui courait le long du quai pour nous suivre du regard le plus longtemps possible.

J'éprouvais une certaine appréhension à la perspective de la traversée, car nous n'avions pas été en mesure de trouver un surveillant pour Ramsès. Le jeune homme qui occupait cette fonction avait dû y renoncer bien malgré lui, ayant été arrêté pour meurtre au premier degré — charge dont nous avions heureusement pu contribuer à le disculper. Il avait regagné l'Angleterre avec sa jeune épousée — encore un de ces succès romantiques qui font, paraît-il, ma réputation — et, quoique je sois toujours heureuse d'assister les jeunes amoureux dans leurs affaires de cœur, le départ de Mr. Fraser nous avait laissés dans une situation délicate, l'expérience ayant prouvé que Ramsès, livré à lui-même à bord d'un bateau, représentait une sérieuse menace pour la navigation, sans parler des nerfs de ses parents. Emerson refusa tout net de le laisser partager notre cabine. N'allez point vous méprendre : il voue à son fils une affection extrême ; mais, pour reprendre son expression, « pas entre minuit et huit heures du matin ».

Pour une fois, Ramsès ne causa aucun trouble. Il était pleinement absorbé par des expériences peu ragoûtantes ayant trait à son étude de la momification ; absorbé aussi, je l'avoue à regret, dans le livre de poésie arabe qu'Emerson, du fait de l'engourdissement consécutif à la mise en pratique de l'une des procédures évoquées dans l'ouvrage susdit, avait négligé de dissimuler sous le matelas, comme il le faisait d'ordinaire. Heureusement — ou malheureusement, c'est selon — nous ne découvrîmes ce centre d'intérêt de Ramsès que peu avant notre débarquement à Londres, car le galopin remettait toujours scrupuleusement le livre à sa place.

Sitôt que nous fûmes établis à bord, je me précipitai au salon afin de recueillir des journaux plus récents que ceux que j'avais parcourus avant de quitter Le Caire. Je pris la précaution de découper les articles intéressants, ce qui s'avéra une heureuse inspiration, car Emerson, lorsqu'il découvrit mon manège, jeta par-dessus bord toutes les gazettes jusqu'à la dernière, à l'extrême contrariété des autres passagers. Armée de mes coupures, je m'installai dans un confortable transatlantique et me plongeai dans l'affaire de la momie malfaisante.

Bien que populairement appelé « sarcophage », l'objet qui avait soulevé tant d'émotion eût été plus adéquatement nommé « cercueil intérieur en bois ». Si l'on me demandait en quoi cette distinction est importante, je ne pourrais mieux faire que de renvoyer l'étudiant scrupuleux au monumental ouvrage d'Emerson : *Le développement du cercueil égyptien, de l'époque prédynastique jusqu'à la fin de la XXVIe Dynastie, avec un regard particulier sur ce qu'il reflète des conventions religieuses, sociales et artistiques,* publié chez Oxford University Press. Sachant, toutefois, que la plupart des lecteurs ne sont pas des étudiants scrupuleux, je me hasarde à fournir une brève explication.

Les premiers cercueils étaient de simples boîtes en bois, plus carrées que rectangulaires, car les corps qu'ils renfermaient étaient recroquevillés en position fœtale. Au fil du temps, on en vint à peindre ou à graver des formules magiques et des symboles religieux sur les surfaces en bois, aussi bien à l'intérieur qu'à l'extérieur. A l'époque du Moyen Empire (environ 2000-1580 av. J.-C.), les cercueils étaient devenus allongés et allaient généralement par paires. Le cercueil anthropoïde, ainsi nommé car il avait la forme de la momie qu'il contenait, ne fit son apparition qu'au Nouvel Empire (approximativement 1580-1090 av. J.-C.). Un personnage fortuné pouvait posséder jusqu'à trois cercueils similaires, qui s'emboîtaient les uns dans les autres à la manière de poupées russes. Parfois, le triple cercueil était protégé, de surcroît, par un sarcophage en pierre. Telle était la vaine préoccupation de ces païens, aimables mais inconséquents : assurer la survie de la chair !

D'après les gravures reproduites dans les journaux, et grâce à ma connaissance des travaux de mon distingué conjoint, je fus en mesure de déterminer que le cercueil en question datait de la XIXe Dynastie. L'artiste, dans sa mignardise, avait conféré au visage une joliesse affectée, mais les détails étaient caractéristiques de cette période : la perruque très ornée, les bras croisés sur la poitrine, les signes religieux conventionnels et les inscriptions hiéroglyphiques. Ces dernières n'étaient pas déchiffrables sur les gravures, mais un journaliste — un entreprenant rival de Mr. O'Connell — en avait fait une copie. Je reconnus la formule mortuaire classique, adressée au dieu des morts : « Invocation à Osiris, Seigneur de Busiris, etc., etc., par la Chanteresse d'Isis, Henutmehit... »

La dame (car c'était une femme, sans contredit) n'était donc ni une princesse ni la prêtresse de quelque sinistre culte. Je m'en étais doutée à la forme du cercueil, et les titres qui étaient les siens indiquaient clairement son modeste statut. Pourquoi diantre ce cercueil, certes beau mais quelconque, avait-il été choisi comme instrument de péril et de mort ?

La réponse, déjà suggérée par Emerson, devait être cherchée dans le cerveau fertile des journalistes. O'Connell n'était point le seul à s'être jeté sur l'histoire tel un vautour sur un cadavre : en ce qui concernait la fécondité de l'imagination et le pittoresque de la prose, il était égalé, voire surpassé, par au moins l'un de ses collègues, un certain M. M. Minton, qui écrivait dans le *Morning Mirror*. Minton avait eu l'ingéniosité de rechercher et d'interroger une jeune femme qui affirmait avoir été employée au service du défunt comte. Aiguillonnée par les questions tendancieuses de Mr. Minton, elle s'était rappelé « la sensation toute bizarre » que ça lui faisait quand on lui demandait d'épousseter la pièce où reposait la momie. Dans cette même pièce avaient été retrouvés, en miettes, des vases et divers bibelots. Les nuits de pleine lune, des cris et des plaintes lugubres s'en échappaient.

C'était absurde, certes, tout comme ces histoires d'accidents frappant les visiteurs du musée. Pour une personne telle que moi, passionnée par l'étude de la nature humaine, beaucoup plus intéressant était l'effet produit par cette légende sur des esprits fragiles. Certains avaient déposé des fleurs devant le cercueil ou envoyé de l'argent au musée à cet effet. D'autres avaient écrit pour relater de semblables expériences occultes. Un médium renommé avait prétendu être en communication avec l'esprit de la princesse *(sic)* Henemut (re-*sic)*, laquelle expliquait que les responsables du musée avaient offensé sa pudeur en la livrant à la curiosité publique. (Accusation pour le moins injuste car, entre son cercueil et ses bandelettes, elle était plus pudiquement couverte que la plupart des dames qui venaient l'admirer.) Elle exigeait d'être rendue à sa tombe. Dans la mesure où l'emplacement de ladite tombe était inconnu, cette requête n'avait guère de chances d'être exaucée, même si la direction du musée avait eu la folie de l'envisager.

Le plus divertissant des admirateurs de la momie était un déséquilibré (comment l'appeler autrement ?) qui lui rendait visite de temps à autre, vêtu à la manière d'un prêtre *sem*. La particularité essentielle de cette tenue était la cape en peau de léopard drapée sur les épaules. En portant cette peau et en jouant le rôle du prêtre, dont la fonction était de présider aux enterrements, le déséquilibré montrait qu'il connaissait les coutumes de l'ancienne Egypte. Cependant, Mr. Budge, interrogé sur le sujet, ricana à l'idée que le désaxé pût être un savant. « Le bonhomme porte une perruque. Or, comme nous le dit Hérodote, les prêtres se rasaient toujours la tête *et toutes les autres parties du corps.* » (Les italiques ne sont pas de moi. J'ose espérer qu'elles ne sont pas non plus de Mr. Budge.)

Budge n'avait jamais vraiment déclaré qu'il partageait les théories insanes des reporters ; en fait, il les avait même rejetées en termes formels. Ce n'était peut-être pas entièrement de sa faute si, dans les réponses à certaines questions qu'on lui posait, il ne niait pas la superstition avec suffisamment de force. « Mais les anciens Egyptiens ne croyaient-ils pas au pouvoir des malédictions, monsieur Budge ? » « Ma foi, si, certainement ; nous en avons d'ailleurs nombre d'exemples. » « Et les prêtres avaient bien des pouvoirs magiques ? » « On ne saurait nier l'authenticité des Ecritures, or le Livre de l'Exode raconte comment les prêtres transformaient leurs bâtons en serpents... »

— Imbécile ! m'exclamai-je.

Le gentleman d'un certain âge qui occupait le siège voisin du mien me jeta un regard choqué.

Dans sa hâte, ou (plus vraisemblablement) dans l'intention délibérée de m'abuser, Emerson avait omis de me signaler un aspect intéressant de la mort du veilleur de nuit. A l'instar de bien des gens qui occupent ce genre de fonction, Albert Gore était un homme âgé, dépourvu d'instruction et porté à la consommation excessive de spiritueux. Aucun de ces inconvénients ne l'empêchait de remplir son rôle ; on lui demandait simplement de faire sa ronde dans certains secteurs du musée, plusieurs fois au cours de la nuit, et de somnoler le reste du temps dans sa petite guérite, près de la porte. Il était fort improbable qu'un voleur eût la témérité de s'introduire dans le musée : entre autres difficultés, le bâtiment était toujours verrouillé et des constables patrouillaient en permanence dans les rues avoisinantes.

Il était probable, donc, que le malheureux Albert Gore avait été victime d'une hémorragie cérébrale pendant qu'il arpentait les galeries égyptiennes, car un penchant immodéré pour la bonne chère et la boisson conduit fréquemment à cette issue. Quant à la fameuse « expression d'horreur peinte sur les traits du mort », je n'y voyais qu'un typique excès de zèle journalistique.

Restait néanmoins un détail curieux. Tout autour du corps, et plus largement dans toute la salle, étaient disséminés un certain nombre d'objets insolites — débris de verre, bouts de papier et de tissu, croûtes séchées provenant de quelque substance sombre — et, plus insolite encore, un certain nombre de fleurs fanées, écrasées.

Ma lecture terminée, je suivis l'exemple d'Emerson et jetai les coupures de presse par-dessus bord. Il avait parfaitement raison : toute cette affaire était une fumisterie qui ne méritait point l'attention d'une personne sensée. D'un autre côté, nous n'en avions pas encore terminé. On avait mentionné nos noms, invoqué notre autorité ; notre réputation de savants nous mettait dans l'obligation de nier les allégations avec toute la vigueur possible.

Fumisterie, sans aucun doute. Et pourtant, il y avait ces fleurs fanées...

CHAPITRE DEUX

J'ai connu des Londoniens qui pouvaient encore se rappeler avec émotion les excursions estivales qu'ils faisaient, dans leur enfance, pour admirer les beautés pastorales de Greenwich. Cependant, longtemps avant l'époque dont je parle ici, les arbres de l'Ile aux Chiens avaient cédé la place à de laides usines qui vomissaient de la fumée noire dans un nuage de saletés qui, tel un drap mortuaire, recouvrait Londres en permanence. Le fleuve, bordé de masures et d'entrepôts, coulait avec une maussade lenteur, souillé par d'innommables déchets. Debout sur le pont de notre steamer qui se dirigeait vers le Royal Albert Dock, j'observai qu'il pleuvait. Il pleuvait toujours, semblait-il, le jour de notre retour en Angleterre.

Tout en évoquant avec une douce nostalgie le brûlant ciel bleu d'Egypte, je ne pus me défendre d'être stimulée par la proximité de cette ville, la plus grande de toutes : centre de l'Empire, vivier de prouesses intellectuelles et artistiques, terre de liberté, foyer de l'indomptable courage britannique.

J'en fis la remarque à Emerson :

— Mon cher Emerson, il y a quelque chose de stimulant à retrouver le centre de l'Empire, le vivier de prouesses intellectuelles et...

— Ne dites pas de créti... euh... sornettes, Amelia, gronda-t-il en appliquant son mouchoir sur ma joue pour y essuyer une traînée fuligineuse. L'air lui-même est noir.

Ramsès, qui était coincé entre nous — je le tenais par un bras, Emerson par l'autre —, se crut obligé d'ajouter son grain de sel :

— Les études anatomiques pratiquées sur des cadavres de Londoniens établissent que l'inhalation prolongée de cette atmosphère noircit les poumons. Cela dit, je crois que maman ne parlait pas tant de l'environnement physique que du paysage intellectuel...

— Tais-toi, Ramsès, dis-je machinalement.

— Je sais parfaitement ce que voulait dire ta mère, dit Emerson en fronçant les sourcils. Qu'est-ce que vous mijotez, Amelia ? Je serai probablement contraint de passer plus de temps que je ne le souhaiterais dans cette ville crasseuse si je dois terminer mon livre...

— Vous serez *indubitablement* contraint de passer *beaucoup* de temps à Londres si vous devez le terminer avant que nous retournions en Egypte, l'automne prochain. Etant donné qu'Oxford University Press a annoncé sa publication imminente voici déjà un an...

— Ne m'asticotez pas, Amelia !

Je décochai un regard réprobateur à Emerson et un regard entendu en direction de Ramsès, qui écoutait avec un vif intérêt. Emerson afficha un sourire sucré.

— Ha, ha ! Ta maman et moi badinons, Ramsès. Elle ne m'asticote jamais ; et si elle le faisait, je n'aurais pas la grossièreté d'en faire état.

— Ha, ha, fit Ramsès.

— Comme je le disais, reprit Emerson (en détournant la tête pour cacher à Ramsès le noir regard qu'il me lançait), je ne puis m'empêcher de me demander, Amelia, si votre engouement subit pour cette pestilentielle fourmilière humaine n'est pas dû à...

— Seigneur ! dis-je. Nous commençons à être noirs de suie. Ramsès, ton nez... Ah ! voilà qui est mieux. Où est Bastet ?

— Dans la cabine, bien entendu, dit Emerson. Elle

est trop avisée pour s'exposer à cette atmosphère pernicieuse.

— Dans ce cas, allons achever nos préparatifs pour le débarquement. Ramsès, as-tu le collier de Bastet ? Veille bien à attacher la laisse à ton poignet et ne la laisse pas...

Se libérant de mon étreinte avec l'agilité d'une anguille, Ramsès s'était déjà sauvé.

Le ciel était tout aussi sombre lorsque nous remontâmes sur le pont. A mes yeux, cependant, il était éclairci par la vue de ceux qui nous attendaient sur le quai : Walter, le cher frère d'Emerson ; son épouse Evelyn, ma sœur dans l'affection ; Rose, notre fidèle femme de chambre, et John, notre dévoué valet de pied. Sitôt qu'ils nous virent, ils agitèrent la main en souriant pour nous souhaiter la bienvenue. Je fus particulièrement touchée qu'Evelyn, qui abhorrait Londres, eût bravé le temps inclément. Sa délicate beauté blonde semblait tout à fait déplacée sur le quai noir de crasse.

Comme c'est bien souvent le cas, les pensées d'Emerson étaient au diapason des miennes, quoiqu'il ne les exprimât point avec autant de délicatesse que je l'eusse fait. Scrutant attentivement sa belle-sœur, il marmonna :

— Elle n'est pas de nouveau enceinte, quand même ? C'est contre nature, Peabody. Je ne puis concevoir qu'une femme...

— Chut, Emerson ! soufflai-je en lui donnant une petite tape avec mon ombrelle.

Emerson considéra Ramsès d'un œil circonspect. Il ne s'était jamais complètement remis d'une conversation qu'il avait eue avec son fils, l'hiver précédent, au cours de laquelle il s'était vu contraint d'aborder certaines questions qui, d'ordinaire, n'intéressent pas un gentleman anglais avant l'âge de vingt-cinq ou trente ans.

Ramsès ployait sous le faix de Bastet, qui était lovée sur ses maigres épaules. Toutefois, chacun sait que Ramsès est capable de parler — interminablement —

dans n'importe quelles conditions, même les plus défavorables.

— J'ai hâte de questionner tante Evelyn sur le sujet, observa-t-il. Les renseignements que vous m'avez fournis, papa, sont impuissants à expliquer pourquoi un individu sensé — en l'occurrence, une femme — irait se mettre dans une situation qui est, au mieux, anormale, et au pire...

— Tais-toi, Ramsès ! cria Emerson, le visage cramoisi. Je t'ai dit de ne jamais discuter...

— Je te défends d'aborder ce sujet avec ta tante Evelyn ! m'exclamai-je simultanément.

Ramsès se tint coi. Son silence laissait supposer qu'il cherchait des moyens de contourner mon interdiction. Je ne doutais pas un instant qu'il y parvînt.

Grâce à l'imposante présence d'Emerson et à sa voix de bronze, nous fûmes parmi les premiers à débarquer, et je m'élançai vers Evelyn en ouvrant les bras. Concevez ma surprise quand, au moment de l'étreindre, je fus happée par un individu de haute taille, corpulent, portant une redingote noire et un haut-de-forme, qui me serra contre son ventre rebondi et déposa sur mon front un baiser à favoris. Me dégageant promptement, je m'apprêtais à châtier le butor d'un coup sec de mon inséparable ombrelle lorsqu'il s'écria :

— Ma chère sœur !

De fait, j'étais sa sœur. Plus exactement, cet homme était mon frère — mon frère James, que je n'avais pas revu depuis plusieurs années (pour la bonne raison que je m'étais donné un mal considérable pour l'éviter).

Rien d'étonnant à ce que je ne l'eusse pas reconnu sur-le-champ. Naguère, il avait eu de l'embonpoint. A présent, les seuls mots susceptibles de rendre justice à son tour de taille étaient des adjectifs tels que « ventripotent », « obèse » ou « éléphantesque ». Des favoris informes encadraient un visage rubicond, rond comme la pleine lune. Au lieu de battre en retraite dans un cou normal, ses mentons avançaient, bourrelet après bourrelet, jusqu'à rejoindre une bedaine sphérique que n'atténuait pas la moindre trace de taille. Lorsqu'il souriait, comme maintenant, ses joues gonflaient, réduisant ses yeux à de simples fentes.

— Que diable fais-tu ici, James ? demandai-je sans ambages.

De ma chère Evelyn, qui se tenait en retrait, émana un toussotement de remontrance. Je lui adressai un signe contrit, mais ne me sentis nullement tenue de m'excuser auprès de James pour mon langage aussi direct que compréhensible.

— Mais je suis venu t'accueillir, bien sûr ! répondit-il avec jovialité. Il est grand temps, ma très chère sœur, que l'attachement familial ravaude les accrocs de la mésentente.

Emerson avait saisi la main de son frère et la secouait avec la cordiale énergie qui, pour un Anglais, est la manière de manifester en public son affection. Plaçant un bras fraternel autour des délicates épaules d'Evelyn, il déclara :

— Serait-ce James ? Bonté divine, Peabody, qu'il a donc engraissé ! Vive le rosbif de la vieille Angleterre, hein ? Et le porto, et le madère, et le bordeaux ! Qu'attend-il pour s'en aller ?

— Il affirme être venu nous accueillir, expliquai-je.

— Absurde, Peabody ! Il a un service à vous demander. Il ne vient jamais nous voir sans arrière-pensée. Voyez ce qu'il veut, dites-lui « non » et mettons-nous en route.

Le sourire forcé de James trembla sur ses lèvres, mais il parvint à s'y cramponner.

— Ah, ah ! mon cher Radcliffe, votre sens de l'humour... Tudieu, vous êtes vraiment...

Il tendit la main. Emerson la considéra un moment, la lippe dédaigneuse, avant de l'empoigner dans une étreinte qui arracha à mon frère un glapissement de douleur.

— Molle comme une chiffe, dit-il en rejetant le membre avec brusquerie. Venez, Peabody.

Toutefois, nous ne devions pas nous débarrasser de

James si aisément. Il demeura sur place, souriant et branlant du chef, cependant que notre quatuor échangeait ces petites nouvelles délicieusement frivoles qui marquent les retrouvailles d'amis au terme d'une longue absence.

Rose continuait de serrer Ramsès (et la chatte) contre sa poitrine. Elle vouait au petit un attachement tout à fait inexplicable et était l'une des rares à prendre sa défense en toutes occasions. Quoique sa fonction officielle fût celle de femme de chambre, elle était le pilier de notre maisonnée et accomplissait joyeusement toutes les tâches qui lui étaient confiées. Elle était venue à Londres dans le but formel de surveiller Ramsès durant les quelques jours que nous devions passer en ville. Non qu'elle fût capable de le maîtriser ; de toute manière — comme le disait Emerson — personne n'était capable de maîtriser Ramsès.

John, qui nous avait accompagnés en Egypte un hiver, débordait de questions sur ses amis Abdullah, Selim et tous les autres. L'expression de surprise et de mépris qu'arborait James en nous voyant converser amicalement avec un simple valet était fort réjouissante ; mais au bout d'un moment, un léger toussotement d'Evelyn me rappela le temps humide, et nous prîmes affectueusement congé de John, qui repartait immédiatement pour le Kent avec nos bagages.

Nous étions trop nombreux pour la voiture, aussi Walter suggéra-t-il que les dames s'y installassent, tandis que son frère et lui suivraient dans un cab. Je ne l'entendis pas mentionner *mon* frère, ce qui n'empêcha point James de se joindre à eux. Emerson étant déjà monté dans le cab, il me fut épargné de voir sa réaction.

Ramsès et Rose nous accompagnèrent dans la voiture à cheval. Mon fils se lança aussitôt dans l'un de ses interminables monologues, que Rose écouta avec un sourire béat. Je me tournai vers Evelyn, qui était assise à côté de moi.

— Combien de temps pensez-vous rester à Londres, mon amie ?

— Seulement le temps de vous accueillir, très chère Amelia, et de vous persuader de passer l'été avec moi dans le Yorkshire, à Chalfont Castle. Vous m'avez tant manqué, vous et ce cher petit Ramsès ! Ses cousins le réclament à cor et à cri...

— Hum ! fis-je, sceptique.

Ramsès interrompit sa tirade pour me regarder longuement dans les yeux. Sans lui laisser le loisir de placer un commentaire, je poursuivis :

— Je ne connais pas encore les projets d'Emerson, Evelyn, mais il devra sans doute passer une grande partie du temps à Londres. Je m'efforce de l'aider à terminer le premier volume de son *Histoire de l'Egypte Ancienne* ; son éditeur, Oxford University Press, se fait très insistant, ce qui n'est guère surprenant dans la mesure où il avait promis de rendre son manuscrit voici un an. De surcroît, nous avons notre rapport de fouilles à préparer pour l'imprimeur...

— C'est ce que m'a dit Walter, en effet. J'ai donc concocté un plan qui, je l'espère, vous donnera satisfaction. Nous avons l'intention de laisser ouvert notre hôtel particulier, pour permettre à Radcliffe d'y séjourner. Mais je nourrissais l'espoir que vous...

— Oh ! Emerson ne saurait s'en sortir sans mon aide. Dieu sait si je préférerais me prélasser dans la quiétude de la campagne et combien j'apprécie votre compagnie, ma chère, mais je ne puis abandonner mon pauvre Emerson dans un pareil moment. Sans mon assistance et mes petits rappels à l'ordre, jamais il ne viendra à bout de ce livre.

Un sourire retroussa les commissures des lèvres délicates d'Evelyn.

— Certainement, dit-elle. Je comprends.

— Tante Evelyn... — Ramsès se pencha en avant. — Tante Evelyn, veuillez me pardonner d'interrompre votre conversation avec maman, mais j'aurais grand besoin d'une certaine information...

— Ramsès, coupai-je d'un ton ferme, je t'ai interdit d'aborder ce sujet.

— Mais, maman...

— Tu m'as entendu, Ramsès.

— Oui, maman. Toutefois...

— Sous aucun prétexte, Ramsès.

— Voyons, Amelia, laissez parler ce cher petit, dit Evelyn avec un sourire. Je n'imagine pas qu'il puisse dire quelque chose qui soit de nature à m'affliger.

Avant que j'eusse pu réfuter cette remarque d'une désolante naïveté, Ramsès poussa son avantage. D'une seule traite, il lança :

— Oncle James séjourne à Chalfont House !

— Ramsès, je t'ai répété cent fois... Que dis-tu ?

— A en croire Rose, il est venu ici avec son valet et ses bagages, et il a l'intention de rester. J'ai pensé que vous aimeriez être au courant, maman, ayant observé l'indéniable manque de cordialité avec lequel papa et vous-même avez accueilli...

— Sans admettre la nécessité d'une explication prolongée des raisons qui t'ont incité à introduire le sujet, Ramsès, je te sais gré de cette information et de l'occasion qui m'est donnée d'en discuter en l'absence de ton père. Il ne sera pas du tout satisfait, j'en ai peur.

— Vous ne devez pas me blâmer, Amelia, murmura Evelyn en se tordant les mains avec agitation.

— Ma chère petite ! Comment pourrais-je vous blâmer pour votre faiblesse, quand celle-ci revêt les atours engageants de la pure bonté d'âme ? Connaissant James, je suis sûre qu'il s'est tout bonnement installé, avec armes et bagages, excipant d'un lien de parenté pourtant aussi distant que l'affection qu'il prétend me vouer.

En face de moi, Rose opina du bonnet comme une marionnette, lèvres pincées et joues empourprées. Je lui adressai un hochement de tête bienveillant.

— La question est de savoir ce que manigance James. Car, ainsi qu'Emerson l'a sagement fait remarquer, il a certainement une idée derrière la tête.

— Vous êtes bien cynique, Amelia, dit Evelyn d'un ton de reproche. Mr. Peabody m'a parlé à cœur ouvert ; déplorant le triste éloignement qui existe entre sa famille et la vôtre, il brûle de restaurer des relations affectueuses...

— Restaurer, allons donc ! Il n'y a jamais eu de relations affectueuses entre James et moi, encore moins entre James et Emerson. De toute manière, vous êtes trop confiante pour reconnaître un hypocrite quand vous en voyez un, et trop bien élevée pour le traiter comme il le mérite. Qu'à cela ne tienne : je me débarrasserai de lui... si Emerson ne l'a déjà fait.

En fin de compte, il s'avéra qu'Emerson n'était pas au courant de la présence de James dans la maison, sans doute parce qu'il avait monopolisé la parole sans laisser à ses compagnons de voyage le loisir de caser un mot. A vrai dire, je fus quelque peu soulagée de voir James descendre indemne du cab (avec des soupirs et des halètements que je renonce à décrire), car mon époux eût été parfaitement capable, dans son ire, de le jeter dehors de vive force. Sautant à terre avec souplesse, Emerson saisit la main de mon frère, la broya férocement, la laissa retomber et tourna les talons. Prenant Evelyn par un bras et moi par l'autre, il franchit le portail et nous escorta rapidement le long de l'allée menant à la maison.

Avant d'être brutalement poussée dans le hall par Emerson, je vis quelque chose qui me fit oublier provisoirement les intrigues de mon frère. La pluie tombait maintenant plus drue, et il n'y avait pas grand monde dehors. Seule une tête n'était pas protégée par un couvre-chef ; elle appartenait à un individu posté près de la grille du parc, de l'autre côté de la rue, et elle était surmontée d'une flamboyante tignasse de cheveux roux.

Croisant mon regard, l'individu en question se haussa sur la pointe des pieds et se livra à une série d'extravagantes gesticulations : il leva une main, pouce replié sous la paume, puis porta à ses lèvres une invisible coupe, comme s'il buvait, puis il pointa l'index dans une direction, puis dans une autre. Ces gestes furent exécutés avec une remarquable énergie, après quoi il plaqua sur son crâne une minable casquette et s'éclipsa rapidement.

Avec un tact que je ne lui soupçonnais pas, James s'abstint de déjeuner avec nous. Le repas terminé, Emerson et Walter se retirèrent dans la bibliothèque pour savourer une conversation de nature égyptologique en attendant l'heure du thé. Je persuadai Evelyn de s'étendre un moment (l'hypothèse avancée par Emerson quant à sa « position intéressante » ayant été confirmée par l'intéressée elle-même), puis, ayant laissé Ramsès entretenir Rose de divers sujets qui ne la passionnaient pas outre mesure, je pus enfin concentrer mes pensées sur le singulier comportement de Mr. Kevin O'Connell.

Pourquoi n'avait-il pas déposé une missive au lieu de nous suivre depuis le quai et de gesticuler comme un mime frappé de la danse de Saint-Guy ? Je n'aurais su le dire. Peut-être — spéculai-je — redoutait-il qu'Emerson n'interceptât ladite missive ou n'en conçût quelque soupçon. Certes, je n'étais pas plus désireuse que Mr. O'Connell de mettre Emerson dans la confidence ; en revanche, j'étais très désireuse d'avoir un tête-à-tête avec le journaliste. J'avais un certain nombre de choses à lui dire.

Puisqu'il m'avait donné sémaphoriquement rendez-vous à quatre heures, j'avais un peu de temps devant moi, que je consacrai à éplucher les journaux de la semaine écoulée. A ma requête, l'un des valets alla les chercher et me les apporta dans ma chambre.

Le temps que j'achève ma lecture, l'indulgence amusée que m'inspirait Mr. O'Connell s'était complètement évaporée. Son annonce, impudente et infondée, selon laquelle nous aurions consenti à enquêter sur une affaire criminelle fictive avait déjà de quoi irriter. Les commentaires plus récents qu'il formulait sur notre compte étaient positivement rageants.

Dans la mesure où le prétendu mystère n'était qu'un chapelet de coïncidences dénuées de toute signification, ledit mystère serait mort de sa belle mort si O'Connell et ses complices de la presse ne l'avaient maintenu artificiellement en vie au moyen de divers stratagèmes douteux. Les égarements de certains membres du public, à commencer par le prêtre *sem* déjà mentionné dans un précédent article, servaient particulièrement leurs desseins. Cet individu était devenu un visiteur régulier de l'exposition où, affublé d'une ample robe blanche et d'une peau de léopard mitée, il se prosternait et accomplissait de mystérieux rites destinés — présumait-on — à se concilier la momie.

Emerson et moi étions les principales victimes de Mr. O'Connell. Il y avait plusieurs articles consacrés à nos activités passées, sans oublier une caricature qui ne manquerait pas de donner à Emerson des envies de meurtre quand il la verrait. L'artiste dépeignait un incident qui était survenu l'été précédent, sur le perron du British Museum. Emerson n'avait fait que brandir son poing sous le nez de Mr. Budge, il ne l'avait nullement frappé ; cependant, le dessin aurait pu servir d'illustration à un roman-feuilleton, avec une légende du style : « Prends ça, ignoble fripouille ! » Les yeux exorbités et l'expression épouvantée de Budge étaient remarquablement rendus. (La querelle, simple tempête dans une théière, avait éclaté après que Budge eut commis l'effronterie d'écrire au *Times* pour contester les critiques, pourtant justifiées, d'Emerson à propos d'une exposition de poteries égyptiennes. Dans le corps de sa lettre, il avait usé à l'encontre de mon époux d'un langage indigne d'un gentleman.)

Mr. O'Connell, dans sa quête de sensationnel, n'avait même pas reculé devant l'exploitation d'un enfant innocent. Les paragraphes consacrés à Ramsès relevaient du pire mauvais goût. Point n'était besoin de mentionner le fait que certains Egyptiens (les plus ignares et les plus superstitieux) considéraient Ramsès comme une sorte de djinn, un démon juvénile. Je ne pardonnais pas non plus à O'Connell d'insinuer que seuls des parents négligents et indifférents pouvaient exposer un enfant si jeune et si « délicat » (le mot était de lui) au climat malsain et aux multiples périls d'une expédition archéologique. En comparaison de Londres, l'Egypte est une véritable station thermale, et j'avais certes fait tout ce qu'il était humainement possible de faire pour empêcher Ramsès d'explorer des pyramides abandonnées, d'être enterré vivant dans les sables ou kidnappé par des Maîtres Criminels.

C'est donc dans une disposition d'esprit presque aussi meurtrière que l'eût été celle d'Emerson que je m'apprêtai pour le rendez-vous. J'avais prévu, naturellement, d'emporter mon ombrelle. Que ce soit à Londres ou en Egypte, je ne me déplace jamais sans elle. C'est l'instrument le plus utile qui se puisse concevoir, servant non seulement de protection contre la pluie ou le soleil, mais aussi, en cas de besoin, d'arme défensive. A la dernière minute, je retournai prendre dans le secrétaire un autre accessoire fort utile. Emerson ne cesse d'ironiser sur ma ceinture ; pourtant, les instruments qui y sont fixés nous ont, plus d'une fois, épargné une mort aussi horrible que lente. Allumettes dans une boîte étanche, petite flasque d'eau pure, bloc-notes et crayon, ciseaux, couteau : ces exemples suffisent à montrer en quoi ma ceinture était une compagne indispensable, sous toutes les latitudes et dans tous les pays — y compris dans certains quartiers de Londres.

Je parvins à quitter la maison à l'insu de ses occupants — exception faite de Gargery, le majordome. Celui-ci était nouveau à ce poste, ayant été engagé après mon dernier séjour en Angleterre ; c'était un jeune homme aux cheveux blond roux, de taille moyenne, dont le visage ingénu n'avait pas encore acquis la parfaite impassibilité que requérait sa fonction. Il considéra ma ceinture et son tintinnabulant attirail comme s'il n'avait jamais vu semblable équipement (ce qui, à la réflexion, était sans doute le cas).

St. James's Square n'est pas très éloigné de Pall Mall et de l'animation de Regent Street ; pourtant, en cet lugubre après-midi de printemps, on eût dit que c'était à un millier de kilomètres du centre ville. Le brouillard étouffait le bruit des roues de voitures et le claquement des sabots, donnant un aspect fantomatique aux arbres bourgeonnants qui encerclaient le bassin, au centre du square.

Suivant les directions que m'avait indiquées O'Connell, je tournai dans York Street, puis dans la première rue à gauche, en formant le vœu de ne pas me fourvoyer. Pourquoi diantre s'était-il montré si théâtral ? Lorsqu'il avait fait mine de boire, ce geste désignait-il un restaurant, un salon de thé ou un café ? Je n'avais d'autre choix que de marcher jusqu'à tomber sur un établissement où l'on servît des rafraîchissements, ou jusqu'à rencontrer O'Connell en personne.

Je me retrouvai bientôt dans un quartier qui n'offrait guère de ressemblance avec les abords aristocratiques de St. James's Square. Sans doute était-ce un quartier respectable, mais les maisons étaient serrées les unes contre les autres et les passants, pauvrement vêtus, avaient l'air harassé. Il n'y avait pas beaucoup d'ombrelles en vue ; je tins la mienne bien haut, scrutant les environs à l'affût d'une silhouette et d'un visage familiers.

Ce ne fut pas son visage ni sa silhouette que je distinguai d'emblée, mais les boucles flamboyantes que rien, pas même la purée de pois londonienne, ne pouvait estomper. Il se tenait dans l'embrasure d'un établissement arborant une enseigne extraordinaire : *L'Homme Vert.* Me voyant approcher, il agita sa casquette et un large sourire fendit son visage constellé de taches de rousseur.

Je le rejoignis à l'abri du renfoncement. Lorgnant mon ombrelle d'un œil circonspect, il déclara :

— Vrai de vrai, madame Emerson, vous illuminez

cette sombre journée. A croire que la Fontaine de Jouvence se trouve en Egypte, car vous gagnez en jeunesse et en beauté chaque fois...

Je le menaçai de mon ombrelle :

— Epargnez-moi l'accent irlandais et les compliments creux, monsieur O'Connell. Je suis sérieusement fâchée contre vous.

— Croyez bien que je parle du tréfonds de... S'il vous plaît, m'dame, voudriez-vous ouvrir cette infernale ombrelle et m'accompagner dans un cabaret où nous pourrons causer ?

— Celui-ci fera l'affaire, dis-je en indiquant la porte.

Les yeux du journaliste manquèrent jaillir de leurs orbites.

— Chère madame Emerson, ce n'est guère...

— C'est un pub, n'est-ce pas ? Très intéressant. Je n'ai jamais fréquenté ce genre d'établissement. Emerson, qui est pourtant en général le plus obligeant des hommes, a toujours refusé de m'y emmener. Venez, monsieur O'Connell, le temps m'est compté et j'ai beaucoup à vous dire.

— Alors là, je vous crois sur parole, marmonna-t-il.

Notre entrée provoqua une certaine agitation, dont j'aurais été bien en peine d'imaginer la cause ; je n'étais certes pas la seule dame présente. Il y avait même une femme derrière le bar — une jeune personne bien en chair qui eût été plutôt jolie si elle ne s'était fardé les joues d'un rouge si criard.

Je me dirigeai vers une table, Mr. O'Connell dans mon sillage, et convoquai la serveuse d'un moulinet de mon ombrelle. La pauvrette semblait un brin demeurée. Lorsque je lui demandai du thé, elle me regarda d'un air ahuri, les yeux comme des soucoupes.

— Je crains... commença O'Connell.

— Ah ! je vois. Il s'agit d'une taverne où l'on sert uniquement des boissons alcoolisées ? Dans ce cas, je prendrai un whisky-soda.

O'Connell commanda à son tour, et j'ajoutai d'un ton bienveillant :

— Cette table me paraît quelque peu poisseuse, jeune demoiselle. Veuillez l'essuyer. — Comme elle continuait de me fixer, bouche bée, je l'aiguillonnai gentiment avec mon ombrelle. — Dépêchons, dépêchons. Le temps est précieux.

Mr. O'Connell se détendit seulement après que j'eus rangé l'ombrelle sous ma chaise. Il planta ses coudes sur la table et se pencha vers moi.

— Vous êtes arrivée en retard, madame E. Avez-vous eu du mal à suivre mes instructions ?

— Nullement, bien qu'elles ne fussent pas des plus explicites. D'ailleurs, je n'aurais point pris la peine de les suivre si je n'avais été très fâchée contre vous. Si je suis ici, c'est uniquement pour exiger des excuses et un démenti à propos de ce que vous avez écrit sur nous dans votre maudite feuille.

— Mais je n'ai fait que me répandre en compliments sur vous et Mr. Emerson ! protesta O'Connell.

— Vous avez insinué que j'étais une mère indigne.

— Jamais de la vie ! J'ai écrit très précisément : « Elle est la plus affectionnée des mères... »

— « ...ce qui rend d'autant plus surprenante son incapacité à empêcher le garçonnet de se lancer dans d'horrifiantes aventures ».

O'Connell soutint sans ciller mon regard courroucé. Ses yeux étaient aussi bleus, aussi limpides, aussi sereins que les lacs de la verte Erin. Au bout d'un moment, je repris :

— Remarquez, cette assertion n'est peut-être pas entièrement infondée. Mais quelle mouche vous a piqué, Kevin, de raconter que le professeur Emerson et moi-même avions consenti à résoudre le mystère de la momie malfaisante ? C'est une invention pure et simple !

— Je n'ai rien dit de tel. J'ai dit...

— Je n'ai pas le temps d'échanger des arguties avec vous, le coupai-je sèchement. J'ai quitté la maison à l'insu d'Emerson ; s'il remarque mon absence, il fera un scandale de tous les diables.

Un frisson parcourut le journaliste.

— Expression très évocatrice, madame E.

La serveuse revint en traînant les pieds, munie d'un plateau et d'un chiffon humide. Le chiffon était d'une propreté douteuse, mais l'énergie avec laquelle elle astiqua la table dénotait une louable bonne volonté ; je m'abstins donc de tout commentaire, me bornant à lui montrer les quelques taches qui avaient échappé à son attention. Kevin avait déjà levé son verre et absorbé une quantité considérable de son contenu. Il commanda une nouvelle tournée, et je fis observer de la manière la plus aimable :

— Vous portez une bien jolie robe, jeune demoiselle, mais en exposant à ce point votre poitrine, vous courez le risque d'attraper un rhume sévère. N'avez-vous pas un foulard ou un châle ?

La jeune fille secoua stupidement la tête.

— Alors prenez le mien, dis-je en ôtant de mes épaules mon beau châle en grosse laine. Tenez, serrez-le bien... voilà qui est mieux. Maintenant, sauvez-vous et apportez à ce gentleman son... comment avez-vous dit, monsieur O'Connell ? Un stout ? Curieux nom pour un breuvage.

O'Connell était affalé sur la table, la tête sur ses bras croisés, les épaules secouées de frissons. En réponse à mes questions alarmées, il m'assura qu'il allait très bien ; toutefois, son visage était presque aussi rouge que ses cheveux et ses lèvres tremblotaient.

— Alors, dis-je en buvant une gorgée de mon whisky, où en étions-nous ?

— Je n'en ai pas la moindre idée, répondit le journaliste. Converser avec vous affecte bizarrement mon cerveau, madame Emerson.

— Bien des gens éprouvent quelque difficulté à suivre mon processus mental, admis-je. Tout de même, Kevin, votre profession requiert de la vivacité d'esprit, de la souplesse, de la concentration. Surtout cette dernière qualité. Vous devez apprendre à vous concentrer.

« Donc, nous parlions de votre affirmation selon laquelle le professeur Emerson et moi-même avions consenti à enquêter sur cette affaire de malédiction.

— Je n'ai pas dit que vous y aviez consenti. J'ai dit que vous seriez consultés.

— Par qui ? Le *Daily Yell* ?

— Si cela pouvait être ! s'exclama Kevin, plaquant une main sur son cœur en une outrancière parodie d'extase. Mes patrons débourseraient n'importe quelle somme — enfin, n'importe quelle somme raisonnable — pour vous engager comme consultants, vous et le professeur. Oserai-je espérer...

— Gardez-vous-en bien. Non seulement ce serait une entorse à notre dignité que d'avoir nos noms associés, à titre professionnel, à un journal — surtout une répugnante feuille de chou comme le *Daily Yell* — mais il n'y a absolument pas matière à être consultés. Nous ne sommes pas des détectives, monsieur O'Connell. Nous sommes des savants !

— Cependant, vous avez élucidé le meurtre de Lord Baskerville...

— C'était une tout autre affaire. Nous avions été consultés en notre qualité d'archéologues, afin de poursuivre les travaux entrepris par Lord Baskerville, dont la mort mystérieuse fut suivie d'autres péripéties présentant un caractère dangereux et perturbant. Dans le cas présent, c'est totalement différent. Il s'agit d'une fiction, d'un fantasme concocté par Mr. Kevin O'Connell.

— Alors là, m'dame, vous me jugez mal. Je ne suis pas le coupable. Condescendrez-vous à me laisser vous expliquer ?

— J'allais vous en prier.

Kevin tira sur ses mèches cuivrées.

— Ce n'est pas moi qui ai sorti l'histoire. C'est... une autre personne. Le succès a été tel auprès des lecteurs que mon rédac'chef a décidé de prendre le train en marche. Vu que je suis considéré comme une sorte d'expert en matière d'Egypte ancienne et de malédictions surnaturelles... Je ne pouvais pas refuser, madame E., sans risquer de perdre mon emploi. Qu'auriez-vous fait à ma place ?

— Hmmm, fis-je pensivement. Le rival dont vous parlez serait-il M. M. Minton, du *Morning Mirror* ? Je me rappelle avoir vu sa signature au bas de plusieurs articles, et m'être étonnée que le *Mirror* s'abaisse à un tel sensationnalisme. Votre explication est touchante, monsieur O'Connell, mais il n'en demeure pas moins que vous avez exploité de manière méprisable le fait que vous me connaissiez.

— Mais vous représentez mon meilleur atout ! expliqua-t-il en toute candeur. Les liens — oserai-je dire l'amitié ? non, peut-être pas... — les liens, donc, qui m'unissent à vous et au professeur sont l'unique avantage que je possède sur les autres journalistes. C'est mon implication personnelle dans l'affaire Baskerville qui a assis ma réputation... et la vôtre, aux yeux des lecteurs. Le professeur et vous, madame E., vous faites de la bonne copie. Le public est fasciné par l'archéologie et les archéologues. Ajoutez à cela votre — comment dirai-je ? — votre panache, votre mépris des conventions, votre extraordinaire talent pour les enquêtes criminelles...

— Je préfère le terme « panache », l'interrompis-je. Je ne saurais expliquer pourquoi Emerson et moi sommes si fréquemment mêlés à des morts violentes. J'incline à attribuer cela au fait que nous possédons une certaine tournure d'esprit, le don de percevoir des circonstances suspectes qui échappent à des personnes de moindre intelligence.

— Aucun doute là-dessus, dit Kevin en acquiesçant gravement. Vous comprenez donc que je me sois trouvé contraint de mentionner vos noms.

— Comprendre n'est point pardonner, répliquai-je. Ce petit jeu doit cesser, monsieur O'Connell. Nos noms ne doivent plus jamais apparaître dans votre gazette.

— Mais j'espérais une interview ! s'écria O'Connell. L'interview rituelle concernant vos excavations archéologiques de la saison dernière.

Ses prunelles bleues sondèrent les miennes avec tant d'innocence qu'une personne ne le connaissant pas lui eût aussitôt offert sa confiance. Je me bornai à lui dédier un sourire ironique.

— Me prendriez-vous pour une sotte, Kevin ? Nous avons lu vos élucubrations sur l'affaire Fraser. Emerson n'a pas décoléré pendant des jours, au point que j'ai craint pour sa santé.

— Je tenais mes informations de Mrs. Fraser. Mes élucubrations, comme vous les appelez, étaient les propos mêmes de la jeune lady et de son mari, que j'ai rapportés mot pour mot.

Il m'était difficile de lui en vouloir, car j'étais secrètement d'accord avec lui. Enid Fraser, née Debenham, n'avait dit que la stricte vérité, et le mot « élucubrations » était d'Emerson, non de moi.

M'observant d'un air perspicace, O'Connell poursuivit :

— Elle a chanté vos louanges au monde entier, comme tous ceux que vous avez sauvés de la mort et du déshonneur. Quel mal y a-t-il à cela ? C'est si rare que le courage et la bonté reçoivent l'hommage qu'ils méritent ! Vous êtes un exemple pour la nation britannique tout entière, madame E.

— Hmmm. Ma foi, si vous présentez les choses ainsi...

— Risquer votre vie — et un bien encore plus précieux que la vie — pour la défense de l'innocent ! s'enflamma Kevin. Quelle a dû être la souffrance du professeur... son angoisse... dans la crainte que votre tempérament indomptable et votre courage physique, si admirables qu'ils soient, ne flanchent devant ce scélérat aux abois... Quelles ont été *vos* impressions, madame E. ?

J'opinais en souriant comme une nigaude quand, soudain, le sens de ses paroles pénétra ma compréhension. Je poussai un cri qui le fit reculer sur sa chaise, les bras levés en une posture de défense.

— Crénom, Kevin, comment osez-vous insinuer... Qui vous a dit ? Il n'y a pas une once de vérité dans... Attendez que je m'explique avec Enid ! Je la...

— Calmez-vous, madame Amelia, implora Kevin. Mrs. Fraser n'a pas trahi votre confiance. Au contraire, elle a catégoriquement nié toute l'histoire quand son mari (il n'est pas le plus intelligent des hommes, celui-là) a eu la langue trop longue. Elle m'a menacé des pires représailles si j'imprimais un seul mot.

— Ses menaces pâliront, je vous en réponds, à côté de celles d'Emerson, l'informai-je. Si la plus infime allusion...

Je ne terminai pas ma phrase ; point n'en était besoin. La figure de Kevin avait notablement pâli. Avec une sincérité que je ne pouvais mettre en doute, il s'exclama :

— Vous croyez peut-être que je n'en ai pas conscience ? La haute considération que je vous porte, madame Emerson, m'interdirait de ternir votre réputation. D'ailleurs, mon rédac'chef m'a dit que nous risquerions un procès.

Cette dernière remarque était plus convaincante que le souci qu'il affichait de ma réputation. Avec la terreur que lui inspirait Emerson (terreur qui, en l'occurrence, était fondée), j'estimai pouvoir compter sur son silence.

Je terminai mon whisky et cherchai, en vain, quelque chose qui ressemblât à une serviette.

— Très bien. Je ne puis musarder, monsieur O'Connell. La nuit est tombée et Emerson va s'inquiéter de mon sort. Je vous laisse payer l'addition, puisque vous m'avez invitée.

Il insista pour m'escorter jusqu'à la maison. Quoique je n'éprouvasse nulle inquiétude (après certaines régions que j'avais traversées dans l'obscurité, Londres ne celait pour moi aucune crainte), j'accédai à sa requête. Comme nous approchions de la porte du pub, la jeune serveuse se glissa près de moi et me tendit mon châle. Je le lui remis autour du cou, en arrangeant les extrémités dans son corsage, et lui intimai de le garder, comme je l'avais fait avec d'autres.

Je me félicitai de la compagnie de Kevin, car le fait qu'il me tînt galamment par le bras m'empêchait de glisser. La présence sous nos pieds d'un mélange de boue, d'eau et de diverses substances visqueuses rendait la marche hasardeuse. Le brouillard s'était épaissi, réduisant les becs de gaz à des globes fantomatiques, d'un jaune sale, et déformant monstrueusement les silhouettes des piétons. La scène n'était point dépourvue d'un certain charme sinistre, et je fis observer que cette bonne vieille ville de Londres n'avait rien à envier aux bas quartiers du Caire pour ce qui était de la fascination lugubre et malodorante. Pour toute réponse, Kevin resserra son étreinte sur mon bras et accéléra le pas.

A l'endroit où York Street débouchait sur le square, il fit halte et annonça son intention de me quitter.

— Vous ne risquez plus rien, à présent, madame E.

— Je n'ai jamais risqué quoi que ce fût, monsieur O. Merci de m'avoir invitée dans cette taverne ; ce fut une expérience des plus instructives. Mais n'oubliez pas ce que je vous ai dit.

— Non, m'dame.

— Vous ne citerez plus jamais mon nom.

— Certainement pas, madame E. — Il s'empressa d'ajouter : — A moins qu'il ne se produise un événement important, que les autres journaux en aient vent et l'impriment. Vous ne me demanderiez quand même pas d'être le seul journaliste de Londres à taire ce genre d'information, pas vrai ?

— Sapristi, O'Connell, vous me faites penser à Ramsès ! m'emportai-je. Il ne se produira aucun événement de la sorte. Je n'ai nullement l'intention de me retrouver mêlée à cette absurde affaire du British Museum.

— Ça, par exemple !

Sa bouche assez grande s'ouvrit, non pour sourire mais pour former un rictus de rage. Il gronda :

— Nom d'un chien, j'aurais dû me douter... Quelle impudence ! Ah ! le monstre de perfidie...

— Qui ? Où ?

— Là-bas. Vous voyez ce grand parapluie jaune ?

— Le temps étant inclément, répondis-je, il n'est point étonnant de voir un certain nombre d'ombrelles. Toutefois, avec ce brouillard épouvantable, il est impossible de distinguer les couleurs avec tant soit peu de...

— Là... juste devant Chalfont House. — Kevin émit un grondement rauque. — Regardez cette créature tapie à l'affût, qui rôde comme un vampire... Parole, ce n'est pas la vergogne qui l'étouffe !

Le parapluie dont il parlait n'était pas trop malaisé à repérer, en définitive, car, contrairement à ceux des autres piétons, il demeurait immobile devant la haute grille en fer cernant le parc de Chalfont House. Bien qu'il y eût un réverbère non loin, je ne voyais guère autre chose que le parapluie. De fait, c'était un très grand parapluie.

— Qui est-ce ? demandai-je, plissant les yeux pour y mieux voir.

— Minton, ce serpent venimeux, pardi ! Vous feriez mieux de passer par-derrière, madame E.

— Absurde ! Je refuse de pénétrer furtivement dans la maison comme si je n'avais aucun droit d'y être. Sauvez-vous, monsieur O'Connell (et veillez, sitôt rentré, à changer de bottines et de chaussettes). Un face à face entre vous et Minton ne pourrait occasionner qu'acrimonie et perte de temps.

— Mais, madame E...

— Je suis parfaitement capable d'en imposer aux journalistes effrontés. Vous êtes bien placé pour le savoir.

— Mais...

Les lourdes portes de Chalfont House s'ouvrirent

avec fracas et la lumière du hall se répandit sur les marches du perron. De la silhouette qui se profilait dans l'embrasure émana une voix étrangement déformée par l'humidité et le brouillard :

— Peabody ! Où êtes-vououououoouous, Peabody ? Malédiction !

Je vis le majordome tirer Emerson par les basques, essayer de le calmer — en pure perte. Sans chapeau, sans manteau, sans écharpe ni parapluie, Emerson dévala l'escalier et courut au portail. Dans sa fébrilité, il ne parvint pas à soulever le loquet. Il resta planté là, à beugler et à marteler les barreaux de ses poings.

— Peeeeea-body ! Bon sang de bois, où êtes-vououououous ?

— Je dois y aller, dis-je dans un souffle.

Je parlais dans le vide : Kevin O'Connell n'était plus qu'une ombre s'estompant rapidement.

J'appelai mon conjoint agité, mais ses vociférations couvraient ma voix. Le temps que je le rejoigne, le parapluie jaune avait bondi. Emerson se retrouva face à lui ; seule la grille les séparait. Il s'était tu. J'entendis alors une autre voix, haut perchée, au débit rapide, qui disait :

— Et quelle est votre opinion, professeur...

— Emerson, que dia... que faites-vous nu-tête dans ce brouillard ? le réprimandai-je.

Il me lança un coup d'œil presque distrait.

— Ah ! vous voilà, Peabody. Quelle chose extraordinaire... Regardez plutôt.

Sur ces mots, il saisit le parapluie à travers la grille et le fit tourner à la manière d'une toupie. Celui qui s'abritait dessous devait être attaché à l'instrument d'une façon quelconque, car il pivota avec lui, et la lumière du réverbère éclaira son visage. Tenez-vous bien, cher lecteur : le journaliste... était une femme !

— Bonté divine ! m'exclamai-je. J'étais persuadée que vous étiez un homme.

— Je suis aussi capable que n'importe quel homme ! fut la réponse farouche.

Elle brandit un calepin devant mon visage. Elle avait fixé son parapluie à sa ceinture afin d'avoir les mains libres pour écrire, et je ne pus me défendre d'admirer l'ingéniosité du procédé — tout en déplorant, par ailleurs, le comportement effronté de la dame.

— Dites-moi, madame Emerson, enchaîna-t-elle sans même reprendre son souffle, collaborez-vous avec Scotland Yard sur le meurtre ?

— Quel meurtre ? Rien ne laisse...

— Amelia !

Emerson s'était remis du choc qu'il avait ressenti en découvrant que le reporter zélé appartenait au beau sexe — car telle était mon interprétation du mot « extraordinaire » qu'il avait utilisé. Il m'empoigna par le bras et tenta de m'attirer de l'autre côté de la grille ; il n'y parvint évidemment pas, le portail étant toujours clos.

— Ne parlez pas à ce... à cette personne, insista-t-il. Ne dites pas un mot. Même un « oui » ou un « non » sera déformé par ces vautours — pardonnez-moi, jeune demoiselle — et, comme vous le savez, vous avez une fâcheuse tendance à jacasser...

— Je vous demande pardon, Emerson ! Mais nous reparlerons de cela plus tard. Je n'ai nullement l'intention de me prêter à une interview, et je suis particulièrement contrariée d'être ainsi accostée devant ma porte. Permettez-moi néanmoins de faire observer que je ne puis entrer tant que vous n'aurez pas ouvert le portail.

Tout en parlant, je me faufilai entre Emerson et miss Minton, laquelle fut contrainte de battre en retraite pour ne pas être griffée par mon ombrelle ouverte. Cependant, une fois hors d'atteinte, elle persista et répéta sa question. Elle était plus jeune que je ne l'aurais cru. On ne pouvait la qualifier de jolie : elle avait des traits trop marqués, un menton au contour positivement masculin, des sourcils fournis et rébarbatifs. Les épingles et les peignes censés contenir son épaisse chevelure noire avaient perdu la lutte ; des boucles de jais humides pendouillaient sur ses oreilles.

Jurant (mais tout bas, je dois lui rendre cette justice), Emerson se débattit avec le loquet. Miss Minton se tenait sur la pointe des pieds, prête à s'élancer en avant, et je crois véritablement qu'elle nous aurait suivis jusqu'à la porte de la maison si un intermède n'était venu distraire son attention.

Je fus la première à voir l'apparition insolite, incroyable, et je poussai une exclamation de stupeur. Miss Minton se retourna, Emerson leva les yeux, et nous demeurâmes tous trois pétrifiés. Car la forme qui s'avançait à pas mesurés, sur le trottoir opposé, était celle d'un prêtre de l'Egypte ancienne, vêtu d'une longue robe blanche et d'une cape en peau de léopard. Des lambeaux de brume, longs et blêmes, adhéraient à ses vêtements comme des bandelettes de momie, et la lueur du bec de gaz jouait dans les vagues d'ébène de sa perruque bouclée. Il s'enfonça dans le brouillard et disparut.

CHAPITRE TROIS

Miss Minton fut la première à réagir. Poussant un jappement de chien de chasse, elle se lança à la poursuite de l'ombre, son parapluie tressautant au rythme de sa course.

Je voulus suivre son exemple, mais les doigts d'Emerson se refermèrent sur mes épaules et me plaquèrent, sans ménagements excessifs, contre les barreaux de la grille en fer.

— A vos risques et périls, Peabody ! siffla-t-il. Faites un pas — un seul — et je vous...

Le portail céda enfin à ses instances, de sorte que je n'entendis pas le reste de la menace. D'une main ferme, il m'attira à lui et m'entraîna au pas de charge vers le perron. Il observait un silence menaçant ; la sagesse m'eût commandé de faire de même, mais je suis fière de proclamer que la sagesse ne m'a encore jamais empêchée de faire ce que j'estime juste.

— Emerson ! criai-je en tentant de me dégager de son étreinte d'acier. Emerson, réfléchissez ! Elle a des manières qu'il me déplairait d'observer chez ma fille, mais elle est jeune... impulsive... bref, c'est une femme ! Auriez-vous le cœur de l'abandonner à un grave péril ? Je ne puis le croire... vous, le plus vaillant représentant de votre sexe !

Emerson ralentit l'allure.

— Euh... hmmmm, observa-t-il.

J'avais su que mon adjuration ne serait point vaine.

Emerson est lui-même passablement impulsif (trait de caractère typiquement masculin, injustement attribué aux femmes), mais il est le meilleur des hommes.

— J'ai bien l'intention de partir à sa recherche dès que je vous aurai mise à l'abri, grommela-t-il. Je ne puis vous faire confiance, Amelia, je ne le puis !

— Mais il risque d'être trop tard ! Comment savoir ce que trame cette silhouette de mauvais augure ? Une fois dans ses griffes abominables...

Emerson s'était arrêté au pied des marches.

— Amelia, je vous prie de cesser vos simagrées. Certains citoyens de cette métropole aiment à se promener dans les rues et dans les musées, vêtus des accoutrements les plus bizarres. Nul doute que le climat leur a ramolli le cerveau. Ce sont des déments, que l'on devrait confiner...

— Précisément, Emerson. En cet instant même, miss Minton est peut-être la proie d'un dément échappé. Plutôt que de perdre du temps à ergoter, allons de ce pas...

Les traits d'Emerson se détendirent. Il me fit pivoter sur moi-même.

— Votre inquiétude n'a pas lieu d'être, Amelia.

Miss Minton n'était plus seule ; face à elle se tenait un jeune homme mince, assez grand, portant un long manteau et un haut-de-forme. Ils se querellaient, et leurs deux voix — un baryton et un soprano aigu — se mêlaient en un duo passionné.

— Avez-vous besoin d'assistance, miss... euh... ou bien est-ce un ami à vous ? lança Emerson.

La jeune demoiselle délaissa son compagnon et traversa la chaussée, marchant impétueusement dans les flaques. Emerson ayant pris la précaution de refermer le portail derrière lui, miss Minton, incapable d'avancer davantage, agrippa les barreaux et implora, telle une prisonnière dans sa geôle :

— S'il vous plaît, professeur, madame Emerson... une brève interview ? Cela ne prendra que quelques...

Emerson poussa un rugissement :

— Crénom, jeune péronnelle, n'avez-vous donc aucune décence ? Nous nous sommes attardés dans le seul but de vérifier que votre témérité ne vous avait point valu de difficultés, et vous récompensez notre charitable sollicitude en...

— Allons, Emerson, le coupai-je. Je suis sûre que vous vous êtes bien fait comprendre.

Le jeune homme avait rejoint miss Minton à la grille. Il portait un lorgnon qui ne tenait pas sur son nez, peut-être en raison de l'humidité ; il ne cessa de le rajuster durant la conversation qui suivit.

— Bonsoir, madame Emerson, professeur. J'ai eu le privilège de vous rencontrer l'année dernière, au Museum, dans le bureau de Mr. Budge. Mon nom est Wilson. Je ne pense pas que vous vous souveniez de moi.

— Vaguement, répondit Emerson. Que diantre faites-vous...

— On vous entend à l'autre bout du square, Emerson, intervins-je. Il ne vous serait pas nécessaire de hurler si nous allions rejoindre ces jeunes gens à la grille.

— Gardez-vous-en bien, Peabody, gronda mon mari en resserrant l'étau qui emprisonnait mon bras.

— Je suis un ami de miss Minton, poursuivit le jeune homme. Je vous remercie de votre sollicitude, mais vous n'avez pas d'inquiétude à avoir. J'ai fait de mon mieux pour la dissuader de vous importuner, vous et Mrs. Emerson, mais je n'ai pu la convaincre. Je me suis donc senti tenu de l'accompagner — en restant à distance, conformément à sa requête.

— La honte aurait dû vous tenir à distance ! brama Emerson. Quel outrage à la solidarité ! Vous, un collègue scientifique, prêter main-forte...

— Ce n'est pas de sa faute, cria la demoiselle en brandissant son parapluie. Il a tout tenté pour me retenir.

— Tiens, tiens ! fit Emerson avec une surprenante

bonne humeur. Je crois comprendre. Le détraqué s'est échappé sans encombre, je présume ?

Miss Minton se renfrogna. Son compagnon déclara timidement :

— Je n'ai pas vu la personne en question, professeur. Le brouillard est très dense.

— Emerson, murmurai-je, cet homme d'imposante stature qui vient vers nous me paraît être un constable.

L'argument demeura sans effet sur Emerson. En revanche, le jeune Mr. Wilson, lorsqu'il aperçut la massive silhouette dont le ciré luisait à la lumière du réverbère, poussa une exclamation étouffée et entraîna sa compagne à l'écart. Emerson agita joyeusement la main en direction du constable, qui avait fait halte au portail pour nous examiner avec curiosité.

Lorsque nous entrâmes dans le hall, la maisonnée au grand complet y était rassemblée. Evelyn se précipita à ma rencontre :

— Amelia, vous êtes trempée comme une soupe ! Ne devriez-vous pas changer de vêtements sans délai ?

— Certainement, répondis-je en confiant au majordome mon ombrelle et ma pèlerine. J'espère que je n'arrive pas trop tard pour le thé ? Je prendrais volontiers une tasse de ce vivifiant breuvage.

— Ne préféreriez-vous pas un whisky-soda ? s'enquit mon beau-frère, les yeux brillants de malice.

Walter est le plus aimable des hommes ; il paraît toujours sur le point de rire aux éclats. J'allais décliner son offre quand je m'avisai qu'il flottait encore sur ma personne l'arôme du dernier whisky que j'avais bu. Emerson, au cours de nos rites d'avant-dîner, risquait de détecter cet arôme, ce qui conduirait à des questions que je préférais éviter.

— Magnifique idée ! répondis-je. J'emporterai un verre dans ma chambre, c'est un remède souverain pour prévenir un rhume.

Une fois dans l'intimité de nos appartements, je parvins à boire une gorgée de mon whisky avant qu'Emerson n'entreprît de faire ce que je prévoyais qu'il ferait.

— Attendez au moins que j'ôte ma robe humide, lui dis-je. Vous allez devoir vous changer, vous aussi. Votre chemise est déjà toute...

— Mmmmm, fit Emerson, dans l'incapacité provisoire d'articuler avec davantage de précision.

Avec l'agilité que j'en étais arrivée à admirer, il m'aida à accomplir le changement suggéré sans pour autant interrompre son activité parallèle.

Quel que fût mon désir de continuer, un coup de gong m'incita à rappeler à Emerson que les autres, en bas, allaient nous attendre et qu'un délai prolongé risquait de donner lieu à des spéculations.

— Billevesées ! répondit-il d'une voix alanguie. Walter et Evelyn ne se livrent jamais à de telles spéculations, ils sont trop bien élevés pour cela. D'ailleurs, même s'ils le faisaient, ils ne pourraient que nous approuver. Au cas où ce détail vous aurait échappé, Peabody, permettez-moi de vous rappeler que nous sommes légalement mariés. Donc...

— Oh, Emerson ! Voyons, Emerson... Oh, mon cher Emerson !

Las ! A cet instant, nous entendîmes un grattement à la porte. Emerson proféra un commentaire véhément et se précipita vers le dressing. C'était Rose, heureusement, et non l'un des domestiques qui n'étaient pas familiarisés avec nos habitudes. Rose avait appris, à force d'expériences pénibles (surtout pour le pauvre Emerson), à ne jamais entrer dans une pièce sans s'être annoncée au préalable.

Avec tact, elle entrebâilla la porte et murmura :

— Le gong a sonné, madame.

— Je l'ai entendu. Revenez dans dix minutes, Rose.

Le panneau se referma. Emerson émergea du dressing, vêtu de son pantalon, mais torse nu. La vue de son corps musclé, hâlé, éveilla en moi les sensations les plus extraordinaires. Je brûlais de me retrouver chez nous, dans le Kent, où la cuisinière avait grande habitude de retarder, au tout dernier moment, le dîner d'une demi-heure.

L'interruption avait eu pour fâcheux effet de rappeler à Emerson ses griefs. Il s'empressa de m'en faire part.

— Comment osez-vous quitter cette maison sans alerter personne ? demanda-t-il sévèrement. Comment osez-vous arpenter seule les rues de cette ville, sans protection...

— J'avais une course à faire, répondis-je sans me démonter. Votre chemise est là, Emerson, sur cette chaise.

— Je déteste m'habiller pour le dîner, maugréa-t-il. Qu'est-ce qui m'y oblige ? Walter et Evelyn...

— C'est la coutume. N'ayez crainte, mon chéri, nous serons bientôt à la maison, et là vous pourrez être aussi débraillé qu'il vous plaira.

— Je me consume d'impatience. Nous ne sommes pas en ville depuis vingt-quatre heures que vous vous faites déjà suivre par des détraqués en chemise de nuit. Comment diantre nous a-t-il retrouvés ? Lui avez-vous envoyé un télégramme ?

— Je présume que vous badinez, Emerson. Les journaux ont expliqué nos activités avec force détails. En outre, nos noms figuraient sur la liste des passagers ; si quelqu'un voulait connaître l'heure de notre arrivée, il lui suffisait de se renseigner aux bureaux de la compagnie maritime.

— Cela expliquerait la jeune demoiselle, convint Emerson. C'est quand même extraordinaire, Peabody !

— Qu'une femme soit journaliste ? Inhabituel, certainement ; souhaitable, sans nul doute. Nonobstant mon aversion pour cette profession, cela me réchauffe le cœur de voir mes sœurs s'aventurer...

— Vous n'y êtes pas. Ce qui est extraordinaire, c'est la ressemblance.

— Avec qui, Emerson ?

— Avec vous, Peabody. Ne l'avez-vous point remarquée ?

— Ineptie ! répliquai-je en ôtant les épingles de mes cheveux. Il n'y a pas l'ombre d'une ressemblance.

— Vous n'avez pas de sœur, vous en êtes sûre ?

— Tout à fait sûre. Ne dites pas d'âneries, Emerson.

La réapparition de Rose mit un terme à la discussion. Emerson se retira de nouveau dans son dressing tandis que Rose boutonnait ma robe et s'employait à mettre de l'ordre dans ma chevelure ébouriffée. Emerson n'ayant pas fermé la porte, je l'entendais bougonner entre ses dents. Lorsqu'il ressortit, il était habillé de pied en cap. Ne manquaient que les boutons de col et ses boutons de manchette, qu'il n'arrivait jamais à localiser. Sans cesser de marmonner, il se lança dans la quête des objets manquants, retournant pour ce faire mes articles de toilette.

Rose les trouva à leur place habituelle, dans le premier tiroir du secrétaire, et s'approcha d'Emerson.

— Si vous permettez, monsieur...

— Oh ! merci, Rose. Auriez-vous remarqué, par hasard, la jeune demoiselle qui était à la grille, tout à l'heure ?

— Non, monsieur. Je ne perds pas mon temps à regarder par les fenêtres quand je dois vaquer à mes occupations.

— Stupéfiante ressemblance avec Mrs. Emerson, dit mon mari, levant le menton en réaction au geste un peu brutal de Rose.

— Vraiment, monsieur ?

Ces réponses brèves, sèches, ne ressemblaient pas à Rose, qui entretenait les meilleures relations avec Emerson et moi-même. Souvent, lorsqu'elle m'aidait à m'habiller, elle daignait échanger avec moi quelques potins locaux ou une amicale plaisanterie. Me tournant pour la regarder, je vis qu'elle soumettait Emerson à une véritable torture : elle lui donnait des tapes et des petits coups dans ses efforts pour mettre les boutons de col.

— Où est Ramsès ? m'enquis-je. Il n'était pas dans le hall. D'ordinaire, il est le premier sur les lieux quand il se passe quelque chose.

Un reniflement bruyant, passablement mouillé, fut

l'unique réponse que j'obtins de la part de Rose. Emerson, lui, fronça les sourcils.

— Ramsès est en pénitence. Je l'ai consigné dans sa chambre jusqu'à nouvel ordre. Vous feriez mieux de retourner auprès de lui, Rose, je n'ai pas confiance en... Aïe !

Cette dernière exclamation était causée par Rose, qui lui avait brutalement tordu le poignet en insérant le bouton de manchette.

— Bien, monsieur, dit-elle d'un ton glacial.

Pivotant sur ses talons, tel un soldat au défilé, elle sortit de la pièce au pas cadencé.

— Vous l'avez froissée, dis-je à Emerson.

— Elle prend toujours le parti de Ramsès, maugréa-t-il. Avez-vous vu ce qu'elle a fait, Peabody ? Elle m'a enfoncé ses ongles dans la main...

— Simple maladresse, Emerson, je vous assure. Rose ne ferait pas une chose aussi puérile. Pourquoi Ramsès est-il en pénitence ?

— Regardez plutôt, dit-il en indiquant une pile de feuillets sur la table.

C'était le manuscrit de *L'Histoire de l'Egypte Ancienne.* En y jetant un coup d'œil, un peu plus tôt, j'avais constaté avec plaisir des traces de labeur, mais les événements survenus à ce moment-là ne m'avaient pas laissé le loisir de l'examiner de plus près. Je m'avançai donc et pris la page du dessus. Elle était couverte de biffures, de corrections et de rajouts. Je me disposais à féliciter Emerson pour son industrie, quand je m'avisai que l'écriture n'était pas la sienne. Je savais à qui elle appartenait.

— Oh ! non, murmurai-je. Il n'aurait pas osé... Remarquez, sur ce point au moins, il a raison : la date du commencement de la IVe Dynastie...

Emerson porta une main à son front.

— *Et tu,* Peabody ? Non seulement j'ai nourri une vipère sous mon toit, mais une autre encore en mon sein...

— Ne soyez donc pas si théâtral, Emerson ! Si Ramsès a eu la témérité de réviser votre manuscrit...

— Réviser ? Le petit chenapan l'a quasiment réécrit ! Il a modifié mes dates, mes analyses des événements historiques, ma théorie sur l'origine de la momification !

— Et votre syntaxe... — Je ne pus réprimer un sourire. — A vrai dire, les notions de grammaire de Ramsès ne manquent pas d'originalité.

Voyant Emerson devenir aussi rouge qu'une crête de coq, j'effaçai mon sourire et enchaînai d'un ton sérieux :

— Ramsès s'est très mal conduit, mon chéri. Je le sermonnerai d'importance.

— C'est là un châtiment inadapté à la faute.

— Vous... vous n'avez pas levé la main sur lui, Emerson ?

Il me lança un regard de glacial reproche.

— Vous connaissez mon opinion sur les châtiments corporels, Amelia. Je n'ai jamais frappé un enfant ni une femme, et jamais je ne le ferai. J'avoue cependant avoir été plus près de le faire, ce soir, que je ne l'aurais souhaité.

Je partageais avec Emerson le refus des châtiments corporels, mais pas pour les mêmes raisons. Les siennes étaient d'ordre éthique et idéaliste, les miennes d'ordre purement pratique. Une fessée aurait fait moins mal à Ramsès qu'à moi, car il a une remarquable tolérance à la douleur, en sus d'os extrêmement durs et pointus.

Je ne pus que compatir aux ennuis de mon pauvre époux. Il avait eu une journée épouvantable, et la vue de mon frère James, encore plus effroyablement obèse en tenue de soirée, ne fut pas pour améliorer son humeur. James se montra désireux de plaire : il riait immodérément aux remarques d'Emerson, même à celles qui ne se voulaient pas humoristiques, et me gratifia de compliments extravagants sur ma robe, mon apparence générale et mes qualités de mère. Au fil du dîner, je commençai à subodorer son véritable dessein, mais l'idée paraissait tellement incroyable que j'avais peine à y ajouter foi.

C'est seulement après le dîner qu'il en vint au fait. Comme il attendait manifestement que les dames se retirassent, Evelyn se fit un devoir de lui expliquer :

— Amelia estime, monsieur Peabody, que cette coutume est surannée et insultante pour la gent féminine.

James se tourna vers moi, interloqué.

— Insultante ?

— D'ordinaire, les messieurs gardent les conversations intelligentes — si tant est qu'ils en soient capables — pour le porto et les cigares, dis-je. Je ne déteste pas moi-même une goutte de porto, je suis favorable aux conversations intelligentes, et l'arôme d'un bon cigare ne m'importune nullement.

— Ah ! fit James, hébété.

— Nous discutons généralement d'égyptologie, poursuivis-je. Si le sujet te paraît ennuyeux, James, *tu* peux te retirer dans le salon.

Evelyn parut trouver que j'allais un peu trop loin, mais James décida de prendre ma remarque pour une boutade — ce qu'elle n'était point. S'esclaffant bruyamment, il se pencha par-dessus la table et me tapota la main.

— Chère Amelia ! Tu n'as pas changé depuis que tu étais petite fille. Te souviens-tu du jour où...

Il s'interrompit net, sans doute parce qu'il était incapable de se remémorer de bons souvenirs de notre enfance. Pour ma part, je n'en avais certes aucun de commun avec lui. Abandonnant cette approche, il en essaya une autre :

— Papa disait toujours que tu étais la plus maligne de nous tous, en quoi il avait bien raison. (Faites passer le porto, je vous prie, mon bon Walter.) Tu t'en es rudement bien sortie, hein ?

— J'ai un excellent homme de loi qui me conseille pour mes placements, répondis-je calmement.

Depuis quelques minutes, Emerson examinait James avec le vague dégoût d'un anatomiste en présence d'un nouvel organe particulièrement peu ragoûtant. Finalement, il haussa les épaules et, se tournant vers Walter, reprit la discussion sur le Dictionnaire de Berlin qu'ils avaient entamée plus tôt dans la soirée. Cela convenait à James, qui s'adressa à moi sur le ton de la confidence, en continuant à se servir de porto.

— Je voudrais bien avoir ton bon sens, p'tite sœur. Remarque, c'est pas ma faute. Non, c'est pas ma faute si ces satanés bateaux n'étaient pas fichus de naviguer. Trop de cargaisons perdues...

— Essaies-tu de me dire que tu es dans la gêne financière, James ? Car si tu espères de l'argent, tu n'en auras pas.

— Non, non. Non, pas la gêne à proprement parler. Je peux me refaire. — Il mit un doigt le long de son nez et cligna de l'œil. — Secret. Des perspectives mirifiques. La seule chose...

— Non, James. Pas un penny.

Il battit des paupières.

— J'veux pas d'argent, dit-il d'un ton blessé. Même si tu m'en proposais, j'accepterais pas. J'veux seulement ton cœur de mère pour de pauv' zenfants malheureux...

— Les enfants de qui ? m'enquis-je avec curiosité.

— Les miens, pardi ! Pourquoi j'te demanderais, sinon ?

— Très juste, James. La seule idée de te voir manifester de la compassion désintéressée à l'égard d'autrui défie mon imagination. Mais pourquoi tes enfants auraient-ils besoin d'affection maternelle ? Tu as une épouse, me semble-t-il ? Du moins en avais-tu une... Qu'as-tu donc fait de... de...

Je ne pus me rappeler le prénom de la femme en question, et je crus un instant que James ne le pouvait pas davantage. C'était le genre de créature que l'on aspire à oublier : une femme boulotte, au visage pâteux, à l'esprit aussi étroit et inflexible que sa bouche sans lèvres.

— 'Lizabeth, dit James. Oui, c'est ça. Pauvre 'Lizabeth... Elle souffre d'une affection nerveuse. Le docteur a prescrit... un traitement quelconque... une cure, tout ça. Repos complet, calme, changement d'air. Pas de gamins. Quant à moi, je pars pour l'Orient. L'Inde. Cette fameuse affaire privée dont je t'ai causé. Je reviendrai riche, fais-moi confiance ! Tu vois donc, chère sœur, pourquoi j'implore ta compassion — non pour moi, mais pour mes pauvres enfants orphelins. Veux-tu veiller sur eux, Amelia ? Juste pour l'été. Je serai de retour dans trois mois, et Emily... euh, Elizabeth... devrait être rentrée d'ici là. Six semaines, a dit le docteur. Tu veux bien, Amelia ? En... en souvenir du bon vieux temps ?

— Voilà une requête bien extraordinaire, James ! Que fais-tu de leur éducation ? Je présume que Percy est en pension...

— Pas d'école pour Percy, dit James. Il a un précepteur. Ça lui fera pas de mal de se passer de cours pendant quelque temps. J'suis pas partisan de tout cet enseignement. Mon fils sera un gentleman, tudieu ! Un gentleman n'a pas besoin d'être instruit.

Emerson émit un petit rire :

— Il a raison sur ce point, en tout cas.

Evelyn était d'ores et déjà gagnée à la cause de James. C'est une délicieuse créature, et la meilleure amie qui me soit au monde, mais l'incurable douceur de sa nature la rend vulnérable à n'importe quel vaurien beau parleur ; et quand la supplique concerne des enfants, espèce dont elle raffole (son affection pour Ramsès étant un témoignage éloquent de son absence de discernement dans ce domaine), elle est désespérément dépourvue de sens critique. Les yeux brillants de larmes, les mains jointes, elle s'exclama :

— Oh ! Amelia, vous allez dire oui, bien sûr. Comment pourriez-vous refuser ? Les pauvres chers petits...

Pour être équitable envers moi-même, je me sens

tenue d'expliquer au lecteur pourquoi je ne manifestais pas la chaleur spontanée qu'auraient dû commander les liens du sang et l'affection familiale. La parenté est une chose ; l'affection en est une autre. La première n'a aucune prise sur moi. Je n'ai jamais cru que les hasards de la naissance entraînassent quelque obligation que ce fût pour les parties concernées, pas même entre parent et enfant une fois terminée la période de dépendance, quand le rejeton, devenu adulte et ayant reçu tous les avantages d'une saine éducation, est capable de tenir debout sur ses deux jambes. L'affection, au contraire de la parenté, doit se gagner. Pour ceux qui ont mon affection, je sacrifierais ma vie, mon honneur, tous mes biens terrestres — et je ne doute pas un instant qu'ils feraient de même pour moi.

Il n'y avait jamais eu la moindre affection entre mes frères et moi-même. Ils étaient tous plus âgés que moi, et James était mon aîné de sept ans. Si les autres m'ignoraient totalement, James fut, tout au long de mon enfance, non pas mon défenseur et mon gardien, comme dans les contes sentimentaux, mais mon tourmenteur et ma bête noire. Il kidnappait mes poupées et exigeait une rançon en échange de leur liberté, la rançon étant constituée des quelques shillings que je recevais de mes parents à l'occasion des noëls et des anniversaires. Lorsque mes ressources pécuniaires venaient à manquer, il démembrait et défigurait les otages. Il était toujours à me pincer et à me bousculer dans les lieux publics ; quand je protestais, on me réprimandait pour le trouble que je causais. Le plus beau jour de ma jeunesse fut certainement celui où James fut envoyé en pension.

Le moment venu, mes frères quittèrent la maison pour faire carrière et fonder une famille, me laissant m'occuper de papa. Entre l'inconséquence de mon père et la cruauté et l'indifférence de mes frères, j'avais appris à tenir les hommes en piètre estime, ce qui me condamnait à devenir une vieille fille aigrie, sans grand espoir de faire un mariage avantageux.

« Douce est la vengeance », dit un vieil adage. « La vengeance est indigne d'une âme chrétienne », disent les Ecritures. Dans ce cas précis, les Ecritures se leurrent. Quelle délectation me procura la fureur de mes chers frères lorsqu'on découvrit que papa m'avait légué, à moi seule, sa considérable fortune ! James tenta même de porter l'affaire devant les tribunaux, prétextant que j'avais exercé une influence indue sur un parent âgé et impotent. Grâce à Mr. Fletcher, l'excellent homme de loi de papa — grâce aussi à mon excellent caractère — cette tentative échoua lamentablement, mais l'on se doute bien qu'elle ne contribua point à me rapprocher de mon frère. Un timide raccommodement avait alors été amorcé : James avait assisté à mes noces, même si l'expression qu'il arborait en voyant se volatiliser, dans les flammes de la passion conjugale, son ultime espoir d'hériter un jour de mon argent, eût davantage convenu à un enterrement qu'à un mariage. Nous nous étions rencontrés une seule fois depuis lors — à un enterrement, précisément : celui de mon frère Henry, qui avait succombé à une affection digestive. (Ses charitables belles-sœurs chuchotaient qu'il avait été empoisonné par son épouse à bout de nerfs. Sans doute cette rumeur était-elle fausse, mais je n'aurais certes pas blâmé cette femme si elle l'avait fait.)

Ces poignants souvenirs défilèrent dans mon esprit en beaucoup moins de temps qu'il n'en faut pour les écrire. Cependant, quand je revins à la réalité, je m'aperçus que la conversation avait cessé et que tous les yeux étaient rivés sur moi, y compris ceux de mon cher Emerson. Il avait entendu, sans nul doute, la requête de James ; néanmoins, au lieu de proférer le véhément commentaire auquel je m'attendais, il demeurait silencieux, l'air curieusement énigmatique.

James avait noué ses doigts boudinés autour du pied de son verre et se penchait en avant, les coudes grossièrement plantés sur la table. Ses joues cramoisies étaient luisantes de sueur ; ses lèvres lippues saillaient, exprimant non pas tant la supplication qu'une foncière mauvaise humeur.

— Ma p'tite sœur bien-aimée...

Je me détournai de lui pour regarder Emerson. Quelle différence ! Quel céleste contraste ! Les lèvres fermes, bien dessinées, les joues hâlées, les yeux d'un bleu perçant, les boucles noires ondulées qui couronnaient sa tête, le menton en galoche avec sa profonde fossette (ou « creux », comme préfère l'appeler Emerson quand il y fait allusion, ce qui n'est pas fréquent)... Une douce chaleur se répandit dans mes membres. Je la refoulai... provisoirement.

— Je dois consulter mon mari, déclarai-je. Une telle décision ne saurait être prise sans son avis et son consentement.

Les yeux d'Emerson s'écarquillèrent, puis se plissèrent sous l'effet d'un amusement fort mal réprimé.

— Exactement la réponse que j'attendais, Peabody. Pour les affaires importantes, nous n'agissons jamais sans nous consulter. N'est-ce pas ?

— C'est exact, Emerson. — Je me tournai vers James : — Nous te ferons connaître notre décision lorsque nous aurons débattu de la question, James.

Mon frère, étant un homme, n'eut pas le bon sens de laisser les choses en l'état. Il se pencha de côté sur sa chaise, écarta les mains en un geste implorant — renversant son verre au passage — et s'adressa à Emerson :

— Radcliffe, mon cher frère... heureux de voir que vous êtes maître chez vous. Une grande dame, ma sœur... mais un tantinet tyrannique. Vous y direz, hein ? Vous y direz... son devoir de femme... de mère... pauvres enfants... seuls au monde...

— Mes aïeux ! dit Emerson. Je pense que nous devrions accepter, Peabody, ne serait-ce que par égard pour les infortunés rejetons de cette répugnante créature. Comment avez-vous pu vous retrouver avec un frère pareil ?

Aidé de deux des valets de pied les plus vigoureux, James se laissa persuader de regagner ses appartements, et cela avec d'autant plus de bonne grâce qu'il sentait, en dépit de son état d'ébriété, qu'il avait gagné la partie. L'argument d'Emerson eut sur moi un puissant effet, et les suppliques d'Evelyn ne pouvaient me laisser de marbre, d'autant que je redoutais qu'elle fût suffisamment insensée pour proposer de recueillir les enfants chez elle. Walter fut le seul à soulever une objection. De sa voix douce, affable, il observa :

— Ne devriez-vous pas songer à Ramsès ? Il n'est pas précisément... Il a des habitudes... Il n'est peut-être pas....

Emerson fronça les sourcils.

— Parle, Walter, au lieu de bafouiller. Si tu veux signifier que Ramsès n'est pas le compagnon le plus indiqué pour des enfants bien élevés, tu as tout à fait raison. Si tu nous suggères d'inviter Ramsès à donner son opinion, je me permets de t'informer que tu t'égares. Ce garçon est déjà honteusement gâté.

Avec un sourire et un haussement d'épaules, Walter abandonna la discussion. Plus tard, cependant, lorsque chacun se fut retiré dans sa chambre, je revins à la charge.

— Emerson, j'ai une question à vous poser. Je suis toute prête à prendre ces enfants, mais je ne comprends pas votre empressement à contenter James. Etes-vous bien sûr de ne pas agir ainsi pour faire payer à Ramsès les corrections qu'il a apportées à votre manuscrit ?

— Je n'ai jamais entendu accusation plus révoltante ! se récria Emerson. Faire payer à Ramsès ? Pensez-vous donc que je m'abaisserais à me venger sur un petit garçon ? Mon propre enfant ? Mon unique héritier ? Mon bâton de vieillesse ? Mon...

— Je m'en doutais, l'interrompis-je. Allons-nous lui dire bonsoir ?

— Il dort certainement.

— Non, certainement pas.

De fait, il ne dormait pas. La pièce était plongée

dans l'obscurité, à l'exception d'une petite lampe qui brûlait doucement. Evelyn, en tendre mère, était favorable aux veilleuses pour les enfants, afin d'éviter qu'ils grandissent dans la peur du noir. Ramsès n'avait pas peur du noir — ni de quoi que ce fût d'autre, à ma connaissance — mais il profitait de la lumière pour lire dans son lit. A notre entrée, il laissa choir le gros volume dans lequel il était plongé et se mit sur son séant.

— Bonsoir, maman, bonsoir, papa. Je craignais que le ressentiment justifié de papa ne vous retînt de venir me souhaiter une bonne nuit. Je suis heureux de constater que je me trompais. Je tentais de me distraire avec le dernier volume écrit de la main de Mr. Wallis Budge, mais même ses commentaires absurdes concernant le processus de momification n'ont pu entièrement apaiser mon...

— Tu vas te tirer les yeux, Ramsès. — Je m'assis au bord du lit et lui pris l'ouvrage. — Tu devrais être en train de dormir, ou de faire ton examen de conscience. Le ressentiment de papa est fondé. Tu lui dois des excuses.

— Je me suis déjà excusé, répondit Ramsès. Plusieurs fois. Mais, maman...

— Pas de « mais », Ramsès.

— Je pensais aider papa. Sachant à quel point il est occupé, et que Oxford University Press lui a réclamé à plusieurs reprises le manuscrit, et à force d'entendre les fréquentes remarques que vous lui adressez pour l'inciter à terminer son livre...

— Bonté divine !

Je me levai d'un bond. J'avais eu pitié de Ramsès ; à la douce lumière, il ressemblait presque à un enfant ordinaire, avec son petit visage sérieux et ses boucles noires qui cascadaient sur son front juvénile. C'était bien digne du petit misérable, de rejeter sur *moi* la responsabilité de son acte !

— Je t'engage à reconnaître ta faute et à promettre de ne jamais recommencer, dis-je sévèrement. Tu ne dois plus, à l'avenir, toucher à un manuscrit de ton père, Ramsès. Est-ce bien compris ?

— Pas même pour le sauver, dans l'éventualité d'un incendie, ou si l'un des chiens venait à s'en emparer, ou...

Je tapai du pied. Je suis au regret d'avouer que, souventes fois, Ramsès me conduit à cette puérile extrémité.

— Suffit, Ramsès ! Tu sais très bien ce que je veux dire. Tu ne dois pas écrire sur un manuscrit de ton père, le corriger, l'amender ou le modifier de quelque façon que ce soit.

— Ah ! fit Ramsès d'un air songeur. Maintenant que vous avez bien précisé votre pensée, maman, soyez assurée que j'obéirai à votre ordre.

— Parfait.

Je me détournai pour partir. Derrière moi, une petite voix murmura :

— Vous ne voulez pas m'embrasser, maman ?

La silhouette rigide d'Emerson, bras croisés, front jupitérien, s'affaissa de manière visible.

— Tu ne veux pas que papa t'embrasse, mon garçon ?

— Cela me plairait plus que je ne saurais dire, papa. Je n'osais pas le demander, car je croyais que votre colère — ô combien justifiée — me vaudrait un refus, ce qui m'aurait blessé jusqu'au tréfonds. J'aurais dû me douter que vous manifesteriez cette qualité de pardon qui est la marque d'un noble caractère et qui, selon le Coran...

A ce point, je fondis sur Ramsès et lui accordai le baiser demandé ; je dois toutefois avouer que, ce faisant, je cédai autant à l'affection qu'au désir de stopper sa logorrhée. Emerson prit ma suite, et son étreinte se révéla aussi tendre que pouvait l'être celle d'un parent affectionné. Lorsque nous eûmes quitté la chambre en toute hâte — pour empêcher Ramsès d'entamer une nouvelle tirade — je dis à mon époux :

— Vous ne lui avez pas parlé des enfants.

— Il sera toujours temps demain, grogna-t-il.

Il ouvrit la porte de notre chambre et s'effaça pour me céder le passage. Il avait l'air assez penaud, ce qui ne fut pas pour me surprendre. Emerson est très attaché à Ramsès ; quand il lui témoigne de la sévérité, il s'en repent généralement aussitôt.

— Nous ne devrions peut-être pas les prendre avec nous, Emerson.

— Je n'ai pas changé d'avis, Peabody. Ramsès est un bon petit bonhomme, à sa manière. Je suis sûr qu'il voulait vraiment me rendre service, et je me suis peut-être montré un peu dur. Mais il est... il a parfois... Pour tout dire, il est un rien *bizarre,* Peabody, vous ne trouvez pas ? Il vit depuis trop longtemps en compagnie d'adultes. Ça lui fera du bien de se joindre aux jeux innocents de gamins ordinaires : le cricket... euh... ce genre de choses.

— Avez-vous déjà joué au cricket, Emerson ?

— Moi ? Grands dieux, non ! Pouvez-vous m'imaginer, MOI, me livrant à ce qui est sans doute l'activité la plus diaboliquement illogique et la plus vaine jamais conçue par le cerveau humain ?

Après réflexion, je dus confesser que je ne le pouvais pas.

CHAPITRE QUATRE

N'allez pas croire, cher lecteur, que j'aie oublié ou dédaigné les intéressants événements de la veille au soir, particulièrement la manifestation de l'inquiétante apparition. Ce n'est que le lendemain desdits événements, toutefois, que je pus me consacrer à un examen approfondi de leur signification.

D'ordinaire, je m'éveille avant Emerson. Parfois, je mets à profit cet interlude pour écrire des lettres ou composer des articles destinés à des revues d'archéologie ; le plus souvent, je reste allongée dans le lit conjugal, à organiser mes activités de la journée. Il me semble que la présence d'Emerson à côté de moi favorise mon processus mental : le bruit de sa respiration vigoureuse, la solidité et la chaleur qui émanent de sa personne me rappellent que je suis, à bien des égards, parmi les plus heureuses des femmes.

Si ma mémoire ne me fait point défaut (ce qui lui arrive rarement), mes pensées, ce matin-là, suivaient le cours suivant.

L'imitation n'est pas un phénomène inconnu dans les annales du crime. En fait, un criminel avisé pouvait fort bien profiter d'une série de meurtres ou de vols pour y insérer (si j'ose dire) un unique exploit personnel, similaire par la méthode et l'apparence, ceci afin de camoufler son véritable mobile. Il était possible qu'un second détraqué, à l'imagination trop bornée pour inventer sa propre excentricité, eût imité le prêtre *sem* d'origine. Néanmoins, cette conjecture paraissait improbable. L'apparition que j'avais vue était, sans nul doute, celle-là même qui hantait les salles du British Museum. Peut-être le lascar était-il fou, mais il n'était point dénué d'intelligence. A l'instar de la majorité des habitants de Londres, il pouvait aisément s'arranger pour savoir où nous séjournions et à quelle date nous étions attendus. Sa curiosité à notre endroit n'avait rien de surprenant, dans la mesure où les journaux avaient annoncé que les responsables du Museum s'apprêtaient à nous consulter. Pour heureuse que j'eusse été d'avoir suscité l'intérêt d'un fou homicide, cette alléchante prémisse ne tenait pas, pour la bonne raison qu'aucun homicide n'avait été commis. Emerson avait vu juste depuis le début, et moi... eh bien ! moi aussi, puisque jamais je n'avais cru que la momie malveillante fût autre chose qu'une faribole journalistique. Le déséquilibré ne nourrissait pas de desseins meurtriers contre nous. Il n'avait même pas pointé un revolver dans notre direction.

J'en étais à ce stade de mes cogitations et je m'efforçais de contenir le désappointement que me causaient mes conclusions, quand la porte s'ouvrit et Rose passa la tête par l'entrebâillement.

— Chut ! fis-je. Le professeur dort encore.

— Vraiment, madame ? — Sa voix était rien moins que feutrée ; elle était même plutôt forte. — Je voudrais savoir si monsieur Ramsès peut quitter sa chambre.

— Je ne puis vous répondre, Rose. Le professeur l'ayant consigné dans sa chambre, c'est au professeur de décider s'il peut en sortir.

La voix de Rose enfla aux proportions d'un cri bienséant :

— Bien, madame. Puis-je m'enquérir...

— Non, vous ne pouvez pas. Je ne veux pas que vous réveilliez le professeur.

— Certainement, madame. Merci, madame.

Elle claqua la porte. Emerson s'agita avec irritation.

— Elle prend toujours le parti de Ramsès, maugréa-t-il en tirant le drap par-dessus sa tête.

Il était manifestement réveillé, et manifestement de méchante humeur. Je n'avais nul besoin de rester, puisqu'il ne serait pas dans l'état d'esprit adéquat pour prendre les mesures qui, lorsque les conditions étaient propices, s'imposaient d'emblée à lui. Par conséquent, je me levai, m'habillai — jugeant plus sage de ne point solliciter l'assistance de Rose — et descendis.

Je voulais éloigner Emerson de Londres le plus rapidement possible — afin de pouvoir l'y ramener plus rapidement encore. Quoique l'Egypte soit mon foyer spirituel, et un tombeau bien rangé mon habitat favori, je suis très attachée à notre maison du Kent. C'est un modeste manoir (huit chambres à coucher, quatre grandes pièces de réception, plus les dépendances habituelles) qui est construit en brique rouge et date de l'époque de la Reine Anne. Le parc et les terres environnantes couvrent deux cent quarante-sept acres un tiers. Nous avions acheté la propriété après la naissance de Ramsès et l'avions baptisée Amarna Manor, en hommage sentimental au lieu de notre rencontre ; nous y avions résidé à longueur d'année pendant qu'Emerson enseignait à l'University College. C'était toujours un plaisir d'y retourner, mais je ne prévoyais pas d'y passer beaucoup de temps cet été. Non : le Londres crasseux, brumeux, sinistre, nous retiendrait captifs — du moins jusqu'à ce qu'Emerson eût terminé son livre. Plus tôt il s'attellerait à la tâche, plus tôt nous pourrions retrouver les prairies verdoyantes et la paix bucolique de notre foyer (anglais).

J'avais pris toutes les dispositions pour notre départ, fixé au lendemain, lorsque Emerson fit son apparition. Il était accompagné de Ramsès et, d'après les sourires qui éclairaient leurs visages, ils s'étaient visiblement réconciliés.

Toutefois, ce n'est point par son père que Ramsès apprit l'arrivée imminente de ses cousins. Non. Ce fut

James qui lui livra cette information, assortie d'un douloureux pincement de joue.

— Ce sera bien, hein, mon garçon ? ahana mon frère. Il est grand temps que tu t'amuses avec des gosses de ton âge. Mon Percy est un gars plein de santé ; il contribuera à mettre du rose dans tes joues pâles et à fortifier ces muscles...

Ramsès endura le malaxage de son avant-bras avec une équanimité que je ne pus me défendre d'admirer.

— Quel âge ont mes cousins, oncle James, et quel est leur nombre ? Je suis contraint d'avouer que je n'ai guère eu l'occasion de penser à eux, n'étant pas informé...

— Tais-toi, Ramsès, le coupai-je. Comment veux-tu que ton oncle réponde à ta question si tu ne le laisses pas parler ?

— Euh... humph ! fit James. Voyons voir. Ils sont deux : Percy et ma petite Violet. Je l'appelle « ma petite » Violet parce qu'elle est la perle de son papa. Leur âge ? Attends un peu... Percy a neuf ans, je crois. Ou peut-être dix. Oui, c'est ça. Et l'adorable petite Violet doit avoir... euh...

La lippe d'Emerson trahissait l'opinion que lui inspirait un homme incapable de se rappeler l'âge de sa perle ou de son héritier. Néanmoins, il se tint coi ; il ne s'adressait jamais à James directement.

Ramsès se leva de sa chaise.

— Je vous prie de m'excuser, mais j'ai fini mon petit déjeuner et je dois donner à manger à Bastet. Elle a un comportement bizarre ce matin ; peut-être faudrait-il que vous l'examiniez, maman, car je ne voudrais pas...

— J'irai la voir tout à l'heure, Ramsès.

Lorsqu'il fut parti, James secoua la tête.

— Jamais entendu un enfant s'exprimer de cette façon-là. N'importe, mon Percy aura tôt fait de le dessaler. C'est un vrai garçon, mon Percy. Rien de tel que les exercices de plein air ; il se chargera de vous le remettre d'aplomb, votre gamin. Fiez-vous à lui pour contrer la fâcheuse tendance de cette famille à la consomption, hein, Amelia ?

Il se remit à engloutir son petit déjeuner. Je le considérai avec un silencieux mépris. Il n'y a jamais eu, dans ma famille, la moindre tendance à la consomption ; James avait dit cela uniquement pour donner l'impression qu'il nous faisait une faveur, et non l'inverse.

Après avoir absorbé tout ce qu'il y avait de comestible sur la table, il se décida à prendre congé, au grand soulagement de tous. Il m'avait informée qu'il nous amènerait les enfants d'ici à la fin de la semaine. En montant dans le cabriolet qui devait le conduire à la gare de chemin de fer, il arborait un rictus satisfait qui suscita dans mon esprit de sérieux doutes quant à la sagesse de ma décision. Quoi qu'il en fût, les dés étaient maintenant jetés.

Une fois James parti, l'humeur d'Emerson s'améliora. Elle fut malheureusement assombrie par le journal du matin, lequel contenait un article de miss Minton relatant sa rencontre avec nous la veille au soir. La jeune demoiselle avait un style très vivant et agréable, mais l'exactitude des faits qu'elle rapportait laissait grandement à désirer. L'apparition n'avait pas ricané, ni menacé, ni fait de gestes obscènes ; Emerson n'avait pas retroussé ses manches, mettant l'adversaire au défi de se battre ; et je ne m'étais en aucun cas pâmée de terreur pendant qu'il m'entraînait vers la maison. (Si mes mouvements avaient été un peu saccadés, c'était uniquement parce qu'Emerson me tirait dans son sillage.)

Après avoir mis en lambeaux et piétiné avec entrain le malheureux journal, Emerson se sentit rasséréné. Nous entreprîmes alors de discuter de nos arrangements pour les mois d'été. Walter et Evelyn renouvelèrent leur généreuse proposition de nous laisser Chalfont House, et j'acceptai avec la reconnaissance qui s'imposait. Emerson fit grise mine. Je voulus lui décocher un coup de pied dans le tibia, mais il l'évita, n'étant que trop accoutumé aux petits avertissements de cette nature. Heureusement, son bon cœur — qualité pour laquelle il est loin de recevoir le crédit qu'il mérite — l'emporta sur sa bile, et il exprima à son tour la gratitude de rigueur.

En vérité, Chalfont House n'est pas la résidence la plus confortable pour des gens simples comme nous, qui méprisent l'ostentation et préfèrent le confort domestique à l'étalage de luxe. « La maudite catacombe » (selon l'appellation amusante d'Emerson) ressemble davantage à un musée qu'à une maison ; elle comporte une bonne cinquantaine de pièces et un nombre de fenêtres hautement insuffisant. C'est l'une des plus anciennes demeures du square, ayant été construite à l'orée du XVIIIe siècle, mais elle fut largement réaménagée vers 1860 par le grand-père d'Evelyn, dans une (vaine) tentative de rivaliser avec les Rothschild. L'escalier d'honneur était inspiré de celui du Palazzo Braschi, à Rome, la salle de bal devait son agencement au Château de Versailles, la salle de billard avait un plafond voûté et des murs tapissés de soie chinoise. Sur un point au moins, les occupants ultérieurs pouvaient être reconnaissants au vieux gentleman et à Mr. Rothschild : chacune des chambres possédait une salle de bains attenante.

Ce fut Walter qui proposa que nous passions l'après-midi tous ensemble au British Museum. L'idée serait-elle venue de moi, Emerson s'y fût véhémentement opposé. Venant de Walter, elle n'occasionna de sa part qu'un grognement indulgent.

— J'espère que tu n'as pas l'intention de nous infliger une visite à la fameuse momie, Walter. Tu sais que nous abhorrons ce genre de sensationnalisme.

Walter jeta un coup d'œil à sa femme, qui souriait aux anges, perdue dans de tendres pensées.

— Loin de moi pareille idée, mon cher Radcliffe. Quoique, je l'avoue, la curiosité me pique. Je n'ai pas ton détachement scientifique.

— Bah ! fit Emerson.

— Il y a un papyrus que je voudrais examiner, poursuivit Walter. Comme tu le sais, je travaille actuellement sur ma traduction du Texte Magique de Leyden. Certaines tournures me laissent perplexe. J'espère trouver des parallèles dans le B.M. 29465.

— Si tel est le cas, répondit Emerson, je t'accompagnerai bien volontiers. J'en profiterai pour annoncer mon retour et m'assurer que cet âne bâté de Budge n'a pas installé quelqu'un d'autre dans mon cabinet. Si l'on peut appeler « cabinet » un réduit sans fenêtres, contenant en tout et pour tout un bureau et quelques rayonnages de livres. Je suppose que vous ne voudrez pas venir avec nous, Peabody ?

— Vous supposez mal, Emerson. Il m'intéresse de voir comment Mr. Budge aura exposé les poteries que nous avons octroyées au musée l'an dernier.

— Tel que je connais Budge, maugréa Emerson, nos trouvailles sont encore dans leurs caisses. La jalousie morbide de cet homme envers les autres savants — pas de noms, Peabody ! — dépasse toutes les bornes.

A ma suggestion, Evelyn déclina l'invitation. Je lui recommandai de faire un bon somme, à quoi elle acquiesça assez docilement. Cependant, connaissant sa propension à batifoler avec les enfants, je me rangeai à la proposition d'Emerson d'emmener Ramsès avec nous. En l'absence de notre fils, les chances qu'Evelyn se reposât seraient infiniment plus grandes.

Ramsès se montra enchanté d'être convié. Cette impression me fut confirmée non par son expression, qui demeura aussi impassible qu'à l'accoutumée, mais par le long discours filandreux dont il me gratifia pour exprimer ses sentiments sur le sujet.

Budge n'était pas dans son bureau. Alerté par le raffut que faisait Emerson — « Holà ! Budge, où diable vous cachez-vous ? » et autres apostrophes de même nature — un jeune homme émergea d'une pièce voisine. C'était lui qui, la veille au soir, avait escorté miss Minton à son corps défendant. Je le reconnus à son lorgnon cerclé d'or et à son air de timide indécision, car le brouillard, l'obscurité et ses volumineux vêtements de dessus m'avaient empêchée d'en voir davantage. A la lumière du jour, il se révéla être un mince jeune homme de taille moyenne, au visage tout en longueur et aux doux yeux sombres.

Il nous accueillit avec une réserve que j'attribuai à la modestie de la jeunesse, mais Emerson eut tôt fait de le mettre à l'aise, lui broyant la main et faisant de petites plaisanteries sur notre précédente rencontre. Le jeune homme rougit de manière fort seyante.

— Je vous renouvelle mes excuses, professeur. C'était un fâcheux...

— Pourquoi vous excuser ? Vous n'êtes pas responsable des actes de miss Minton. Mais peut-être aimeriez-vous le devenir, hmm ? C'est une jeune demoiselle séduisante et très... hum... fougueuse.

La rougeur des joues de Wilson se propagea, vers le haut, jusqu'à la racine des cheveux, et vers le bas, jusqu'au menton. Il ajusta son lorgnon.

— Vous vous méprenez, professeur. J'admire, je respecte... mais jamais je n'irais présumer...

Emerson se désintéressa du sujet :

— Bien, bien. Or donc, Budge fait l'école buissonnière, hein ? Parfait. Je n'aurai pas besoin de perdre mon temps avec lui. Je serai de retour à Londres dans une semaine, Wilbur... pardon, Wilson. Veillez à ce que mon cabinet soit prêt, voulez-vous ? C'est celui qui se trouve au nord, tout au bout.

— Mais cette pièce a été attribuée à... — Le jeune homme déglutit convulsivement. — Bien, professeur. Certainement. Je ferai le nécessaire.

Emerson et Walter s'en furent examiner les papyrus, cependant que j'emmenais Ramsès — en dépit de ses véhémentes protestations — visiter la collection de livres et de manuscrits.

— Je sais que tu t'intéresses uniquement aux antiquités égyptiennes, lui dis-je, mais ta culture générale a été honteusement négligée. Il est temps que tu améliores ta compréhension de la littérature et de l'histoire.

Ramsès était petit pour son âge, de sorte que son nez — ou, plus pertinemment, ses yeux — arrivaient tout juste au niveau des vitrines d'exposition. Après que nous eûmes inspecté l'in-folio de Shakespeare et la Bible de Gutenberg, la Chronique anglo-saxonne et les autographes des rois et des reines d'Angleterre, et que je lui eus fait un bref exposé sur chacun d'eux, nous examinâmes le livre de bord du *Victory,* le vaisseau amiral du valeureux Nelson. Je fus atterrée, mais pas vraiment surprise, de découvrir que Ramsès n'avait jamais entendu parler du valeureux Nelson. Comme il se plaignait d'avoir un torticolis, je lui décrivis la bataille de Trafalgar, puis, estimant qu'il en avait absorbé suffisamment pour la journée, je lui permis gracieusement de me conduire aux Galeries Egyptiennes.

Comment Ramsès avait-il appris l'existence de la momie malveillante ? Je ne saurais le dire. J'avais pris grand soin de ne jamais aborder le sujet en sa présence. Notez que ses méthodes pour acquérir des informations, surtout sur des questions qui ne le concernaient pas, frisaient le surnaturel. Il avait une ouïe et une vue extraordinairement aiguisées, et bien qu'il eût accepté, à contrecœur, d'abandonner la pratique consistant à écouter aux portes (« excepté, maman, dans les cas où prévalent des considérations morales supérieures »), Emerson oubliait parfois de surveiller ses paroles.

En tout cas, il était au courant de l'affaire et l'admit en toute candeur quand je lui demandai pourquoi il passait sans s'arrêter devant des pièces — qui, en temps normal, l'eussent intéressé — pour gagner directement la salle où étaient exposées les momies. Je dois, en l'occurrence, lui donner acte de sa franchise. Au lieu de me faire accroire qu'il était curieux de voir les momies parce qu'il étudiait présentement cet aspect de l'égyptologie, il répondit :

— Selon les journaux, c'est souvent à cette heure-ci qu'apparaît l'individu déguisé en prêtre *sem.*

— Je ne puis imaginer en quoi t'intéressent les aberrations d'un malheureux déséquilibré, Ramsès.

— Si tant est qu'il s'agisse d'un déséquilibré, dit-il d'un ton pontifiant.

Le même doute m'ayant effleuré l'esprit, je ne pouvais lui reprocher de le formuler. Je n'étais cependant pas d'humeur à en discuter — du moins, pas avec Ramsès. Je demeurai donc silencieuse.

La Salle des Momies exerçait toujours un vif attrait sur les visiteurs aux goûts vulgaires ou morbides. Aujourd'hui, les spectateurs étaient agglutinés autour d'un cercueil particulier, et il m'apparut aussitôt que quelque spectacle théâtral était en cours. En m'approchant, je vis que le point de mire n'était pas le prêtre, mais une femme drapée dans des voiles amples, fins, de caractère préraphaélite. Je reconnus en elle un médium dont les séances avaient fait fureur quelques années auparavant, jusqu'au jour où un représentant de la Société pour la Recherche Psychique avait publié un article incendiaire sur les méthodes de la dame — lesquelles étaient, selon lui, encore plus grossières que celles d'un banal prestidigitateur.

On pouvait difficilement la blâmer de tirer avantage de cette nouvelle manifestation de la crédulité du public pour promouvoir ou relancer sa carrière. J'eusse néanmoins souhaité qu'elle se montrât plus inventive. Sa prestation était l'habituel et monotone échange de questions et de réponses entre la voix du médium et celle de son « contrôle » ou « esprit guide ». Le guide de Madame Blatantowski portait le nom fascinant (et linguistiquement impossible) de Fetet-ra, et sa voix de baryton offrait une ressemblance frappante avec les intonations rauques de la dame. Il recommandait chaudement à tous ceux qui souhaitaient voir la « princesse » rendue à sa tombe d'envoyer leurs contributions à Madame.

L'auditoire écoutait avec une solennité respectueuse ou avec de larges sourires sceptiques, selon le degré de crédulité de chacun. Avisant un visage proche qui affichait un sourire particulièrement large et sceptique, je m'en approchai.

— Je croyais que vous ne vous intéressiez pas à ce genre de sensationnalisme ? observai-je.

— Walter m'a obligé à venir, répondit Emerson. Ouvre grand tes yeux, Ramsès, mon garçon ; tu auras rarement l'occasion de voir un exemple aussi saisissant de la bêtise humaine.

Walter m'accueillit d'un sourire, mais Mr. Wilson, qui était avec lui, ne partageait pas son amusement.

— Oh mon Dieu, oh mon Dieu ! bêla-t-il comme le mouton auquel son physique l'apparentait. Que va dire Mr. Budge ? Il m'avait bien prescrit de décourager ce genre de choses...

Walter lui donna une tape dans le dos.

— Haut les cœurs, Wilson ! Le spectacle attire les visiteurs, n'est-ce pas ? Certains d'entre eux s'attarderont peut-être et en profiteront pour admirer le musée.

— Vous êtes bien aimable, monsieur Emerson, et je ne manquerai pas de faire valoir cet argument à Mr. Budge. Cependant, il ne... il m'a ordonné...

— Pour une fois, annonça Emerson, je suis d'accord avec Budge. Ceci est une perte de temps. Cette pécore n'entend rien à la façon de capter l'intérêt d'un auditoire.

— Certes, vos exorcismes sont bien plus efficaces. Toutefois, Emerson, peu de gens possèdent vos talents pour l'art dramatique.

— Exact, concéda-t-il. Je suppose qu'elle mérite un petit dédommagement pour sa peine.

Et, avant que j'eusse pu l'en empêcher, il sortit de sa poche quelques pièces de monnaie. D'un mouvement adroit, il les lança par-dessus les têtes des spectateurs, de sorte qu'elles tombèrent aux pieds de Madame en tintant mélodieusement sur le dallage en marbre.

Cela mit un terme à la séance. Certains visiteurs éclatèrent de rire et, à leur tour, jetèrent des pièces. D'autres se précipitèrent pour les ramasser. Emerson observait la scène avec un sourire bienveillant.

— Quelle goujaterie, Emerson ! le réprimandai-je.

— Ma tolérance pour les imbéciles a des limites. Si elle... Ah ! Regardez qui voilà, Peabody. Le prologue est terminé, la pièce va maintenant commencer.

Le « prêtre » avait bien calculé son entrée. Tous les yeux étant rivés sur le médium, personne ne l'avait vu approcher. On aurait pu croire qu'il était sorti de l'un des cercueils anthropoïdes alignés contre le mur. Il était parfaitement immobile, les bras croisés sur sa poitrine. Les visages peints sur les cercueils n'étaient pas plus figés que le sien.

Cela n'avait rien de surprenant, puisqu'il portait un masque — non pas l'un de ces masques modernes qui couvrent seulement le visage, mais une habile réplique de ces ouvrages en papier mâché que l'on plaçait parfois sur la tête des momies. Les frisettes de la chevelure reproduisaient fidèlement les perruques élaborées de la période du dernier Empire. Les traits étaient modelés avec art, les lèvres teintées, les sourcils soulignés à la peinture noire. Les yeux étaient des fentes vides.

La peau de léopard était authentique. Je ne saurais dire pourquoi ce détail me frappa ; peut-être était-ce dû au contraste entre la férocité de la gueule béante et l'aspect inoffensif des pattes pendantes. La cape était jetée sur l'une des épaules et attachée de façon que la tête du fauve reposât sur la poitrine du « prêtre ». Dessous, celui-ci portait une longue robe blanche.

C'eût été un euphémisme de dire que la bizarre apparition était impressionnante. Les spectateurs étaient muets de stupeur. Lorsque l'homme bougea, tous reculèrent devant lui, tels des adorateurs du temps jadis s'écartant pour livrer passage à un prêtre ou à un roi. Regardant droit devant lui, il s'avança jusqu'au cercueil de la momie.

La Dame Henutmehit avait fort bon goût en matière de cercueils. Pourtant, de toute évidence, celui-ci appartenait à une personne de faibles moyens et de condition modeste. Elle ne portait ni couronne, ni uræus, ni aucun autre insigne de royauté. La guirlande qui ceignait sa chevelure noire était ornée d'une simple fleur de lotus.

Après s'être incliné profondément, le prêtre demeura figé dans une attitude hiératique, le regard rivé sur le visage serein de Henutmehit. Le tableau ne manquait point d'allure, mais Emerson, qui n'est pas facile à impressionner, se lassa rapidement. Se tournant vers le jeune Wilson, il déclara d'une voix forte :

— Ce numéro est encore plus insipide que le précédent. Qu'attendez-vous pour exécuter les ordres, Wilbur ? Appréhendez ce toqué, ôtez-lui son masque, relevez son identité et remettez-le aux surveillants de l'asile d'où il s'est échappé.

Mais Wilson ne pouvait que se tordre les mains et geindre lamentablement. L'un des gardiens s'approcha discrètement d'Emerson.

— Le pauv' gars, y fait rien pour causer du scandale, professeur. Y reste là sans bouger, c'est tout. Evidemment, si vous m'demandez d'évacuer la salle...

— Ne vous donnez pas cette peine, Smith, répondit Emerson. Si je veux une salle vide, je l'évacuerai moi-même.

La silhouette masquée se retourna, le doigt pointé. Après sa longue immobilité, ce mouvement était tellement inattendu que les personnes les plus proches s'écartèrent en poussant des cris d'effroi. Une voix grave, voilée, psalmodia :

« Sa sœur était sa protectrice,
Celle qui débusque l'ennemi,
Qui déjoue les intrigues des méchants
Par le pouvoir de sa parole. »

— Sacrebleu ! marmonna Emerson. Peabody, n'est-ce pas là... ?

Mais l'artiste n'en avait pas terminé. Sa voix prit de l'ampleur :

— La plus éloquente, celle dont le discours ne faillit point. Admirable... admirable dans...

Le « prêtre » se tut, comme en proie à une curieuse indécision. Je retins mon souffle. Quel avertissement grave, solennel, allait-il rompre le silence ?

La voix qui rompit le silence n'avait rien de grave ni de solennel. Elle était flûtée et haut perchée.

— Admirable dans l'art de commander, gazouilla Ramsès. O puissante Isis, qui protégeait...

Emerson partit d'un tonitruant éclat de rire.

— Puissante Isis ? Non, grands dieux... c'est de *vous* qu'il parle, Peabody ! La plus éloquente... ah, ah, ah ! Celle dont le discours... ne faillit point...

Terrassé par l'hilarité, il se plia en deux, les mains crispées sur le ventre.

J'attrapai Ramsès par la peau du cou.

— Où vas-tu ainsi ? Reste avec maman.

— Mais il s'enfuit ! cria Ramsès.

C'était vrai. Le « prêtre » détalait à une vitesse stupéfiante, ses sandales claquant sur le dallage. Il atteignit la porte et disparut.

— Peu importe, dis-je. Qu'est-ce qui t'a pris de souffler sa tirade à cet individu, comme l'aurait fait un metteur en scène avec un acteur à la mémoire défaillante ?

— J'ai pensé qu'il avait oublié son texte, expliqua Ramsès. Il récitait « L'Hymne à Osiris », et il...

— Peu importe, répétai-je. Emerson, vous vous donnez en spectacle. Le déséquilibré s'est échappé...

— Laissez-le, hoqueta mon époux. J'éprouve une grande sympathie pour ce garçon. Il a, de toute évidence, beaucoup d'esprit et de raffinement. Oh, mes aïeux ! « Celle dont le discours ne faillit point... »

— Très joli compliment, dit Walter, dont les lèvres frémissaient à l'unisson. (Le rire d'Emerson, quoique déplacé, était d'une gaieté éminemment communicative.) « Celle qui débusque l'ennemi, qui déjoue les intrigues des méchants. » Jamais affirmation ne fut plus véridique, chère Amelia.

— Hum ! fis-je. Walter, je crois que vous avez raison. Emerson, veuillez vous ressaisir. Il est temps de rentrer.

Le restant de la journée s'écoula en paisibles relations familiales avec ceux qui nous étaient le plus chers, et je fus en mesure de rassurer Ramsès sur la santé de Bastet. La chatte paraissait dans un curieux état d'excitabilité, mais sa température et son appétit étaient normaux. J'en conclus qu'elle était un tantinet perturbée par le long voyage et par la frustration de rester enfermée — car, bien entendu, nous ne la laissions pas vagabonder dans les rues de Londres. Après une nuit de sommeil réparatrice, nous prîmes congé les uns des autres, avec la promesse de nous revoir bientôt. Les Emerson juniors partirent pour le Yorkshire et nous pour le Kent. Nous étions à cent lieues d'imaginer combien serait bref notre intermède de paix pastorale avant qu'une horreur indicible ne vînt s'abattre sur nous.

Je me suis souvent interrogée sur l'âge véritable de Wilkins, notre majordome, mais je n'ai jamais eu l'impertinence de lui poser ouvertement la question. Lorsqu'on lui demande de faire une chose qu'il n'approuve pas (ce qui arrive fréquemment dans notre maisonnée), il chancelle et marmonne comme un vieillard sur le point de s'effondrer. Pourtant, son apparence physique n'a pas changé depuis dix ans et, en plusieurs occasions — provoquées, pour la plupart, par Ramsès — je l'ai vu se déplacer avec une célérité qui en eût remontré à un jeune homme de vingt-cinq ans. Je le soupçonne de se teindre les cheveux pour paraître plus âgé.

Dans sa joie de nous revoir, il descendit l'escalier en courant et rendit à Emerson sa cordiale poignée de main avant de se souvenir que le maître n'était pas censé serrer la main de son majordome. John fut le suivant à nous accueillir, le visage fendu d'une oreille à l'autre ; il nous annonça avec fierté que nos bagages étaient arrivés à bon port. Femmes de chambre, valets de pied et jardiniers se succédèrent ensuite. L'épouse de John portait dans les bras son nouveau bébé : nous dûmes l'admirer et convenir qu'il était le portrait de son père (quoique, pour être honnête, on n'en vît pas grand-chose hormis de bonnes joues roses et un assortiment de traits informes).

Ramsès se précipita dans sa chambre pour défaire ses malles. En montant le voir plus tard, je trouvai la pièce — comme je m'y attendais — dans un désordre indescriptible, et Ramsès absorbé dans la contemplation d'un petit coffret rempli de ce qui semblait être du sable.

— Tu as rapporté cela d'Egypte ? m'exclamai-je. Il y a ici toute la terre que tu peux souhaiter, Ramsès ! Quand je pense aux frais...

— Ce n'est pas de la terre, maman, ni du sable ordinaire. C'est du natron. Si vous vous rappelez, papa m'a donné la permission de pratiquer certaines expériences de momification...

— Ne va pas répandre tes saletés dans toute la maison, dis-je avec dégoût. Vraiment, Ramsès, il y a des moments où je me demande...

— Cela peut paraître morbide, maman, mais je vous assure que je ne suis pas affligé de tendances malsaines. Je suis convaincu que Mr. Budge et ses prédécesseurs — je pense notamment à Mr. Pettigrew — sont dans l'erreur quand ils affirment que l'agent essentiel est un bain de natron liquide. Une traduction erronée du texte grec original...

— Les erreurs de traduction sont la spécialité de Budge, dit Emerson qui m'avait suivie dans la chambre. De toute sa vie, il n'a jamais eu une idée originale. Il s'est borné à reproduire l'erreur de Pettigrew sans prendre la peine d'effectuer des recherches personnelles...

Je les abandonnai à leur discussion. Ayant rencontré bon nombre de momies dans le cours de ma vie quotidienne, j'ai développé à leur endroit une indifférence professionnelle, même si certaines d'entre elles sont extrêmement repoussantes. Toutefois, je ne crois pas qu'il soit nécessaire de s'appesantir sur ce genre de sujet.

A ma grande surprise, Ramsès parut plutôt content à la perspective de recevoir la visite de ses cousins — notamment de Violet. Quand il parla d'elle, la lueur qui brillait dans ses yeux noirs ne laissa pas de me mettre mal à l'aise. Ses questions, l'hiver précédent, concernant les relations entre les sexes, avaient plongé son père dans un état de stupeur dont il ne s'était pas encore totalement remis, et avaient quelque peu déconcerté sa mère. Néanmoins, à la réflexion, je m'apercevais qu'une telle précocité n'était pas aussi surprenante qu'il y paraissait. Ramsès avait passé la plus grande partie de sa vie en compagnie d'Egyptiens, lesquels atteignent la maturité bien plus tôt que les Européens, et sont souvent mariés avant l'âge de douze ans. De sévères admonestations avaient inculqué (espérais-je) à Ramsès la sagesse de réprimer sa curiosité en public. Mais je n'y comptais guère.

James ne perdit pas de temps : nous étions encore à déballer nos affaires lorsqu'il arriva avec ses enfants. Une personne peu charitable eût pu croire qu'il était anxieux de s'en débarrasser, tant était grande sa hâte de prendre congé, refusant même de rester dîner. (A vrai dire, nul ne le lui proposa.) Les enfants, à ma requête, dirent docilement « au revoir à papa », mais leurs visages dénotaient une singulière absence d'émotion tandis que la voiture s'éloignait dans l'allée.

C'étaient des enfants avenants — beaucoup plus avenants que je ne l'aurais pensé, connaissant leurs parents. Percy avait les cheveux bruns, et je crus déceler dans ses traits une certaine ressemblance avec moi. Sa sœur, blonde, tenait plutôt du côté maternel : elle avait des joues rondes, une petite bouche pincée et des yeux bleus, très grands et très vides. Ces attributs ne sont pas particulièrement attrayants chez une femme adulte, mais ils s'avèrent relativement seyants chez une enfant. En tout cas, Ramsès trouva sa cousine fascinante. Il la dévisagea sans ciller, à sa manière bien personnelle, jusqu'au moment où elle se cacha derrière son frère en gloussant.

Hormis ces gloussements — qui ne tarderaient sans doute pas à me porter sur les nerfs — je ne relevai aucun défaut dans leurs manières. Percy appelait Emerson « mon oncle » à tout bout de champ (avec un zèle parfois excessif), et moi « chère tante Amelia ». Violet parlait fort peu, ce qui me changeait agréablement de l'ordinaire.

En bref, l'impression initiale fut favorable, et j'eus la satisfaction de constater, au dîner, lorsque j'en discutai avec Emerson, que celui-ci partageait mon opinion. « Pour un garçon qui a l'infortune de s'appeler Percival Peabody, il pourrait être pire » : tel fut son jugement sur Percy. Quant à Violet, c'était « une jolie petite poupée de cire ». Il ajouta aimablement : « Elle paraît un peu niaise. Mais c'est la mode, semble-t-il, chez les petites filles d'aujourd'hui. Vous aurez tôt fait de la dégourdir, Peabody. »

Dans les jours qui suivirent notre retour, je me félicitai d'avoir eu l'inspiration de procurer de la compagnie à Ramsès, car les incessantes escapades qui, jusqu'alors, avaient caractérisé son comportement, m'auraient immanquablement conduite à la démence. Emerson s'était cloîtré dans la bibliothèque, faisant planer la menace d'un effroyable châtiment sur toute personne qui oserait le déranger, et je vaquais du matin au soir aux innombrables tâches qu'une maîtresse de maison doit accomplir à la suite d'une longue absence et en prévision d'une autre. Le soleil était de la partie, de sorte que les enfants pouvaient jouer dehors la plupart du temps.

Il y avait bien quelques anicroches, comme l'on doit s'y attendre quand des enfants s'amusent ensemble — particulièrement quand l'un desdits enfants est Ramsès. Il acquit une proéminente bosse violacée sur le front, consécutive à une chute dans l'escalier ; il admit lui-même avoir été si absorbé dans la contemplation de la petite Violet, qui était avec lui à ce moment-là, qu'il n'avait pas regardé où il mettait les pieds. Un autre incident fut un peu plus sérieux, et me causa (je puis l'avouer dans les pages privées de ce journal) une peur bleue.

Les cris et les pleurs en provenance de la porte d'entrée m'arrachèrent à mon fauteuil, où je vérifiais les comptes de la maison pour l'hiver précédent. Je me ruai dans le hall afin d'apaiser le tumulte avant qu'il ne dérangeât Emerson ; j'oubliai néanmoins cette menue préoccupation à la vue de John portant dans ses bras la forme inerte de mon fils. On ne voyait que le blanc de ses yeux, et il respirait de façon entrecoupée, sifflante.

Violet n'était guère en meilleur état. Le volume de ses hurlements était absolument stupéfiant. Pour la première fois, je lui trouvai une ressemblance avec son père, car son visage rouge, gonflé, était luisant de larmes qui ruisselaient sur ses joues et inondaient son jabot de dentelle.

— Mort ! Mort ! braillait-elle sans répit. Oh, oh, mort ! Mort, mort...

Rose accourut dans l'escalier, les rubans de son bonnet voletant derrière elle. Je lui ordonnai de s'occuper de Violet, qui s'était jetée par terre, secouée de sanglots convulsifs.

Percy étant le seul du groupe à garder la tête froide, ce fut à lui que je réclamai des explications ; car si ma main, mon cœur, mon cerveau brûlaient de venir en aide à mon enfant, je ne pouvais lui administrer de médication avant d'avoir établi la cause de son état. Percy maîtrisait vaillamment son désarroi ; il se tenait bien droit, les épaules en arrière et les mains serrées, et me regardait dans les yeux.

— C'est de ma faute, tante Amelia. Je ne peux pas dire de mensonge. Battez-moi, fessez-moi, fouettez-moi — ou plutôt, demandez à oncle Radcliffe de le faire, il est plus fort. Je mérite d'être puni. Je suis fautif, j'aurais dû me douter...

Je le saisis aux épaules et le secouai.

— Qu'as-tu fait ?

— Ramsès a reçu la balle de cricket en plein dans le ventre, tante Amelia. Je voulais lui apprendre à manier la batte, et...

Je me tournai vers Ramsès. A mon grand soulagement, ses prunelles avaient repris leur place normale, même si elles avaient encore quelque peine à accommoder, et sa respiration était moins laborieuse. Un coup violent dans le plexus solaire peut être douloureux et paniquant, mais c'est rarement fatal, du moins chez les jeunes. Je me souvenais d'avoir subi pareille mésaventure dans mon enfance, après que James m'eut frappée avec une pierre de grosse taille. (Il avait raconté à papa que je m'étais fait mal en trébuchant.)

— Il se remettra, dis-je en exhalant un long soupir. Portez-le dans sa chambre, John, et mettez-le au lit. Comment as-tu pu être si maladroit, Percy ?

Ses lèvres tremblèrent, mais il répondit d'une voix ferme :

— Je prends l'entière responsabilité de l'accident, tante Amelia. Mes mains ont glissé... mais ce n'est pas une excuse.

Derrière moi s'éleva un murmure étrange, asthmatique :

— La faculté... de contrôler la trajectoire... d'un projectile lancé... ou frappé... avec une batte... n'est pas toujours dans les moyens...

— Très juste, Ramsès, dis-je en écartant les mèches de son front en sueur. C'était un accident, et j'ai été injuste envers Percy. Mais pourquoi diantre ne peux-tu pas le dire, au lieu de te lancer dans une interminable péroraison ? D'autant que tu as encore le souffle court...

— Toutefois, dans certaines circonstances... ahana-t-il.

— Suffit, Ramsès ! Montez avec lui, John. Je vous suis.

John obtempéra. Rose emmena Violet, en larmes, et

je tournai mon attention vers Percy, qui se tenait au garde-à-vous comme un petit soldat attendant son châtiment. Il tressaillit perceptiblement lorsque je posai ma main sur son épaule. Je m'empressai de le rassurer :

— Dans cette maison, Percy, on ne donne pas de fessées ni de coups de fouet. A personne : ni aux gens, ni aux animaux, pas même aux enfants. Ce qui est arrivé n'est qu'un malencontreux accident, et c'est courageux de ta part d'avoir pris tout le blâme sur toi.

L'expression éberluée du garçon m'apprit qu'il n'était pas accoutumé à recevoir des adultes un traitement bienveillant et raisonnable. Cela renforça mon intention de démontrer la supériorité de nos méthodes d'éducation sur celles de ses parents.

Vers la fin de la semaine, je commençai à être moins optimiste quant aux effets bénéfiques que pouvaient avoir sur Ramsès des enfants bien élevés. Percy errait autour de la maison comme une âme en peine ; quand je le pressai de questions, il admit qu'il se sentait seul loin de ses « papa et maman chéris », mais aussi sans ses camarades de jeux. Ramsès ne voulait pas jouer avec lui. Ramsès — dit tristement Percy — ne l'aimait pas.

Je pris mon fils dans un coin et le gratifiai d'un petit sermon sur la courtoisie que l'on devait à ses invités.

— Ses parents manquent à Percy, ce qui est bien naturel. Il faut te donner un peu de mal, Ramsès ; abandonne provisoirement tes passe-temps favoris pour te joindre aux jeux qui amusent Percy.

Ramsès rétorqua que Percy avait une conception de l'amusement qui n'était pas à son goût et que, d'après les remarques que faisait Percy sur son père, ce dernier ne lui manquait aucunement. Vu que j'abhorre les commérages de toutes sortes, surtout dans la bouche de jeunes enfants, j'interrompis Ramsès d'un ton assez sec.

— Percy affirme que tu ne l'aimes pas.

— Il a tout à fait raison.

— Peut-être l'aimerais-tu, si tu faisais un effort pour mieux le connaître.

— J'en doute fort. Je suis occupé, maman, par mes travaux. Mon étude de la momification...

Ma réponse fut prompte et cinglante. En effet, cette fameuse étude de la momification avait déjà été cause d'un fâcheux incident, quand Ramsès avait voulu impressionner Violet en lui montrant ses plus beaux spécimens. La crise d'hystérie qui s'était ensuivie avait fait sortir Emerson de ses gonds et de la bibliothèque.

Peu après, j'eus l'occasion de discuter de la mésentente entre les enfants avec une personne dont l'opinion sur ces questions-là avait de l'importance à mes yeux. De toutes les dames du voisinage, elle était l'une des rares à qui j'adressais la parole : directrice d'une école pour jeunes filles, elle partageait mes vues sur des problèmes aussi fondamentaux que l'instruction pour les femmes, le droit de vote pour les femmes, un habillement rationnel pour les femmes et *tutti quanti.* Je lui avais envoyé un mot pour la prévenir de notre arrivée et la convier à nous rendre visite, mais c'est seulement à la fin de la semaine qu'elle trouva le loisir de répondre à cette invitation.

C'était une Ecossaise au teint rougeaud et à la silhouette trapue, avec des cheveux bruns striés de gris et des yeux caves, rusés. Avisant sa culotte bouffante en tweed et ses robustes bottes, je m'enquis :

— Ne me dites pas que vous avez fait tout ce chemin à bicyclette ?

— Si fait. Il n'y a jamais que quinze kilomètres... et, ajouta-t-elle en riant, les braves femmes du village ont cessé de me lancer des pierres quand je passe dans la grand-rue.

Je lui transmis les excuses d'Emerson, expliquant qu'il travaillait d'arrache-pied sur son livre. En réalité, mon époux ne raffolait pas de la compagnie d'Helen ; il prétendait qu'entre elle et moi, il ne pouvait pas placer un mot. Helen accepta la chose avec équanimité ;

elle ne raffolait pas davantage de la compagnie d'Emerson.

— Tant mieux, dit-elle. Nous pourrons causer de femme à femme. Narrez-moi votre dernière aventure, Amelia. J'ai lu ce qu'en ont dit les journaux, mais on ne peut ajouter foi aux informations émanant de cette source.

— Vous ne devez en aucun cas croire ce que vous lisez dans la presse. Il est vrai que nous avons assisté miss Debenham — aujourd'hui Mrs. Fraser — dans une situation critique...

— Démasqué un meurtrier, aussi, et lavé un innocent de tout soupçon ?

— Ça, oui. Mais tout ce que vous avez pu lire d'autre...

— Donc, les effrayantes allusions au Maître Criminel (pardonnez-moi, je ne puis m'empêcher de sourire ; c'est un nom si ridicule, sorti tout droit d'un roman-feuilleton), et l'enlèvement...

— Très exagéré, lui assurai-je. A vrai dire, Helen, je préférerais parler d'autre chose.

Je lui fis un bref compte rendu de nos fouilles avant de conclure :

— Emerson est persuadé que la pyramide appartenait à Senefru, de la IIIe Dynastie. Nous espérons, la saison prochaine, achever l'excavation du temple funéraire et commencer à explorer l'intérieur.

Helen avait écouté, le regard un rien vitreux. En tant qu'historienne classique, elle était relativement peu au fait des recherches archéologiques au Moyen-Orient. Elle changea de sujet et me demanda des nouvelles de Ramsès.

— Il s'est lancé dans l'étude de la momification, répondis-je avec une grimace.

Helen rit de bon cœur. Elle trouvait Ramsès très divertissant — parce qu'elle le voyait fort peu, sans nul doute.

— C'est un enfant remarquable, Amelia. N'essayez

pas d'en faire un petit écolier anglais, l'espèce est détestable.

— Il est impossible de faire quoi que ce soit de Ramsès sans son consentement. Pour être honnête, Helen, je suis heureuse de pouvoir bavarder ainsi avec vous. Je me fais du souci pour ce petit, et votre connaissance des enfants...

— Des filles uniquement, Amelia. Toutefois, mes modestes connaissances sont, comme toujours, à votre disposition.

Je lui parlai de l'antipathie de Ramsès à l'égard de son cousin Percy.

— Ils se battent, Helen, j'en suis sûre. Et c'est probablement Ramsès qui déclenche les querelles, car il ne fait pas mystère de son hostilité envers Percy, alors que Percy est pathétiquement désireux de gagner son amitié. Je pensais que cela profiterait à Ramsès d'avoir d'autres enfants avec qui jouer, mais l'effet semble plutôt néfaste.

— Cela montre simplement que vous connaissez bien peu ces chenapans, dit Helen d'un ton rassurant. Ramsès est un enfant unique, élevé dans un environnement... comment dire ?... inhabituel. Il est accoutumé à avoir ses parents pour lui tout seul. Bien entendu, il lui déplaît de devoir les partager avec d'autres enfants.

— Pensez-vous vraiment que ce soit l'explication ?

— J'en suis convaincue. J'ai été témoin du même phénomène avec mes petites élèves. L'arrivée d'un nouveau-né dans la maisonnée produit fréquemment un changement de comportement.

— Mais Percy n'est pas un nouveau-né...

— C'est une circonstance aggravante. Tous les petits garçons se battent, Amelia — mais oui ! — et certaines petites filles aussi, quoiqu'elles soient généralement plus sournoises et plus subtiles dans leur façon de nuire à ceux qu'elles n'aiment pas.

Elle me narra alors quelques anecdotes sur ses protégées, et je me félicitai d'avoir opté pour une autre profession que la sienne.

Certaines de ses théories me parurent extravagantes ; en tout cas, elles n'étaient pas en accord avec celles des experts que j'avais lus. Cela étant, je n'avais aucun respect particulier pour lesdits experts.

Lorsque vint le moment de nous séparer, elle me proposa de faire un tour sur sa bicyclette neuve, dont elle recommandait chaudement le modèle. Mais quand nous sortîmes de la maison, il n'y avait pas de cycle en vue.

— Je l'avais laissée là, dit Helen en scrutant les alentours avec perplexité.

J'avisai alors Violet, tapie derrière l'une des grandes urnes qui bordent la terrasse.

— Que fais-tu là, Violet ? As-tu vu la bicyclette de la dame ?

— Oui, tante 'Melia.

— Sors de ta cachette, lui intimai-je d'un ton sec.

— Vous faites peur à cette enfant, Amelia, intervint Helen.

— Peur ? Moi ? Comment pouvez-vous supposer...

— Laissez-moi lui parler. — Elle s'avança, le sourire aux lèvres, la main tendue. — C'est toi, Violet ? Tu es une très gentille petite fille, à ce que m'a dit ta tante. Viens me faire un baiser.

Violet s'approcha de biais, un doigt dans la bouche, en me surveillant du coin de l'œil. A la voir, on aurait pu croire que je la battais quotidiennement. Helen s'accroupit pour enserrer l'enfant dans une étreinte maternelle.

— Dis-moi ce qui est arrivé à ma bicyclette, petite Violet, susurra-t-elle d'un ton engageant.

— Ramsès l'a prise, dit Violet en pointant l'index.

De la porte de la maison jusqu'à la grille du parc, il y a bien une distance de quatre cents mètres. L'allée de gravier forme un cercle devant la terrasse mais, en raison des arbres et des buissons que nous avons fait planter, la moitié inférieure du cercle et la ligne droite sont dissimulées aux regards. Soudain, j'avisai la bicyclette qui émergeait du couvert des arbres. Sur la haute selle était perché Ramsès. Comme il avait les jambes trop courtes pour toucher les pédales, sauf quand celles-ci atteignaient le point le plus élevé de leur mouvement circulaire, il progressait par saccades, zigzaguant capricieusement d'un côté de l'allée à l'autre, cependant que Percy, qui courait à côté de la machine, l'empêchait — semblait-il — de tomber.

Helen émit un hoquet d'indignation et d'inquiétude. En regardant approcher l'équipage, je m'aperçus que Percy, en réalité, ne cherchait pas tant à soutenir le cycle qu'à le stopper. Je fus aidée dans cette déduction par les cris qu'il poussait : « Arrête-toi, cousin ! Tu n'as pas le droit, tu n'as pas demandé la permission ! » et autres objurgations de la même eau.

Ramsès m'aperçut. Il cessa de remuer les jambes et, au même instant, Percy lui arracha le guidon. Le résultat était prévisible : cycle et cycliste tombèrent par terre dans un fracas de métal. Grâce à une agile contorsion, Percy évita de subir le même sort.

Helen s'élança vers le théâtre de l'accident tandis que Violet se mettait à bramer : « Mort ! Mort ! », emplissant le parc de ses cris morbides. Je me hâtai de rejoindre Helen.

A première vue, Ramsès paraissait inextricablement enchevêtré avec la bicyclette, mais nous parvînmes finalement à le dégager. Il avait les bras et le visage égratignés, en sang, et son costume marin tout neuf était bon à jeter. Le cycle aussi.

Après m'être assurée qu'il n'était pas blessé, je le secouai sans ménagements.

— Quelle mouche t'a piqué de faire une chose pareille, Ramsès ? Outre que c'était dangereux et téméraire, c'était très mal. Cette bicyclette ne t'appartenait pas et tu n'avais aucun droit de la prendre sans autorisation.

— Violet m'avait dit...

— Ramsès, Ramsès... le coupa Helen en secouant tristement la tête. Un petit gentleman ne rejette pas la responsabilité de ses actes sur une jeune demoiselle. Rien ne t'obligeait à faire ce que demandait Violet.

— Excusez-moi, madame, tante Amelia, intervint calmement Percy. Violet a seulement dit qu'elle adorerait voir Ramsès monter à bicyclette ; il se targuait de bien savoir pédaler. J'aurais dû le retenir. Je suis entièrement responsable de l'accident.

Ramsès se tourna vers son cousin et lui envoya un coup de pied dans le tibia.

— Je t'interdis d'en assumer la responsabilité à ma place ! Pour qui te prends-tu, crénom ?

Percy n'émit pas une plainte, mais son visage se crispa de douleur et il s'écarta de Ramsès en toute hâte. Mon fils lui aurait couru sus si je ne l'avais saisi au collet.

— Ça suffit, Ramsès ! J'ai honte de toi. Ton langage, ton geste belliqueux contre ton cousin, l'état dans lequel tu as mis la machine de miss McIntosh...

Ramsès cessa de se tortiller.

— Je présente mes excuses à miss McIntosh, hoqueta-t-il en essuyant son visage en sang avec sa manche ensanglantée. Je la dédommagerai dès que possible. Je possède présentement douze shillings et six pence, et bientôt... Maman, vous serrez si fort mon col qu'il écrase ma trachée d'une manière évoquant douloureusement ce que doit éprouver un criminel au moment où le nœud coulant...

— Lâchez-le, Amelia, ordonna Helen.

Je m'exécutai d'autant plus volontiers que la couleur du visage de Ramsès s'était notablement assombrie ; je n'avais pas eu l'intention de le malmener à ce point. Helen se pencha pour toucher la joue lacérée de mon fils.

— Je ne t'en veux pas, Ramsès, mais j'avoue que je suis déçue. Pas à cause de la bicyclette ; tu ne l'as pas endommagée à dessein. Sais-tu pourquoi je suis déçue ?

Ramsès avait toujours eu de l'affection pour Helen, à sa manière bien particulière. Néanmoins, s'il m'avait regardée comme il la regardait maintenant, j'aurais sur-le-champ alerté un constable. Sans transition, sa figure meurtrie revêtit son expression coutumière d'indifférence flegmatique.

— Vous estimez que je n'ai pas un comportement de petit gentleman ? suggéra-t-il.

— Précisément. Un gentleman ne prend pas sans permission le bien d'autrui ; il ne se cherche pas d'excuses fallacieuses en s'abritant derrière les autres ; il n'use pas d'un langage inconvenant ; et il ne frappe jamais, *jamais,* une autre personne.

— Hmmmm. — Après réflexion, Ramsès précisa sa pensée. — Pour rendre justice à mes parents, permettez-moi de dire qu'ils se sont employés à m'inculquer ces principes, sans toutefois les présenter de manière si pontifiante, et je dois confesser que, jusqu'à présent, je n'avais jamais pris pleinement conscience des difficultés qu'il y a...

— Monte dans ta chambre, Ramsès.

— Oui, maman. Je voudrais cependant ajouter...

— Dans ta chambre !

Ramsès s'éloigna. J'observai qu'il boitait.

J'ordonnai de préparer l'attelage pour Helen, je complimentai Percy pour ses louables intentions et sa noble attitude, je sermonnai Violet — qui avait cessé de pleurnicher dès qu'elle s'était aperçue que nul ne lui prêtait attention — et regagnai la maison, en proie à une grande lassitude.

J'eus une longue et sérieuse conversation avec Ramsès. Il condescendit à me laisser examiner sa jambe et appliquer des compresses froides sur la plaie violacée qui l'ornait. Toutefois, à en juger d'après son unique commentaire, mon bienveillant sermon n'avait guère porté ses fruits.

— Finalement, remarqua-t-il, ce n'est pas la peine de se donner tant de mal pour être un petit gentleman.

Après l'incident de la bicyclette, le conflit entre les enfants connut une accalmie — peut-être parce que j'avais consigné Ramsès dans sa chambre pour trois jours. Je fus ainsi en mesure de terminer mes tâches ménagères et de dresser des plans en vue de notre départ pour Londres. Emerson restait cloîtré dans la bibliothèque, d'où il ne sortait que pour prendre ses repas et ronchonner contre les autres membres de la maisonnée. Au début, j'entendais des cris courroucés chaque fois qu'il découvrait une nouvelle révision de son manuscrit de la main de Ramsès ; puis, au fil du temps, ses récriminations décrurent et, finalement, il m'informa qu'il en était arrivé au point où il lui fallait consulter des ouvrages de référence au British Museum. Je l'informai, en retour, que j'étais prête quand il le serait.

Soucieuse d'éviter tout différend entre nous, je m'étais abstenue de la moindre allusion à l'étrange affaire de la momie malfaisante. Soyez cependant assuré, cher lecteur, que je parcourais avidement les journaux, tous les matins, pour voir s'il s'était produit des événements nouveaux. Le résultat se révéla décevant au plus haut point. Mr. O'Connell et sa rivale avaient beau faire flèche de tout bois, le seul protagoniste à leur fournir de la copie était l'accommodant déséquilibré travesti en prêtre, qui se recueillait devant la momie avec régularité. Aucun visiteur, aucun responsable du musée ne souffrait du plus petit furoncle.

J'avais quasiment oublié l'affaire quand, un matin — c'était le mardi, je crois —, Wilkins vint m'annoncer qu'une jeune dame désirait me voir. Celle-ci lui était inconnue et n'avait point consenti à donner son nom.

— Je crois cependant que madame aura à cœur de la recevoir, conclut Wilkins avec un air des plus énigmatiques.

— Vraiment, Wilkins ? Et pourquoi cela ?

Il toussota humblement.

— Cette jeune dame s'est montrée fort insistante, madame.

La répétition du mot « dame » était délibérée et

lourde de signification. Snob comme il l'est, Wilkins ne manque jamais de faire ce genre de distinction.

— Bien, introduisez-la, dis-je en posant ma plume. Ou plutôt, non : je vais la rejoindre, ainsi je pourrai me libérer plus facilement. Où l'avez-vous installée, Wilkins ?

Il l'avait installée dans le salon, ce qui était une nouvelle indication du statut social de la visiteuse. Je dirigeai donc mes pas vers cette pièce.

La « jeune dame » était occupée à examiner les photographies de famille alignées sur le manteau de la cheminée. Bien qu'elle me tournât le dos, je la reconnus d'emblée à sa façon de pencher la tête d'un air inquisiteur et de griffonner dans un calepin.

— Une *dame,* avez-vous dit, Wilkins ?

La visiteuse émit un jappement et fit volte-face. C'était miss Minton, bien entendu, très élégante dans une jupe bleue en tweed, coupée sur mesure, et un corsage rayé. Un canotier en paille était perché sur sa tête.

Wilkins se retira avec tact et miss Minton montra à l'évidence qu'elle n'était pas une dame. Sans la moindre formule de courtoisie ni d'excuse, elle fondit sur moi en brandissant son calepin.

— Vous devez m'écouter, madame Emerson, vous le devez !

Je me redressai.

— Je le dois, MOI, miss Minton ? Vous ne savez point à qui vous parlez !

— Oh ! que si... que si ! Pourquoi serais-je ici, autrement ? Pardonnez-moi, madame Emerson, je sais que ma démarche est intempestive, mais je n'ai pas le temps d'être polie. J'ai loué le seul cabriolet qu'il y avait à la gare de chemin de fer, mais je me garde de sous-estimer ses ressources diaboliques : il ne tardera pas à trouver un autre moyen de transport et il me suivra...

La tirade s'acheva sur un petit glapissement tandis qu'éclatait au-dehors un charivari de cris et de coups de heurtoir, clairement audibles à travers la porte close.

Miss Minton tapa du pied.

— Le diable l'emporte ! Il est plus rapide que je ne l'aurais cru possible. Madame Emerson, voulez-vous...

Elle ne termina pas sa phrase. Le tumulte extérieur culmina dans le fracas de la porte du salon qui s'ouvrait à toute volée. Sur le seuil se tenait Kevin O'Connell. Tête nue, essoufflé, le teint comparable — en intensité à défaut de la nuance précise — à la couleur de ses cheveux, les joues striées de sueur, il était momentanément privé de parole par l'épuisement et l'indignation.

Je vis derrière lui Wilkins, assis sur le dallage du hall. Avait-il glissé, trébuché, subi une poussée ? Je n'aurais su dire. Il demeura par terre, sans un geste ni un battement de cils.

Les deux jeunes gens se mirent à parler en même temps. Miss Minton insistait pour que je fisse quelque chose — mais quoi, je n'en avais aucune idée. Quant à Kevin, sa conversation se bornait à des imprécations dirigées contre miss Minton. Le refrain de sa chanson était : « Ah ! sacredieu, si vous étiez un homme... »

Inutile de préciser que je ne laissai pas cette scène se prolonger indûment. Après avoir pesé la situation, je décidai que Wilkins attendrait ; il ne semblait pas blessé, seulement hébété. Je commençai par fermer la porte, puis lançai :

— Taisez-vous !

J'avais eu amplement l'occasion de tester cette injonction sur Ramsès. Le silence suivit instantanément.

— Asseyez-vous, ordonnai-je. Vous ici, miss Minton. Vous, monsieur O'Connell, prenez cette chaise à l'autre bout de la pièce.

Je demeurai debout et poursuivis avec sévérité :

— J'ai rarement assisté à un spectacle d'une telle inconvenance. Vous devriez pourtant savoir, monsieur O'Connell, que vous risquez de graves dommages corporels en faisant ainsi irruption dans cette maison. Je prie le ciel que le professeur n'ait pas entendu ce chahut. Il n'est pas dans des dispositions favorables, ces temps-ci.

Cette précision eut le don de calmer Kevin.

— Vous êtes en droit de pester, madame E., dit-il d'un air penaud. Pour être honnête, j'étais si furieux de la manière dont j'avais été manœuvré par cette impudente péronnelle...

Miss Minton bondit de son fauteuil, ses petits poings crispés. Je la repoussai dans son siège.

— Avez-vous perdu l'esprit ? Que signifie cette intrusion ? Expliquez-vous sur-le-champ. Non, monsieur O'Connell, pas un mot ! Vous parlerez à votre tour.

La demoiselle plongea une main dans son sac et en sortit un journal qu'elle me brandit sous le nez. Ses yeux brillaient d'excitation.

— La momie a encore frappé, annonça-t-elle. Il y a eu un autre meurtre !

CHAPITRE CINQ

Kevin et miss Minton continuèrent d'échanger à voix basse des imprécations tandis que je parcourais le journal. C'était la dernière édition du *Mirror,* fraîchement sortie des presses (comme en témoignaient les traces d'encre sur mes doigts).

Miss Minton s'était rendue coupable d'hyperbole journalistique en disant « un autre meurtre », puisqu'il n'avait jamais été prouvé que la mort du veilleur de nuit n'était pas naturelle. Toutefois, le dernier épisode en date jetait de sérieux doutes sur ce diagnostic, car le second décès était, lui, indubitablement un homicide. Certes, il est possible à un homme de se trancher la gorge ; mais en l'occurrence, la sévérité de la blessure — qui avait sectionné la trachée et endommagé la moelle épinière — rendait cette conclusion hautement improbable. De surcroît, la seconde victime n'était pas un humble employé. (Je parle ici uniquement dans le sens social ; car une personne de rang modeste peut fort bien avoir plus de valeur, aux yeux du Créateur, qu'un pair du royaume.) Selon l'identification, il s'agissait d'un certain Jonas Oldacre, conservateur adjoint des Antiquités Egyptiennes et Assyriennes.

— Le corps a été découvert sur l'Embankment, murmurai-je. Pas au musée...

— Mais où, sur l'Embankment ? contra miss Minton, son crayon en position. Au pied de l'Aiguille de Cléopâtre !

— Il est fâcheux que ce nom inapproprié lui soit resté, déclarai-je en poursuivant ma lecture. Cléopâtre n'a rien à voir avec ce monument, qui s'appelle, en termes exacts, un obélisque. Il a été érigé par le roi Thoutmôsis III, dont il porte le nom. Si vous persistez à griffonner dans ce calepin, miss Minton, je me verrai contrainte de vous le confisquer.

— Bien, madame. — Elle ferma son carnet et le glissa dans sa poche. — Comme vous voudrez. Il s'agit bien, toutefois, d'un monument égyptien ?

— Manifestement. Veuillez me laisser finir... Ce bout de papier que l'on aurait prétendument retrouvé dans la main du mort... avez-vous une copie de la teneur du message ?

— Non, avoua miss Minton.

— Dans ce cas, comment savez-vous ce qu'il contenait ? Car vous en donnez ici une citation textuelle — et en anglais.

Cette fois, la jeune femme fut prise de court. Avant qu'elle eût pu concocter une explication raisonnable, Kevin, qui se maîtrisait à grand-peine, explosa :

— Elle a acheté le constable ! Non pas avec de l'argent — j'ai essayé, sans succès — mais avec ses méprisables artifices de femme...

— Comment osez-vous ! se récria miss Minton, rougissante.

— Sourires à fossettes par-ci, petits mots doux par-là ! poursuivit coléreusement Kevin. Elle lui tâtait les muscles d'un doigt timide, lui disant combien il était fort et courageux...

Miss Minton bondit sur ses pieds, s'élança vers Kevin, le gifla et retourna s'asseoir. Je n'eus pas le cœur de la réprimander, car j'aurais agi de même.

— Honte à vous, monsieur O'Connell ! dis-je sans aménité.

Kevin frotta sa joue en feu. Il avait dû sentir passer la gifle, car elle avait fait grand bruit.

— Bon, soit, marmonna-t-il.

Je posai le journal sur la table.

— Je ne vous demanderai pas comment vous avez fait traduire le message, miss Minton, car je pense le savoir. Si tant est qu'il y ait eu un message...

— Il y en avait un, affirma Kevin. La police a confirmé cette information.

— En ce cas, l'un de vous l'a probablement écrit. Je n'ai jamais vu d'inscription ressemblant, de près ou de loin, à celle-ci. Hmmmm. Les faits paraissent assez clairs...

— Pour un cerveau aiguisé comme le vôtre, peut-être, dit Kevin. Pour ma part, j'avoue être complètement dans le noir.

Je m'apprêtais à l'éclairer quand je notai que miss Minton avait subrepticement sorti son calepin de sa poche et que Kevin, de son côté, m'observait avec une acuité de mauvais aloi.

— Alors il vous faudra rester dans le noir, dis-je d'un ton bref. Si vous avez fait tout le chemin de Londres jusqu'ici en vue d'obtenir une interview, le désappointement vous guette. Quels vampires vous faites, à gronder et montrer les crocs comme des chiens se disputant un os moisi !

D'une même voix, ils se répandirent en protestations d'innocence d'où il ressortait que je me fourvoyais du tout au tout, qu'ils n'étaient nullement venus m'interviewer mais m'offrir gloire et fortune en qualité de conseillère officielle de leurs gazettes respectives.

C'était une proposition fort déconcertante. Plus déconcertante encore fut la rapidité avec laquelle montèrent les enchères, passant en l'espace de quelques minutes de cinquante guinées à cent cinquante. Quoique je fusse tentée de garder le silence, afin de savoir précisément combien je valais aux yeux de l'industrie journalistique, je redoutais une interruption — provenant d'une source que je n'ai pas besoin de nommer — si le vacarme se prolongeait.

— C'est hors de question, répondis-je fermement. Sous aucun prétexte. La discussion est close. Je regrette de ne pouvoir vous offrir des rafraîchissements avant que vous ne partiez, mais après tout, je ne vous avais pas conviés. Bonne journée à vous.

Ils acceptèrent mon refus plus gracieusement que je ne m'y attendais. Je devinai cependant, à l'œil brillant de Kevin, qu'il n'avait point renoncé et entendait bien revenir à la charge une autre fois. Miss Minton murmura :

— Du moment que vous n'acceptez pas *sa* proposition...

J'avais nourri l'espoir de les faire partir sans autre anicroche, mais hélas ! il ne devait pas en être ainsi. De nouveau, la malheureuse porte de mon salon s'ouvrit à la volée, sous la poussée d'un bras plus musculeux que celui de Kevin O'Connell.

Emerson considère que le confort physique est essentiel aux labeurs intellectuels (opinion à laquelle je souscris de tout cœur) : il était donc en bras de chemise, sans gilet ni cravate. Ses cheveux étaient ébouriffés et son visage libéralement parsemé de taches d'encre, signes patents d'une lutte farouche (mais victorieuse) avec sa prose récalcitrante. Ses yeux bleus étincelaient, ses sourcils se rejoignaient, une bouffée de courroux ajoutait une seyante touche écarlate à ses maigres joues hâlées.

— Ah ! fit-il avec suavité. Il me semblait bien avoir reconnu votre voix, monsieur O'Connell.

Kevin battit en retraite derrière le canapé, massif rempart de bois sculpté et de velours cramoisi. Saluant poliment de la tête miss Minton, Emerson s'adressa à moi :

— Amelia, pourquoi Wilkins est-il assis sur le dallage du hall ?

— Je n'en ai aucune idée, Emerson. Si vous lui posiez la question ?

— Il semble avoir perdu l'usage de la parole.

— Je n'ai pas levé la main sur lui, vrai de vrai ! protesta Kevin. Sacredieu, jamais je ne toucherais un respectable vieillard...

— Vous n'avez pas levé la main sur lui, répéta Emerson.

Il retroussa ses manches de chemise et s'avança vers le journaliste apeuré. Je me suspendis à lui en criant :

— Non, Emerson, non ! Si vous vous abaissez à frapper Mr. O'Connell, cela lui fournira la matière de l'article qu'il désire si ardemment.

Cet argument eut davantage d'effet sur Emerson que mes efforts pour entraver ses mouvements.

— Vous êtes dans le vrai, comme toujours, Peabody. Je vous prierai néanmoins de renvoyer ce monsieur sur-le-champ. J'ai beau être le plus raisonnable des hommes, même un caractère aussi pondéré que le mien est susceptible de craquer devant pareille provocation. Avoir l'impudence de faire intrusion chez un homme pour interroger l'épouse dudit...

— Ce n'est pas ce que vous supposez, Emerson, expliquai-je. Il y a eu un autre meurtre !

— Un *autre* meurtre, Peabody ?

— Enfin... un meurtre. Mr. Oldacre, le conservateur adjoint des Antiquités Orientales.

— Oldacre ? Je le connaissais. Un pompeux imbécile, comme il se doit pour un protégé de Budge... Que lui est-il arrivé ?

Je lui narrai l'histoire. Emerson écouta avec courtoisie.

— Triste affaire, mais cela ne nous concerne en rien. Faisons nos adieux à ces jeunes gens et retournons à nos occupations.

Marchant sur la pointe des pieds et usant du mobilier comme d'un rempart, Kevin s'était prudemment approché de la porte. Il connaissait trop bien Emerson pour être rassuré par la trompeuse bénignité du comportement de mon impulsif époux. Celui-ci l'observait du coin de l'œil ; bien que son visage demeurât d'une surhumaine gravité, un léger frémissement aux commissures de ses lèvres trahissait un certain amusement intérieur. Ayant atteint la porte, Kevin s'arrêta.

— Oui, monsieur O'Connell ? s'enquit Emerson.

— Je... euh... j'attendais miss Minton pour l'escorter... enfin, j'espérais qu'elle pourrait me faire un brin de conduite jusqu'à la gare de chemin de fer.

— Ah ! c'est vrai. Miss Minton... — Les yeux d'Emerson pivotèrent vers la demoiselle, qui porta nerveusement une main à son chapeau. — Je devine le moyen qu'a utilisé Mr. O'Connell pour s'introduire dans ma maison. La pure force brutale, exercée contre un homme suffisamment âgé pour être son grand-père. Splendide exemple des bonnes manières irlandaises, pas vrai, Peabody ? Mais vous, miss Minton... comment avez-vous persuadé Wilkins de vous laisser entrer ? Car enfin, s'il avait remis votre carte à Mrs. Emerson, je suis certain que ma femme n'aurait pas consenti à vous recevoir.

— C'est très juste, Emerson, lui assurai-je. Miss Minton a refusé de donner son nom. Je ne puis imaginer comment elle a convaincu Wilkins que sa visite présentait un caractère d'urgence.

— Vous ne pouvez l'imaginer ? murmura Emerson. Moi, je crois pouvoir aventurer une hypothèse. Cette ressemblance ô combien utile... Qu'avez-vous raconté à Wilkins, miss Minton ? Que vous étiez la sœur cadette de Mrs. Emerson, perdue de vue depuis longtemps, ou le fruit abandonné d'un péché de jeunesse...

La réfutation indignée de miss Minton fut à peine plus bruyante que la mienne.

— Emerson, comment osez-vous ?

— Un péché *d'extrême* jeunesse, amenda Emerson. Eh bien, miss Minton ?

— Je n'ai rien dit de tel. Si votre majordome est parvenu à une conclusion erronée, ce n'est point de mon fait.

— Je suis bien persuadé du contraire, dit Emerson avec jovialité. Allez-vous-en, miss Minton.

Il marcha sur la demoiselle, dont le sourire s'effaça.

— Vous ne frapperiez pas une femme ? chevrota-t-elle.

— Je suis profondément blessé qu'une telle idée

puisse vous effleurer, répondit Emerson. Toutefois, rien ne m'empêche de vous soulever dans mes bras et de vous porter, avec le respect que je vous dois, hors de ma maison.

— Je m'en vais, je m'en vais, fut la réponse agitée.

— Alors, faites.

Elle recula vers la porte, suivie d'Emerson. Sur le seuil, elle s'arrêta.

— Vous entendrez encore parler de moi, professeur ! s'écria-t-elle, le regard fulgurant. Je ne renonce pas si aisément !

Kevin la prit par le bras et l'entraîna dans le hall. Wilkins était toujours assis par terre, et je fus contrariée — quoique nullement surprise — de voir à côté de lui Ramsès, qui examinait avec une solennelle curiosité cette forme pétrifiée. Je ne doutai pas un instant que mon fils eût entendu chacun des mots qui avaient été proférés — criés, plus exactement — dans le salon. En voyant apparaître miss Minton et O'Connell, il riva sur eux un regard plus curieux encore.

— Relevez-vous, Wilkins, ordonna Emerson, et verrouillez la porte d'entrée.

Il ferma ensuite la porte du salon et se tourna vers moi.

— Extraordinaire, Peabody. Extraordinaire...

— Quelle absurdité, cette présumée ressemblance que vous persistez à voir...

— S'il vous plaît de la nier, Peabody, ne vous privez surtout pas pour moi. La question est divertissante, mais accessoire. J'admire assez, je l'avoue, l'ingéniosité dont a fait preuve cette jeune femme en l'utilisant.

Prenant le journal, il se laissa choir dans un fauteuil et se mit à lire.

— Sans doute, dis-je, allez-vous prétendre qu'il s'agit seulement d'une curieuse coïncidence, sans aucun rapport avec le décès du veilleur de nuit ?

— Une fois de plus, Peabody, vous sautez aux conclusions, répondit-il avec suavité. Permettez-moi au moins d'étudier les faits — pardon, l'article du journal, ce qui n'est pas la même chose — avant de me faire une opinion. Hmmm, hmmm... Cadavre baignant dans son sang découvert au pied de l'obélisque... bout de papier avec un message invoquant la malédiction des dieux sur ceux qui ont profané la tombe... mystérieuse silhouette en robe blanche rôdant sur l'Embankment dans le brouillard fantomatique... Miss Minton écrit avec piquant, n'est-ce pas ? Encore un trait commun entre vous.

— Votre inoffensif déséquilibré n'est pas si inoffensif que cela, semble-t-il, déclarai-je sans relever le dernier commentaire.

— La police est aussi sceptique que moi sur la présence du prêtre, ma chère. Il semble que le témoin ne soit pas réputé pour adhérer aux principes de la tempérance. Je ne serais nullement surpris d'apprendre que Mr. O'Connell a commis lui-même le crime. Ces journalistes ne reculeraient devant rien pour obtenir...

— Ridicule, Emerson.

— Pourquoi ? Oldacre n'est pas une grande perte pour le monde. Un snob veule, flagorneur avec les gens titrés, joueur, débauché, habitué des lieux mal famés...

— Des lieux de perdition, Emerson ?

— Je pensais aux fumeries d'opium, aux tripots, aux... euh... enfin, oui, disons des lieux de perdition.

Emerson jeta le journal dans un coin. Sourcils froncés, il caressa du doigt la fossette de son menton, selon son habitude quand il est absorbé dans ses pensées. Je considérai cela comme un signe encourageant.

— Vous pensez donc que l'affaire requiert une enquête, Emerson ?

— Elle requiert certes une enquête, et j'ai la conviction que la police s'en occupe.

— Oh, Emerson, vous savez bien ce que je veux dire !

— Oui, Peabody, je sais ce que vous voulez dire. — Emerson continua de se caresser le menton. — Il y a un aspect de cette affaire qui me tente, dit-il avec le plus grand sérieux.

— L'aspect archéologique ! m'écriai-je. J'étais sûre, Emerson, que vous...

— Non, Peabody. C'est le fait qu'elle ne dégage pas le moindre effluve d'aristocratie. Pas de lord ni de lady, pas de « sir », pas même un honorable ! Rien qu'un modeste veilleur de nuit, puis un conservateur adjoint. Pour un peu, Peabody, je serais tenté d'intervenir.

— Emerson, il est des fois où votre sens de l'humour... — Je repris mon souffle. — Emerson ! Répétez ce que vous venez de dire ? Un veilleur de nuit, *puis* un conservateur adjoint... Le désaxé remonte l'échelle sociale ! Qui frappera-t-il, la prochaine fois ?

Le visage maussade d'Emerson s'éclaira.

— Budge ! cria-t-il. Quelle réjouissante perspective !

— Mon cher Emerson, ce badinage déplacé risquerait d'être fâcheusement interprété si l'on venait à vous entendre. Je vous connais mieux que cela ; vous ne voudriez pas voir Mr. Budge traîtreusement assassiné...

— Non, convint Emerson. Je préférerais le voir souffrir mille morts.

— Mais si Mr. Budge n'est pas la prochaine victime ? Il y a à Londres un certain nombre d'experts de l'Orient, Emerson. Et il y en aura bientôt un autre... le plus grand, le plus distingué de tous.

Emerson, qui — à en juger par son sourire — méditait agréablement sur les souffrances de Mr. Budge, leva la tête. Ma suggestion parut le frapper de plein fouet. Ses sourcils broussailleux tressautèrent, ses lèvres remuèrent, comme à l'affût du mot précis, exact. Il finit par le trouver.

— Extravagant ! brailla-t-il. De toutes les théories extravagantes que vous avez jamais échafaudées — ce qui représente, ma chère Peabody, un nombre considérable — celle-ci est la plus... la plus insensée... la plus... Mais je dois me ressaisir. Je dois manifester cet inaltérable sang-froid affiné par des années de cruelle expérience.

— Vous le devriez, en effet. Votre visage est absolument congestionné, Emerson. Contrôlez votre émotion, ou alors extériorisez-la... débarrassez-vous-en. Déchirez le journal, par exemple. Brisez quelque chose. Tenez, j'ai toujours détesté ce vase...

Emerson jaillit de son fauteuil et tendit les bras vers le vase. Puis il se figea, les poings serrés, en marmonnant des propos incohérents. Peu à peu, l'afflux de sang qui avait empourpré ses joues diminua d'intensité.

— Vous m'avez eu, Peabody, dit-il avec un rire jaune. Que vous êtes donc facétieuse ! En réalité, vous n'y croyez pas plus que moi. Vous me taquiniez, voilà tout.

Je me tins coite. Il m'était impossible d'exprimer la vérité, de crainte de déchaîner une nouvelle tempête ; d'un autre côté, une femme aussi franche que moi était incapable de mentir.

— C'était un prétexte, reprit Emerson. Pas fameux, de surcroît, si je puis me permettre de le dire. Vous concoctez d'ordinaire des arguments plus sensés pour justifier votre ingérence dans des affaires criminelles. Car vous allez vous ingérer dans celle-ci, n'est-ce pas, Peabody ?

— Mais... non, Emerson ! Je ne m'ingère jamais.

C'était la pure vérité, cher lecteur. Je ne me suis jamais ingérée dans les affaires d'autrui, et jamais je ne le ferai. C'est un mot que j'abhorre. Il est des fois où une discrète allusion, une suggestion judicieuse, peuvent épargner des souffrances inutiles, et je n'aurais dès lors aucun scrupule à y recourir. De là à m'ingérer... jamais !

Mon cher Emerson était de nouveau lui-même. Une saine rougeur animait ses joues bronzées et son rire irrésistible gargouillait au fond de sa gorge. Il m'enserra dans ses bras.

— Quelle fieffée menteuse vous faites, Peabody ! Vous brûlez de commencer votre enquête. A peine serons-nous arrivés à Londres que vous irez rendre visite à Scotland Yard, à Budge, à la momie...

— Emerson, je m'élève contre cette injuste, pour ne pas dire frivole...

Je fus incapable de poursuivre une discussion rationnelle, car Emerson se livrait à des actes qui affectaient singulièrement mes facultés de concentration. Je tentai une dernière protestation :

— Emerson, vos mains sont couvertes d'encre d'imprimerie. Vous allez laisser des empreintes sur tout mon corsage, et que pensera Wilkins quand il verra... Oh, mon cher Emerson !

— Qui se soucie de ce que pense Wilkins ?

Je fus contrainte d'admettre que mon époux, avec sa perspicacité coutumière, était allé droit à l'essentiel.

« Superstitieuse » est un terme que nul ne s'aviserait, je crois, d'appliquer à MA personne. Amelia Peabody Emerson, en proie à des croyances aussi dégradantes qu'irrationnelles ? Un rire bref serait la seule réponse possible à une idée aussi saugrenue.

Et pourtant, cher lecteur, et pourtant... A une époque de ma vie, j'avais été forcée de croire à la nature prémonitoire des songes, l'une de ces visions s'étant réalisée par la suite jusque dans les détails les plus effrayants. Je ne prétends pas que tel soit toujours le cas. Il se peut, comme le professent aujourd'hui certains experts (au moment où j'écris ces lignes), que les rêves reflètent d'autres éléments encore plus répugnants : vils souvenirs enfouis, désirs contre nature réprimés, et le reste à l'avenant. Je ne suis pas dogmatique ; mon esprit est toujours ouvert aux idées nouvelles, si improbables et déplaisantes qu'elles puissent être.

Foin des considérations philosophiques ! Qu'il suffise de dire que, cette nuit-là, je fis un rêve : une vision d'horreur telle que, bien des années après, le seul fait d'y penser me procurait encore des frissons incontrôlables.

J'étais blottie dans une obscurité humide, redoutant je ne savais quoi. J'étais adossée contre un mur et je sentais, sous mes pieds nus, le contact de la pierre froide. Au début, le silence était total. Puis, au loin, si faible que ç'aurait pu être le murmure de mon cœur palpitant, un bruit se faisait entendre. Il se précisait peu à peu, jusqu'à devenir une mélopée grave, solennelle. Ensuite... ensuite, le cœur susmentionné s'emballa tel un oiseau affolé, car je connaissais cette musique maléfique.

Une lumière escortait le chant, grandissait avec lui. Elle était due à des torches, distantes petites flammes qui se mouvaient en lente procession. Elles s'approchèrent, et les ténèbres reculèrent devant leur lugubre illumination.

J'étais debout, ou accroupie, sur une corniche élevée surplombant une vaste salle taillée dans le roc. Les murs polis, aussi lisses que du satin, reflétaient en les multipliant les flammes des torches. Celles-ci étaient portées par des silhouettes vêtues de robes blanches et affublées de masques monstrueux — crocodiles et faucons, lions et ibis, sculptés de manière à donner l'apparence de la vie. La salle s'éclaira lorsque les porteurs de torches se mirent en position autour d'un autel bas, dominé par une statue monumentale. C'était Osiris, maître des morts, juge divin, le corps emmailloté dans des bandelettes de momie, les bras croisés sur sa poitrine, un sceptre dans chaque main. Sa haute couronne blanche et ses épaules d'albâtre luisaient avec pâleur, formant un saisissant contraste avec le noir du visage et des mains (car ainsi les Egyptiens païens figuraient-ils leurs divinités — phénomène intéressant et encore inexpliqué à ce jour).

Derrière les porteurs de torches, cheminant à pas lents, venait le grand prêtre. Au contraire de ses acolytes, qui avaient le crâne rasé, il portait une longue perruque bouclée. Le masque qui dissimulait son visage avait des traits humains, aussi figés que le visage de la mort. Je prêtai peu d'attention à cette apparition, sinon pour lâcher un petit cri horrifié — car, derrière lui, allongé sur une litière portée par des esclaves dénudés, il y avait un homme que je connaissais.

Ils l'avaient lesté de chaînes, contre lesquelles ses muscles puissants luttaient en vain. Ses bras et son torse nus luisaient comme du bronze poli, en raison de l'huile dont on l'avait oint et de la sueur causée par ses efforts ; il montrait les dents et ses yeux flamboyaient. Cependant, même un courage tel que le sien ne pouvait prévaloir ; tandis que les voix caverneuses psalmodiaient leur hideuse invocation, des mains l'arrachèrent sans ménagements à la litière et le déposèrent sur l'autel. Le grand prêtre s'avança, le couteau sacrificiel à la main. Et alors... et alors — mon cœur défaille encore à ce souvenir — les yeux de saphir du condamné se tournèrent vers l'endroit où je me tenais, pétrifiée, et me trouvèrent en dépit de l'obscurité, et ses lèvres formèrent le mot...

— Peabody ! Peeeeea-body...

— Emerson ! criai-je d'une voix perçante.

— Que diantre vous arrive-t-il ? Vous grognez et gigotez dans votre sommeil comme un porcelet affamé.

La douce lumière d'un lever de soleil printanier illumina son visage bien-aimé, non rasé, ses cheveux en bataille, ses yeux alourdis de sommeil et son froncement de sourcils familier.

— Oh ! Emerson... dis-je en me jetant à son cou.

— Hmmmm, fit-il avec contentement. Notez bien, je ne suis pas contre une douce et gigotante petite...

Mais le reste de notre conversation n'a aucun rapport avec le présent récit, et je redoute fort d'en avoir déjà trop dit.

*
* *

Je jugeai plus sage de ne point décrire mon rêve à Emerson. Primo, cela lui eût rappelé cette épouvantable vision dont il avait été témoin, de ses propres yeux, et dont le souvenir avait encore un effet délétère sur sa tension artérielle. Secundo, cela eût provoqué des quolibets et des remarques désagréables sur mon « ingérence ». Jamais Emerson ne m'ordonnait, ou ne m'interdisait, de faire quoi que ce fût : il connaissait la futilité de ce type d'intervention. En revanche, il m'avait supplié d'éviter une nouvelle implication dans une affaire criminelle. Il avait beaucoup de travail à effectuer cet été, plaidait-il, et refusait absolument d'être encore perturbé.

Naturellement, cela se terminerait comme d'habitude : lui et moi, main dans la main, partenaires égaux dans la détection comme dans l'archéologie, suivant la piste d'un autre affreux bandit. Emerson aurait ainsi la satisfaction d'agir comme il brûlait secrètement de le faire, et la satisfaction plus grande encore d'en rejeter la faute sur MOI. C'est là, ai-je observé, un stratagème dont les maris sont friands, et quoique Emerson soit infiniment supérieur aux autres représentants de l'espèce, il n'est pas totalement dépourvu de faiblesses masculines.

Quant à moi, mon siège était fait. Le rêve hideux qui m'avait visitée ne pouvait être un présage à prendre au pied de la lettre. Bien que mon cerveau d'érudite eût fonctionné, même dans le sommeil, avec sa compétence coutumière, donnant une représentation acceptable du costume de prêtre et du dieu sculpté, il n'y en avait pas moins un certain nombre d'inexactitudes dans le scénario. Tout d'abord, les Egyptiens ne pratiquaient pas de sacrifices humains — du moins, pas pendant la période concernée. Du moins...

Je me promis d'approfondir cette question un peu plus tard. Pour le moment, je ne pouvais penser qu'à Emerson. Le rêve avait été un avertissement. Non qu'Emerson courût le moindre danger d'être sacrifié sur l'autel d'une divinité dont le dernier adorateur était mort depuis plusieurs milliers d'années ; c'était seulement le symbole qu'avait choisi mon esprit endormi pour m'avertir que quelque péril menaçait mon époux bien-aimé. Superstitieuse, moi ? Certes non ! Cependant, je serais la première à concéder — nenni, à affirmer — qu'une affection aussi profonde que celle qui me lie à mon cher Emerson constitue une union d'essence mystique ; et que, dans ces conditions, tout est possible. Je n'avais encore aucune preuve véritable que ma théorie fût correcte. Mais si elle l'était — oh ! cher lecteur, si elle l'était... Si quelque tueur rôdait de nuit dans les venelles brumeuses de Londres, à l'affût non pas d'infortunées femmes perdues, mais d'égyptologues...

Ignorer cette possibilité eût été manquer à mes obligations d'épouse et risquer la destruction de tout ce qui m'était cher (sans compter Ramsès, bien sûr). Par conséquent, je terminai en hâte mes préparatifs et, le lendemain matin, nous partions pour Londres.

*
* *

La première partie du voyage se révéla plaisante, bien que la voiture fût passablement exiguë pour cinq passagers, d'autant que trois d'entre eux étaient des enfants. Dix minutes après que nous eûmes franchi les grilles d'Amarna House, ils commencèrent à demander si nous étions bientôt arrivés. Emerson, à qui l'inactivité pèse, était presque aussi intenable. Il avait proposé de prendre le train jusqu'à Londres, en me laissant le soin de m'occuper des enfants et des bagages. Inutile de dire que j'avais promptement repoussé cette idée. Violet, Percy et moi occupions l'une des banquettes, Ramsès et Emerson celle d'en face. J'espérais ainsi prévenir les escarmouches auxquelles se livraient souvent les deux garçons quand ils voisinaient de trop près.

Toutefois, Ramsès avait la mort dans l'âme, car il était privé de sa compagne permanente. Bastet avait disparu.

La cause de l'étrange comportement de la chatte nous était apparue dès notre arrivée à la maison. Le rassemblement de tous les félins mâles du voisinage, dans un rayon de vingt kilomètres à la ronde, ne laissait aucun doute — dans mon esprit tout au moins — sur ce qui se préparait. Et, bien que je comprenne l'expression du désir amoureux, tant chez l'homme que chez l'animal, je dois dire que l'apparition des admirateurs de Bastet ajouta grandement à mes difficultés. Leurs chants énamourés emplissaient la nuit, rendant tout sommeil impossible ; ils ne cessaient de se battre, entre eux ou avec les chiens. Je fus soulagée, je le confesse, lorsque Bastet jeta son dévolu sur l'un de ses prétendants et s'enfuit avec lui. Malheureusement, elle n'était toujours pas rentrée lorsque nous partîmes et je fus forcée de contrecarrer Ramsès, qui insistait pour que nous attendions son retour. Je n'aurais jamais eu la cruauté de lui dire ce que je redoutais, à savoir que cette éventualité risquait de ne jamais se produire. Je ne nourrissais aucune crainte pour la survie de Bastet : elle était plus grande et plus vigoureuse que la plupart des chats domestiques et avait grandi dans l'inhospitalier désert égyptien. Accoutumée à l'état sauvage, elle avait gracieusement consenti à partager notre vie durant quelque temps ; à présent, elle pouvait très bien retourner à l'état sauvage. Cette possibilité n'effleura pas un instant Ramsès ; à ses yeux, il ne faisait aucun doute que la chatte lui vouait un attachement aussi profond que celui qu'il lui portait. Notion enfantine et touchante... Et, dans la mesure où c'était l'une des rares notions enfantines jamais exprimées par Ramsès, je décidai de ne point le détromper.

Avec Ramsès qui se morfondait, Emerson qui ne tenait pas en place, Percy qui me mitraillait de questions comme un fusil à répétition, et Violet qui devenait de plus en plus poisseuse à force de sucer des bonbons (cette occupation étant le seul moyen de l'empêcher de geindre), je ne puis dire que je profitai pleinement du voyage. Néanmoins, toute épreuve a une fin. Les vertes prairies firent place à des villas de banlieue, puis à l'étendue de briques et de mortier constituant la ville. Après avoir traversé le pont sous lequel les eaux grises du fleuve coulaient paresseusement, et enduré le chaos de la circulation qui envahissait le Strand, nous atteignîmes la paix toute relative de St. James's Square.

Le déjeuner nous attendait, mais Emerson annonça qu'il n'y prendrait point part.

— Vous sortez ? m'enquis-je.

Mon ton était calme et aimable — comme il l'est toujours, je l'espère — mais Emerson sait lire les secrets enfouis au tréfonds de mon cœur. Il tourna et retourna son chapeau entre ses mains, essayant d'éviter mon regard acéré.

— Ma foi... il n'est rien que je puisse faire ici, Peabody. Si je pouvais vous être utile...

— Oh ! je n'ai rien à faire, moi non plus, Emerson. Ou si peu : installer les enfants, défaire les bagages, m'entretenir avec la cuisinière pour le dîner, expliquer aux femmes de chambre qu'elles ne doivent en aucun cas toucher aux spécimens de Ramsès, répondre à une douzaine de missives...

— Quelles missives ? glapit Emerson. Crénom, Amelia, je ne me laisserai pas distraire par des obligations mondaines ! Comment les auteurs de ces missives ont-ils appris que nous étions à Londres ?

— La nouvelle est connue de tous, je suppose. Evelyn avait informé le personnel de l'heure approximative de notre arrivée, or vous savez que les domestiques sont enclins à bavarder sur les faits et gestes de personnes telles que nous.

— Et vous avez écrit à toutes vos relations pour les convier à nous rendre visite, grommela Emerson.

— Uniquement aux collègues et amis dont je pressentais que vous aimeriez les voir, Emerson : Howard Carter et Mr. Quibell, Frank Griffith, qui est à l'University College...

— Alors, lisez vos maudites missives et répondez-y. Seulement ne comptez pas sur moi pour être présent au déjeuner, au thé et *tutti quanti* quand vous recevrez. J'ai à travailler, Peabody !

Plaquant son chapeau sur sa tête, il sortit au pas de charge.

A vrai dire, ma chère Evelyn avait fait tout ce qui était en son pouvoir pour faciliter au maximum notre séjour à Londres. Il y avait en permanence à Chalfont House un personnel réduit, qui bénéficiait du gîte et du couvert quand la famille n'y résidait pas. En vérité, le personnel était beaucoup plus important que nécessaire, car Evelyn, qui était la bonté incarnée, recueillait toujours des jeunes filles en peine pour leur offrir refuge. La gouvernante, quoiqu'elle ne fût plus de première jeunesse, bénéficiait également de sa charité : parente lointaine de la mère d'Evelyn, décédée depuis longtemps, elle avait été mariée à un pasteur de village et s'était retrouvée dans le dénuement le plus complet à la mort de son époux. Evelyn, douloureusement consciente des tribulations de cette catégorie de femmes — des dames de bonne famille, sans formation ni ressources — lui avait fourni non seulement un refuge, mais une raison de vivre et un emploi. Mrs. Watson, dans sa gratitude, s'était appliquée à se rendre utile à son aimable maîtresse. Les jeunes filles qu'elle formait — dont certaines avaient connu des situations si horribles que je craindrais, en les relatant, d'abuser de la compassion du lecteur — la regardaient comme une mère, et la majorité d'entre elles finissaient par se marier ou trouver d'excellentes situations.

Sachant que cette brave femme aurait la situation bien en main, je m'étais rendue coupable d'exagération en me plaignant auprès d'Emerson. Cependant, il y avait un certain nombre de détails à régler afin d'assurer la bonne marche de la maison, et je m'entretins avec Mrs. Watson pour en discuter.

Nous n'avions amené avec nous aucun de nos domestiques. Rose me remplaçait en mon absence ; sans elle, Amarna House n'aurait pu fonctionner normalement. Wilkins était, à vrai dire, plutôt un fardeau qu'autre chose. J'avais bien envisagé de réquisitionner John, qui était accoutumé à nos mœurs (et aux momies de Ramsès), mais lui demander de quitter sa petite famille eût été malvenu.

Mrs. Watson m'assura qu'il n'y aurait aucune difficulté.

— Trois de nos jeunes filles viennent de nous quitter, mais nous pourrons facilement en trouver d'autres par la même source.

— Hélas ! soupirai-je.

— Oui, dit la gouvernante en opinant tristement.

Elle s'habillait encore à la mode qui prévalait au temps de sa jeunesse, et on ne la voyait jamais sans une coiffe sur sa belle chevelure blanche. Ces coiffes trahissaient une touche de frivolité inattendue, chacune d'elles étant plus extravagante que la précédente en matière de rubans, de dentelle et de nœuds. Ce jour-là, on eût dit qu'une nuée de grands papillons mauves s'était posée sur sa tête.

— Je ferai paraître une annonce dans le *Post,* lui dis-je. Il nous faut quelqu'un pour surveiller les enfants. Une nounou pour la petite Violet, et quelqu'un de...euh... plus vigoureux pour les garçons.

— Un précepteur ?

— Un gardien, répondis-je. Pensez-vous que l'un des valets... ?

— Ce sont de braves garçons, mais ils n'ont guère d'éducation. Leurs manières ne sont pas précisément de celles que vous voudriez voir votre fils acquérir.

— Ce qui me préoccupe, ce n'est pas tant d'éduquer Ramsès que de l'empêcher de se tuer — ou de tuer son cousin. Ils ne s'entendent pas, madame Watson. Ils sont constamment à couteaux tirés.

— Ce sont des garçons, dit-elle avec un sourire indulgent.

— Humph !

— L'une des petites bonnes, Kitty ou Jane, ferait l'affaire à la nursery dans l'immédiat. Et Bob est un jeune homme robuste...

— Je m'en remets à vous, madame Watson. J'ai toute confiance dans votre jugement.

Ayant conclu ces arrangements, je pris mon chapeau, mon ombrelle, et quittai la maison. C'était une belle journée de printemps. Un vent de nord-ouest avait quelque peu dissipé la fumée, ce qui permettait d'entrevoir, çà et là, un coin de ciel bleu. Je marchai d'un pas vif, observant avec dédain et pitié les dames que je croisais : engoncées dans des corsets trop serrés, perchées sur des souliers à hauts talons, elles étaient quasiment incapables de se mouvoir, à plus forte raison d'effectuer une bonne promenade revigorante. Les pauvres malheureuses étaient victimes des diktats de la société — mais des victimes consentantes, à vrai dire, telles les femmes d'Inde qui se jetaient inconsidérément dans le bûcher funéraire de leurs époux bigames. Les lois éclairées de l'Empire Britannique avaient mis un terme officiel à cette épouvantable coutume ; quelle pitié que l'opinion britannique fût si peu éclairée en ce qui concernait l'oppression des femmes anglaises !

Je fus arrachée à ma rêverie par une voix essoufflée, derrière moi :

— Bonjour, madame Emerson.

Sans modérer mon allure, je répondis :

— Bonjour, miss Minton, et bonsoir. Il est inutile que vous me suiviez, car je ne vais rien faire qui soit de nature à intéresser vos lecteurs.

— Me ferez-vous la grâce de vous arrêter un instant ? Vous marchez si rapidement que je ne puis me maintenir à votre hauteur et parler en même temps. Je tiens à vous présenter mes excuses.

Je fus contrainte de faire halte car Regent Street, que je me proposais de traverser, était encombrée d'un trottoir à l'autre de véhicules en mouvement.

— Je me suis fort mal comportée, reprit miss Minton. Sincèrement, j'ai honte de moi. Seulement... c'est lui le responsable, madame Emerson. Il m'irrite à tel point que, parfois, j'agis sans réfléchir aux conséquences.

Mettant à profit une accalmie dans la circulation, je m'engageai sur la chaussée. Un omnibus manqua de peu renverser miss Minton, qui marchait sur mes talons.

— Vous voulez parler, je présume, de Mr. O'Connell ? dis-je.

— Eh bien... oui. Il n'est pas pire que les autres, remarquez. Nous vivons dans un monde d'hommes, madame Emerson, et si une femme veut faire son chemin, elle doit se montrer aussi rude et agressive qu'eux.

— Pas au risque de perdre sa féminité, miss Minton. On peut réussir dans n'importe quelle profession et rester néanmoins une dame.

— C'est vrai pour vous, certes, dit-elle avec chaleur. Mais vous êtes une personne unique, madame Emerson. Oserai-je vous faire un aveu ? Depuis le jour où j'ai lu vos aventures en Egypte, j'ai un grand respect pour vous. L'une des raisons qui m'ont incitée à suivre cette affaire avec tant d'acharnement, c'était l'espoir d'avoir ainsi l'occasion de vous rencontrer — vous, mon idole, mon idéal.

— Hmmm... Ma foi, miss Minton, je partage assurément vos aspirations et je comprends fort bien que la profession que vous avez choisie présente des difficultés pour une femme.

— Alors vous me pardonnez ? dit la jeune demoiselle en joignant les mains.

— Le pardon est prescrit aux chrétiens, or j'espère accomplir en toutes circonstances mon devoir de chrétienne. Je ne vous tiens pas rigueur de votre attitude, mais je n'ai pas pour autant l'intention de vous assister dans votre quête de sensationnel.

— Non, bien entendu. Hum... vous n'iriez pas à Scotland Yard, par hasard ?

Je lui lançai un regard aigu et vis ses lèvres s'incurver en un sourire.

— Ah ! fis-je. Vous badinez à mes dépens. Très amusant, vraiment. Pour répondre à votre question, je vais de ce pas insérer une annonce dans le *Post*. Non point l'une de ces mystérieuses notices qui agrémentent le courrier du cœur, mais une simple offre d'emploi pour une domestique. Cela fait, j'irai retrouver mon mari au British Museum, où il travaille — non point sur le mystérieux problème de la momie, mais sur son histoire de l'Egypte ancienne. Rien que de très innocent, comme vous voyez. Libre à vous de me suivre si cela vous chante, puisque je ne puis guère vous en empêcher, mais ce sera, outre une perte de temps, une longue et fatigante promenade.

Miss Minton écarquilla les yeux.

— Vous comptez vous rendre à pied à Fleet Street, puis à Bloomsbury ?

— Certainement. *Mens sana in corpore sano,* miss Minton. Un *mens sana* dépend, selon moi, d'un *corpore sano,* et un exercice physique régulier...

— Oh ! c'est tout à fait mon opinion, s'exclama miss Minton. Je comprends, maintenant, votre apparence juvénile et votre silhouette irréprochable. Vous ne m'en voudrez pas, je l'espère, d'en faire état.

Je secouai la tête en souriant. Décidément, cette petite avait de bien charmantes manières, quand elle daignait en faire usage.

— Et votre costume, enchaîna-t-elle, à la fois si pratique et si seyant ! Du meilleur goût et, en même temps, confortable.

— J'aimerais pouvoir vous retourner le compliment, dis-je avec jovialité. Votre robe est très jolie, notez bien. Les manches se sont encore élargies (ce que je n'aurais pas cru possible), et la largeur de votre jupe vous permet de marcher librement, sans vous empêtrer les jambes dans les plis du tissu. La couleur — quel nom lui donne-t-on, cette année ? safran ? moutarde ? bouton-d'or ? — sied à votre teint. Et ces ganses aux poignets et aux revers... Vous devriez boutonner votre manteau, miss Minton, le fond de l'air est frais. Attendez, laissez-moi faire. Oui, c'est bien ce que je subodorais : votre corset est trop serré. C'est miracle que vous puissiez encore respirer.

J'entrepris de lui faire une petite causerie touchant

les effets iniques d'un corset trop serré sur les organes internes, causerie qu'elle écouta sans tenter de dissimuler son intérêt. Tout à coup, elle dit avec élan :

— Que c'est donc intéressant, madame Emerson ! Voudriez-vous... pourriez-vous... consentiriez-vous à prendre une tasse de thé avec moi pendant que nous poursuivons cette conversation ?

J'hésitai, car je répugnais à laisser échapper l'occasion de convertir une jeune femme de plus aux avantages d'une toilette rationnelle, préservant ainsi sa santé, voire sa vie. D'un ton persuasif, elle continua :

— Cela ne vous retardera pas, je vous le promets. Car, si vous m'accordez le très grand plaisir de vous rendre un petit service, je serai heureuse — à titre d'excuse et de remerciement — de porter moi-même votre annonce au *Post.* De toute manière, je dois aller à Fleet Street. Cela vous épargnera bien du chemin, puisque vous pourrez vous rendre directement au musée.

Agitant son parapluie, elle indiqua une taverne proche. Je reconnus l'enseigne : c'était l'un de ces salons de thé dont la clientèle se composait, m'avait-on dit, de dames respectables exerçant un métier, celles-ci étant de plus en plus nombreuses. (Quoique pas aussi nombreuses qu'elles auraient dû l'être.)

Nous devisâmes de façon agréable. La conversation porta aussi bien sur la mode que sur les droits des femmes, en passant par le mariage (institution à l'endroit de laquelle j'émets de sérieuses réserves, encore que mon expérience personnelle se soit avérée presque entièrement positive) et la profession de journaliste. Toutefois, je dois avouer (puisque le lecteur l'a sans doute déjà pressenti) que mon principal dessein était de soutirer subtilement à miss Minton tout ce qu'elle savait sur l'énigme de la momie malfaisante.

Elle estimait, tout comme moi, que l'identité du déséquilibré en costume de prêtre était de première importance. L'aisance avec laquelle il s'était échappé jusqu'alors confinait au surnaturel. Affirmer, comme le faisaient les journaux à sensation, qu'il avait pour habitude de se volatiliser dans les airs était sans nul doute une hyperbole mais, d'un point de vue métaphorique, c'était une description assez juste. Toutefois, miss Minton tenait que, si l'individu s'était ainsi dérobé aux poursuites, c'était essentiellement parce que personne n'avait pris la peine de se lancer à ses trousses.

— Il n'était qu'un détraqué parmi bien d'autres, dit-elle avec un sourire cynique. Et pourtant...

— Je croyais que la police n'ajoutait pas foi au témoignage selon lequel le prêtre aurait été vu à proximité de la scène du crime ?

— C'est ce qu'elle dit. Mais ce n'est peut-être qu'un stratagème de la part de Scotland Yard, pour lui donner le change. Quoi qu'il en soit, la presse lui porte un intérêt considérable. Ah, que j'aimerais pouvoir l'appréhender et le démasquer ! Quel triomphe journalistique !

— Vous avez un plan en tête, dis-je d'un air entendu. Impliquerait-il, par hasard, votre jeune ami du Museum ?

La demoiselle partit d'un grand rire.

— Eustace ? Dieu du ciel, non ! Eustace n'aimerait rien tant que de me voir abandonner l'affaire... et le journalisme.

— Malgré cela, vous n'avez aucun scrupule à vous servir de lui. Honte à vous, miss Minton ! Profiter des sentiments affectueux d'un jeune homme aux fins de lui soutirer des informations, voilà qui est vraiment... Je présume qu'il connaissait l'homme assassiné ?

— Oui.

Elle hésita, mais ne put résister longtemps à mon sourire engageant et à mon air intéressé.

— Je ne devrais pas le dire, mais à ce qu'il paraît, Mr. Oldacre n'est pas une grande perte.

— Etrange. Emerson a fait la même réflexion.

— J'ai eu l'occasion de le rencontrer aux débuts de mon enquête. — La bouche de miss Minton se durcit de dégoût. — Un vaurien onctueux, beau parleur, aux mains moites, qui vous déshabillait du regard. Il était d'une familiarité excessive avec ses égaux et flagornait ses supérieurs. Il s'évertuait à imiter un style de vie qu'il ne pouvait ni se permettre ni apprécier...

— Ah ! fis-je. Il était donc endetté ?

— En permanence.

— Dans ce cas, c'est peut-être un créancier qui l'aura tué.

— Les créanciers ne tuent pas la poule aux œufs d'or, objecta miss Minton. Pas plus qu'ils ne continuent à prêter de l'argent sans garanties. Oldacre n'avait pas de fortune personnelle, et le salaire qu'il gagnait au Museum ne suffisait pas à lui assurer le train de vie qu'il désirait. Vous voyez certainement où je veux en venir, madame Emerson ?

— Chantage.

— Précisément. Et il arrive que les victimes de maîtres chanteurs se retournent contre leurs tourmenteurs.

— Mais cette théorie soulève plus de questions qu'elle n'en résout. Qui faisait-il chanter, et pour quel motif ? Et quel est le rôle du faux prêtre dans cette affaire ? Vous raisonnez avec ingéniosité, miss Minton, mais vous manquez de l'expérience qui est la mienne, et je dois vous dire...

Ce que je fis, longuement, avant de conclure :

— A présent, ma chère, je vous souhaite bonne chance. Ce serait un plaisir de voir une femme réussir là où des mâles arrogants ont échoué.

Ses yeux brillèrent.

— Si tel est votre sentiment...

— Ne comptez pas sur mon assistance, miss Minton. Cette affaire n'offre aucun intérêt à mes yeux. De plus, je n'ai pas le loisir de m'y consacrer. Je vais être fort occupée cet été : aider le professeur à écrire son livre sur l'histoire de l'Egypte ancienne, préparer notre rapport de fouilles pour la publication, assister à la réunion annuelle de la Société pour la Protection des Monuments de l'Egypte Ancienne (où j'ai promis de faire une conférence sur l'inondation de la chambre funéraire de la Pyramide Noire)... et bien d'autres choses encore. Je ferais donc mieux de me sauver.

Nous nous séparâmes sur des protestations d'estime réciproque et je la remerciai encore de bien vouloir se charger de ma commission.

Avant de me remettre en marche, j'attendis que sa mince silhouette eût disparu au coin de la rue. Pour rien au monde je ne voulais qu'elle vît la direction que je prenais — non pas celle de Piccadilly et Shaftesbury Avenue, l'itinéraire le plus direct pour se rendre à Russell Square, mais celle de l'Embankment. Je déambulais d'un pas allègre, en balançant mon ombrelle, car j'étais extrêmement contente de moi. Je n'avais pas proféré un seul mensonge (habitude que je déplore), et pourtant j'avais réussi à la lancer sur une fausse piste.

Emerson m'aurait dit qu'on est toujours puni par où l'on a péché. Mais qui aurait pu croire qu'un visage si avenant pût masquer une si noire duplicité ?

Certainement pas une personne aussi franche et directe que moi.

CHAPITRE SIX

Jusqu'à présent, toutes mes enquêtes criminelles avaient eu pour cadre le Moyen-Orient, de sorte que je n'avais jamais eu l'occasion de visiter New Scotland Yard. J'avais, bien entendu, contemplé le bâtiment avec un intérêt professionnel chaque fois qu'il m'était donné de passer devant, et je ne partageais pas l'opinion des esthètes qui stigmatisaient son architecture. La brique rouge, associée à la pierre blanche de Portland, lui conférait un charme pittoresque, et les tourelles arrondies qui le flanquaient à chaque angle évoquaient un château seigneurial. Peut-être son apparence extérieure ne s'accordait-elle point avec sa sinistre fonction, mais je ne vois aucune raison pour que les prisons, les forteresses, les usines et autres lieux de confinement ne présentent pas un aspect avenant.

Etant habituée aux caprices des officiers de police égyptiens et à l'impolitesse de leurs supérieurs britanniques, je fus agréablement surprise par l'efficacité et l'affabilité de l'accueil que l'on me réserva. Ayant demandé à voir la personne chargée de l'enquête sur le meurtre de Mr. Oldacre, je fus conduite sur-le-champ dans un bureau (passablement lugubre) dont les fenêtres donnaient sur l'Embankment. Il contenait deux bureaux, trois chaises, plusieurs armoires de rangement et deux hommes : un constable en uniforme et un homme mince, grisonnant, dont les traits émaciés n'étaient pas sans évoquer une momie, d'autant que la peau de son visage était sillonnée de milliers de rides. Lorsqu'on annonça mon nom, il s'empressa de m'accueillir, ses lèvres minces s'efforçant d'esquisser un sourire.

— Madame Emerson ! Je n'ai pas besoin de vous demander si vous êtes *la* fameuse Mrs. Emerson ; j'ai vu, comme tout un chacun, les portraits de vous qui ont paru dans les journaux. Veuillez vous asseoir. Désirez-vous une tasse de thé ?

J'acceptai, en partie par courtoisie, mais aussi parce que j'étais curieuse de voir quelle sorte de breuvage était servi dans les locaux de Scotland Yard. Après avoir épousseté la chaise qu'il me proposait, je m'assis, et le constable se hâta de sortir sur l'injonction de son chef.

— Je suis l'inspecteur Cuff, déclara le gentleman grisonnant en prenant place derrière son bureau. Je vous attendais, madame Emerson. En vérité, j'espérais que vous me feriez l'honneur d'une visite avant même les derniers événements.

Ses lèvres avaient renoncé à former un sourire, mais une lueur amicale, pour ne pas dire admirative, brillait dans ses yeux gris intelligents. Je fus gratifiée et le lui dis, ajoutant :

— Je m'excuse de ne pas être venue plus tôt, inspecteur. Mes devoirs familiaux et professionnels...

— Je comprends fort bien, madame. Mais vous avez également le devoir, envers les citoyens anglais et envers la laborieuse police métropolitaine, de mettre à contribution vos fameux talents dans le domaine de la détection criminelle.

Je baissai les paupières comme le commandait la modestie.

— Oh ! sur ce plan-là, inspecteur, je ne saurais revendiquer...

— Il ne faut pas m'en conter, madame Emerson. Je sais tout de vous. Nous avons une relation commune, qui est également de vos admirateurs : Mr. Blakeney Jones, qui supervisait naguère la police du Caire.

— Mr. Jones, bien sûr ! Je me souviens de lui. Il a recueilli ma déposition, en une occasion, quand je lui ai livré une paire de criminels endurcis qui m'indisposaient. Il est donc de retour à Londres ?

— Oui, depuis plus d'un an. Il sera navré de vous avoir manquée ; il est en vacances pour le moment.

— Présentez-lui mon meilleur souvenir quand vous le reverrez. — Je me dégantai, croisai les mains et considérai Cuff avec gravité. — A présent, inspecteur, foin des civilités ! Venons-en aux affaires.

— Certainement, madame. — La lueur se fit malicieuse. — En quoi puis-je vous aider ? A moins que vous ne veniez m'offrir votre aide ?

— J'espère pouvoir me rendre utile, inspecteur. Toutefois, dans l'immédiat, je suis en quête d'informations. Parlez-moi de ce meurtre.

Mr. Cuff fut pris d'une violente quinte de toux. Sur ces entrefaites, le constable revint avec deux grosses tasses blanches contenant un breuvage trouble. J'en tendis une à l'inspecteur.

— Merci, madame. C'est ce satané — pardonnez-moi — brouillard londonien. Vous pouvez vous retirer, Jenkins, je n'aurai plus besoin de vous.

Après le départ du constable, Cuff se carra dans son fauteuil.

— Pour ce qui est du meurtre, nous n'en savons guère plus que l'opinion publique, je le crains. La sévérité de la blessure et le fait qu'on n'ait pas retrouvé l'arme éliminent l'hypothèse du suicide. La montre du mort, son portefeuille et autres objets de valeur avaient disparu...

— Mais le vol n'était sûrement pas le mobile du crime.

— C'est exact, madame Emerson. Un vagabond, de l'espèce qui rôde la nuit dans nos rues, est tombé sur le corps et l'a dépouillé desdits objets de valeur. Ce personnage est actuellement en garde à vue. Il est bien connu de nos services, mais nous ne pensons pas qu'il ait tué Mr. Oldacre.

— Qu'en est-il de l'étrange message qu'étreignaient les doigts raidis du cadavre ?

— Quelle magnifique formulation ! dit l'inspecteur Cuff d'un ton admiratif. Le message, oui... J'en ai une copie ici.

Seul le bureau de mon estimable époux pouvait rivaliser, sur le plan du désordre, avec celui de Cuff. Cependant, tout comme Emerson, le policier parvint à trouver instantanément le document qu'il cherchait. Il l'extirpa de sous un monceau de dossiers et me le tendit.

— Il s'agit d'authentiques hiéroglyphes, mais ce texte précis n'existe pas dans la littérature égyptienne. Le message signifie à peu près ceci : « La mort s'abattra, rapide comme la foudre, sur celui qui profane ma tombe ».

— C'est ce que m'ont affirmé d'autres spécialistes, madame.

— Pourquoi me le demander, en ce cas ? dis-je en jetant le papier sur le bureau.

— Je croyais que vous étiez désireuse de le voir, repartit Cuff avec suavité. En outre, cela ne fait jamais de mal d'avoir l'avis d'un spécialiste — surtout quand il est aussi compétent que vous l'êtes. Peut-être aimeriez-vous garder cette copie et la montrer au professeur ?

— Merci, j'accepte. Je dois néanmoins vous avertir, inspecteur, que si je parviens à convaincre Emerson de vous assister, vous devrez faire preuve de tact envers lui. Il ne voit pas d'un très bon œil que je collabore avec la police.

— C'est ce qu'il m'a semblé comprendre, en effet.

Je persistai dans mes questions mais en arrivai à la conclusion que la police, comme toujours, n'y entendait goutte. L'inspecteur démentit, avec ce qui lui tenait lieu de sourire, l'hypothèse du prêtre qui aurait été aperçu près du corps.

— Le témoin était sous l'empire de l'alcool,

madame Emerson. Il a fréquemment des visions : serpents, dragons... euh... femmes en tenue légère...

— Je vois. Inspecteur, vous est-il venu à l'esprit que nous avions peut-être affaire à un nouveau Jack l'Eventreur ?

— Non, répondit-il lentement. Non, madame Emerson, je ne puis dire que j'y aie pensé.

Manifestement impressionné par mon hypothèse, il promit de réexaminer les indices à la lumière de cette suggestion.

— Toutefois, conclut-il, à moins qu'il n'y ait un autre meurtre — ce qu'à Dieu ne plaise — je ne crois pas que nous puissions suivre cette piste... pour le moment. Attendons de voir, madame Emerson. Telle sera notre ligne de conduite, hmm ? Attendons de voir.

Nous nous séparâmes dans les meilleurs termes. Je ne pouvais me défendre de trouver ce policier charmant, tant il s'exprimait de façon plaisante. Cependant, en quittant le bâtiment, je me permis un petit sourire ironique. Si l'inspecteur Cuff pensait m'avoir abusée avec ses compliments et son infâme tasse de thé, il se méprenait lourdement. Il en savait davantage qu'il ne m'en avait dit. A l'instar de tous ces policiers — exaspérants — que j'avais rencontrés, il répugnait à admettre que les talents d'une femme pussent égaler (la modestie m'empêche d'écrire « surpasser ») les siens en matière de détection. Pour reprendre son expression : nous verrions bien !

Je n'étais nullement fatiguée, mais le temps passait. Je hélai donc un cab qui me transporta, avec la célérité qui fait la juste réputation de ces véhicules, à Great Russell Street. J'aimerais pouvoir dire que la vue du Museum m'emplit d'une respectueuse admiration pour ce foyer de culture et de trésors archéologiques, mais en vérité je ne le puis. Le plan original, imitant celui d'un temple grec, était plutôt de belle facture ; mais, depuis une trentaine d'années que l'édifice était achevé, l'air crasseux de Londres l'avait revêtu d'un gris-noir déprimant. Quant à l'état des objets exposés...

Certes, il est vrai que le musée est encombré et l'a toujours été, en dépit des ailes et des galeries qu'on ne cesse d'y ajouter. Toutefois, on ne saurait trouver d'excuse aux erreurs d'étiquetages et à l'ignorance des soi-disant « guides » qui répètent ces inexactitudes à des visiteurs incultes mais honnêtes. Ce qui manque au British Museum, je l'ai toujours dit, c'est une femme à sa tête.

Emerson n'était pas dans la salle de lecture ni dans son « cabinet ». Je me dirigeai donc sans attendre vers les galeries égyptiennes, à l'étage supérieur.

La seconde galerie égyptienne était encore plus bondée que lors de ma première visite. La foule était cosmopolite (et même polyglotte : en effet, il y avait là deux Hindous enturbannés, et les dialectes du Yorkshire, d'Ecosse et autres lointaines régions peuvent difficilement être assimilés à l'anglais). Des dames élégantes, papotant et gloussant derrière leurs mains gantées, coudoyaient de placides commerçants et des employés coquettement vêtus de pantalons à damiers. On pouvait voir un certain nombre d'enfants, ainsi que quelques individus portant le sceau inimitable des journalistes ; et même un photographe, dont seules les jambes étaient visibles sous le voile noir de son appareil. Point n'était besoin de posséder une intelligence supérieure pour deviner qu'un événement exceptionnel était sur le point de se produire.

Il n'était pas possible de voir, et moins encore d'approcher, le cercueil de la célèbre momie. Je me frayai un chemin jusqu'à me trouver au côté d'un gentleman au teint sombre, coiffé d'un turban violet et doté d'une luxuriante barbe noire.

— Bonjour, Peabody, dit-il. Que faites-vous là ?

— Je pourrais vous retourner la question, Emerson.

— Ma foi, j'ai vu l'annonce dans le journal, tout comme vous je suppose. Mr. Budge doit donner une conférence. Comment pourrais-je résister à cette occasion de parfaire mes connaissances en égyptologie ?

L'affreux sarcasme que contenait sa voix défie toute description.

— Laissons cela, Emerson. J'inclinerais plutôt à vous demander ce que vous faites ici dans ce costume insolite. La barbe n'est-elle pas un brin excessive ?

Emerson caressa amoureusement l'accessoire en question. Lorsque je l'avais connu, il portait une barbe ; il l'avait rasée à ma requête, mais je me demandais toujours s'il ne la regrettait pas.

— C'est une barbe splendide, Peabody. Je ne tolérerai aucune critique à son endroit.

— Vous ne voulez pas que Mr. Budge vous reconnaisse, c'est bien cela ?

— Allons, Peabody, gronda-t-il, ne jouons pas au plus fin. Je suis ici pour la même raison que vous. Le détraqué risque fort de se montrer. Il lit certainement les journaux et sera incapable de résister à une si belle occasion. J'ai l'intention d'attraper le vaurien et de mettre un terme à cette fumisterie.

— La barbe devrait vous être d'un grand secours.

Emerson n'eut pas le loisir de répliquer car, au fond de la galerie, des bruits divers annoncèrent l'arrivée de Mr. Budge. Celui-ci était entouré de gardiens qui, de façon plutôt brusque, dégagèrent un espace entre la momie et l'appareil photographique. Mr. Budge prit la pose ; un éclair et une volute de fumée accompagnèrent la prise du cliché.

On ne pouvait qu'espérer que le portrait serait flatteur. Budge avait à l'époque trente-sept ou trente-huit ans, mais il faisait plus âgé. Pour citer l'un de nos collègues américains (Mr. Breasted, de Chicago, que mon époux considérait comme l'un des égyptologues les plus prometteurs de la jeune génération), Budge était « rondouillard, apathique, empâté » et sa poignée de main « avait toute la chaleureuse cordialité d'un poisson crevé ». Ses yeux froids, plissés, observaient le monde d'un air soupçonneux à l'abri de son épais lorgnon. Ses supérieurs du Museum le considéraient avec un mélange de satisfaction et de réprobation :

satisfaction parce qu'il remplissait les salles du musée avec des pièces de choix ; réprobation, parce que ses méthodes d'acquisition lui valaient l'opprobre de tout membre respectable de la communauté archéologique. Il avait écrit des ouvrages péremptoires — et truffés d'erreurs — sur pratiquement tous les sujets, tant en assyriologie qu'en égyptologie. Ses pratiques douteuses, qui allaient du simple pot-de-vin au vol caractérisé en passant par la contrebande, alimentaient, à l'heure du thé, les potins de tous les spécialistes de l'Orient à travers le monde.

Tel était l'homme qui, face à son public, se préparait à tenir une conférence sur la momification dans l'Egypte ancienne.

La causerie se révéla, comme toujours chez Budge, un mélange d'érudition d'emprunt et de rodomontades. Il ne cessa de se référer au Papyrus d'Ani, l'une des plus belles pièces du Museum, qu'il avait acquise lui-même dans des circonstances qu'on ne saurait qualifier autrement que de « discutables à l'extrême ». Dans la mesure où il s'agissait d'un papyrus funéraire, je suppose qu'il était fondé à s'en servir pour illustrer un cérémonial mortuaire ; mais le public, qui était venu pour entendre parler de princesses, de malédictions et des traditions magiques de l'ancienne Egypte, commençait à s'agiter. Les dames se remirent à murmurer et à glousser tandis que certains des auditeurs s'éclipsaient.

Budge poursuivit d'un ton monotone :

— Le cœur des défunts était pesé à l'aune de la plume, emblème du Droit, de la Vérité et de la Loi. Cette cérémonie était accomplie...

Pour une fois, Emerson s'abstint d'animer la conférence de ses commentaires sarcastiques. Il ne cessait de se gratter la barbe (je suppose que l'adhésif le démangeait) et d'embrasser la salle du regard. N'ayant pas, comme lui, l'avantage de la stature, je voyais fort peu de chose. Je reconnus néanmoins Kevin O'Connell, bien que sa casquette rabattue sur les yeux camouflât ses cheveux roux. Non loin de lui, j'avisai une robe familière, couleur safran (ou moutarde), et je congratulai en mon for intérieur miss Minton pour son assiduité professionnelle. Elle n'avait point jugé utile de me faire part de son intention d'assister à la conférence, mais je n'avais pas non plus jugé utile de lui faire part de la mienne.

D'autres spectateurs s'en allèrent et de nouveaux visiteurs entrèrent. Il n'y avait personne pour les refouler, bien que la pièce devînt fâcheusement surchauffée et bondée. Les gardiens avaient sombré dans cet état de somnolence verticale caractéristique de l'espèce et, en l'occurrence, on ne pouvait guère les en blâmer.

Après avoir laborieusement traité des aspects spirituels du rite funéraire égyptien, Budge se lança dans une description des méthodes d'embaumement, ce qui fit dresser l'oreille à l'auditoire. Les citations rebattues d'Hérodote furent accueillies avec les frissons et les murmures d'horreur qui s'imposaient.

— Dans la première méthode, la plus coûteuse, le cerveau était extrait par le nez au moyen d'une sonde en fer, et les intestins étaient prélevés en totalité grâce à une incision pratiquée dans le flanc du cadavre. Les intestins étaient vidés et lavés dans du vin de palme...

Nous ne devions pas découvrir ce jour-là ce qu'il advenait par la suite de ces organes peu appétissants. Tandis que la plupart des spectateurs écoutaient attentivement — ou étaient plongés dans un demi-coma — et que Budge faisait des risettes à l'appareil photographique, la silhouette familière apparut avec une soudaineté qui semblait relever du surnaturel. Une silhouette enveloppée, du cou aux pieds, dans une ample robe blanche et une cape en peau de léopard.

Mes doigts étreignirent le bras d'Emerson. Ses muscles devinrent durs comme le granit, mais il ne bougea pas. Je savais ce qu'il pensait : mieux valait attendre que le déséquilibré fût entré plus avant dans la salle, que des douzaines de corps fussent massés entre lui et l'issue la plus proche. Il n'y avait que deux sorties, une à chaque extrémité de la pièce.

Budge fut quasiment le dernier à apercevoir le nouveau venu. Il s'interrompit avec un couinement de surprise et se recula, effarouché, tandis que la majestueuse silhouette marchait lentement vers lui, le long d'une allée que désertaient à la hâte les spectateurs.

— Emparez-vous de lui ! cria-t-il. Qu'est-ce que vous attendez ? Ne le laissez pas approcher !

Ces objurgations s'adressaient vraisemblablement aux gardiens, qui, dans l'ensemble, avaient été pris au dépourvu par l'apparition de l'apparition. Finalement, l'un d'eux, un peu plus audacieux et moins assoupi que ses collègues, se dirigea vers le « prêtre ».

— Halte ! résonna la voix à l'intérieur du masque.

Ramsès aurait dit que l'inconnu avait répété son rôle : il parlait d'un ton plus grave et plus assuré que la fois précédente, et il leva une main en un geste solennel dont le grand Sir Henry Irving aurait pu lui envier la dignité.

— Touchez-moi à vos risques et périls ! psalmodia la voix caverneuse. Celui qui porte une main impie sur l'émissaire des dieux mourra à coup sûr.

Suivit un silence oppressé, que troublaient seulement les efforts frénétiques du photographe pour insérer une nouvelle plaque dans son appareil. Plus solennellement encore, le « prêtre » enchaîna :

— Je viens protéger, non causer du mal. Je vais prier, implorer la pitié et le pardon. Sans mon intercession, la malédiction de l'Egypte ancienne s'abattra sur tous ceux — TOUS ceux ! — qui se trouvent dans cette pièce !

— Cette fois, c'en est trop, dit Emerson en tortillant sa manche pour se dégager de mon étreinte.

Hélas ! il avait raison. La menace, proférée avec une sinistre gravité, plongea la foule dans la panique. Tout le monde se leva en même temps, qui cherchant l'une des issues, qui l'autre, certains poussant des cris alarmés, d'autres éclatant d'un rire hystérique. Une dame tomba en pâmoison. Les âmes les plus braves (et les journalistes) se frayèrent à coups de coude un chemin vers le déséquilibré. L'appareil photographique vacilla et bascula, assommant une petite vieille coiffée d'un bonnet rouille et un enfant aux cheveux d'or. Emerson, dont les jurons inspirés dominaient le tumulte, fut entravé dans sa progression par la dame, qui avait judicieusement choisi son torse musculeux pour s'y pâmer.

Inutile de dire que je gardai mon calme. Je ne pouvais faire un mouvement ; en vérité, je devais déployer des efforts considérables pour demeurer sur mes pieds, car j'étais ballottée de tous côtés par les gens qui fuyaient. Le désaxé fila vers la vitrine contenant le cercueil — et vers Budge, qui se tenait à côté. Budge, affolé, tenta de faire volte-face pour détaler, mais sa silhouette enrobée ne se prêtait guère à des mouvements rapides. Il glissa sur le dallage en marbre et tomba à la renverse, émettant de stridents cris d'effroi et appelant désespérément à l'aide.

Le désaxé ne le toucha pas. Il marqua une pause, le temps d'adresser une remarque inintelligible à la forme sculptée sur le couvercle du cercueil, et se tailla un chemin vers le rideau tendu au fond de la salle, derrière lequel il disparut.

Ce fut mon valeureux Emerson qui évita ce qui aurait pu être une terrible catastrophe. Prenant sous son bras la dame évanouie, il rejoignit Budge et lui fit un rempart de son corps, lui épargnant ainsi (j'en suis convaincue) d'être piétiné par la foule. De cette voix qui lui avait valu le noble titre de « Maître des Imprécations », il s'adressa à la cohue en délire :

— Silence ! Restez où vous êtes ! Il est parti ! Tout danger est écarté ! (et autres remarques similaires, de nature lénifiante).

La foule obéit, subjuguée par l'autorité naturelle de mon impressionnant époux. L'infortuné Budge avait perdu son lorgnon, sa cravate était entortillée sous son oreille gauche et son visage était cramoisi, de fureur autant que d'embarras. Emerson le hissa sur ses pieds et déposa la dame défaillante dans les bras du conservateur, qui tituba mais parvint néanmoins à garder l'équilibre.

— Prenez la situation en main, cornichon ! lui dit Emerson. Vous qui vous targuez de pouvoir mater « les indigènes », montrez-nous donc comment vous exercez votre autorité ici.

Sans attendre une réponse que Budge était temporairement incapable de formuler, Emerson fendit la foule jusqu'à moi. Même lorsqu'il s'était trouvé acculé, tel un lion assiégé, serrant contre lui la dame évanouie (car la laisser choir eût été l'exposer à de graves lésions) — alors même qu'il luttait pour protéger la malheureuse tout en contemplant, avec un flegme stoïque, la ruine de son stratagème — même à ce moment-là, ses yeux m'avaient cherchée et ses lèvres avaient formé une question silencieuse. Me voyant droite et imperturbable, mon ombrelle brandie, il avait entrepris de faire son devoir et, à présent, il revenait vers moi. Tendrement, il s'enquit :

— Ça va, Peabody ? Bien. Le gaillard s'est sauvé depuis longtemps, mais nous pouvons toujours essayer de suivre sa piste.

La lourde tenture en velours brun derrière laquelle le prêtre avait disparu semblait, à première vue, tout d'une pièce. Après force tâtonnements et blasphèmes, Emerson localisa enfin l'ouverture par laquelle le déséquilibré s'était faufilé. Il écarta la tenture. Derrière, il n'y avait qu'un mur de marbre lisse.

Emerson savait (tout comme moi) qu'il n'y avait pas d'autre issue que les deux portes cintrées à chaque bout de la salle. Toutefois, étant un homme, il refusa de se rendre à l'évidence. Il disparut à son tour et longea le mur jusqu'à l'extrémité du rideau. Le velours se mit à gonfler et à tournoyer furieusement au fil de sa progression, soulevant un considérable nuage de poussière.

Flanqué d'une paire de gardiens, Budge fondit littéralement sur moi.

— Que diantre se passe-t-il ici ? glapit-il. Madame Emerson, j'insiste...

La tête d'Emerson émergea de derrière la tenture. Son regard fulgurait hideusement.

— Surveillez votre langage en présence de mon épouse, Budge.

Le conservateur brandit un poing dodu :

— Sortez de là, professeur !

Le corps d'Emerson suivit sa tête.

— Rien qu'un mur lisse, marmonna-t-il.

— Et une vaste quantité de poussière, ajoutai-je en brossant la manche d'Emerson. Vraiment, monsieur Budge, un peu de ménage...

Budge fit tournoyer ses deux poings.

— Dehors ! cria-t-il, le teint violacé. Hors d'ici, tout le monde ! Cette galerie est maintenant fermée au public...

— Excellente initiative, approuva Emerson.

Il lança un regard appuyé aux seules autres personnes qui étaient restées dans la salle : O'Connell et miss Minton, journalistes consciencieux, et un troisième individu qui ne m'était pas familier.

— Maudits reporters, dit Emerson. Jetez-les dehors.

Les deux compères firent la sourde oreille et le troisième individu s'avança, un sourire confiant sur les lèvres. Sa redingote noire, très ajustée, mettait en valeur une silhouette athlétique, svelte, bien qu'il ne fût pas de première jeunesse. Des rides profondes sillonnaient son front haut et ses joues creuses, et des poches de chair flasque soulignaient ses yeux. Son haut-de-forme et sa pochette immaculée étaient de fort belle qualité, et il faisait tourner entre ses doigts gantés une canne à pommeau d'or.

— Je suis bien sûr que votre interdiction ne s'applique pas à moi, dit-il d'une voix traînante.

L'attitude de Budge se modifia du tout au tout. Il bredouilla, sourit béatement, parut sur le point de ramper.

— Certainement pas, Votre Grâce. Sa Grâce est toujours la bienvenue. Si Sa Grâce voulait bien daigner...

— Vous êtes un bon bougre, Budge, dit Sa Grâce avec condescendance. Voulez-vous faire les présentations ? Je connais de réputation cette dame et ce gentleman — qui ne les connaît ? — mais je n'ai pas eu le plaisir de les rencontrer.

Mr. Budge effectua les présentations en bafouillant tandis que Sa Grâce m'examinait à travers son monocle. Je me cramponnai fermement à Emerson, qui a la réputation d'abominer les monocles, les regards impertinents et les membres de l'aristocratie. Toutefois, il se borna à dire d'un ton affable :

— Lord St. John St. Simon... Vous êtes le fils cadet de Canterbury, je crois ?

Sa Grâce ôta son chapeau et inclina le buste. Les longues mèches de cheveux qui étaient soigneusement plaquées sur son crâne à l'aide de pommade ne suffisaient pas à camoufler sa calvitie naissante.

— Vous me flattez, professeur. Je n'imaginais pas que les activités d'un dilettante tel que moi pussent vous intéresser.

— Vos activités ont connu un grand retentissement, dit Emerson. Vous êtes un intime, je crois, du jeune homme dont le père a donné au Museum le fameux cercueil ?

C'était une nouveauté pour moi, et je commençai à comprendre pourquoi Emerson restait là à deviser au lieu de se lancer avec fougue à la poursuite du faux prêtre.

— Oui, oui, dit Budge d'un air important. Lord Liverpool est un splendide jeune homme et un généreux mécène. Oserai-je espérer qu'il vous ait accompagné aujourd'hui, Votre Grâce ?

— Il doit être quelque part par là, répondit Lord St. John en réprimant un bâillement derrière son impeccable gant.

— Ah oui ? Vraiment ? Dans ce cas, je dois le trouver. Lui présenter mes compliments...

Emerson continua de fixer Sa Grâce avec insistance, au point que même ce gentleman arrogant finit par manifester des signes de gêne. Faisant tournoyer sa canne, il s'enquit :

— Eh bien, professeur ? Je m'attendais à vous voir pourchasser gaillardement le prêtre. Taïaut ! Taïaut ! A l'attaque, et *tutti quanti*... Mais peut-être pensez-vous, à l'instar de certains journalistes, qu'il jouit de pouvoirs surnaturels et peut se volatiliser dans les airs ?

— Fumisterie, dit Emerson.

— Certes. Et pourtant, professeur, il a disparu derrière ce rideau et n'a point reparu. Je vous ai entendu dire qu'il n'y avait pas de porte, aucune issue...

— La réponse est évidente, Votre Grâce, intervins-je. Il lui suffisait d'ôter son masque et sa perruque — qui sont d'une seule pièce —, d'enlever la robe et de se fondre dans la foule. La confusion était telle...

— Auquel cas il a dû quitter la pièce par cette porte, dit Emerson en pointant l'index. Mêlé aux visiteurs, il a traversé la troisième galerie égyptienne et, de là, gagné l'escalier. Celui-ci descend à la salle des sculptures, d'où il pouvait rejoindre l'entrée principale donnant sur Great Russell Street. D'ailleurs, nous pouvons aussi bien suivre le même chemin. L'un des gardiens aura peut-être remarqué un homme portant un grand paquet ou un sac.

— Contenant le costume ? dit Sa Grâce. Excellent, professeur. Puis-je vous offrir mon bras, madame Emerson ?

— Comme vous pouvez le voir, Votre Grâce, j'en ai déjà un... ou, pour être exacte, trois, puisque en sus de mes appendices personnels, mon époux m'a prêté le sien.

Le sourire de Lord St. John s'épanouit.

— Vous avez un esprit des plus charmants, madame Emerson... Miss Minton, alors ?

— Miss Minton ferait mieux de prendre congé, dit Emerson, sourcils froncés.

Budge fut contraint d'acquiescer.

— Oui, oui, débarrassez le plancher, jeune demoiselle. Et vous aussi, O'Connell. Je suis toujours disposé à m'entretenir avec la presse si la demande en est faite dans les règles, mais je ne permets pas à des journalistes quelconques...

— Miss Minton n'est pas une journaliste quelconque, intervint suavement Sa Grâce. Vous ne supposez quand même pas qu'une gazette emploierait une jeune femme ordinaire, à moins qu'elle n'ait une influence extraordinaire ? Sa grand-mère...

— Ne vous avisez pas de le dire ! s'écria miss Minton.

— ... n'est autre que la duchesse douairière de Durham, anciennement amie... euh... intime du propriétaire du *Morning Mirror.* La vieille lady est une fervente avocate des droits de la femme et a apporté son total soutien aux aspirations de miss Minton — l'Honorable miss Minton...

Son discours fut interrompu par un cri — « Misérable ! » — tandis qu'une petite main gantée lui frappait les lèvres avec une force cuisante. Malheureusement, miss Minton détruisit alors le superbe effet de son camouflet : elle fondit en larmes et sortit de la pièce en courant.

Sa Grâce éclata de rire.

— Louées soient les dames et leur charmante inconséquence ! Elles exigent d'être traitées comme des hommes mais réagissent comme des femmes.

— Bien qu'à contrecœur, je dois me déclarer d'accord avec vous, dis-je. Les larmes de cette demoiselle étaient des larmes de rage, j'en suis sûre, mais elles étaient avilissantes. Il me faudra avoir une petite conversation avec miss Minton.

— En aucun cas ! gronda Emerson, avant d'ajouter véhémentement : Malédiction ! Malédiction !

Ses yeux se posèrent sur O'Connell, qui était resté plongé dans un silence pensif, se bornant à murmurer « Sacredieu ! » quand l'identité de miss Minton avait été révélée.

— Eh bien, monsieur O'Connell ? dit-il d'un ton affable. Pourquoi n'avez-vous pas suivi la jeune demoiselle afin de la consoler ?

— Parce qu'elle m'aurait assommé avec son ombrelle, répondit O'Connell.

— Fort probable. Les femmes sont parfois impossibles, n'est-ce pas ?

— En effet. Je suis bien content que vous ne soyez pas fâché contre moi, professeur. J'essayais seulement de faire mon travail...

— Oh ! sans nul doute, dit Emerson avec un sourire radieux. Et la prochaine fois que mon nom, ou celui de Mrs. Emerson, apparaîtra dans votre torchon, j'irai en personne vous administrer une correction mémorable. Bien le bonjour, monsieur O'Connell.

Le journaliste disparut précipitamment.

— Autant pour cette fichue presse, dit Emerson avec satisfaction. Vous pouvez partir également, Budge, vous ne nous êtes d'aucune utilité. Vos maudites courbettes et vos politesses creuses m'ont déjà retenu trop longtemps.

Budge prit congé, postillonnant et écumant. Pour ma part, j'estimai l'accusation d'Emerson un tantinet injuste : les politesses ne l'ont jamais retenu quand il ne désirait pas l'être. Il continua de manifester à l'égard de Sa Grâce une surprenante tolérance ; il n'éleva aucune objection quand celle-ci nous suivit, faisant plaisamment observer qu'elle avait toujours souhaité observer un célèbre détective à l'œuvre.

Toutefois, nos recherches se révélèrent infructueuses. A partir de la troisième galerie égyptienne, le fugitif avait pu s'enfuir par plusieurs chemins : en suivant les galeries ouest de l'étage supérieur jusqu'au grand escalier, ou en descendant au rez-de-chaussée par l'escalier de derrière avant de gagner la sortie. Aucun des gardiens n'avait remarqué d'individu portant un gros paquet, ni (c'était là ma suggestion) d'individu particulièrement obèse.

Sa Grâce ne parla guère mais observa le moindre

mouvement d'Emerson. Elle semblait plus alerte, moins arrogante, et les rares suggestions qu'elle formula dénotaient une intelligence aiguisée.

Arrivés à l'entrée principale, Sa Grâce toujours sur nos talons, nous trouvâmes les derniers badauds qui s'en allaient et les gardiens qui se préparaient à fermer le Museum. Emerson connaissait personnellement bon nombre de gardiens ; comme il conversait avec eux, essayant de stimuler leur mémoire, un jeune homme se détacha du pilier contre lequel il était adossé et vint nonchalamment vers nous.

— Vous voilà enfin, dit-il d'une voix rauque, voilée. Vous avez été bigrement long, Jack. J'ai bien cru périr d'ennui.

— C'est votre faute, Ned, vous être trop paresseux, répondit Sa Grâce. Vous avez manqué le grand frisson.

— Vraiment ?

Le jeune homme porta sa canne à sa bouche, tel un nouveau-né suçant une tétine, et nous considéra d'un air assoupi.

J'avais immédiatement subodoré que ce jeune homme efféminé devait être le comte de Liverpool, et c'était le cas. Sa Grâce effectua les présentations avec une gracieuse aisance, ajoutant :

— Le professeur et Mrs. Emerson sont les célèbres détectives archéologiques dont je vous ai parlé, Ned. J'ai passé un moment captivant à les regarder détecter.

Emerson se rembrunit à cette remarque, qui contenait assurément une pointe de sarcasme. Le comte émit un gloussement haut perché.

— Vous m'en direz tant !

Quoiqu'il fût vêtu avec une élégance encore plus raffinée que son ami, avec de gros diamants qui étincelaient à sa cravate et à ses doigts, il n'avait point la prestance de son aîné, en raison de sa maigreur famélique et de sa poitrine creuse. Son visage était d'un jaune terreux et, quand il riait, ses lèvres entrouvertes révélaient des dents aussi brunes et gâtées que celles d'un vieillard.

— Nous ne sommes pas des détectives, Lord Liverpool, mais des archéologues, rectifiai-je. Nous avons examiné le cercueil que votre défunt père a donné au Museum. C'était un geste généreux de sa part, quoique les effets se soient avérés malencontreux.

— Vraiment ? Euh... oui, je suppose. Fâcheux. Mon pauvre paternel serait... euh... fichtrement surpris...

— Et consterné, glissa Lord St. John.

— Euh... oui, assurément. — Le comte suçota sa canne, le regard dans le vague. — Madame Emerson... vous êtes bien la dame qui exhume ces... euh... ces momies, pas vrai ? Ça paraît... euh... une curieuse idée, hmm ?

Sa Grâce prit son ami par le bras.

— Etes-vous donc badin, Ned ! Mrs. Emerson est une savante très distinguée. Vous pourriez l'inviter à Mauldy Manor, pour admirer la collection de votre père.

— Euh... quoi ? Ah ! oui. — Le comte eut un sourire endormi. — Il y a des tas d'autres momies et... enfin, non, pas des momies... celle-ci était la seule de mon paternel... mais des petits flacons, des statuettes, ce genre de choses. Venez, bien sûr. N'importe quand.

— Pas le temps, aboya Emerson avant que j'eusse pu exprimer mes remerciements pour l'invitation (nonobstant sa formulation). Très aimable de votre part, je suppose, mais nous avons mieux à faire.

— Oh ! je suis sûr que Mrs. Emerson et vous-même trouveriez des objets d'intérêt à Mauldy Manor, déclara Sa Grâce.

— Certes, certes, acquiesça le comte avec un faible gloussement amusé.

Mais la patience d'Emerson était à bout. Sur le plus bref des adieux, il m'entraîna dans la rue.

Une chape de nuages noirs s'était installée sur la ville. Dans ce sombre rideau, une trouée laissait voir la lueur cramoisie marquant le sillage du soleil déclinant. Tandis que nous regardions les deux hommes marcher vers l'ouest, le plus mince s'appuyant sur le bras de son ami, on eût dit qu'ils se dirigeaient vers la brûlante damnation qui, à coup sûr, attendait au moins l'un d'entre eux.

— C'est un opiomane, Emerson, murmurai-je. Pauvre garçon, la drogue a affecté son cerveau. Il est quasiment incohérent.

— Ce n'est pas l'opium qui lui ronge le cerveau, Peabody, mais sa maladie. Voilà qui suffirait presque à faire croire en un Dieu de Colère et de Vengeance. Quels que soient les péchés de ce garçon — et ils sont infinis — ils ne méritent pas une mort comme celle qu'il affronte. — L'optimisme naturel de mon cher Emerson reprit néanmoins le dessus. — Enfin... des hommes et des femmes plus recommandables que ce pathétique rejeton de la noblesse connaissent quotidiennement un pire destin. Il me faut mon thé, Peabody. Ou peut-être quelque chose de plus corsé.

Etant donné l'heure tardive, je me pliai à la suggestion d'Emerson de prendre un cab. Ces véhicules, avec leur odeur de renfermé et leurs sièges en cuir craquelé, produisent sur mon conjoint un effet des plus curieux. Peut-être est-ce la douce musique du trot des chevaux, ou le sentiment d'être douillettement enfermé dans un espace ombreux, intime ; quoi qu'il en soit, à peine étions-nous montés qu'il se lança dans des démonstrations de nature enflammée. J'eus quelque difficulté à le persuader de les différer, le temps qu'il enlève sa barbe postiche, laquelle était encore plus piquante et désagréable au toucher que l'eût été une vraie barbe. Bien que ses attentions fussent aussi efficaces et assidues qu'à l'accoutumée, je perçus la frustration qui bouillonnait en lui ; afin de la soulager, je lançai en guise d'amicale plaisanterie :

— Il semble bien, Emerson chéri, que l'élément aristocratique entre en jeu dans cette affaire, en définitive.

— Oui, crénom ! Je m'étais cru, au moins, à l'abri des journalistes. Faites une faveur à votre conjoint dans la peine, Peabody : abstenez-vous de prendre la jeune demoiselle sous votre aile protectrice. Je me suis résigné au danger et aux perturbations, mais je ne souffrirai pas de vous voir voler à la rescousse sentimentale de jeunes tourtereaux.

— Je doute fort que l'éventualité se présente, Emerson, le rassurai-je. Miss Minton ne semble pas avoir d'engagement romantique. A moins que Lord St. John...

— Bonté divine, Peabody, elle l'a souffleté !

— Vous manquez d'expérience dans ce domaine, Emerson. De telles démonstrations ne sont pas sans indiquer un certain degré d'affection. Si vous vous rappelez certaines de nos...

— Je ne tiens pas à me les rappeler, Peabody.

— Il y a également le jeune Wilson, qui l'escortait l'autre soir. Vous avez dit que vous le connaissiez...

— Il se révélera être le Prince de Galles, vous verrez, dit Emerson d'un ton lugubre. Je me refuse à frayer avec les membres de la famille royale, Peabody. L'aristocratie est déjà suffisamment pénible.

Lorsque le cab s'arrêta devant la maison, Emerson m'aida à descendre et se tourna pour payer le cocher. Un petit crachin, plus suie que pluie, assombrissait le crépuscule ; j'avisai près de la grille un objet informe que, sur le moment, je pris pour un sac de détritus. Mais le sac remua et je reconnus alors l'un de ces malheureux vagabonds qui errent dans les rues de Londres — leur seul foyer. D'ordinaire, les constables de service tenaient ces infortunés à l'écart de St. James's Square et autres quartiers résidentiels. Celui-ci avait apparemment échappé aux représentants de la loi.

Comme nous approchions du portail, la forme se hissa sur ses pieds et tendit la main en une supplique muette.

— Ce n'est qu'un enfant, Emerson, dis-je, apitoyée. Ne pourrions-nous pas... ?

Emerson fourrageait déjà dans sa poche.

— Nous ne pouvons pas les recueillir tous, Amelia, grommela-t-il (ce n'était pas son grommellement habituel, mais un son plus doux qui exprimait la pitié et une colère impuissante). Tiens, mon garçon, voilà de quoi te payer à souper et un logement pour la nuit. Sauve-toi vite, car le constable ne va pas tarder à faire sa ronde.

Avec un gémissement de gratitude, le gamin referma avidement sa petite main sur les pièces de monnaie. Emerson jura tout bas cependant que nous poursuivions notre chemin vers la maison.

— Oui, dis-je, c'est un triste monde. Souhaitons qu'il en existe un meilleur, quelque part, pour ces pauvres hères.

— Fichaises ! gronda Emerson.

— C'est ce que vous dites, mon chéri, mais personne — pas même vous — ne peut en être certain. Au moins un petit bonhomme aura-t-il un repas chaud et un bon lit pour cette nuit. Seigneur, nous sommes très en retard ! Nos chers petits doivent attendre le thé. Il nous faut mesurer notre chance et leur enseigner à faire de même.

Seulement deux de nos chers petits attendaient dans le salon. Les volumineuses fronces et l'énorme ceinture à nœud de la robe de Violet la faisaient paraître presque aussi large que grande. Percy bondit sur ses pieds lorsque nous entrâmes.

— Bonjour, mon oncle. Bonjour, tante Amelia.

— Bonjour, Percy, répondis-je. Madame Watson, voulez-vous envoyer l'une des bonnes quérir Ramsès ?

La gouvernante se tordit les mains.

— Oh, madame...

— Ah ! fis-je. Encore parti, n'est-ce pas ?

— J'ignore comment il a pu sortir, gémit la pauvre femme. Je le tenais à l'œil, car je connais les habitudes du cher enfant...

— Ramsès a trompé la surveillance de personnes plus madrées que vous, ma chère madame Watson, lui assurai-je. Emerson, veuillez vous asseoir et cesser de vous arracher les cheveux.

— Je refuse de m'asseoir ! répliqua Emerson avec

fureur. En l'occurrence, Amelia, votre calme n'est point à votre honneur. Certes, Ramsès a déjà fait des fugues et n'a jamais pris de mauvais coups ; mais il y a un commencement à tout, et cette maudite ville...

— Je ferais mieux d'aller le chercher, alors, dis-je en me levant. Prenez un canapé aux concombres, Emerson, cela vous apaisera.

Bien entendu, Emerson me suivit dans le hall, imité par les autres. Sur mon injonction, le majordome ouvrit la porte ; il voulut me donner mon manteau, mais je l'écartai d'un geste impatient.

J'avais choisi le bon moment pour passer à l'action : le misérable petit mendiant ne s'était pas échappé, mais se trouvait entre les griffes d'un très impressionnant constable. Les protestations stridentes de l'enfant se mêlaient aux grondements de l'officier de police.

— Passe ton chemin, mon gars, tu ne peux pas rester ici. Aïe ! Ah, c'est comme ça, espèce de...

— Constable ! criai-je en m'élançant dans l'allée. Lâchez cet enfant.

— Mais m'dame, il rôdait par ici, à l'affût d'un...

— Non, j'imagine qu'il essayait de rentrer dans la maison. Ramsès, as-tu donné un coup de pied au policier ?

— J'ai été forcé de le mordre, puisque je ne porte pas de souliers, plaida Ramsès.

— Doux Jésus ! Emerson, voudriez-vous...

De nouveau, des pièces d'argent tintèrent. Le constable porta un doigt à son casque et s'éloigna en secouant la tête. Je tendis la main vers le col de mon fils, puis me ravisai ; sans le toucher, je lui fis signe de franchir le portail. Dans un silence lourd de menaces, nous regagnâmes la maison.

A la lumière éclatante de l'éclairage artificiel, l'apparence de Ramsès avait de quoi couper le souffle. Je dus lui rendre cette justice : quand il faisait les choses, il ne les faisait pas à moitié. Ses pieds nus étaient noirs et bleus — noirs de crasse et bleus de froid — car la soirée s'était notablement rafraîchie. Il portait les haillons les plus horribles qu'il m'eût été donné de voir : sa culotte et sa chemise présentaient de larges accrocs qui béaient lamentablement ou étaient rapetassés tant bien que mal au moyen de grosses épingles ; le tissu était imprégné d'une infâme mixture de suie, de boue et de pluie. L'odeur qui émanait de sa personne était aussi effroyable que son aspect. Mrs. Watson s'écarta en se pinçant le nez avec délicatesse.

Ramsès ôta sa casquette. (Je fus satisfaite de constater que mes sermons sur les bonnes manières avaient porté leurs fruits.) Plongeant une main à l'intérieur de son immonde chemise, il en sortit un bouquet de jonquilles trempées — cueillies, sans nul doute, dans les superbes plates-bandes du parc — et s'avança vers Violet.

— Je t'ai apporté...

Violet recula en battant des mains comme pour parer l'attaque d'un essaim de guêpes. Son visage était crispé de dégoût.

— Pouah, pouah ! Pas beau, pas beau ! hurla-t-elle. Pouah ! pas beau...

Ramsès fit grise mine mais, avec bravoure, il maîtrisa sa déception. Pivotant vers moi, il tira de sa chemise un autre pitoyable bouquet (composé essentiellement de tiges).

— Pour vous, maman.

— Merci, Ramsès, dis-je en prenant du bout des doigts la boueuse offrande. C'est une louable attention, mais nous allons devoir confisquer ton argent de poche pour rembourser les pourboires que nous sommes contraints de verser aux personnes que tu lèses. Cela commence à chiffrer.

Depuis le début, Emerson ouvrait et fermait la bouche à la manière d'une grenouille.

— Pourquoi porte-t-il cet accoutrement, Peabody ? s'enquit-il d'une voix faible.

— J'essaie mes déguisements, expliqua Ramsès. Si vous vous en souvenez, papa, j'ai reçu la permission de prendre les affaires que nous avons trouvées dans le repaire de ce maître du déguisement, la personne connue sous le sobriquet de...

Je m'empressai de l'interrompre, car le visage d'Emerson était devenu aussi sombre qu'une nuée d'orage. La moindre allusion à cet épisode incroyable et à cet homme plus incroyable encore avait un effet déplorable sur la tension artérielle de mon digne époux.

— Tu ne dois jamais sortir de la maison sans autorisation, Ramsès. (Je savais pertinemment que cette interdiction était vaine, car Ramsès cherchait d'ores et déjà le moyen de la contourner.) Monte dans ta chambre et... Attends un peu. Quelle est cette égratignure sur ton front ? Et ne me dis pas que Percy en est responsable.

— Je n'en avais pas l'intention.

Percy s'éclaircit la gorge et s'avança d'un pas.

— C'est de ma faute, mon oncle, tante Amelia... si Ramsès a quitté la maison sans autorisation, je veux dire. Je le tannais pour qu'il joue avec moi ; j'avais envie d'aller dans le jardin, d'attraper des papillons pour ma collection... et comme il ne voulait pas, j'ai fini par lui lancer qu'il avait peur de sortir sans sa nounou ou sa maman... Ce n'était qu'une plaisanterie, bien sûr, mais je suis entièrement respon...

Ramsès bondit sur son cousin avec un grondement féroce qui eût fait l'orgueil de son admirable géniteur. Emerson le saisit par le col.

— Ne le secouez pas, Emerson ! m'époumonai-je. Par pitié, ne le secou...

Trop tard.

Nous montâmes tous nous changer. Violet était la seule à avoir évité d'être éclaboussée par l'innommable liquide. Lorsque Ramsès passa devant elle, la lippe boudeuse, elle pointa sur lui un doigt blanc et dodu en disant :

— Pouah ! Vilain !

La tête hirsute de Ramsès se courba un peu plus.

Nous prîmes le thé assez tard ce soir-là, mais j'étais déterminée à observer le rituel : en effet, mes théories sur l'éducation des enfants exigeaient que nous fussions réunis en famille, si possible, une heure par jour. C'était un sacrifice, mais je me sentais moralement obligée d'y consentir. Emerson, lui, ne s'y sentait pas moralement obligé ; il le fit néanmoins, sur mes instances pressantes.

Violet jouait avec sa poupée favorite, une mignarde figurine en porcelaine presque aussi grande qu'elle, qui lui ressemblait de manière saisissante par son expression minaudière et ses opulentes boucles jaunes. Elle faisait semblant de lui donner des miettes de canapés et des gorgées de thé (bien allongé de lait, inutile de le préciser). Voyant que Ramsès la contemplait, elle sourit et le convia à les rejoindre, elle et son « amie Helen », ajoutant :

— Je regrette d'avoir impoliment refusé tes fleurs, cousin Ramsès, mais elles étaient vraiment très, très vilaines.

Je m'attendais à ce que Ramsès réagît avec un dédain courtois, mais il accepta l'invitation et alla même jusqu'à faire sauter la poupée sur ses genoux. Il ne fut plus question de sa mésaventure ; je ne suis pas favorable aux récriminations interminables, et Ramsès avait déjà accepté sa punition : la confiscation de tous les accessoires de déguisement que nous l'avions autorisé, à mon grand regret, à prendre dans l'antre secret du Maître Criminel. Lesdits accessoires se composaient, pour l'essentiel, de fards, de poudres et de colorants destinés à changer la teinte des cheveux et la pigmentation de la peau. Il y avait également d'ingénieux tampons que l'on pouvait insérer dans la bouche afin de modifier la forme du visage ; plusieurs rangées de fausses dents ; des moustaches, des barbes et des perruques, toutes adroitement confectionnées à base de poils humains.

Emerson s'efforça vaillamment de bavarder avec Percy mais ne tarda pas à y renoncer, toute conversation digne de ce nom étant impossible avec un garçon qui ignorait absolument tout des poteries prédynastiques ou des principes de la stratification. Il prit le journal du soir et entreprit de le feuilleter.

— Vous ne trouverez pas d'article sur notre aventure d'aujourd'hui, Emerson, lui dis-je. Cette édition est sortie des presses trop tôt.

— Une aventure, tante Amelia ? s'exclama Percy. Quelle aventure, si je puis me permettre, mon oncle ?

J'aurais préféré laisser les enfants — particulièrement Ramsès — dans une saine ignorance, mais Emerson, qui n'avait pas ma compréhension intuitive de l'esprit juvénile, se lança aussitôt dans un récit plein de verve. Ses commentaires sarcastiques sur Mr. Budge échappèrent sans doute à Percy, mais celui-ci écouta bouchée bée la description du faux prêtre et de la quasi émeute.

— Parole, mon oncle, que c'est donc excitant !

— Vilain, murmura Violet.

— Vilain ? répéta Emerson, indigné.

— Elle parle des momies, mon oncle. Vous savez comment sont les filles, mon oncle. Je trouve que vous avez été terriblement brave, mon oncle. Quel dommage que vous n'ayez pu attraper le gredin !

Ramsès s'éclaircit la gorge :

— L'individu en question semble avoir un excellent sens du minutage et une connaissance approfondie de ce que l'on pourrait appeler la psychologie des masses. Il pressentait la présence d'une foule nombreuse et comptait en faire usage pour échapper aux poursuites. Cela porte à se demander si le terme « déséquilibré », qu'on lui a accolé non sans légèreté, convient réellement à un homme d'une telle intelligence.

Tout en parlant, il ne cessait de caresser les bouclettes de la poupée. Je trouvai le spectacle aussi alarmant que grotesque ; car si Ramsès s'abaissait à une telle niaiserie, l'engouement qu'il vouait à sa cousine devait être plus grand que je ne l'avais supposé.

— Intéressante idée, Ramsès, dit son père d'un air

songeur. Toutefois, les gens que l'on qualifie de « déséquilibrés » ne sont pas nécessairement faibles d'esprit. Ils souffrent d'aberration mentale, mais leur intelligence globale ne s'en trouve pas diminuée pour autant.

— Comme ce Jack l'Eventreur, suggéra Percy. On ne l'a jamais attrapé, lui non plus, n'est-ce pas, mon oncle ?

— Doux Jésus ! m'exclamai-je. Je suis surprise, Percy, que tes parents aient évoqué devant toi cette épouvantable affaire.

— Les domestiques en parlent sans arrêt, tante Amelia. Vous savez comme ces gens-là cancanent.

— Vilain ! dit Violet, avant d'ajouter pensivement : Mort.

— Juste ciel ! s'écria Emerson en considérant la fillette avec une horreur non feinte.

— Elle ne sait pas ce qu'elle dit, Emerson, lui assurai-je (en espérant que ce fût la vérité).

— Souhaitons, dit Ramsès, qu'il ne s'agisse pas d'un cas similaire. Car si le meurtrier est un fou homicide qui voue une haine obsessionnelle à une profession particulière, aucune des personnes ayant un lien avec le British Museum ne sera à l'abri.

Cette déclaration ouvrait la voie à tant de hideuses possibilités que je tirai le cordon de sonnette et ordonnai qu'on débarrassât le plateau du thé. Je ne désirais nullement entendre Ramsès expliquer comment il avait eu vent des crimes de Jack l'Eventreur, et surtout comment il avait découvert que le bourreau de ces malheureuses jeunes femmes vouait une haine obsessionnelle à ce qu'on pouvait appeler, au sens le plus large du terme, une « profession » particulière.

Ayant observé la réaction d'Emerson lorsque Ramsès avait parlé de « fou homicide » (expression qui lui est presque aussi pénible que « Maître Criminel »), je décidai de lui laisser le temps de se calmer avant d'aborder à nouveau le sujet. J'attendis donc le milieu du dîner pour revenir à la charge.

— Quoique je déplore grandement l'intérêt de Ramsès pour ces choses-là, déclarai-je, il possède un flair indéniable en matière d'affaires criminelles. Il a avancé la même théorie que moi, l'avez-vous remarqué ?

Emerson s'employait à attaquer une tranche de rosbif passablement coriace. Son couteau dérapa, et la viande tomba par terre.

— Dommage que Bastet ne soit pas là pour nettoyer, dit-il en regardant Gargery ramper sous la table pour récupérer la tranche récalcitrante. A-t-on des nouvelles de cette chatte, Peabody ?

— Pas encore. J'ai donné instruction à Rose d'envoyer un télégramme dès que Bastet sera rentrée. N'essayez pas de changer de sujet, Emerson, je ne le permettrai pas. La situation est trop grave.

— C'est vous qui me répétez à l'envi de ne pas discuter de questions graves devant les domestiques, répliqua-t-il. Règle absurde, je l'ai toujours pensé. Gargery est tout aussi concerné qu'un autre par une conversation intéressante, n'est-il pas vrai, Gargery ?

Le majordome battit en retraite vers le buffet.

— Euh... certainement, monsieur.

— J'ai depuis longtemps abandonné tout espoir de vous convertir aux bonnes manières, Emerson, déclarai-je. De surcroît, dans les circonstances présentes, certaines règles souffrent des exceptions. Quand je songe au danger qui vous menace...

— Foin des sottises, Peabody ! L'idée d'un fou homicide n'a pas plus de sens, dans la bouche de Ramsès, que dans la vôtre. Deux décès — dont l'un naturel — ne constituent pas une vague de crimes ! — S'adressant au majordome, il ajouta : — Ne faites pas attention à ce que dit Mrs. Emerson, Gargery. Elle enfourche son dada. Je ne cours pas le moindre danger.

— Je... je suis soulagé de l'apprendre, monsieur, bredouilla Gargery. Monsieur reprendra-t-il du rosbif ?

Emerson se servit.

— Le prêtre n'a rien à voir avec le meurtre d'Oldacre, annonça-t-il. Un homme comme celui-là devait avoir des douzaines d'ennemis. Moi-même, je ne l'aimais pas. Quant aux événements qui se produisent au Museum, il s'agit des excentricités d'un esprit dérangé, ou alors d'un canular.

— Ah ! murmurai-je. Cette possibilité vous avait donc effleuré ?

— Vous allez maintenant prétendre que vous y aviez songé la première, grommela Emerson. Comme toujours. Mais là, Peabody, je ne vous croirai pas ; cette idée ne m'est venue qu'au moment où j'ai compris que Lord St. John était mêlé à cette histoire. C'est le genre de plaisanterie qu'un dégénéré dépravé tel que lui est susceptible de trouver amusante. Vous savez qui est ce monsieur, n'est-ce pas ?

La question étant manifestement de pure forme, je ne pris pas la peine d'y répondre. Emerson entreprit donc de me dresser un bref portrait biographique de Sa Grâce. Même en comptant avec les préjugés et les circonlocutions de mon conjoint, c'était un portrait peu flatteur — et, dans un certain sens, tragique. Doté d'un physique avantageux, d'une ample fortune et d'une intelligence supérieure à la moyenne, Lord St. John avait toujours été considéré comme un jeune homme plein d'avenir. Sa carrière universitaire avait été sans tache, hormis les habituelles incartades et les canulars incongrus (consistant essentiellement à placer des ustensiles de salle de bains dans des lieux publics) que l'on juge normaux de la part d'un jeune homme de bonne famille, et il s'était illustré dans la campagne de Khartoum de 1884. Sur ces entrefaites, il s'était acoquiné avec un groupe gravitant autour de ce royal vaurien, le prince Albert Victor de Galles, héritier présomptif du trône après son père. Le décès prématuré du prince avait été accueilli par ses parents et par la nation tout entière avec un chagrin non dénué de soulagement ; en effet, il est de notoriété publique (ce qui explique mon manque de réticence sur le sujet) que le comportement du prince « Eddy » avait suscité les doutes les plus sérieux sur sa capacité à régner.

Ce fut après la mort du prince, en 92, que Lord St. John incita, par la ruse, le jeune comte (alors vicomte Blackpool) à entrer dans son « cercle ». Le résultat (conclut Emerson), je l'avais vu par moi-même. Il n'existait aucun vice, naturel ou contre nature, auquel le jeune homme n'eût été initié par son machiavélique mentor.

— Naturel ou contre nature... répétai-je. Pour être honnête, Emerson, je ne vois pas très bien la distinction, s'agissant du vice.

Emerson me dédia un regard glacial.

— La distinction est de celles qui ne vous concernent pas, Peabody.

— Ah ! je crois comprendre... Insinuez-vous, Emerson, que Lord St. John soit le faux prêtre ?

— Non, répondit-il à contrecœur, c'est exclu. Je l'ai vu parmi les spectateurs juste avant que le prêtre ne fasse son entrée.

— Etes-vous sûr qu'il ne s'est pas éclipsé, au tout dernier moment, pour revêtir le déguisement du prêtre ?

— Impossible, ma chère Peabody. Regardez plutôt.

Emerson tira un crayon de sa poche (il avait refusé, comme de coutume, de s'habiller pour le dîner) et se mit à dessiner sur la nappe.

— Les manches de la robe s'arrêtaient au-dessous du coude ; il devait donc retrousser les manches de sa chemise et de sa redingote pour qu'elles ne dépassent point. Cette opération ne demandait que quelques secondes, mais il lui fallait ensuite ajuster la peau de léopard, appliquer le masque sur sa tête, ôter ses bottines, ses chaussettes, et glisser ses pieds dans les sandales.

— Oui, convins-je. En fait, ce n'était pas une si mauvaise copie de l'habit des Egyptiens de la XIXe Dynastie. A ceci près que l'original eût été en simple tissu ; quant à la perruque, on ne la voit pas souvent sur les effigies de prêtres, lesquels avaient généralement le crâne rasé.

— Les modifications étaient dictées, de toute évidence, par les nécessités du camouflage, répliqua Emerson avec impatience. Et, au contraire d'Hérodote, autorité trop souvent citée, qui décrivait — pas toujours avec exactitude — des coutumes qui prévalaient deux mille ans après la période dont il parlait... Qu'est-ce que je voulais dire ?

— Qu'il existe des portraits d'individus portant à la fois le costume du prêtre *sem* et une perruque très ornée. Non que cela importe ; comme vous le soulignez, l'authenticité devait céder le pas aux considérations d'ordre pratique.

— Tout juste. Néanmoins, le comportement du bonhomme dénote une certaine connaissance de la question, Peabody. Avez-vous entendu, par hasard, ce qu'il a dit à la momie ?

Ayant remarqué que Gargery avait renoncé à toute velléité de faire le service et que, penché sur l'épaule d'Emerson, il s'efforçait de voir le dessin tracé sur la nappe, j'annonçai que nous nous retirions dans le salon. Gargery essuya cette déception avec bravoure.

Lorsque nous fûmes confortablement installés, je répondis à la question de mon époux :

— Non, Emerson, je n'ai pas entendu ce que le déséquilibré disait à la momie. Il y avait beaucoup de bruit.

— Mais je me trouvais plus près. Et, comme vous le savez, je m'y entends pour lire sur les lèvres. Voici ce dont je me souviens de son discours.

Etant donné qu'il n'avait pas de nappe à portée de la main et qu'il était trop impatient pour aller chercher de quoi écrire, il griffonna sur sa manchette, prononçant les hiéroglyphes à haute voix à mesure qu'il les écrivait.

— Humph ! fis-je. Excellent, Emerson. Mais pourquoi parlez-vous l'égyptien ancien si le prêtre s'est exprimé en anglais ?

— Il ne s'est pas exprimé en anglais, Peabody.

— Dieu du ciel, voilà qui est stupéfiant ! Mais cela signifie...

— Je ne sais pas ce que cela signifie, Peabody, et vous non plus.

— Il a parlé anglais, la fois précédente.

— Précisément. Son comportement est dépourvu de cohérence, ce qui ne saurait surprendre de la part d'un fou, hmm ? A l'évidence, il a une certaine érudition en matière d'égyptologie, mais tout amateur intelligent pourrait acquérir autant d'informations — particulièrement si, comme c'est peut-être le cas, il est obsédé depuis toujours par le sujet.

— Quel talent dans votre façon de vous exprimer, Emerson ! — Je lui pris la main et la retournai de manière à pouvoir lire les hiéroglyphes. — C'est de l'égyptien tout à fait acceptable.

— Une formule apprise par cœur, Peabody. « Un millier de miches de pain et un millier de jarres de bière pour l'esprit de la Dame Henutmehit. » La formule classique d'offrande mortuaire.

Ses doigts enlacèrent les miens, les étreignirent. Ce tendre geste — et son intérêt pour un sujet qu'il s'était juré de ne jamais plus aborder — m'incita à partager avec lui ce que je savais.

— Cette formule-ci est peut-être classique, mais celle-là ne l'est point, dis-je en extirpant de ma poche la copie du message qui avait été trouvé dans la main du cadavre d'Oldacre.

Les sourcils d'Emerson se rejoignirent.

— Qui vous a procuré cela, Peabody ? L'un de vos maudits amis journalistes, je présume ? Crénom, Peabody, je vous avais pourtant dit... Hmmmm. Voilà assurément un bizarre salmigondis ! Ce n'est certes pas une formule classique ; je n'ai jamais vu pareille inscription.

— Moi non plus, Emerson. Pourrait-il s'agir de l'une des inscriptions du cercueil en question ? Celle-ci ne figure pas à l'extérieur, mais peut-être qu'à l'intérieur...

— Je croirais entendre l'un de ces fichus journalistes, Amelia. Pour autant que je sache, le cercueil n'a jamais été ouvert. Voulez-vous dire que le détraqué serait doué de seconde vue ? Non, j'ai une version plus romanesque : il est la réincarnation du scribe qui, à l'origine, a décoré le cercueil de sa bien-aimée. Ah ! Ah ! Je m'étonne que votre ami intime O'Connell n'y ait pas songé, à celle-là.

Ses yeux brillaient d'amusement et ses lèvres expressives s'incurvèrent en un sourire auquel je ne pouvais manquer de répondre.

— Très plaisant, Emerson. Je suis bien aise de vous voir d'humeur si folâtre, mon chéri.

Il porta ma main à ses lèvres et embrassa tour à tour chacun des doigts.

— Hmmmmm... j'espère être incessamment d'humeur encore plus folâtre, Peabody. Si nous... ?

Ainsi fut fait. A mes yeux, les attentions que me prodiguait Emerson ce soir-là avaient un caractère encore plus poignant qu'à l'ordinaire, car elles me rappelaient ce que je risquais de perdre si, d'aventure, la théorie de Ramsès — et la mienne — se révélait correcte. Cette pensée m'amena, je crois, à me montrer plus chaleureuse encore qu'à l'accoutumée, et Emerson exprima son approbation en des termes dépourvus de toute équivoque. Finalement, il lâcha un gloussement assoupi et murmura :

— Tout de même, Peabody, pourrez-vous oublier combien Budge avait l'air bête, les quatre fers en l'air, agitant ses membres comme un bousier et bêlant comme une chèvre ?

CHAPITRE SEPT

Emerson quitta la maison sitôt son petit déjeuner terminé, annonçant qu'il entendait abattre beaucoup de travail dans la journée et qu'il ne rentrerait donc pas déjeuner. Il était d'excellente humeur (pour des raisons que j'estime inutile d'expliciter), et je pris grand soin de ne pas la gâcher en lui laissant voir le journal du matin. Celui-ci contenait un pittoresque compte rendu de l'émeute dans la salle de la momie, assorti d'une photographie d'Emerson étreignant la dame évanouie, photographie sur laquelle il évoquait Jack l'Eventreur contemplant sa prochaine victime.

Je savourais ma seconde tasse de thé lorsque Mary Ann m'apporta un télégramme. Envoyé par Rose, il annonçait le retour de Bastet et se terminait par ces mots : « Dites-le à monsieur Ramsès. Heureuse et en bonne santé. Vous nous manquez. »

Je ne lui tins pas rigueur du léger excès de verbiage (et de frais), car la nouvelle était meilleure que je n'avais osé l'espérer. Je montai sur-le-champ exécuter les instructions de Rose. La chambre de Ramsès était fermée à clef et je dus décliner mon identité avant qu'il ne consentît à m'ouvrir.

— Je n'aime pas que tu t'enfermes ainsi, Ramsès, lui dis-je. Qu'adviendrait-il si tu étais pris d'un malaise ?

— C'est un argument pertinent, certes, répondit-il en se caressant le menton à la manière de son père.

Toutefois, maman, il est improbable que je sois terrassé avec une soudaineté et une violence telles que je sois incapable d'appeler à l'aide ; et quand on met cette objection en balance avec des arguments contraires, tels que mon besoin d'intimité, que vous avez toujours eu la bonté de reconnaître, et le risque que quelqu'un touche à mes spécimens...

— Très bien, Ramsès. Néanmoins (ajoutai-je avec un regard dégoûté sur le rat qu'il tenait par sa longue queue lisse), il me semble fort improbable qu'une personne saine d'esprit soit tentée de toucher à tes spécimens. Où t'es-tu procuré celui-ci ?

— Je l'ai eu par Ben, le fils du jardinier. Installer des pièges — notamment dans les écuries, où les créatures de ce genre abondent — fait partie de ses tâches. Quoique j'abhorre l'usage des pièges, ainsi que le meurtre gratuit de quelque animal que ce soit, je dois m'incliner devant la nécessité dans le cas présent, puisque les rats mangent des grains et ont également des puces, ce qui, d'après certains spécialistes...

— Suffit, Ramsès.

— Bien, maman. Souhaitez-vous examiner certains de mes spécimens ? Le processus de dessiccation est déjà bien avancé chez les plus petites espèces, ce qui renforce ma conviction que du natron solide et non liquide...

— Merci, sans façons.

Je jetai un coup d'œil vers la table où étaient exposés les spécimens de Ramsès, chacun dans son petit récipient particulier. Il y avait d'autres objets sur la table, que je décidai pareillement de ne pas examiner. En effet, connaissant l'approche résolument logique de Ramsès en matière d'égyptologie, j'étais bien persuadée qu'il n'avait négligé aucune méthode possible en vue de préparer un corps pour l'étape finale du processus de momification.

Je me hâtai de lui annoncer la bonne nouvelle, ajoutant que je l'aurais fait plus tôt s'il ne m'avait point retardée avec son exposé sur la momification. Il me répondit par l'un de ses rares sourires.

— Je me doutais bien qu'elle reviendrait si elle en avait la possibilité, observa-t-il. Toutefois, comme il est écrit dans le Coran, la vie...

— Je dois maintenant partir, Ramsès, j'ai beaucoup à faire. J'étais simplement passée t'aviser du retour de Bastet.

— Je vous en suis grandement reconnaissant, maman. Puis-je demander s'il y a eu de nouveaux développements dans ce que l'on pourrait appeler le mystère du British Museum ?

— Je ne crois pas, Ramsès.

— La théorie que j'ai avancée hier soir était quelque peu légère, dit-il pensivement. Tout de même, maman, je serais soulagé d'apprendre que, dans votre opinion, il n'y a pas la moindre possibilité que ce singulier personnage puisse mettre en danger la vie de papa.

Sa voix était aussi neutre que d'ordinaire, sa figure impassible. Tapotant de la main ses boucles en désordre, je répondis d'un ton rassurant :

— Je suis sûre que papa ne court aucun danger, Ramsès. D'ailleurs, même si c'était le cas — ce que, encore une fois, j'estime hautement improbable — il est capable de se défendre avec toute l'habileté et l'énergie nécessaires. Concentre-toi sur tes jolies momies et ne te fais pas de souci pour ton père.

Il avait plu durant la nuit mais, quand je quittai la maison, le soleil s'efforçait de filtrer à travers la couverture de fumée qui recouvre Londres en permanence. Grâce à mes solides bottines, je pus sans inconvénient marcher dans les flaques d'eau et arpenter les rues boueuses. Tandis que je cheminais le long du Strand, la circulation se fit plus dense et le bruit s'accrut dans des proportions assourdissantes. Carrioles et omnibus ferraillaient, les sabots des chevaux résonnaient, les vendeurs à la criée vantaient leurs marchandises. La scène n'en possédait pas moins un charme pittoresque ;

droit devant, tel un commentaire céleste sur la vanité de l'agitation humaine, le grand dôme de St. Paul se découpait sur le ciel, ses courbes voluptueuses chastement voilées de lambeaux de brume.

Les locaux du *Daily Yell* se trouvaient dans Fleet Street. Je n'avais jamais eu l'occasion de m'y rendre et je n'étais pas certaine d'y trouver Mr. O'Connell à cette heure-ci, mais je n'avais rien à perdre à tenter ma chance. Ses employeurs connaîtraient certainement son adresse personnelle.

Selon le portier qui gardait l'entrée du bâtiment, Mr. O'Connell était bien là. L'employé m'indiqua l'escalier, en haut duquel je débouchai dans une vaste pièce encombrée et extrêmement sale, remplie de bureaux qui, pour la plupart, étaient occupés. L'air, saturé de fumée de cigare et de cigarette, retentissait de blasphèmes et de grivoiseries, les remarques de cette nature étant proférées à pleins poumons et sans malveillance apparente. Un grand nombre de ces invectives visaient les jeunes garçons qui couraient d'un bureau à l'autre, livrant des documents ou prenant ceux qu'on leur remettait.

La majeure partie des « gentlemen » du quatrième pouvoir étaient en bras de chemise et plusieurs d'entre eux avaient un chapeau rejeté sur l'arrière du crâne. Mon arrivée ne passa pas totalement inaperçue ; néanmoins, personne n'ôta son couvre-chef, n'endossa une redingote, ne se leva de sa chaise ou ne me proposa son aide. Je n'en fus nullement démontée. A tout prendre, c'était réconfortant de rencontrer des hommes qui avaient des manières encore pires que celles de mon fils.

A force de scruter les nuages de fumée bleutée, j'entrevis un éclair rouge feu. Un éclair, pas davantage, mais cela suffisait.

— Monsieur O'Connell ! appelai-je.

Toutes les conversations cessèrent abruptement. Dans le profond silence qui suivit, un frôlement —

comme si quelqu'un marchait sur la pointe des pieds — se fit entendre.

— Vous n'êtes point discret, monsieur O'Connell ! criai-je. Montrez-vous sur-le-champ, je vous prie.

Sur ma droite, un homme se pencha de côté dans son fauteuil pour chuchoter une remarque à une personne qui m'était invisible. Au bout d'un moment, O'Connell se redressa, l'air penaud, et l'homme derrière le bureau duquel il s'était caché me lança, hilare :

— Le voilà, m'dame. Qu'est-ce qu'il a fait ? Il vous a mise enceinte ?

— Si c'est là un échantillon de l'humour journalistique, il n'est pas à mon goût, répliquai-je cependant que Kevin décochait au plaisantin un regard outré. Venez par ici, monsieur O'Connell. Ne soyez pas si couard, je désire simplement vous parler.

— Couard ? On n'a jamais vu d'O'Connell, mâle ou femelle, qui ait peur d'affronter...

— Oui, oui, assurément. En attendant, hâtez-vous.

D'un geste brusque, Kevin prit sa redingote sur le dossier d'une chaise, plaqua sa casquette sur sa tête et me rejoignit.

— Hâtez-vous, ben tiens ! maugréa-t-il. Vous avez ruiné ma réputation à coup sûr, madame E.

Lorsque nous fûmes dehors, il laissa échapper un long soupir.

— Je vous présente mes excuses, madame Emerson. J'aurai une petite explication avec Bob, tout à l'heure. Mais vous savez, vous ne devriez pas vous montrer dans des endroits de ce genre.

— J'en ai connu de pires, rétorquai-je. Et que faites-vous de miss Minton ? Elle est employée dans un endroit de ce genre.

— Allons donc ! Vous n'imaginez pas qu'une dame aussi raffinée partagerait la même pièce que de vulgaires journalistes de bas étage.

— Je n'imagine pas que de vulgaires journalistes de bas étage l'accepteraient dans la même pièce qu'eux, répliquai-je sèchement. Ils ne peuvent pas avoir perdu tous leurs instincts de gentlemen ; la présence d'une dame, pour incroyable que cela paraisse, risquerait de les mettre mal à l'aise. Où est-elle, donc, sinon dans les bureaux du *Mirror* ?

— Elle habite Godolphin Street, chez une veuve, répondit Kevin. Elle envoie ses articles au journal par coursier. La vieille douairière se prend pour une suffragette, mais elle n'approuverait pas que son honorable petite-fille coudoie des hommes rustres et grossiers. C'est pur hasard que la mort du veilleur de nuit se soit transformée en cause célèbre ; son rédac'chef l'avait mise sur l'affaire uniquement pour la tenir à l'écart, espérant, sans nul doute, qu'elle se lasserait bientôt de son petit hobby...

— Absurde ! C'est elle qui en a fait une histoire à sensation, vous l'avez déclaré vous-même. Et elle écrit très bien... d'un point de vue journalistique.

— Elle apprend, convint Kevin à contrecœur. Mais c'est grâce à ses relations familiales et à son accointance avec ce gommeux à lorgnon du Museum...

— Jalousie, monsieur O'Connell ! Pure jalousie, à laquelle s'ajoute un aveuglement bien masculin devant les capacités supérieures des femmes. Je crois que je vais me rendre à son domicile, voir si elle est là. Quelle est l'adresse ?

— Je vais vous accompagner, si vous permettez. C'est une belle journée, trop agréable pour rester enfermé.

En réalité, je connaissais son véritable motif. Mais je puis dire sans me vanter qu'il n'apprit rien de moi, pas plus que je ne parvins — hélas ! — à lui soutirer des informations. La seule fois où il s'exprima sans calcul, ce fut quand je mentionnai le nom de Lord St. John.

— Ce vil scélérat ! Que les chèvres... euh... paissent sur la tombe de sa grand-mère !

— Qu'avez-vous donc contre Sa Grâce ? m'enquis-je.

Mr. O'Connell avait beaucoup de choses contre Sa Grâce.

— Nous disposons d'informations que nous ne pouvons pas imprimer, madame Emerson, pas même dans le *Daily Yell*. Ce n'est pas tant pour éviter de choquer les dames et les enfants, que pour prévenir des poursuites judiciaires. Si je vous racontais tout ce que je sais sur Sa Grâce...

— Je n'en serais vraisemblablement ni choquée ni surprise, répondis-je posément. Il fait cependant bonne impression, ne trouvez-vous pas ?

— Oh, il est charmant avec les dames ! — A regret, Kevin ajouta : — Et il ne fait plus guère parler de lui depuis un an ou deux. Il affirme s'être assagi. Il s'est peut-être acheté une conduite, comme il le prétend, mais j'ai mes doutes.

Godolphin Street se trouvait dans un quartier ancien, entre le fleuve et Westminster Abbey. Elle était bordée, de chaque côté, de maisons édifiées au siècle dernier, y compris celle où résidait miss Minton. C'étaient des maisons hautes et étroites, d'apparence aussi respectable que rébarbative, avec un escalier assez raide menant à la porte d'entrée. Alors que nous approchions, la porte s'ouvrit et Mr. Eustace Wilson sortit sur le perron.

Absorbé dans ses pensées, il examinait en fronçant les sourcils un papier qu'il tenait à la main. Il ne me vit que lorsque nous fûmes pratiquement face à face.

— Oh ! s'exclama-t-il en se découvrant. Est-ce vous, madame Emerson ? Je ne m'attendais pas...

— Je viens rendre visite à miss Minton.

— Tout comme je l'ai fait. Nous devions déjeuner ensemble, mais elle n'est pas là.

— Vous aurait-elle posé un lapin ?

Les lèvres du jeune homme esquissèrent un sourire timide, assez touchant.

— Ce ne serait pas la première fois, madame Emerson. Elle... Mais vous savez comment sont les jeunes filles. Elle a eu la bonté de me laisser un billet disant qu'elle devait subitement quitter Londres pour une durée indéterminée.

— Ah ! dans ce cas, son impolitesse est excusable. Peut-être sa grand-mère est-elle tombée malade.

O'Connell, qui était demeuré à l'écart, nous rejoignit en entendant que miss Minton était absente. Il s'approcha, les mains dans les poches, sa casquette rabattue sur les yeux, adoptant délibérément une allure débraillée qui se voulait aussi éloignée que possible de l'élégance de Mr. Wilson.

— Elle s'est enfuie pour cacher sa honte, à coup sûr ! ricana-t-il. Maintenant que le secret de sa naissance est éventé...

— Elle n'a pas lieu d'avoir honte, monsieur O'Connell, dis-je sévèrement. Un titre nobiliaire n'est point motif d'opprobre ; elle a droit au respect au même titre que les gens humbles.

— Fort bien dit, madame Emerson, opina Mr. Wilson en jetant au journaliste un regard indigné. Miss Minton a eu le grand mérite de refuser d'utiliser sa position pour obtenir des faveurs particulières. Quoique, personnellement, il me soit odieux de la voir exercer une profession si déshonorante, si dégradante...

O'Connell prit une attitude belliqueuse, poings levés.

— Dégradante, vraiment ? Répétez ce mot, jeune gandin, et je vous le fais rentrer promptement dans la gorge !

— Voyez-moi cela ! s'exclama Mr. Wilson, ajustant son lorgnon.

— Allons, jeunes gens, ne vous battez pas, intervins-je. Du moins, pas dans la rue.

— Je vous présente mes excuses, madame, dit courtoisement Mr. Wilson. A ce propos, je suis heureux que vous n'ayez point été blessée, hier. Votre mari a été le héros de l'affaire, paraît-il ?

— Mr. Budge ne l'a pas été, en tout cas.

Wilson sourit.

— Il était de fort méchante humeur, ce matin. J'ai été soulagé de pouvoir m'échapper une demi-journée.

— Il doit être passablement tourmenté, dis-je. Vous devriez l'être, vous aussi, monsieur Wilson. Le déséquilibré semble avoir une dent contre le British Museum et ses employés.

Le sourire de Wilson s'évanouit.

— Qu'entendez-vous par là, madame Emerson ? Cet hurluberlu est inoffensif.

— N'en soyez pas trop sûr, monsieur Wilson. Il y a déjà eu deux décès — ayant tous deux un rapport, non seulement avec le Museum, mais avec le Département Oriental ! Peut-être le prêtre est-il inoffensif, peut-être ne l'est-il pas. En tout cas, l'assassin est très probablement un homme qui nourrit quelque grief contre les orientalistes. Un savant aigri dont les travaux auront été rejetés avec mépris, par exemple, ou un étudiant à qui on n'aura pas accordé une promotion, ou... Mais là, je parle trop librement. Ce ne sont pour le moment que des théories sans preuves, monsieur Wilson. Je puis me fourvoyer complètement.

— Oh, mon Dieu ! hoqueta-t-il.

— Excusez-moi, madame E., intervint O'Connell. Voulez-vous dire... Vous ai-je bien entendue prononcer les mots « fou homicide » ?

— Non, et si jamais vous me citez en ce sens...

Je levai mon ombrelle en manière de plaisanterie. O'Connell ne cilla même pas. Sa ferveur journalistique avait balayé la crainte que lui inspiraient mon opinion et mon ombrelle. Mr. Wilson tripotait son lorgnon en marmonnant « Oh, mon Dieu ! Oh, mon Dieu ! », comme le Lapin Blanc dans *Alice au Pays des Merveilles.*

— Quelle idée sensationnelle ! s'écria O'Connell. Je me demande comment je n'y ai pas songé moi-même ! D'ailleurs, à la réflexion... mais si, sacredieu, j'y ai songé ! Je ne vais pas vous citer, madame E., n'ayez crainte. Laissez-moi seulement vous remercier de m'avoir remis ma théorie en mémoire. Aha ! Attendez un peu que l'honorable miss Minton lise le *Daily Yell* de demain !

Gloussant diaboliquement, il s'éloigna au trot.

— Parliez-vous sérieusement, madame Emerson ? s'enquit Wilson, un peu pâle.

— Je préfère ne pas trop m'avancer, monsieur Wilson. Cependant, je vous fais une promesse : le professeur Emerson et moi-même sommes sur la piste, et jusqu'à présent nous avons toujours réussi à capturer... du moins, nous avons toujours réussi à déjouer les plans de l'adversaire. Ce qui n'est pas un exploit bien extraordinaire, compte tenu de l'infériorité du cerveau criminel. N'ayez crainte, monsieur Wilson. Il se peut que vous ne soyez pas la prochaine victime. Peut-être sera-ce Mr. Budge.

Mr. Wilson ne sembla pas particulièrement rasséréné par cette hypothèse.

Comme il s'éloignait, épaules voûtées et tête basse, je fus tentée de le rappeler pour lui offrir un conseil amical concernant la façon de procéder avec les demoiselles du genre de miss Minton. En effet, il était clair à mes yeux que les sentiments qu'il nourrissait à son endroit étaient plus profonds qu'une simple amitié. Je décidai toutefois de ne pas prendre cette peine. Il était trop pusillanime et anxieux pour avoir du succès auprès d'une telle demoiselle — et, selon moi, il ne le méritait pas.

Je passai quelques heures dans les boutiques, car ma garde-robe avait grand besoin d'être renouvelée : les toilettes adaptées aux fouilles archéologiques n'étaient point de mise à Londres. Je commandai également des chemises pour Emerson, qui avait coutume d'oublier de les déboutonner quand il avait hâte de se dévêtir, et plusieurs costumes pour Ramsès, dont les habitudes étaient tout aussi désastreuses pour les vêtements que celles de son père — quoique, inutile de le préciser, pas pour les mêmes raisons.

Je rentrai à la maison de bonne heure, car j'avais besoin d'une brève période de repos et de méditation avant de retrouver les enfants pour le thé. Mrs. Watson et Gargery m'attendaient tous les deux, Mrs. Watson pour m'informer qu'elle avait consigné Ramsès dans sa chambre après qu'il eut sauvagement attaqué Percy, et Gargery pour m'annoncer qu'un gentleman demandait à me voir.

Nullement mécontente de cette occasion de remettre à plus tard mon inévitable tête-à-tête avec Ramsès, je dirigeai mes pas vers le salon vert. Cette pièce magnifiquement décorée (qui devait son nom à la soie de Chine verte qui en tapissait les murs et le plafond) était rarement utilisée ; j'en déduisis que le visiteur devait être une personnalité de haut rang pour s'être vu accorder un tel honneur par Gargery. Et, de fait, j'avais vu juste.

Lord St. John était absorbé dans la contemplation d'un beau portrait de Gainsborough, accroché au-dessus du manteau de cheminée en malachite. Dès mon entrée, il se répandit en excuses pour son intrusion.

— J'ai pris une impardonnable liberté, madame Emerson, mais votre majordome m'a assuré que vous étiez attendue incessamment, or j'ai quelque chose d'important à vous dire.

— Je vous en prie, Votre Grâce. Veuillez vous asseoir. — Je sonnai la bonne et lui ordonnai de servir le thé. — Mais n'amenez pas les enfants, ajoutai-je vivement. Pas tout de suite.

— Ne reléguez pas les chers petits à cause de moi, implora Sa Grâce. Je considérerais comme un honneur de faire la connaissance de vos enfants.

— Vous ne savez pas ce que vous dites, lui assurai-je. En fait, le professeur et moi-même n'avons qu'un fils, mais nous gardons pour l'été les deux enfants de mon frère.

— C'est très généreux de votre part, et cela n'est point pour me surprendre. Votre bonté, madame Emerson, est aussi réputée que votre inlassable soif d'apprendre.

Son sourire métamorphosa sa physionomie, effaçant

les rides de lassitude (ou, comme l'eût probablement dit Emerson, de dissipation). Toutefois, je me flatte d'être une femme trop avisée pour me laisser abuser par de belles manières et un sourire affable. Je récompensai son compliment d'une brève inclination de tête, le priai d'excuser l'absence d'Emerson et servis le thé.

— Mais peut-être préféreriez-vous quelque chose de plus fort, Votre Grâce ? Puis-je vous offrir un whisky-soda ?

— Non, merci. — Il ajouta avec un petit rire espiègle : — Je me suis amendé, madame Emerson. D'aucuns diraient qu'il était grand temps.

Je fus un brin dépitée de son refus, car je me serais volontiers jointe à lui. Néanmoins, je pouvais difficilement lamper un verre de spiritueux pendant qu'il sirotait délicatement du thé. Il prit sa tasse dans une main, un canapé au cresson dans l'autre, et enchaîna d'un ton plus sérieux :

— J'ai été un sombre vaurien en mon temps, madame Emerson. La plupart des jeunes hommes ont fait les quatre cents coups...

— Mais vous avez, paraît-il, franchi la barre des cinq cents.

Il rit de bon cœur.

— Bravo, madame Emerson ! Il est bien rafraîchissant de trouver une femme — ou une personne, quel que soit son sexe — qui ne mâche pas ses mots. Votre franc-parler me plaît. Oui, je regrette de tout cœur certains épisodes de mon passé. Le temps nous assagit et nous améliore, si nous sommes avisés. Il est temps que je me range. Je découvre les plaisirs de l'étude ; je cherche une gentille femme avec qui aborder paisiblement, sans heurts, le cap de la quarantaine.

— Miss Minton, peut-être ?

— Grands dieux, madame Emerson ! Miss Minton n'est pas du genre à suivre un chemin paisible et sans heurts. Il me faut une personne plus tranquille, plus au fait des joies simples de la vie. — Il se pencha pour poser sa tasse sur une table. — C'est l'une des raisons pour lesquelles je me suis permis de venir vous voir, madame Emerson ; je me suis conduit hier comme un mufle et je voudrais m'en expliquer. Je connais Margaret depuis l'enfance ; nos familles sont originaires de la même région du Gloucestershire. Elle est pour moi une véritable sœur, et je ne puis me défendre de la taquiner comme le ferait un frère. La pauvre petite se prend tellement au sérieux ! Il n'empêche que c'était mal de ma part de dévoiler son secret, même si la plupart des gens l'ont éventé...

— C'était mal de votre part, en effet. (Auriez-vous l'obligeance de me donner votre tasse, Votre Grâce ? Merci.) Mais c'est miss Minton, et non moi, qui mérite vos excuses. Et si c'est là l'importante question dont vous désiriez m'entretenir...

— Non, pas du tout. Cependant, madame Emerson, il est important à mes yeux que vous ayez une bonne opinion de moi.

Sa Grâce adressa un sourire amical à la bonne qui passait le plateau de canapés. Elle était très jeune, fort jolie, et elle rougit violemment. Comme c'était la première fois que je la remarquais, je présumai qu'elle venait d'être promue à une position plus élevée au sein de la domesticité, à la suite du départ des filles dont m'avait parlé Mrs. Watson.

Le temps passait. Emerson n'allait pas tarder à rentrer et, quoique je trouvasse la conversation de Sa Grâce extrêmement intéressante, je fus contrainte de l'inciter à en venir au fait.

— Donc... ? fis-je.

— Je voulais vous entretenir des étranges événements du Museum. Est-il exact que le professeur et vous-même enquêtiez sur l'affaire ? Je ne me permettrais pas de vous poser cette question si, en tant que protecteur du Museum et ami de Mr. Budge...

— Point n'est besoin de vous justifier. En réalité, il serait exagéré d'affirmer que nous enquêtons sur quoi que ce soit. Nous sommes curieux, comme tout un chacun. L'affaire est très singulière. Toutefois, nous n'avons pas été consultés officiellement par les autorités.

— J'ai des raisons de croire que vous le serez, dans un avenir proche.

— Vraiment ?

— Mr. Budge est... ma foi, pour être honnête, il est effrayé. Cette histoire de vendetta contre des égyptologues...

— Ainsi, je ne suis pas la seule à avoir envisagé cette interprétation ! m'exclamai-je. Ah ! C'est la seule explication sensée, Votre Grâce. Mais s'est-il produit d'autres incidents susceptibles d'étayer ma théorie ? Des agressions meurtrières, des lettres de menaces ?

— Pas à ma connaissance. De toute manière, si quelqu'un recevait une lettre anonyme, il n'en ferait probablement pas état, de peur du ridicule.

— Exact. Pourtant, tout me porte à croire...

Sur ces entrefaites, nous fûmes interrompus par la dernière personne que je m'attendais à voir : Ramsès, mon rejeton errant. Il ouvrit brusquement la porte et demeura sur le seuil, pantelant, trop essoufflé pour parler.

Je bondis sur mes pieds.

— Ramsès, tu avais l'ordre de rester dans ta chambre !

— J'ai estimé... que les exceptions habituelles... prévalaient, hoqueta-t-il. Maman, ma chambre...

— Remonte sur-le-champ !

— Ma chambre est en feu, dit Ramsès.

La véracité de cette déclaration se trouva confirmée, lorsque j'atteignis le hall, par des cris en provenance de l'étage et une pénétrante odeur de linge roussi. M'élançant dans l'escalier — Sa Grâce et Ramsès sur mes talons — je trouvai devant la chambre un troupeau de domestiques affolés, cependant que l'un des valets de pied, efficacement assisté de Percy, arrachait les rideaux noircis et fumants.

Une rapide inspection m'apprit qu'il n'y avait pas de grands dommages à déplorer, mais que seuls l'esprit d'initiative et la diligence du valet avaient empêché un grave incendie. Comme je le congratulais, il répondit :

— C'est le jeune monsieur qu'il faut remercier, madame. Il avait déjà étouffé les flammes quand je suis arrivé.

Percy s'était modestement retiré dans un coin. Ses mains et son visage étaient maculés de suie, mais il m'assura n'être point brûlé.

— Ce n'était qu'un petit feu, tante Amelia. Voyez-vous, j'aidais Ramsès à effectuer une expérience chimique. C'est de ma faute, ma main a heurté le bec Bunsen. Je suis entièrement responsable.

Je m'apprêtai à retenir Ramsès, prévoyant que la formule produirait sur lui l'effet habituel, mais il se borna à regarder Percy, une étrange lueur calculatrice dans les yeux.

— C'est moi le responsable, dit-il d'une voix posée. Je n'aurais pas dû laisser Percy me prêter main-forte pour cette expérience.

— Quel genre d'expérience ? Non, ne réponds pas, je préfère ne pas le savoir... Quoi qu'il en soit, je ne t'avais pas interdit de recevoir quelqu'un dans ta chambre ; et comme je n'imaginais pas un instant que tu te livrerais à des expériences chimiques, j'avais omis de prohiber le bec Bunsen. Par conséquent, je suppose que tu n'es pas à blâmer. Tu peux remercier ton cousin de t'en tirer à si bon compte.

Ramsès remua les lèvres mais s'abstint de prononcer le mot à haute voix. Je décidai de ne pas y prêter attention.

Sa Grâce, qui était négligemment appuyée contre le chambranle, fit entendre un petit gloussement.

— Que disiez-vous à propos des quatre cents coups, madame Emerson ? Je me sens des affinités avec ces deux lascars. Lequel est à vous ?

Je lui présentai les enfants, qui réagirent chacun de façon caractéristique : Percy inclina le buste et s'excusa de ne pas serrer la main du lord (sa paume noire de suie étant un motif suffisant) ; Ramsès, l'air impertinent, détailla longuement Sa Grâce, de la tête aux pieds et des pieds à la tête. Il allait entamer l'un de ses interminables discours quand un hurlement perçant, en provenance du couloir, nous fit tourner la tête dans cette direction. C'était le refrain entêtant, désormais familier : « Mort ! Mort ! Oh, mort... »

— Maudite péronnelle, dis-je, omettant de surveiller mon langage. Va la voir, Percy, et montre-lui que tu n'es pas blessé, sinon elle va nous faire une nouvelle crise.

Mais Lord St. John intercepta adroitement le petit paquet à volants qui déboulait vers nous en criant et le souleva dans ses bras.

— Chut, petite chérie, dit-il avec tendresse. Personne n'est mort. Ce n'était qu'un petit feu, et ton grand frère n'a pas le moindre mal.

Les hurlements de Violet cessèrent aussitôt, comme si on les avait coupés net avec un couteau. En la voyant minauder, glousser et nouer ses bras autour du cou de Lord St. John, je fus tentée de la lui arracher et de la secouer à en défriser ses anglaises.

— Retourne immédiatement dans ta chambre, Violet, ordonnai-je. Posez-la, Votre Grâce. Je suis navrée de vous avoir infligé pareil spectacle.

Sa Grâce donna un baiser à Violet, qui brama de ravissement.

— Je vous en prie, madame Emerson, ne vous excusez pas. J'adore les enfants. Surtout les petites filles.

*
* *

Mon cher Emerson professe le plus profond mépris pour les œuvres de Mr. Dickens (« Le sentimental le plus débridé que j'aie jamais rencontré... après vous, Peabody »), ce qui ne l'empêche pas de le citer fréquemment. Dimanche matin, à la table du petit déjeuner, il se lança dans une diatribe contre le jour du Seigneur — et, quoiqu'il n'eût pas cité ses sources, je reconnus un passage de *La Petite Dorrit*.

— Rien d'autre à voir que des rues, des rues, des rues. Rien d'autre à respirer que des rues, des rues, des rues... Rien d'autre à faire, pour le travailleur exténué, que de comparer la monotonie de son septième jour avec la monotonie des six jours qui ont précédé, en songeant à la morne existence qu'il mène, et en tirer le meilleur parti possible — ou le pis, selon toutes probabilités.

Emerson (et Mr. Dickens) n'avaient pas tort. Le dimanche doit, bien entendu, être consacré au repos, à la méditation et à la quête d'idéaux plus élevés ; cependant, ceux-là même qui ne voyaient aucun inconvénient à réquisitionner un cocher pour les conduire au temple et les en ramener, ni à déguster au retour un copieux repas préparé par leurs domestiques, déniaient catégoriquement au travailleur le droit d'accéder librement aux modes de culture ou de distraction — y compris le British Museum, qui était, je le subodorais, à l'origine du mécontentement d'Emerson.

Ramsès, naturellement, voulut savoir ce que Mr. Dickens entendait par « le pis ». Sur mon conseil, Emerson refusa de répondre.

Emerson, qui est opposé à la religion sous toutes ses formes, n'assiste jamais aux offices. Lorsque nous étions dans notre gentilhommière du Kent, j'y allais toujours avec Ramsès, bien qu'il ne tirât certainement aucun enseignement des sermons : en effet, le cher vieux Mr. Wentworth, qui était pasteur de St. Winifred depuis des temps immémoriaux, était décrépit à telle enseigne qu'on ne comprenait pas un traître mot de ce qu'il disait. Néanmoins, le doux murmure de sa voix était très apaisant, et les fidèles mettaient à profit cet intervalle pour somnoler ou méditer, selon les habitudes de chacun.

Ce dimanche-là, j'emmenai les enfants à St. Margaret, à Westminster, afin d'entendre l'archidiacre Frederick William Farrar, qui était l'un des plus célèbres prédicateurs du pays. Il prononça une homélie des plus édifiantes, et je me pris à espérer que le sujet —

« L'amour fraternel » — aurait un effet bénéfique sur mes turbulents compagnons, car ils avaient épuisé toutes mes réserves de patience. Violet avait été la plus odieuse. Ses hurlements de rage m'avaient importunée pendant que je m'habillais ; lorsque j'arrivai à la nursery, m'attendant à découvrir que Ramsès lui avait offert une souris momifiée ou un fémur pourri (provenant de sa collection de trésors), je trouvai la nounou blottie dans un coin, apeurée, et Violet perchée au sommet d'une pile de vêtements qu'elle piétinait, hurlant qu'ils étaient tous trop laids, trop serrés ou trop chiffonnés. Et, de fait, ils étaient à présent fort chiffonnés, pour la bonne raison qu'elle les avait allégrement piétinés. Le choix de ses toilettes était l'un des rares sujets susceptibles de la sortir de sa geignarde apathie ; avant même cet épisode, j'avais commencé à me demander s'il n'était pas au-dessus de mes forces de réformer Violet.

Le sermon, quoique parfaitement audible, n'eut aucun effet perceptible sur les enfants. Violet pleurnicha pendant tout le trajet de retour à cause de sa robe et Ramsès traita Percy de « fichu coprolithe ».

— Où as-tu appris ce mot ? demandai-je sévèrement.

— Dans un guide de Londres que j'ai trouvé dans la bibliothèque, répondit-il. Je m'attachais à élargir mes centres d'intérêt, conformément à votre suggestion, et je suis ainsi tombé sur une phrase qui disait : « La strate supérieure du sol du Strand est composée de terre jaune rougeâtre contenant des coprolithes. » J'ai naturellement consulté le dictionnaire, car je suis toujours désireux d'enrichir mon vocabulaire, et j'ai découvert avec intérêt...

Je consignai Ramsès dans sa chambre pour le restant de la journée. Après brève réflexion, je consignai également Percy et Violet dans leurs chambres respectives. C'était injuste, certes, mais indispensable à ma santé mentale.

Emerson était sorti, laissant un message comme quoi

il ne rentrerait pas avant six heures et demie. Je passai l'après-midi dans la bibliothèque, à parcourir son manuscrit en y apportant de menues corrections. Puis je pris le thé toute seule, bien tranquille dans ma chambre douillette.

Peu après l'heure annoncée, j'entendis avec satisfaction les pas du bien-aimé. La porte s'ouvrit violemment mais Emerson, au lieu d'entrer, s'attarda sur le seuil. La première phrase qu'il prononça me fit comprendre qu'il n'était point seul.

— Allons, madame Watkins, je ne comprends pas que vous fassiez tant de chichis. Ce bidon est beaucoup trop lourd pour cette pauvre fille, qui n'est pas plus grosse qu'un chaton. Vous auriez dû le faire porter par l'un des valets.

— Mais, professeur, elle s'est proposée...

— Très louable de sa part, mais elle aurait dû y réfléchir à deux fois. Tenez, donnez-le-moi... et maintenant, si vous voulez bien vous ôter du passage...

Il fut stoppé net dans sa progression par l'arrivée de Gargery.

— Voici pour vous, professeur. Un messager vient juste de l'apporter.

— Eh bien ! ne restez pas là à brandir ce pli sous mon nez. Comment voulez-vous que je le prenne alors que je tiens dans mes deux mains un bidon d'eau ? Donnez-le à Mrs. Emerson.

Il entra dans la chambre, me lança un joyeux « Bonsoir, Peabody ! » et se dirigea vers la salle de bains. J'entendis un bruit sourd, suivi d'un *splatch* ! et Emerson reparut, époussetant vaguement sa redingote et son pantalon mouillés par endroits.

— Bonsoir, mon cher Emerson, répondis-je.

Mrs. Watson s'était retirée (désarçonnée, j'en suis sûre, par le singulier comportement du professeur). La bonne se glissa dans la salle de bains en détournant la tête, en proie à un embarras bien compréhensible, et Gargery s'avança vers moi avec un plateau d'argent, l'air très compassé et très digne, exception faite du grand sourire qu'il ne parvenait pas à cacher. De toute évidence, il avait succombé, comme tant d'autres, à la personnalité charismatique d'Emerson (laquelle, mystérieusement, était plus appréciée par les domestiques et autres membres des classes inférieures que par les pairs de mon époux).

— Merci, Gargery.

Je pris l'objet qui reposait délicatement sur le plateau d'argent. Ce n'était pas une lettre, comme je l'avais supposé, mais un petit paquet enveloppé, ficelé et scellé.

Emerson se jeta dans un fauteuil, à côté de moi, et posa ses pieds sur le pare-feu.

— Ah ! fit-il avec un long soupir. Qu'il est bon de se retrouver chez soi, Peabody ! Surtout sans... je veux dire, où sont les enfants ?

Je le lui expliquai. A mon vif regret, Emerson manifesta plus d'amusement que de courroux en apprenant la dernière acquisition de son fils en matière de vocabulaire.

— Coprolithe ! Allons, Peabody, ce pourrait être pis. Et à part cela, ma chérie, avez-vous passé une agréable journée ?

— En partie. Et vous, mon cher Emerson ? Où étiez-vous donc passé ?

— Je suis allé faire une longue promenade. Ensuite, j'ai rendu visite à Budge.

— Mr. Budge ? Dieu du ciel, Emerson, pourquoi ? Je ne me rappelle pas vous avoir jamais vu faire une visite de courtoisie à Budge.

— Il a paru surpris, lui aussi, dit-il avec un sourire mauvais. Rendez-vous compte, Peabody, ce fieffé imbécile...

— Je vous en prie, Emerson, surveillez votre langage, murmurai-je en indiquant la porte de la salle de bains.

— Et pourquoi diable... ? Ah ! cette fille est toujours là ? Que dia... que fait-elle donc ?

— Elle remplit la baignoire, Emerson, comme tous

les soirs. Et elle passe la serpillière après votre passage. Mais laissons cela. Qu'est-ce qui vous a incité à aller voir Mr. Budge ?

Emerson étira ses membres jusqu'à les faire craquer.

— Ma foi, je lui ai proposé de démailloter la momie. *La* momie.

— Démailloter... Et pourquoi diable ?

— Surveillez votre langage, Peabody, badina Emerson. L'idée m'en est venue pendant que je déambulais dans... euh... dans le parc. Oui, Hyde Park. L'échauffourée qui s'est produite au Museum, l'autre après-midi, aurait pu avoir des conséquences bien plus graves. L'hystérie collective a atteint un tel degré... A ce propos, savez-vous que l'un de vos amis journalistes a déjà publié un article sur la réincarnation du prêtre, ancien amant de la princesse ? Cela m'a crucifié de le lire, car j'avais espéré vendre cette idée un bon prix.

— Foin des facéties, Emerson. Vous vous écartez du sujet.

— J'en conviens, dit-il avec jovialité. Donc, disais-je, il me paraît grand temps de mettre un terme à cette ridicule histoire, avant qu'il n'y ait des blessés graves. Le Museum pâtit de ce genre d'incidents ; il est dirigé avec incompétence, certes, mais il ne faudrait pas qu'il devienne une arène pour émeutes ou une scène pour spectacles de théâtre.

— C'est tout à fait mon avis, Emerson. Mais comment le démaillotage de la momie est-il censé y remédier ?

— Ma foi, c'est le moyen le plus logique de mettre fin aux spéculations absurdes. Nous verrons quelles inscriptions — s'il y en a — se trouvent à l'intérieur du cercueil. Nous dévoilerons le rictus grimaçant et la peau desséchée de l'infortunée défunte. Vous le savez, Peabody, une momie — même bien conservée — constitue un spectacle extrêmement repoussant. Les fantasmes romantiques sur les belles princesses se ratatineront — comme les chairs de la dame — sous le regard impitoyable de la vérité scientifique. Il se peut qu'elle ait les dents gâtées, Peabody. Il se peut qu'elle soit... quinquagénaire ! Qu'imaginer de mieux, comme antidote à la sentimentalité, qu'une femme grisonnante, quinquagénaire, souffrant de caries ?

Je posai mes pieds sur le pare-feu, à côté de ceux d'Emerson, et lui pris la main.

— Emerson, je l'ai déjà dit et je ne le répéterai jamais assez : votre perspicacité intellectuelle n'a d'égale que votre profonde compréhension de la nature humaine. Brillant, mon chéri... brillant !

Les maris, j'ai pu le constater, apprécient les petits compliments de ce genre. Emerson sourit d'une oreille à l'autre et me baisa la main.

Ce que je m'abstins de préciser, par prudence élémentaire, c'est que je le soupçonnais de ne pas obéir à des mobiles purement altruistes. Sans vouer aux momies la passion que je porte aux pyramides, Emerson les aime tout particulièrement ; je me souviens encore de la délectation avec laquelle il avait démailloté une momie, aux premiers temps de notre rencontre. (C'est d'Emerson, bien entendu, que Ramsès tient sa fascination pour les momies — portée à l'excès, comme c'est souvent le cas avec Ramsès.)

— Vous pourriez profiter de l'occasion pour donner une conférence sur le sujet des malédictions dans l'Egypte ancienne, suggérai-je. Et souligner que ces choses-là n'avaient pas cours.

— Ce ne serait pas la stricte vérité, Peabody. Souvenez-vous du texte inscrit sur le mastaba de Khentika : « Quant aux hommes qui pénétreront dans cette tombe mienne en état d'impureté, ayant mangé des abominations... » Quelle est la suite ?

— Je ne me rappelle pas les termes exacts. Il était dit que le défunt bondirait sur eux, comme sur un oiseau, et qu'ils seraient jugés pour ce crime devant le tribunal du Grand Dieu. Cela n'a rien d'une menace de mort, Emerson, dans la mesure où le tribunal évoqué était celui devant lequel passaient tous les Egyptiens dévots *après* leur trépas. En outre, ce texte — et d'autres du même genre — visait les gardiens de la nécropole qui négligeaient leur tâche.

— Alors, prenez les formules de malédictions inscrites sur les coupes et les débris de poteries. « Quant à Untel, fils d'Untel, il mourra... » Exemple classique de magie sympathique ; quand la coupe était brisée, l'individu périssait.

— Vous pourriez, certes, mentionner ces cas.

— Je le pourrais, dit Emerson d'un ton chagrin, si je devais donner une conférence et démailloter la momie.

— Budge n'a donc pas approuvé votre plan ?

— Oh ! il l'a trouvé excellent.

— En ce cas, pourquoi...

— Parce que, ma chère Peabody, ce foutu... euh... fichu sal... euh... sacripant va s'en charger lui-même !

— Oh ! mon pauvre chéri, vous qui espériez tellement... Mais comment peut-il ? Après tout, rien ne sert de dérouler des mètres et des mètres de bandelettes si l'on n'a pas les connaissances suffisantes en anatomie pour procéder à un examen de la dépouille proprement dite, afin de déterminer l'âge, le sexe et... euh... et tout le reste.

— Il se fera assister d'un larbin appartenant à l'Université Royale de Chirurgie, glapit Emerson en claquant des mâchoires. Lui, pendant ce temps-là, commentera l'opération et s'arrangera pour faire croire à l'auditoire fasciné qu'il comprend quelque chose à ce qu'il se passe.

— Peut-être se ravisera-t-il, Emerson.

Ses sourcils froncés se relevèrent et son rire joyeux emplit la pièce.

— Je sais à quoi vous songez, Peabody, et je vous l'interdis formellement. Il est hors de question que vous alliez trouver Budge pour tenter de le persuader de revenir sur sa décision.

— Je pensais juste...

— Je sais, Peabody chérie. Vous pensiez à moi, et je ne saurais vous dire à quel point votre tendre sollicitude me touche. A vrai dire, je crois que Budge commence à se tâter. Un incident bizarre est survenu juste avant que je ne le quitte.

— Quoi donc ?

Emerson s'installa plus à son aise.

— Un incident très dramatique, ma chérie. Représentez-vous Budge, assis derrière son bureau, débitant des fadaises comme à son habitude. Votre humble serviteur, arpentant la pièce d'un pas énergique...

— En vociférant ?

— En conversant avec civilité, rectifia Emerson. Entre un serviteur portant un paquet. Budge saisit ce ridicule coupe-papier qui lui est si cher — celui qu'il prétend avoir trouvé dans une tombe d'Assiout — et déchire l'emballage. Aussitôt, le sang se retire de son visage ; sa voix se perd dans le silence ; il pose un regard horrifié sur... sur...

— Une oreille humaine ? suggérai-je, entrant dans le jeu. Un membre momifié ?

— Un membre ? répéta Emerson, surpris. A quel organe particulier du corps humain songez... ?

— Une main ou un pied, qu'allez-vous chercher ?

— Ah ! En fait, non, rien d'aussi macabre. C'était une très belle antiquité : un ouchebti. Toutefois, ce n'est pas l'ouchebti qui a effrayé Budge, mais le message qui l'accompagnait.

— Que disait-il, ce message, Emerson ?

— Je l'ignore. Budge a refusé de me le montrer, tout comme il a refusé de me laisser examiner l'ouchebti. Mais il était décomposé, Peabody, littéralement décomposé. Quoique, je le confesse, il n'ait pas manifesté les violents signes de terreur que je vous ai décrits.

Il gloussa gaiement, mais un frisson d'horreur me parcourut toute, m'empêchant de participer à son innocent amusement.

— Emerson...

— Oui, Peabody ?

— Emerson... le paquet que Gargery a apporté...

— Sacrebleu ! — Emerson bondit sur ses pieds. —

Où est-il, Peabody ? Qu'en avez-vous fait ? Crénom, il me semblait bien que ce paquet avait quelque chose de familier !

— Il est à côté de vous, Emerson, sur la table.

Mon époux retourna s'asseoir. Au lieu d'arracher l'emballage avec sa vigueur coutumière, il demeura parfaitement immobile, tournant et retournant l'objet entre ses mains.

— Oui, il a bien le même aspect, murmura-t-il enfin. Papier brun, adresse écrite en lettres capitales, à l'encre noire, avec une plume dont le bec aurait besoin d'être réparé. Et par un homme possédant quelque instruction.

Malgré mon anxiété de contempler le redoutable contenu du sinistre paquet, je ne pus me défendre d'être distraite par cette conclusion hâtive.

— Allons, Emerson, vous inventez cela ! Notamment votre dernière déduction. Comment vous serait-il possible de dire quoi que ce soit sur l'instruction, voire le sexe, de l'expéditeur ?

— L'écriture est masculine : ferme, large, décidée. Quant à l'autre... j'ai mes méthodes, Peabody. Il serait trop long de vous les exposer.

— Quelles fariboles ! m'exclamai-je, indignée.

— C'est tout ce qu'il y a à apprendre, semble-t-il, de l'emballage extérieur, poursuivit Emerson. Néanmoins, nous allons l'ôter avec précaution... voilà... afin de le conserver en vue d'un examen futur. Et à l'intérieur, nous trouvons... Ah ! Exactement ce que je soupçonnais.

— Quoi donc, Emerson, quoi donc ?

— Une boîte en carton.

Je me laissai retomber dans mon fauteuil.

— Cette tentative humoristique est singulièrement déplacée, Emerson. Je suis fiévreuse d'appréhension, et vous trouvez moyen de plaisanter !

— Je vous demande pardon, Peabody. Hmmmm. La boîte ne présente aucun signe distinctif. Hormis... — Il l'approcha de son nez —... une légère odeur de tabac.

De bon tabac, qui plus est. Je me souviens, du temps où je fumais la pipe...

— Emerson, si vous n'ouvrez pas cette boîte, je hurle !

— Je songe depuis quelque temps à reprendre la pipe, soliloqua Emerson. Cela favorise la méditation. Peabody, pour une femme qui se prétend experte en enquêtes criminelles, vous témoignez d'une impatience malvenue. Nous devons procéder lentement, avec méthode, sans omettre le moindre indice.

Je lui arrachai la boîte des mains et, d'un geste rageur, soulevai le couvercle.

Une épaisse couche d'ouate dissimulait le contenu, mais pas pour longtemps. La jetant par terre, je sortis l'objet.

— Un ouchebti ! m'écriai-je.

— Ne le brandissez pas de manière si théâtrale, dit froidement Emerson. C'est de la faïence ; si vous le laissez choir, il se brisera.

Les ouchebtis étaient de délicates statuettes témoignant de l'attitude imaginative et en même temps rationnelle des Egyptiens concernant la vie après la mort. Pour expliquer leur fonction, je ne puis mieux faire, je crois, que de citer l'incantation (extraite du chapitre VI du Livre des Morts) inscrite sur les petites figurines : « O toi ouchebti, si l'Osiris Senmut (ou quel que soit le nom du propriétaire) est appelé à accomplir l'une ou l'autre des tâches qui doivent être accomplies dans l'Au-delà — cultiver les champs, irriguer le désert, transporter du sable à l'est ou à l'ouest — il te faudra dire : 'Me voici ! Je vais le faire !' »

Les ouchebtis étaient sculptés dans des matériaux très divers, allant de la pierre à la faïence en passant par le bois doré, mais ils reproduisaient toujours la forme humaine momifiée. Une tombe pouvait contenir des douzaines, voire des centaines de ces petites statuettes domestiques. Cet échantillon particulier était cependant insolite, car il représentait un pharaon coiffé du *nemes* et tenant les deux sceptres. Une rangée de hiéroglyphes identifiait le propriétaire, mais j'y prêtai à peine attention sur le moment.

— Celui de Budge était-il similaire ? demandai-je.

— Il m'a paru identique, mais je ne saurais dire s'il l'était vraiment, puisque je n'ai pas eu le loisir de l'examiner. — Emerson, qui m'avait repris la boîte, en sortit un bout de papier couvert de signes serrés. — Tiens, tiens, quelle étrange coïncidence ! Nous en parlions précisément à l'instant. Tenez, Peabody, regardez plutôt.

Une hideuse prémonition fit trembler mes mains, au point que je pouvais à peine tenir le papier. D'une voix blanche, je lus ce qui était écrit :

— « Quant à l'homme qui pénétrera dans cette tombe mienne, je bondirai sur lui comme sur un oiseau... »

— Le terme « bondir » semble un peu frivole pour un document d'une telle solennité, commenta Emerson. Puis-je suggérer « fondre » ou « s'abattre »...

— Oh, cessez, Emerson ! Le pire est à venir. « Quant à Emerson, Maître des Imprécations... il mourra ! »

A peine les échos de ce mot funeste s'étaient-ils estompés qu'ils furent suivis d'un fracas métallique semblable à un grand coup de cymbales. Je sursautai violemment. Emerson se mit à glousser. La bonne, portant le bidon vide (dont le couvercle, replacé à la hâte, avait produit le son cuivré) traversa la chambre en marchant de côté, tel un crabe, et sortit.

— Vous n'aviez pas besoin de crier ainsi, Peabody, fit observer Emerson. Vous avez fait une peur bleue à cette pauvre fille.

— J'avais oublié sa présence, admis-je. Triste illustration de notre système social pervers. Comment pouvez-vous être si calme, Emerson ? Il s'agit d'une menace directe... d'une menace de mort... voire pis...

— Il ne peut rien y avoir de pis, Peabody.

Son mépris du danger avait quelque chose de tellement sublime que je m'abstins de citer des exemples qui lui eussent démontré son erreur.

— Excusez-moi, maman, excusez-moi, papa...

Ramsès n'aurait pas pu paraître à un plus mauvais moment. L'état de mes nerfs était tel que je fondis sur lui en criant :

— Que fais-tu hors de ta chambre, Ramsès ? Je t'avais dit...

— En principe, maman, je sais, je suis en infraction. Néanmoins, j'ai cru pouvoir m'aventurer à sortir, le temps d'embrasser papa, que je n'ai pas vu depuis le petit déjeuner. Et quand j'ai entendu, dans le couloir, l'écho de ce qui ressemblait fort à une menace de mort...

— Tu ne pouvais pas l'entendre à moins d'écouter à la porte, dis-je d'un ton cassant.

— Peu importe, Peabody. Assouplissez le règlement, pour une fois.

Emerson sourit affectueusement à son fils, qui, non sans hésitation, s'était avancé dans la pièce. Il avait l'air trompeusement jeune et innocent dans sa longue chemise de nuit blanche, avec ses petits pieds nus qui dépassaient tout juste et ses yeux sombres, graves, fixés sur le visage de son père.

— Eh bien... dis-je.

C'était plus qu'il n'en fallait pour Ramsès, qui rejoignit Emerson en trottinant et s'accroupit par terre, à la mode égyptienne.

— J'espère, maman, que ma légitime inquiétude pour papa excusera mon apparent mépris pour vos ordres, que, en toute autre circonstance — ou presque — j'aurais naturellement...

— Ce n'est qu'une plaisanterie, mon garçon, dit Emerson en tapotant les boucles noires en bataille. Encore un canular.

— Si vous m'autorisez à examiner...

— Vous feriez aussi bien de le lui montrer, Emerson, soupirai-je d'un ton résigné. Il continuera de pérorer jusqu'à ce que vous y consentiez.

Emerson lui tendit donc l'ouchebti et le message. Après avoir accordé au premier un rapide coup d'œil, assorti du commentaire « Bel échantillon typique », Ramsès déchiffra le bout de papier en plissant son front juvénile.

— Ah ! remarqua-t-il après un bref intervalle, ce message paraît être une combinaison de deux textes différents, le premier provenant, si j'ai bonne mémoire, d'une tombe thébaine de la XVIIIe Dynastie. Le second, je n'ai pas besoin de vous le préciser, pourrait être une adaptation d'une formule de malédiction, écrite sur des jattes ou des figurines en terre cuite qui étaient ensuite brisées...

— Tu n'as pas besoin de nous le préciser, dit Emerson.

— Pour ce qui est de l'orthographe, enchaîna Ramsès, l'auteur du message paraît avoir suivi les règles établies par Mr. Budge dans son populaire ouvrage sur la grammaire égyptienne. Selon moi, l'usage de la feuille de roseau pour écrire le nom propre « Emerson »...

— Pour quelqu'un qui est censé se consumer d'anxiété pour la sécurité de son père, je te trouve bien placide, fis-je observer.

— Soyez assurée, maman, que mon inquiétude, pour être sévèrement maîtrisée, n'en est pas moins profonde. Hmmm... Il n'y a pas grand-chose d'autre à apprendre de ce message, à part qu'il a été écrit par un homme possédant quelque instruction...

— Oh, mes aïeux ! m'exclamai-je.

— ... avec une plume dont le bec aurait besoin d'être réparé. En fait, maman, la situation n'est pas aussi grave que je le redoutais. En effet, si Mr. Budge a reçu un ouchebti, lui aussi, cela prouve que la malveillance de l'expéditeur n'est pas concentrée uniquement sur papa. Je serais curieux de savoir si d'autres érudits ou responsables du British Museum ont reçu un message similaire.

Profitant de ce que Ramsès observait une pause pour reprendre son souffle, Emerson intercala :

— Précisément. Comme je vous l'ai dit, Peabody, ce n'est qu'une grossière plaisanterie. Ces choses-là font boule de neige. Un article de journal a pu donner l'envie à un autre détraqué de s'amuser à son tour...

— Car si tel est le cas, comme j'en ai l'intuition...

— Va te coucher, Ramsès.

— Oui, maman. Merci de l'indulgence dont vous avez fait preuve en me laissant...

— Au lit, Ramsès.

Après nous avoir embrassés, il finit par obtempérer. C'est seulement lorsqu'il eut quitté la pièce que je m'avisai qu'il avait emporté l'ouchebti avec lui.

— Qu'il le garde, dit complaisamment Emerson. Pauvre petit bonhomme, il veut probablement le soumettre à ses pittoresques tests chimiques. Vous savez, Peabody, c'est une bonne idée qu'il a eue. Je crois que je vais de ce pas rendre visite à Petrie et à Quibelle pour leur demander s'ils ont reçu...

— Pas maintenant, Emerson. La cuisinière garde le repas au chaud ; vous êtes rentré fort tard.

— En ce cas, dit Emerson, ne perdons pas de temps à nous habiller pour le dîner.

J'espère qu'un jour, une étude sera faite sur les moyens par lesquels l'information se propage dans les foyers tels que le nôtre. Certes, Ramsès est un cas unique ; il est des fois où une personne superstitieuse pourrait bien croire, à l'instar de certains de nos ouvriers égyptiens, qu'il est capable d'entendre — et de voir — à travers les murs. Que ce fût par Ramsès, ou par la bonne qui était venue dans notre salle de bains, ou par quelque autre source, Gargery savait tout sur l'ouchebti et le message menaçant, avant même qu'Emerson lui en eût soufflé mot. Il eut la bonté d'admettre, avec Emerson, qu'il serait peut-être avantageux d'apprendre si d'autres individus avaient reçu un paquet du même genre.

— Si monsieur souhaite commencer son enquête dès ce soir, je veillerai à ce que toute missive écrite par monsieur soit remise à son destinataire.

— Très aimable à vous, Gargery.

— Pas du tout, monsieur.

Lorsque le majordome eut quitté la salle à manger pour superviser le service du plat suivant (un excellent chapon à la Godard), je tançai vertement mon époux :

— Franchement, Emerson, pensez-vous qu'il soit sage de mettre Gargery dans vos confidences comme vous le faites ? Evelyn n'apprécierait pas, j'en suis sûre, que son majordome se joigne à la conversation à la table du dîner.

— Mais Gargery n'est pas comme Wilkins : celui-là, je ne peux jamais rien lui tirer d'autre que « Je ne saurais dire, monsieur ». Gargery a fait une suggestion précieuse. Je me demande...

— Oui, Emerson ?

— Je me demande s'il aurait une pipe à me prêter. Je pourrai la remplacer demain, quand les magasins seront ouverts.

Le dîner terminé, nous nous retirâmes dans la bibliothèque pour écrire les lettres, suivant la suggestion de Gargery. Toutefois, cette tâche ne devait jamais être menée à bien. A peine étions-nous installés avec une plume et du papier — et une pipe, que Gargery s'était fait un plaisir de fournir — que le majordome reparut.

— Quelqu'un demande à voir le professeur et Mrs. Emerson.

— A cette heure-ci ? s'exclama Emerson en jetant sa plume. Quelle infernale outrecuidance !

— Vous étiez tout prêt à envoyer des messagers à vos amis à cette heure-ci, lui rappelai-je. Qui est-ce, Gargery ? Donnez-moi sa carte.

— Il n'a pas de carte, madame, dit Gargery avec presque autant de hauteur qu'eût pu en manifester Wilkins. Mais il soutient que l'affaire est urgente. Il s'appelle O'Connell...

— O'Connell ? O'Connell ? — Les sourcils d'Emerson se rejoignirent. — Prenez Mr. O'Connell et... mais vous aurez besoin d'assistance, Gargery ; vous êtes, pardonnez-moi de le dire, passablement fluet. Allez quérir le plus imposant des valets, priez-le de prendre Mr. O'Connell par la peau du cou et de le projeter...

L'expression de Gargery donnant à penser qu'il était tout disposé à exécuter n'importe quel ordre émanant de son idole, j'intervins :

— Non, attendez, Emerson. Mr. O'Connell ne se présenterait pas ici — particulièrement à une heure si tardive — s'il n'avait des nouvelles d'importance. Ne devrions-nous pas entendre ce qu'il a à dire ?

— Un point pour vous, Peabody. Je pourrai toujours le balancer ensuite dans l'étang aux nénuphars, et j'aurai la satisfaction de le faire moi-même. Introduisez ce gentleman, Gargery.

— Bien, monsieur.

Gargery sortit d'un pas décidé. Emerson se pencha en avant, les yeux brillants de jubilation anticipée — je ne saurais dire si c'était à cause de l'information qu'apportait peut-être O'Connell, ou à l'idée de perpétrer sur sa personne le mauvais coup dont il avait parlé.

Pour une fois, O'Connell ne manifesta point la nervosité dont il témoignait d'ordinaire en présence d'Emerson. Dans sa hâte de nous parler, il passa devant Gargery sans laisser au majordome le loisir de l'annoncer dans les règles de la bienséance. Chapeau à la main, cheveux en désordre, il s'écria :

— Il y a eu une arrestation dans le meurtre d'Oldacre. Madame Emerson... professeur... la police s'est trompée de coupable !

CHAPITRE HUIT

Je persuadai Mr. O'Connell de prendre un siège et de nous accompagner pour un whisky-soda.

— Car, expliquai-je, si votre déclaration dramatique a capté toute notre attention, je n'en apprécierais pas moins un récit ordonné, ce que vous ne semblez pas en état de fournir pour l'instant.

J'espérais également, par ce petit stratagème, améliorer les relations d'Emerson avec Kevin O'Connell. Quand un homme a pris un verre sous votre toit et un fauteuil dans votre salon, vous êtes moins porté à le jeter dans un étang.

Gargery nous servit et se retira. Je remarquai néanmoins qu'il laissait la porte entrebâillée.

Lorsque Kevin eut absorbé une quantité suffisante de whisky, il retrouva ses instincts de reporter et nous raconta une histoire cohérente, quoique digne de la presse à sensation.

L'homme qui avait été arrêté faisait partie de la communauté égyptienne de Londres : un certain Ahmet, qui se distinguait de ses nombreux compatriotes du même nom par l'éloquente épithète « la Canaille ». Il se qualifiait pompeusement de marchand mais, à en croire Kevin, il n'était qu'un petit trafiquant, peu prospère de surcroît, sans doute parce qu'il consommait immodérément sa marchandise.

— Opium, hachisch et autres produits du même ordre, dit Kevin. Oh ! j'admets que c'est un personnage tout ce qu'il y a de déplaisant. Il ferait n'importe quoi pour de l'argent et, quand il est en manque de drogue, il dénoncerait sa propre mère. J'ai eu moi-même recours à ses services, en une occasion. Mais à sa manière, c'est un petit pourceau pathétique, dénué du courage et de la force physique nécessaires pour commettre un meurtre aussi brutal.

— Dans ce cas, il sera libéré en temps opportun, grogna Emerson en mâchonnant le tuyau de la pipe de Gargery.

— Depuis l'émeute au Museum, fit Kevin, la police a été mise en demeure de résoudre l'affaire dans les plus brefs délais. Le conseil d'administration a fait pression sur le ministre de l'Intérieur, lequel a fait pression sur le commissaire, qui a mis ses subordonnés sur la sellette. Et, pour finir, cet imbécile de Cuff a choisi Ahmet comme bouc émissaire. Personne n'ira prendre la défense d'un...

— Vous avez absolument raison, Kevin, l'interrompis-je. Le pauvre homme est en grand danger. Question flair, l'inspecteur Cuff ne m'a pas fait du tout bonne impression.

Emerson caressait son menton bien modelé, comme il a coutume de le faire quand il réfléchit profondément. Toutefois, il ne réfléchissait pas profondément au point de laisser passer mon dérapage verbal.

— Quoi ? cria-t-il. Qu'avez-vous dit ? Quand êtes-vous...

— Laissons cela pour le moment, Emerson. Mr. O'Connell est dans le vrai. Ce n'est pas un vulgaire criminel sans éducation qui a planifié cette série de crimes.

— Humph ! fit Emerson. Peut-être, mais...

Kevin se pencha en avant :

— Vous devez intervenir, professeur, dans l'intérêt de la justice. La police métropolitaine ne connaît pas aussi bien que vous le tempérament égyptien. Même ceux qui ont vécu au Caire n'ont guère frayé avec les indigènes, ils ne parlent pas leur langue, ils...

— Oui, Emerson, oui ! renchéris-je. Il est de votre devoir d'assister la police dans cette affaire. Quand je pense à ce malheureux Ahmet, soumis à un interrogatoire, bousculé et frappé par d'impressionnants constables...

— Allons, Peabody, la police ne torture pas les suspects !

Emerson était néanmoins troublé. Caressant la fossette de son menton, il enchaîna :

— Qu'attendez-vous de moi, au juste ? Vous n'espérez quand même pas, monsieur O'Connell, que je vais me rendre dans une fumerie d'opium...

— ... le jour du Seigneur, terminai-je à sa place. Je vous sais gré de votre délicatesse, Emerson, car je n'ignore pas que les considérations de cet ordre ne pèsent guère à vos yeux. Néanmoins, le dimanche se termine à minuit, et nous savons que c'est l'heure idoine pour visiter ce genre d'établissements. D'ailleurs, à ce qu'on m'a dit, ils sont ouverts à toute heure, puisque, pour leurs misérables clients, le jour et la nuit sont du pareil au même.

— Qui a parlé de fumeries d'opium ? balbutia Kevin.

— Peabody, beugla Emerson, je ne vous emmènerai pas dans une fumerie d'opium, que ce soit un dimanche ou tout autre jour de la semaine !

— Votre syntaxe vous trahit, Emerson, répondis-je en agitant un doigt mutin. Vous ne niez pas que *vous* avez l'intention de visiter une fumerie d'opium. Vous ne supposez tout de même pas que je vous laisserais aller seul dans un tel endroit ? « Où tu iras j'irai, où tu résideras je résiderai ; tes gens seront... »

— Oh, taisez-vous, Peabody ! Et ne me citez pas les Ecritures !

— Soit, si cela vous perturbe. Encore un peu de whisky, mon chéri ? Je suis sûre que Mr. O'Connell ne refuserait pas une autre tournée.

Je pris le verre du journaliste dans sa main inerte.

— Cela vous ennuierait-il de me dire pourquoi vous parlez de fumeries d'opium ? demanda-t-il d'une voix faible.

Je pris sur moi d'éclairer le jeune homme, car Emerson avait sombré dans une sorte de stupeur impassible et marmonnait dans sa barbe. De temps à autre, une phrase était audible :

— La séquestrer dans sa chambre ? Absurde... elle trouverait un moyen de s'échapper, comme toujours... Et les domestiques jaseraient... oh, mes aïeux !

— Vous comprenez certainement, Kevin, qu'une fumerie d'opium est l'endroit le plus indiqué pour démarrer notre enquête. Ahmet est un trafiquant et un consommateur d'opium. Nous avons donc des chances de trouver ses amis (à supposer qu'il en ait) et ses collègues dans des établissements voués à ce commerce. Je ne fréquente pas moi-même ces lieux particuliers de Londres où se retrouvent les Egyptiens qui s'adonnent à l'opium — car, pour reprendre le dicton, « qui se ressemble s'assemble », et l'on peut donc supposer que les Egyptiens et autres groupes d'expatriés font de même. Cependant, la vaste expérience d'Emerson et le fait qu'il connaisse toutes sortes de... Emerson, veuillez cesser de marmonner. Vous me distrayez.

— ... ligotée et bâillonnée... mais j'en entendrais parler jusqu'à la fin de mes jours...

— Où en étais-je, monsieur O'Connell ?

— Vous m'exposiez vos raisons de... euh, de visiter une fumerie d'opium, dit Kevin en s'efforçant de contrôler les contractions nerveuses de ses lèvres.

— Ah ! oui, merci. C'est la filière égyptienne, voyez-vous. J'avais négligé cet aspect jusqu'à présent, car cette affaire me semblait avoir une connotation spécifiquement européenne, pour ne pas dire anglaise. Pourtant, nul n'a vu le visage du faux prêtre : qui nous dit qu'il ne s'agit pas d'un Anglais mais d'un Egyptien, plus cultivé que certains de ses compatriotes, mais pas entièrement affranchi pour autant des superstitions païennes qui continuent de prospérer malgré les efforts pédagogiques des Britanniques ? Nous avons rencontré ce type de phénomènes dans d'autres cas. Vous rappelez-vous, Emerson, ce *moudir* qui voulait à tout prix vous empêcher d'ouvrir la tombe de Lord Baskerville ?

Perdu dans sa rêverie, Emerson ne répondit point, mais Kevin s'exclama :

— Si je m'en souviens ! Vos propres ouvriers avaient tellement peur de la prétendue malédiction qu'ils refusèrent d'entrer dans la tombe jusqu'à ce que le professeur Emerson décide de pratiquer l'un de ses fameux exorcismes[1]. Mais dites-moi, madame E., si la superstition est réellement le mobile du meurtre, ce n'est pas de bon augure pour le malheureux Ahmet ?

— Ce n'est qu'une possibilité parmi bien d'autres, mais elle vaut d'être creusée. Mon époux compte des amis dans les endroits les plus singuliers, vous savez. Comme il est d'un naturel extrêmement modeste, il ne se vante pas de ses relations, mais je ne serais nullement surprise de découvrir qu'il connaît les repaires des Egyptiens qui résident ici...

Les yeux d'Emerson cessèrent de regarder dans le vague.

— Renoncez à cette idée, Peabody. Il est hors de question que nous visitions une fumerie d'opium.

— Je pensais me travestir en jeune homme, expliquai-je. Une femme se remarquerait davantage dans cette ambiance particulière, et la commodité des pantalons...

Emerson me détailla de la tête aux pieds, aller-retour.

— Peabody, vous ne pourrez jamais passer pour un homme, quelles que soient les circonstances et quel que soit le costume. La proéminence de votre...

— L'un des valets de pied devrait avoir des affaires à me prêter, soliloquai-je. Henry fait à peu près ma

1. Voir *La Malédiction des pharaons*.

taille. Monsieur O'Connell, vous paraissez avoir la gorge obstruée. Buvez votre whisky plus lentement.

— Je... euh... j'ai avalé de travers, s'étrangla-t-il. Hem ! Voilà, ça va mieux. Votre plan est fort ingénieux, madame E. Je suis sûr que vous pourrez surmonter la... euh... la difficulté soulevée par le professeur, d'autant plus qu'il fera sombre. Nous veillerons à ce que personne ne vous approche de trop près.

— Nous ? répétai-je.

— Oui, m'dame... nous. Le professeur pourra protester tant qu'il voudra, moi je sais que vous aurez le dernier mot. Et où vous allez, madame Emerson, j'irai.

— Doux Jésus, dis-je en lançant à Emerson un regard d'excuse. Je suis navrée ! Je n'aurais pas dû m'exprimer si librement. J'ai complètement oublié, dans mon enthousiasme...

— Peu importe, Peabody, répondit Emerson d'une voix lente. Mr. O'Connell nous tient par... euh... par les sentiments. Autant l'emmener, puisque nous ne pouvons pas l'empêcher de nous suivre. Un homme robuste pourra se révéler utile.

— Excellent ! s'exclama O'Connell, les yeux brillants. Merci, professeur. Vous ne le regretterez pas, je vous l'assure.

— J'en ai la conviction, dit Emerson. Cependant, par égard pour les scrupules de Mrs. Emerson, nous devrons attendre minuit. Profitons-en pour nous détendre. Un autre whisky, monsieur O'Connell ?

La subite jovialité d'Emerson aurait dû éveiller les soupçons d'un membre d'une profession réputée pour son cynisme, mais je dois dire à la décharge de Kevin que mon cher époux, quand il se met en tête d'être affable, est insurpassable. Chagrinée de mon inhabituel manque de réserve, je demeurai coite et laissai Emerson faire les frais. Quel homme admirable ! Pas une fois, ni en paroles ni par mimiques, il ne m'adressa de reproche. Il s'employa, avec un succès immédiat, à gagner la confiance de Kevin et à lui faire baisser sa garde. Au fil de la conversation, il mentionna, presque négligemment, le message de menaces qu'il avait reçu un peu plus tôt.

Kevin mordit à l'hameçon tel un poisson affamé.

— Mais dites-moi, professeur, c'est... ça ouvre le champ à toutes sortes de possibilités, vous ne croyez pas ? Pour commencer, Ahmet était à ce moment-là en garde à vue... non, ça ne colle pas, car on ne peut savoir quand les messages ont été distribués, hein ? D'un autre côté... — Il se massa le front. — Sapristi, j'ai oublié ce que je voulais dire.

— Prenez votre temps, monsieur O'Connell, prenez votre temps, dit Emerson avec un sourire bienveillant. Rien ne nous presse.

— Merci, professeur. Vrai de vrai, votre confiance m'honore. J'espère que c'est le début d'une solide amitié. J'ai toujours admiré votre... votre...

— Prenez donc un autre whisky.

— Merci, Emerson, vieille branche. Exchellent whichky... Ah ! je me rappelle ce que je voulais dire. Ces oucherbis, là... oubechtis... enfin bref, ces p'tites statuettes... Si Mr. Budge et vous en avez reçu, p'têt que d'autres aussi, hein ?

— Vous voyez, Peabody ? s'exclama Emerson. Je vous disais bien que Mr. O'Connell était un jeune homme à l'esprit aiguisé. Ma femme et moi étions parvenus à la même conclusion, monsieur O'Connell, et nous étions, en fait, sur le point d'écrire aux uns et aux autres pour en avoir le cœur net. Nous venions juste de dresser une liste des personnes susceptibles d'avoir reçu un ouchebti lorsque votre stupéfiante nouvelle nous a distraits de notre tâche.

— Quelle histoire ! bredouilla Kevin en se resservant de whisky — car Emerson avait placé le flacon à portée de sa main.

— A vrai dire, susurra mon époux, il est fâcheux que nous n'ayons pas le temps de nous renseigner immédiatement. Il eût été préférable de recueillir la première réaction des destinataires avant qu'ils aient eu le loisir de réfléchir, de refuser de parler à la presse.

Non sans difficultés, Kevin extirpa de son gousset une montre qu'il consulta d'un œil vitreux.

— Y a le temps, dit-il. Tout le temps. Oui. Vous partirez pas avant minuit sonné...

— Les scrupules religieux de mon épouse le lui interdisent, déclara Emerson avec gravité.

— Oui, sûr. Très louable, qui plus est... Je vais vous dire, mon p'tit vieux... vous permettez que je vous appelle mon p'tit vieux ?

Emerson répondit, avec le sourire le plus malveillant qu'eût jamais arboré face humaine, et en administrant à Kevin une claque dans le dos qui manqua éjecter le journaliste de son siège :

— Comme vous voudrez, mon garçon.

— Ce cher Emerson ! Vous m'attendez, hein ? Je... je cours poser mes questions, et après ça je reviens. Vous m'attendez, hein ? Je me dépêche, pour sûr. Hein ?

— Faites, répondit mon mari. Gargery, Mr. O'Connell prend congé. Apportez-lui son manteau, je vous prie.

A peine Kevin avait-il quitté la pièce qu'Emerson était déjà debout.

— Vite, Peabody !

— Voyons, Emerson ! me récriai-je, incapable de contenir mon hilarité. Mes scrupules religieux...

Emerson me saisit par le poignet.

— Quels scrupules religieux ? Quels scrupules ? Vous n'en avez pas, Peabody, vous le savez bien.

— Pas quand le devoir et l'honneur m'appellent, répondis-je (d'une voix quelque peu essoufflée, car Emerson m'entraînait à vive allure). Toutes les considérations de moindre importance doivent céder... Emerson, par pitié, ces maudits volants... me font trébucher...

D'un geste ample, Emerson me souleva dans ses bras et monta l'escalier quatre à quatre. Une fois dans notre chambre, il me posa à terre sans ménagements excessifs.

— Peabody, dit-il en me tenant par les épaules, j'accède à votre absurde requête uniquement parce que l'alternative est pire encore : prendre le risque que vous me suiviez, affublée de quelque grotesque déguisement. Ce que vous n'hésiteriez point à faire, n'est-ce pas ?

— Certainement. — Je nouai mes bras autour de son cou. — Et vous n'accepteriez pas qu'il en fût autrement.

— Très juste, ma Peabody chérie. Pourquoi pensez-vous que je vous aime tant ?

— Ma foi, murmurai-je en baissant modestement les paupières, je me disais que peut-être...

— Encore juste. — Emerson planta un gros baiser sur mes lèvres, puis me lâcha et entreprit d'arracher sa redingote. — Hâtez-vous, Peabody, sinon je vous laisse à la maison.

La lueur fantomatique des becs de gaz filtrait à travers le brouillard tandis que, main dans la main, nous cheminions dans les ténèbres. Jamais, j'ose l'affirmer, il n'y eut atmosphère plus favorable à une sinistre aventure que les rues glauques, boueuses et malodorantes de cette bonne ville de Londres. J'avais foulé les lugubres venelles du vieux Caire à la nuit tombée, pourchassé une ombre sans visage dans le désert éclairé seulement par les étoiles distantes : ces expériences, je ne les aurais manquées pour rien au monde, et celle-ci était à l'avenant. Outre qu'il est extrêmement pittoresque, le brouillard présente bien des avantages pour ceux qui souhaitent passer inaperçus. Nous n'étions pas à trente mètres de la maison que, déjà, nous étions invisibles à toute personne qui eût éventuellement surveillé les lieux.

Emerson maintint néanmoins une allure rapide jusqu'à ce que nous eussions atteint le Strand, où nous prîmes un cab. Les rues, à proximité de St. James's

Square, étaient quasi désertes. En revanche, à mesure que nous progressions vers l'est, un monde nouveau, étrange, se révéla à mon regard intéressé.

La rive nord de la Tamise, à l'est du London Bridge, était bordée de wharfs. C'est là que le cab s'arrêta, et Emerson m'aida à descendre. J'avais noté le regard étrange que lançait le cocher à Emerson quand celui-ci avait annoncé notre destination, et j'en comprenais maintenant la raison. Même à cette heure-ci, en ce jour du Seigneur, les misérables habitants de l'East End étaient de sortie, en quête de plaisir et d'oubli. Tels des rats, ils grouillaient dans les bouges (voire pis) des venelles mal famées. Emerson m'entraîna dans l'un de ces étroits passages. Cela me rappela une autre nuit semblable, sous un climat tout différent : la nuit où j'avais arpenté les ruelles du khan al-Khalili et découvert le corps du marchand d'antiquités, pendu, tel un sac de pommes de terre, à une poutre du plafond de son échoppe[1]. Même puanteur fétide, mêmes ténèbres impénétrables, mêmes substances innommables faisant un bruit de succion sous les pieds... Les remugles de Londres étaient, si possible, encore plus pénétrants et nauséabonds. Un flot de gratitude affectueuse m'envahit, si abondant qu'il me fut impossible de le contenir.

— Emerson, murmurai-je, ce n'est sans doute pas le moment le plus opportun pour faire une telle déclaration, mais je dois vous dire, mon chéri, que je me rends bien compte que peu d'hommes témoigneraient à leur épouse une confiance et un respect aussi grands que vous ne le faites présentement en me permettant de partager...

Emerson étreignit ma main.

— Ne parlez pas, Peabody. Rappelez-vous ce que je vous ai dit.

La recommandation qu'il m'avait faite, sans être nécessaire, n'en était pas moins valide. Bien que

1. Voir *Le Mystère du sarcophage*.

j'eusse une voix grave pour une femme, jamais elle n'aurait pu passer pour celle d'un homme. J'avais par conséquent accepté de laisser Emerson parler pour deux, en m'abstenant de tout commentaire.

Une volée de marches descendait vers une embrasure d'un noir d'encre. Après quelques tâtonnements, Emerson trouva le loquet et fit pivoter la porte sur ses gonds.

Une lampe solitaire, près de la porte, perçait à peine les ténèbres intérieures. La pièce était étroite, mais je n'aurais su dire quelle longueur elle faisait car l'extrémité se perdait dans une obscurité brumeuse. Des banquettes en bois étaient alignées le long des deux murs, et leurs occupants n'étaient visibles que par fragments : un visage blême par-ci, un bras inerte par-là. Tels les yeux de fauves à l'affût, les petits cercles rougeâtres de l'opium qui brûlait dans les pipes en métal s'avivaient brièvement chaque fois que les fumeurs inhalaient leur poison. On entendait un murmure indistinct — non pas un bruit de conversations, mais une myriade de monologues marmonnés, entrecoupés par instants de cris étouffés ou de rires déments, suraigus.

Dans l'étroit couloir qui séparait les rangées de lits, à environ trois mètres de l'entrée, se trouvait un brasero rempli de charbon de bois, dont la senteur âcre se mêlait à la fumée odorante de la drogue. Il était surveillé — ô horreur ! — par une femme. Accroupie là, près du petit feu nauséabond, elle n'était guère qu'un tas de haillons. Un linge crasseux était jeté sur sa tête, imitation dérisoire de la *tarhah* en fine mousseline que portaient les dames égyptiennes. Il s'en échappait des mèches de cheveux gris qui dissimulaient son visage, lequel était incliné sur sa poitrine.

La notion de déguisement, pour Emerson, se limite piteusement aux barbes postiches. Il portait celle qu'il avait arborée au Museum, mais n'avait rien fait d'autre pour modifier son apparence, sinon se couvrir la tête d'une casquette et froisser sa plus vieille redingote en tweed à force de la rouler en boule et de la fouler aux pieds. La casquette, empruntée à Gargery, était trop petite pour lui, et la largeur de ses épaules lui interdisait le port de tout autre accessoire d'habillement appartenant à l'un des domestiques. De toute manière, il ne lui eût point été possible de camoufler son splendide physique, pas plus que son harmonieuse voix d'airain. La tentative qu'il fit pour adoucir cette dernière donna lieu à un feulement des plus grotesques.

— Deux pipes !

La femme leva vivement la tête et rabattit un coin de la *tarhah* sur la partie inférieure de son visage. La souplesse serpentine de ses mouvements démentait la décrépitude de son apparence, et les yeux qui se fixèrent sur Emerson étaient ceux d'une femme dans la fleur de l'âge : sombres comme un ciel de minuit, incandescents de feux réprimés. Car elle le connaissait... et il la connaissait. L'onde de stupéfaction qui parcourut le corps de mon époux était aussi palpable qu'un frisson.

Un rire ironique, sifflant, jaillit des lèvres cachées par la *tarhah*.

— Deux pipes, effendi ? Pour Emerson, Maître des Imprécations, et son... son...

Elle inclina la tête sur son long cou de cygne et se pencha de côté afin de me voir plus distinctement. Emerson me poussa derrière lui.

— Tes goûts ont changé depuis notre dernière rencontre, Emerson, dit-elle d'une voix railleuse. Tu n'étais pas porté sur les garçons, à l'époque.

— Ils vont t'entendre, marmonna Emerson en indiquant les silhouettes vautrées sur les lits les plus proches.

— Ils sont au Paradis ; ils n'entendent que les murmures des houris. Dis-moi ce qui t'amène, et ensuite va-t'en. Ce n'est pas un endroit pour toi ni ton...

— Je voudrais te parler. Ici ou ailleurs, à ta guise.

— Tu n'as donc pas oublié Ayesha ? Tes paroles

sont comme un baume sur mon cœur blessé et délaissé...

Un éclat de rire moqueur ponctua sa phrase. Puis elle cracha :

— Ton visage est incapable de camoufler tes pensées, Emerson. Je les lis aujourd'hui comme je le faisais naguère. Tu ne t'attendais pas à me trouver ici. Alors, que veux-tu ? Comment oses-tu venir en ce lieu, t'afficher avec ton nouvel amant et me mettre en danger par ta seule présence ?

Inutile de préciser que j'étais suspendue à ses paroles ; je trouvais la conversation fertile en insinuations provocantes. Malheureusement, à ce stade des plus intéressants, Ayesha se ressaisit. Qu'entendit-elle ? Que vit-elle ? Je ne le sus jamais. D'une secousse onduleuse, elle bondit sur ses pieds et disparut dans les ombres enfumées, au fond de la pièce.

— Tudieu ! s'exclama Emerson. Vite, Peabody !

Mais la porte dérobée par laquelle elle avait fui était connue d'elle seule. Emerson en était encore à donner des coups de pied dans le mur en jurant comme un charretier quand une marée d'hommes dévala l'escalier et s'engouffra dans la salle. Les insignes argentés de leurs casques brillaient dans la pénombre et les trilles stridents de leurs sifflets déchiraient l'air.

Les occupants des banquettes furent promptement hissés sur leurs pieds et poussés vers la sortie. La plupart étaient trop hébétés pour protester ; les rares qui s'y risquèrent furent domptés sans ménagements. Nous n'avions d'autre choix que de nous soumettre en attendant un moment plus propice pour décliner notre identité et exiger notre libération. En tout cas, je n'avais certes pas besoin de la recommandation d'Emerson : « Si vous proférez un seul mot, Peabody, que ce soit en anglais, en arabe ou en toute autre langue connue de vous, je vous étrangle. »

Je lui pardonnai ce ton péremptoire, car l'heure n'était pas à la discussion. (Il y avait d'autres choses que je lui pardonnerais peut-être — *peut-être* — une fois que j'aurais eu le loisir de les méditer.) Quoique nos espoirs de recueillir des informations eussent été contrecarrés par la descente de police, nous pouvions encore apprendre quelque chose par nos compagnons d'infortune, s'ils nous prenaient pour des prisonniers comme eux et n'avaient pas conscience du fait que nous comprenions leur langue maternelle.

Dans l'obscurité et la confusion générale, nous passâmes inaperçus, d'autant que nous n'étions pas (je rougis de le dire) les seuls Anglais présents. Après nous avoir poussés dans l'escalier, on nous jeta dans un véhicule qui attendait, avec une douzaine d'autres, le long du trottoir. Il y avait à peine la place de se tenir debout, moins encore de s'asseoir. Le cocher fouetta les chevaux, l'attelage cahota violemment sur les pavés, et seul l'entassement des corps alentour nous évita d'être projetés à terre. Mon cher Emerson me serrait contre lui pour m'épargner les secousses les plus rudes, mais il ne pouvait rien pour me protéger de l'odeur d'opium, de corps mal lavés, et d'autres effluves que je répugne à préciser.

Sauf dans les étapes finales, l'opium n'émousse pas les sens de l'utilisateur. Les hommes massés autour de nous avaient été arrachés à leur béate stupeur ; ils étaient maintenant capables de s'exprimer, et ils n'y manquaient pas — au grand dam d'Emerson, qui s'évertuait à me boucher les oreilles avec ses mains. Du fait de ce handicap, et du vacarme général — gémissements et jurons à l'intérieur du véhicule, fracas des roues à l'extérieur — je ne compris pas grand-chose à ce qui se disait. Toutefois, une remarque suscita mon vif intérêt :

— Maudits soient les mécréants ! C'est à cause d'eux que nous sommes là. La police ne se serait pas dérangée s'ils n'avaient pas...

Sur ces entrefaites, l'attelage fit halte brusquement. L'homme qui parlait (et dont j'ai expurgé le discours imagé) perdit l'équilibre et n'en dit pas davantage.

Evacués du véhicule aussi rudement que nous y

avions été entassés, nous traversâmes sous escorte une cour intérieure dont les pavés luisaient grassement à la lumière des globes qui flanquaient la porte, et pénétrâmes dans une vaste salle encombrée. L'éclairage semblait aveuglant après l'obscurité extérieure ; les lampes à gaz soulignaient avec une impitoyable netteté les visages blafards et les guenilles des prisonniers. Ceux-ci se frappaient la poitrine, se tordaient les mains et se lamentaient à la manière égyptienne, d'une voix haut perchée ; les policiers blasphémaient et criaient des ordres. Un chahut invraisemblable !

Emerson m'attira à l'abri de son bras protecteur.

— Tenez bon, Peabody, murmura-t-il. Quand j'annoncerai mon identité, nous serons bien vite...

Il s'interrompit en poussant un cri étouffé. Pour la première fois, je vis la lividité de la peur envahir le visage de mon valeureux Emerson. Ses yeux, fixes et furieux, s'étaient posés sur l'objet qui avait ébranlé son humeur stoïque : un appareil photographique.

Comment les journalistes avaient-ils eu vent de l'affaire ? Je ne saurais le dire. Peut-être les commissaires de police, désireux de gagner les faveurs du public, avaient-ils averti la presse de leurs intentions. Quelle que fût l'explication, ils étaient là en force, l'œil aiguisé comme des oiseaux de proie.

— Damnation ! gronda Emerson. Je ne vais *pas* annoncer mon identité, Peabody. Du moins, pas avant d'avoir trouvé un moyen de le faire en privé.

Les agents de police disposaient les prisonniers plus ou moins en rang. Deux d'entre eux s'approchèrent de nous. Dans cette cohue bigarrée et débraillée, Emerson tranchait tel un lion au milieu des chacals, bien que sa barbe se fût décollée et pendît d'un côté. Les constables eux-mêmes reconnurent l'homme de qualité. Ils échangèrent un coup de coude et s'arrêtèrent devant nous, l'œil arrondi.

— Ne craignez rien et gardez votre sang-froid, Peabody, me recommanda Emerson à voix basse. Euh... constable...

— Regarde-moi ça si c'est pas mignon, dit l'individu en s'adressant non à Emerson mais à son compagnon. C'est-y pas touchant de voir ce particulier protéger sa...

Le poing d'Emerson le cueillit proprement au menton, le faisant tomber à la renverse.

— Comment osez-vous employer un tel langage en présence d'une dame ? rugit mon époux. Non seulement une dame, espèce de butor, mais ma... ma... Oh, bonté divine !

Un éclair et un nuage de fumée noire ponctuèrent ce dernier commentaire. Le geste impulsif d'Emerson avait malheureusement suscité ce degré même d'attention qu'il m'avait enjoint d'éviter.

Je m'avançai et m'adressai au policier le plus proche :

— Veuillez nous conduire immédiatement, ce gentleman et moi-même, dans une pièce privée. Nous devons entrer en contact avec l'inspecteur Cuff, de Scotland Yard. Je vous prie de l'envoyer chercher sans délai.

Ce furent sans nul doute mes bonnes manières et ma voix distinguée, tout autant que le nom de l'inspecteur Cuff, qui dissuadèrent le constable de lever la main sur Emerson. Celui-ci s'était mis en posture de défense, tout en surveillant du coin de l'œil l'appareil photographique. Le policier laissa retomber son bras, et ceux de ses collègues qui accouraient à la rescousse s'arrêtèrent net. Je plongeai la main dans ma poche.

— Ma carte, dis-je.

— Au nom du ciel, s'emporta Emerson, quel besoin aviez-vous d'emporter vos cartes de visite pour cette expédition ?

Nous étions assis côte à côte dans la pièce privée que j'avais requise, un petit bureau sans fenêtres contenant pour tout mobilier quelques chaises et une table à jeu. L'air était saturé d'effluves accumulés au fil d'innombrables années : peur, désespoir, terreur et chagrin. Emerson avait allumé sa pipe, ce qui n'arrangeait rien, mais je ne jugeai pas opportun de protester.

— Vous m'aviez interdit de prendre mon couteau, Emerson. J'ai pensé que nous pourrions être exposés à une situation dans laquelle il nous serait utile de faire la preuve de notre identité. En quoi je voyais juste.

— Pourquoi ne pas avoir distribué le restant de vos satanées cartes à la presse, tant que vous y étiez ?

— Comme j'ai déjà eu l'occasion de vous le dire, mon chéri, le sarcasme ne vous sied pas. Dès lors que vous aviez frappé ce policier, à votre manière inimitable et si personnelle, tout espoir de dissimuler notre identité était perdu. Quel était donc ce mot qui a provoqué votre courroux ? Je ne l'ai pas entendu.

— Peu importe, gronda Emerson.

J'ôtai ma casquette, qui ne suffisait plus à maintenir ma chevelure en place. J'avais perdu, semblait-il, une grande quantité d'épingles à cheveux au cours de la soirée.

— Qui était cette femme, Emerson ?

Il tira de sa poche une boîte d'allumettes, en frotta une et approcha la flamme du fourneau de sa pipe.

— Une femme ? Quelle femme ?

— Elle a dû être fort belle en son temps.

— Mmmmm, fit Emerson en grattant une autre allumette.

— Elle vous connaissait, Emerson.

— Beaucoup de gens me connaissent, Peabody, déclara-t-il en craquant une troisième allumette.

— Votre pipe est déjà allumée, lui fis-je observer. *Quand* l'avez-vous connue, Emerson ? Et *jusqu'à quel point* ?

La porte s'ouvrit. Se levant d'un bond, Emerson accueillit le nouveau venu comme il l'eût fait d'un ami perdu de vue depuis des lustres.

— Inspecteur Cuff, je présume ? Nous sommes désolés de vous avoir sorti du lit. Merci infiniment de venir à cette heure indue.

— Tempérez votre enthousiasme, Emerson, dis-je froidement. Après tout, nous sommes bien là à cette heure indue, n'est-ce pas ? L'inspecteur Cuff ne fait que son devoir.

— Très juste, madame. — Cuff dégagea sa main de l'étreinte d'Emerson et souffla sur ses doigts tuméfiés. — J'aspirais depuis longtemps à vous rencontrer, professeur. Toutefois, je ne m'attendais certes pas à faire votre connaissance dans des circonstances si... euh... insolites.

— Humph ! fit Emerson. Je serai ravi de faire plus ample connaissance avec vous, inspecteur, mais pas, comme vous le dites, dans les circonstances présentes. Si vous voulez bien avoir la bonté de confirmer notre identité, je ramènerai Mrs. Emerson à la maison.

— Mâtin, Emerson ! m'exclamai-je. Je suis surprise, après tous les sermons que vous m'avez faits, de vous voir dissimuler des informations à la police officielle. Notre expédition de ce soir, inspecteur, avait pour objet, comme vous l'aurez peut-être deviné, d'obtenir la preuve que le malheureux Egyptien que vous avez arrêté est innocent du délit dont on l'accuse. Du moins, du délit de meurtre. Car je ne doute pas qu'il soit, par ailleurs, un individu aussi peu recommandable qu'on le...

— C'est un fait, madame, convint l'inspecteur, avec une telle affabilité que je ne pus lui tenir rigueur de son interruption. Mais qu'est-ce qui vous fait supposer qu'il soit innocent du meurtre ?

— Je ne suppose pas, je *sais*. Dites-lui, Emerson.

— Que voulez-vous que je lui dise, Peabody ?

Emerson se frotta rageusement le menton. Sa barbe lui resta dans la main ; il la considéra d'un air courroucé et la fourra dans sa poche.

Je précisai ma pensée au policier :

— Ce que nous avons entendu dans le... « panier à salade », comme l'on dit, je crois, dans votre jargon.

— Ah ! Avec votre permission, madame... ?

L'inspecteur prit une chaise et s'assit. Il indiqua un autre siège à mon mari, qui croisa les bras et demeura coi.

— Il est vrai que vous comprenez leur langue. Eh bien, madame ?

— J'ai entendu fort peu de chose, reconnus-je. Cependant, l'allusion aux maudits mécréants dont les activités avaient suscité l'intérêt inopportun de la police pour leur communauté, devrait être riche d'enseignements.

— Certes, dit poliment l'inspecteur. Non, madame, vous n'avez pas besoin de vous expliquer, je saisis parfaitement tout ce que cela implique. Avez-vous quelque chose à ajouter, professeur ?

Emerson secoua la tête. Au lieu de regarder le policier, il avait les yeux fixés sur moi — et, dans l'art des regards pétrifiants, Méduse n'était qu'une vulgaire apprentie comparée à lui.

Il m'apparaissait évident qu'Emerson cachait quelque chose. A ma stupéfaction, l'inspecteur Cuff, qui aurait dû posséder un instinct aussi aiguisé que le mien, ne sembla pas s'en apercevoir et renonça à approfondir la question.

— Très intéressant, professeur et madame Emerson. Soyez assurés que j'explorerai cette piste au mieux de mes capacités. A présent, il est tard et vous devez être fatigués. Je vais demander à l'un des constables de vous quérir un cab.

— Je ne suis nullement fatiguée, inspecteur. Je voudrais discuter avec vous des raisons qui vous ont amené à arrêter Ahmet. Peut-être seriez-vous bien inspiré de le faire venir afin que je l'interroge...

— Nom d'un chien, Peabody... !

Emerson ne put en dire davantage. Il s'étranglait d'indignation.

— Vous ne voudriez pas réveiller le pauvre bougre

à cette heure-ci, chère madame ? objecta l'inspecteur Cuff. Je prendrai volontiers les dispositions nécessaires pour que vous puissiez questionner le prisonnier... demain, disons, si cela vous agrée.

Je me vis contrainte d'abandonner. Il n'est point étonnant que le monde aille à vau-l'eau, avec des hommes aux postes de commande !

Le policier eut la prévenance de nous faire sortir par-derrière, observant qu'un grand nombre de journalistes traînaient encore aux alentours dans l'espoir de nous interviewer. Nous trouvâmes devant la porte un cab qui nous attendait. Je remerciai l'inspecteur et lui assurai qu'il recevrait ma visite le lendemain, puis je laissai Emerson m'aider à monter dans le véhicule. Sitôt installé, mon époux appuya sa tête contre le coussin et se mit à ronfler. Voyant là le signe qu'il n'était pas enclin à converser, je m'abstins de le déranger.

A considérer avec le recul les événements de cette intéressante soirée, je dois confesser un certain dépit. Aussi incroyable que cela paraisse, je m'étais rendue coupable de deux menues erreurs de jugement. L'une d'elles était l'intérêt excessif que j'avais témoigné vis-à-vis d'Ayesha, la femme de la fumerie d'opium. La jalousie est un sentiment que j'abhorre. C'est une émotion que je ne saurais abriter dans mon cœur, car la confiance que je porte à mon mari ne connaît point de bornes. Toutefois, d'aucuns auraient pu voir dans mes questions à Emerson une manifestation de jalousie, et j'étais fort marrie d'avoir donné cette impression. De surcroît, c'est une faute insigne de recourir à l'intimidation pour arracher à un époux — spécialement à un époux comme Emerson — un aveu de culpabilité. J'avais, certes, la ferme intention de découvrir qui était cette femme et quelles avaient été ses relations avec mon mari. Il y avait néanmoins d'autres méthodes qui, je n'en doutais pas, se révéleraient plus efficaces.

Je commis ma seconde erreur de la soirée lors de notre arrivée à Chalfont House. Je la déplore encore plus amèrement, mais je dois dire à ma décharge que n'importe qui aurait pu en faire autant.

Emerson me fit descendre du cab et jeta une pièce au cocher. Le brouillard enveloppait les arbres d'un linceul grisâtre et faisait briller la grille comme si on en avait fraîchement repeint les barreaux. L'aube approchait, mais ce n'était pas tant la lumière qui augmentait que l'obscurité qui diminuait. La grisaille ambiante ne put cependant m'empêcher d'apercevoir la petite silhouette blottie près de la grille.

— Bonté divine ! m'écriai-je. Ce n'est pas... Je ne puis croire...

Attrapant un bout de vêtement gorgé d'humidité, je hissai sur ses pieds la forme accroupie et la propulsai à travers le portail, qu'Emerson avait ouvert.

— Hâtez-vous de refermer, Emerson ! Cette fois, ç'en est trop ! Attends un peu que nous soyons dans la maison, jeune homme !

— Mais, Peabody...

— Vous ne pouvez excuser cette incartade, Emerson. J'avais donné des ordres stricts...

Gargery, qui avait guetté notre arrivée, nous ouvrit la porte avant que j'eusse pu frapper. Il recula, les yeux agrandis de consternation, en voyant l'enfant sale, dégoulinant, gigotant, que je remorquais dans le hall.

Ce n'était pas Ramsès.

Même la boue qui maculait son visage ne pouvait masquer une différence de traits si patente. Le nez de cet enfant était petit, retroussé, et les yeux de furet qui brillaient entre les paupières mi-closes étaient d'un bleu pâle, délavé.

— Emerson, dis-je, vous allez réveiller toute la maisonnée à vous esclaffer de la sorte. Je ne vois rien d'amusant dans cette situation !

Je m'engageai dans l'escalier cependant qu'Emerson s'attardait en bas. J'entendis un tintement de pièces de monnaie — son inévitable panacée pour les détresses sociales — et un conciliabule à voix basse avec Gargery, entrecoupé d'irritants gargouillis d'hilarité. Il me rejoignit bientôt et me passa un bras autour des épaules.

— Au lit, hmm, Peabody ? Bien, bien. Vous devez être très lasse. Je crois que je vais juste...

— Si vous allez voir Ramsès, je vous accompagne. Tant que je ne l'aurai pas vu de mes yeux, je ne croirai pas que cet enfant est là où il est censé être.

Ramsès était bien là où il était censé être, au sens strict du terme, mais pas dans son lit. La porte de sa chambre était ouverte et il se tenait dans l'encadrement, ses petits orteils nus effleurant à peine le seuil.

— Bonsoir, maman, bonsoir, papa. En entendant la voix de papa, dans le hall, je me suis hasardé à...

— Va te coucher, Ramsès, ordonnai-je.

— Oui, maman. Puis-je me permettre de demander...

— Non.

Ramsès tenta une autre approche :

— Sachant quelle était votre destination, je nourrissais quelque inquiétude pour votre sécurité. J'espère que vous n'avez pas pris de...

— Seigneur Jésus ! m'écriai-je. Il n'y a donc rien qui échappe à ton insatiable curiosité, Ramsès ?

— Chut ! fit Emerson en portant un doigt à ses lèvres. Vous allez réveiller les enfants, Amelia. Je suis bien persuadé que tous les domestiques de la maison ont glosé sur notre expédition. N'avez-vous point remarqué que Gargery rôdait derrière la porte de la bibliothèque pendant que nous devisions avec O'Connell ? Puisque tu es réveillé, Ramsès, et intéressé à juste titre, descends au salon ; papa te racontera tout. J'ai promis à Gargery...

— Ramsès est consigné dans sa chambre, lui rappelai-je.

Ma voix était — comme toujours, je l'espère — parfaitement calme.

— Ah ! c'est vrai, dit Emerson. J'avais oublié. Dans ce cas, je vais demander à Gargery de monter ici. Je lui ai promis...

J'ai beau être la plus tolérante des femmes, la

perspective de me joindre à mon époux, à mon fils et à mon majordome pour discuter de notre soirée dans une fumerie d'opium et au poste de police de Bow Street était légèrement au-dessus de mes forces. J'allai me coucher, sachant pertinemment que, si Emerson témoignait d'une convivialité si incongrue, c'était — entre autres raisons — pour éluder les questions qu'il redoutait sur un certain sujet que, de mon côté, je m'étais promis de ne plus aborder.

CHAPITRE NEUF

Combien de temps se prolongea leur discussion, je ne saurais le dire. En tout cas, le lendemain matin, les femmes de ménage se plaignirent de la forte odeur de pipe et de bière qui régnait dans la chambre de Ramsès, et je fus obligée, en toute équité, de laver mon fils de cette accusation implicite. Lorsque je m'éveillai, Emerson était à mon côté. Il dormait du sommeil du juste, comme s'il avait la conscience parfaitement nette, et il souriait d'une manière propre à susciter les plus noirs soupçons. Il avait pris grand soin, en se couchant, de ne point me déranger.

Bien que j'eusse dormi seulement quelques heures, je me sentais régénérée et pleine d'ambition. Tel est l'effet que produit la juste indignation sur mon caractère.

Comme j'examinais le courrier du matin, attablée devant mon petit déjeuner, j'eus le plaisir d'y trouver des lettres d'Evelyn et de Rose. Cette dernière donnait des détails sur le retour de Bastet et me rassurait sur la santé d'icelle, en des termes qui ne laissaient aucun doute sur l'affection que vouait la scriptrice à cet estimable animal. Il est inutile de rapporter ici les conjectures de Rose concernant les raisons de la disparition de la chatte et de sa réapparition subséquente : en effet, j'ai déjà abordé ce sujet, et les événements ultérieurs devaient démontrer qu'elle avait — que nous avions — vu juste. (Quoique personne ne m'ait jamais expliqué, de façon satisfaisante, pourquoi un félin d'une intelligence si remarquable avait fait preuve d'un tel aveuglement dans ce domaine particulier.)

La missive d'Evelyn contenait les habituelles et aimables nouvelles familiales. Hélas ! elle avait lu les articles de presse consacrés à l'émeute au British Museum, si bien que son appréhension et son désarroi remplissaient plusieurs pages de papier à lettres. Elle me pressait de quitter Londres sans délai, « car, écrivait-elle, lorsqu'on a affaire à des personnes mentalement perturbées, on ne peut jamais prévoir ce qui arrivera. Or, ma très chère Amelia, vous avez une extraordinaire propension à attirer ce genre de personnes ».

Je me promis de lui écrire séance tenante pour la rassurer — non seulement sur ce qu'elle avait lu dans les journaux, mais sur ce qu'elle risquait encore d'y lire. Il fallait espérer que Walter et elle ne fussent pas des lecteurs assidus du *Morning Mirror*. Non que le patibulaire individu de la photographie présentât la moindre ressemblance avec mon séduisant époux : son costume de rufian, son rictus féroce et sa fausse barbe à demi décollée (qui, par sa position, donnait l'impression qu'un petit animal à fourrure avait saisi Emerson à la gorge) l'eussent rendu impossible à identifier s'il n'y avait eu, sous le cliché, la légende destinée à éviter toute interprétation erronée de la part du lecteur. (« Le professeur Radcliffe Emerson, l'égyptologue renommé, assommant un constable au poste de police de Bow Street. ») Le texte d'accompagnement, émaillé d'allégations calomnieuses, n'omettait pas de citer l'établissement dans lequel nous avions été appréhendés. (J'entendais d'ici le cri d'horreur de ma tendre Evelyn : « Une fumerie d'opium ! Walter, jusqu'où iront-ils la prochaine fois ? »)

Dans son article du *Daily Yell,* Kevin ne faisait aucune allusion (pour des raisons évidentes) à l'incident de Bow Street. En revanche, il s'étendait complaisamment sur le « Mystère des Sinistres Statuettes », comme il l'appelait. Les ouchebtis avaient été envoyés à plusieurs autres savants mais, ainsi qu'il fallait s'y attendre, Emerson était de nouveau le personnage central de l'affaire.

Pauvre Evelyn... Remarquez, elle devait maintenant commencer à être habituée.

Je donnai consigne à la bonne d'emporter les journaux. A défaut d'empêcher Emerson de les lire, j'espérais pouvoir retarder ce pénible moment jusqu'à ce qu'il eût savouré en paix son petit déjeuner. J'y parvins de justesse ; Mary Ann quittait la salle à manger lorsque Emerson fit son entrée en la saluant avec sa jovialité coutumière.

— Bien le bonjour, Susan. (Il éprouve de grandes difficultés à se rappeler les noms des domestiques.) Serait-ce là, par hasard... ? Enfin, peu importe, je n'ai pas le temps de les lire, je suis très pressé ce matin.

Il me salua avec une égale gaieté — en prenant soin, toutefois, d'éviter mon regard.

— Bonjour, bonjour, ma chère Peabody. Quelle splendide matinée ! (Le brouillard était si dense qu'on ne distinguait même pas la grille du parc.) Bonjour, euh... Frank. (Le valet se prénommait Henry.) Qu'avons-nous de bon ce matin ? Des harengs fumés et salés... non, très peu pour moi, j'abomine ces créatures. Des œufs au bacon, je vous prie, John. (Le nom du valet n'avait pas changé, c'était toujours Henry.) Je suis très pressé ce matin.

Tout en parlant il triait son courrier, déchirant les enveloppes et parcourant les lettres d'un œil négligent avant de les jeter par-dessus son épaule.

— Où allez-vous donc avec tant de hâte, Emerson ? m'enquis-je. John... euh... Henry, veuillez apporter des toasts chauds. Ceux-ci sont complètement rassis.

— Mais... au Museum, bien sûr ! répondit Emerson. Je dois absolument terminer ce manuscrit, Peabody. Voici une nouvelle lettre de relance, fort impertinente, de mon éditeur, qui voudrait savoir quand il peut espérer le recevoir. Peste soit de son impudence !

Et la missive d'Oxford University Press suivit le même chemin que les précédentes.

J'avais pris la ferme résolution d'observer un digne silence sur *tous* les sujets, ce qui était aussi bien car Emerson ne me laissa pas le loisir de placer un mot.

— Et comment vont les chers petits, ce matin ? Vous êtes allée les voir, j'en suis sûr ; votre dévouement maternel est si... euh... si... N'est-ce pas votre avis, madame Waters ?

La gouvernante, qui attendait de discuter avec moi les arrangements domestiques de la journée, acquiesça en souriant.

— Oui, monsieur. Les enfants vont bien, monsieur. Seulement monsieur Ramsès est encore endormi, et je suis au regret de signaler qu'il y a une singulière odeur de...

— Euh... hum, oui, fit Emerson. Je suis au courant, madame Watkins. C'est tout à fait normal.

Je m'adressai à la gouvernante :

— Cela me fait penser... miss Violet me paraît avoir grossi dans des proportions stupéfiantes au cours de la semaine écoulée. Qu'a-t-elle donc mangé ?

— Tout, répondit-elle brièvement. Elle a un appétit incroyable, et je la soupçonne d'acheter des bonbons et des gâteaux à chacune de ses sorties. Son père a dû lui donner beaucoup d'argent de poche.

— Voilà qui ne ressemble guère à mon cher beau-frère, fit observer Emerson.

J'ignorai la remarque.

— Dites à la nounou de lui interdire d'acheter des gâteries. Ce n'est pas bon pour elle de se gaver de friandises.

— Je le lui ai dit, madame, mais elle est jeune et assez timide. Tandis que miss Violet...

— Oui, je sais, madame Watson. J'aurai un petit entretien avec miss Violet. Et peut-être qu'une autre nounou... ? J'ai oublié laquelle c'est, Kitty ou Jane.

— Jane, madame. Kitty a exprimé des doutes quant à sa capacité à assumer la tâche requise.

— Elle l'a fait après avoir rencontré miss Violet, je présume... Eh bien ! madame Watson, essayez une autre des bonnes. Parmi les postulantes qui ont répondu à mon annonce, aucune ne faisait-elle l'affaire ?

— Non, madame. J'ai engagé une jeune personne pour remplacer Jane. Elle avait d'excellentes références de la duchesse...

— Très bien, madame Watson. Comme d'habitude, je m'en remets à vous. Emerson...

— Je dois me sauver, dit-il en enfournant dans sa bouche le restant d'un toast. Passez une bonne journée, ma chérie. Avez-vous des projets particuliers ?

Je le regardai d'un air sévère, sans sourire. Cependant, bien que je me garde de lui en faire l'aveu, de crainte de flatter sa vanité, le seul fait de voir mon époux a le don d'adoucir ma rancune. Ses yeux bleu vif, en cet instant un brin étrécis par l'anxiété, ses lèvres fermes arborant un sourire hésitant, son vaste front orné d'ondulantes boucles noires... chacun des traits de son visage fait vibrer la corde de tendres souvenirs.

— Je vais à Scotland Yard, Emerson, dis-je posément. Je ne vois pas pourquoi vous posez cette question, puisque vous m'avez entendue prendre rendez-vous avec l'inspecteur Cuff.

— Je n'ai rien entendu de tel ! se récria-t-il, indigné. Mais j'aurais dû me douter que vous iriez. Il est inutile, je suppose, de vous prier d'y renoncer ? Oui, je le pensais bien. Ah, malédiction !

Il sortit tempétueusement, et je fus bien aise d'observer qu'il avait retrouvé toute son impétuosité. Je n'aime pas voir Emerson réservé, sur la défensive. Nos petits différends — qui ajoutent tellement aux joies du mariage — manquent singulièrement de piment lorsque mon mari n'est pas sur un pied d'égalité avec moi. (Et j'ose affirmer que de telles occurrences sont extrêmement rares.)

— Scotland Yard, madame Emerson ? s'inquiéta la gouvernante. Vous n'avez pas à vous plaindre, j'espère, de l'un ou l'autre des domestiques ?

Comment la chère âme innocente avait-elle réussi à rester dans l'ignorance de nos activités ? Je ne puis le concevoir. Je m'empressai de la rassurer :

— Non, madame Watson, c'est une affaire d'un ordre tout différent. Je m'en vais faire libérer un homme injustement accusé de meurtre.

— C'est... c'est très généreux, madame.

Le temps que j'arrive à New Scotland Yard, le brouillard s'était dissipé. L'inspecteur Cuff se montra enchanté de me voir.

— Chère madame Emerson ! J'ose espérer que votre aventure de la nuit dernière n'a pas eu d'effets néfastes sur votre santé ?

— Non, merci, je me porte comme un charme. Vous m'attendiez, je suppose ?

— Certes, madame. D'ailleurs, en prévision de votre visite, j'ai fait transférer le suspect ici même.

— Le suspect ? Mais il a été arrêté pour meurtre...

Cuff eut un sourire angélique.

— Je vous demande pardon, chère madame Emerson ? Je ne sais d'où vous tenez ce renseignement. Peut-être votre informateur a-t-il péché par exagération. Nous avons simplement prié Mr. Ahmet de nous assister dans notre enquête. Vous n'ignorez pas que, aux termes de la loi britannique, tout homme est présumé innocent tant que sa culpabilité n'a pas été prouvée.

— Très joli discours, inspecteur. Il n'en demeure pas moins que Mr. Ahmet est en détention et que vous ne m'avez toujours pas expliqué pourquoi vous l'avez appréhendé. Quelles sont vos preuves ? A quel mobile a-t-il obéi, selon vous, pour assassiner Oldacre ?

— Peut-être préférerez-vous parler avec lui et vous former une opinion par vous-même, repartit Cuff avec la plus grande courtoisie qui se pût imaginer. Par ici, madame Emerson, je vous prie.

Un robuste constable en uniforme gardait le captif, mais il suffisait de voir Ahmet pour comprendre qu'une telle précaution était superfétatoire. Celui-ci présentait tous les stigmates du drogué de longue date : visage jaunâtre, teint brouillé, maigreur extrême, mains agitées de tremblements et regard vague.

— *Salaam aleikhum, Ahmet il Kamleh,* lui dis-je. Me connaissez-vous ? Je suis Sitt Emerson, parfois surnommée Sitt Hakim. Mon seigneur (malheureusement, le mot arabe pour « époux » véhicule cette connotation) est effendi Emerson, Maître des Imprécations.

Il me connaissait. Une faible lueur d'intelligence s'anima dans ses yeux ; il se mit péniblement debout et exécuta une profonde, quoique vacillante, courbette.

— La paix soit avec vous, honorée Sitt.

— *U'aleikhum es-sâlam,* répondis-je. *Warahmet Allâh wabarakâtu.* Même s'il est peu probable, Ahmet, que vous puissiez espérer la clémence, fût-ce du Tout-Miséricordieux. Que dit le Livre Saint, le Coran, au sujet du péché de meurtre ?

Ses yeux chavirèrent.

— Je n'ai pas tué l'effendi, Sitt. Je n'étais pas sur les lieux. Mes amis vous le diront.

C'était là une protestation d'innocence singulièrement peu convaincante. Néanmoins, j'y ajoutai foi.

— Vous savez cependant quelque chose que vous n'avez pas dit, Ahmet. Si vous gardez le silence, vous serez pendu pour le meurtre. Sauvez votre âme. Confiez-vous à moi.

Il ne bougea pas, ne parla pas, mais je le surpris à couler un regard en coin vers le constable.

— Il ne comprend pas l'arabe, lui assurai-je.

— Ça, c'est ce qu'ils disent, ricana Ahmet. Mais ils mettent des espions parmi nous, Sitt Hakim. Certains d'entre eux parlent notre langue.

Il cracha soudainement, de la façon la plus choquante.

— Dans ce cas, dis-je, je vais lui demander de sortir.

Le constable souleva des objections, comme il fallait s'y attendre, mais j'eus tôt fait d'apaiser ses scrupules.

— Pensez-vous que cette misérable épave humaine oserait me menacer, constable ? Outre le fait que je suis solidement armée... — Je décrivis un moulinet avec mon ombrelle, faisant sursauter le policier et Ahmet —... il connaît mon mari, effendi Emerson. Il n'ignore pas la terrible vengeance qui s'abattrait sur sa tête et sur toute sa famille s'il s'avisait de toucher à un seul de mes cheveux.

Cette menace ne fut pas perdue pour Ahmet. Ses protestations volubiles et chevrotantes (adressées, pour certaines, à l'unique fenêtre à barreaux, comme s'il soupçonnait Emerson de planer à l'extérieur, tel un esprit désincarné) convainquirent le constable.

Lorsque celui-ci se fut retiré, j'indiquai un siège à Ahmet.

— Asseyez-vous et prenez vos aises, mon ami. Je ne vous veux aucun mal ; je suis venue vous aider. Bornez-vous à répondre à mes questions et vous retrouverez vos amis et votre famille.

Cette heureuse perspective ne plut manifestement pas à Ahmet. Une expression lugubre se répandit sur ses traits patibulaires.

— Qu'est-ce que vous voulez savoir, Sitt ?

Je m'éclaircis la gorge et me penchai en avant :

— Il y a une certaine femme — elle s'appelle Ayesha — que l'on rencontre parfois dans la fumerie d'opium de Sadwell Street. Je voudrais... je voudrais savoir...

Je me ressaisis d'extrême justesse. Avais-je été, moi, Amelia Peabody Emerson, sur le point de demander à cette misérable créature si mon époux, le digne et redouté Maître des Imprécations, avait coutume de rendre visite à une vile femme des rues ? En fait, oui, je l'avais été ! Réaction ô combien dégradante, ô combien méprisable !

J'avais touché une corde sensible, mais — grâce au

Ciel — pas celle que je redoutais. Ahmet me lorgna d'un œil circonspect.

— Ayesha... répéta-t-il. C'est un nom assez répandu, Sitt, car Ayesha Abi Bekr était l'épouse honorée du Prophète, qui est mort dans ses bras...

— Je sais cela. Et vous savez de quelle femme je veux parler, Ahmet. Inutile de le nier. Qui est-elle ? Elle n'a pas l'air d'une opiomane. Que fait-elle en ce lieu ?

Ahmet haussa les épaules.

— Elle est la propriétaire, Sitt.

— De la fumerie ?

— Oui.

— Dieu du ciel ! — Je méditai cette nouvelle. Pour incroyable qu'elle fût, il n'y avait aucune raison qu'Ahmet l'eût inventée. — C'est donc une femme riche... ou du moins, une femme qui a de l'argent. Pourquoi se couvre-t-elle de haillons et reste-t-elle avec les malheureux fumeurs d'opium ?

Nouveau haussement d'épaules.

— Comment le saurais-je, Sitt ? La conduite d'une femme dépasse l'entendement.

— Hasardez une opinion, mon ami, dis-je en posant mon ombrelle sur la table, entre nous.

Mais Ahmet soutint qu'il s'interdisait d'avoir des opinions. Etant donné l'état de sa cervelle imprégnée d'opium, j'inclinais à le croire. En le questionnant plus avant, cependant, j'obtins l'aveu réticent que la lady Ayesha n'habitait pas sur place mais possédait sa propre maison, dans un autre quartier de Londres.

— Park Lane ? répétai-je d'un ton sceptique. C'est l'un des plus beaux quartiers de la ville, mon ami. Une femme comme elle, propriétaire d'une fumerie d'opium, n'irait pas se frotter à l'aristocratie.

Ahmet eut un regard concupiscent qui ne manquait pas d'éloquence.

— Se frotter, Sitt ? Elle ne s'en tient pas là.

Les hommes ne peuvent jamais résister à la tentation de faire une plaisanterie vulgaire. Dès qu'il eut proféré ces mots, une expression de terreur transforma ses traits, montrant ainsi qu'il en avait dit davantage qu'il n'en avait l'intention. Il refusa néanmoins d'entrer dans les détails, et je ne pus me résoudre à insister. La décence la plus élémentaire a des limites qu'une dame ne saurait franchir, même si elle est à la recherche d'un meurtrier.

Je m'apprêtais à partir quand je m'avisai que je ne l'avais pas questionné sur Mr. Oldacre. Il se montra encore moins disert sur ce sujet, répétant qu'il ne connaissait pas cet homme, n'avait jamais entendu parler de lui, ne l'avait jamais vu, et n'avait pas la moindre opinion sur quoi que ce fût. Lorsque je lui fis part de la remarque que j'avais entendue dans le panier à salade, Ahmet roula des yeux effarés.

— Ils viennent, murmura-t-il. Les croyants sincères et les hérétiques, hommes et femmes, princes et mendiants. Le hachisch et l'opium nous rendent tous égaux, Sitt, ils distribuent leurs libéralités à toutes les créatures d'Allah. Même à un vil insecte rampant comme Ahmet... Il y a bien longtemps — trop longtemps — que je n'ai pas rêvé... Trouvez-moi de l'opium, Sitt — et une pipe — une seule... Nous parlerons, et rêverons ensemble...

Qu'il battît la campagne ou fît seulement semblant, il avait trouvé un bon moyen de mettre un terme à la conversation. J'appelai le constable et abandonnai Ahmet à sa conscience — quelle qu'elle fût —, non sans lui avoir offert ma protection et recommandé de faire appel à moi à toute heure du jour ou de la nuit.

Cuff m'attendait dans le corridor.

— Alors ?

— Pourquoi cette question ? rétorquai-je. J'ai remarqué l'ouverture dans le mur de gauche, inspecteur. Qui écoutait, de l'autre côté ? Mr. Jones ?

L'inspecteur secoua la tête d'un air admiratif.

— Vous êtes trop rusée pour moi, madame Emerson. Ce n'était pas Jones, non. Je vous l'ai dit, il est en vacances. Nous avons plusieurs policiers qui parlent l'arabe, mais pas aussi couramment que vous. Pourquoi vous intéressez-vous tant à cette Ayesha ?

Je contre-attaquai par une autre question :

— Que savez-vous sur elle, inspecteur ?

— Rien qui justifie une enquête officielle. Je vous conjure, madame, de ne pas approcher cette personne. Ce n'est pas une compagnie convenable pour une dame comme vous.

— Je n'ai pas l'intention de la convier à dîner, inspecteur, ironisai-je. Toutefois, elle est manifestement une personnalité influente dans la communauté égyptienne, y compris dans la partie criminelle de ladite communauté — car des tenancières de fumeries d'opium ne peuvent guère être assimilées à des piliers de la société. J'avoue ne pas comprendre votre attitude évasive. Vous devriez interroger cette femme sans délai. De surcroît...

Nous étions descendus au rez-de-chaussée. Au pied de l'escalier, Cuff s'arrêta et, se tournant vers moi, dit d'un ton pressant :

— Madame Emerson, j'ai le plus grand respect pour votre tempérament et vos capacités. Cependant, aux yeux de Scotland Yard, vous êtes une civile et une dame — deux qualités qui m'interdisent de partager mes informations avec vous. Si je le faisais sans l'autorisation explicite de mes supérieurs, je risquerais un blâme, la rétrogradation, voire la perte de ma situation. Cela fait trente ans que je suis dans la police. J'espère me retirer sous peu, avec ma pension bien gagnée, dans ma petite maison de Dorking, où, suivant l'exemple de mon respectable père et de mon éminent grand-père, je consacrerai ma paisible vieillesse à cultiver mes roses. Il est véritablement hors de mes pouvoirs...

— Epargnez-moi le reste du discours, inspecteur, le coupai-je. Je l'ai déjà entendu : toujours les mêmes prétextes éculés, fondés sur l'arrogance masculine et le mépris des femmes. Je ne vous blâme pas ; vous n'êtes ni meilleur ni pire que les autres hommes, et je ne doute pas que vos supérieurs soient aussi aveugles et sectaires que vous.

Le visage terreux de Cuff arbora une expression d'intense désarroi. Une main pressée sur le cœur, il se récria :

— Madame Emerson, veuillez croire...

— Oh ! je crois que vous êtes animé des meilleures intentions. Pardonnez-moi si je me suis quelque peu échauffée. Je ne vous fais grief d'aucune mauvaise volonté. Pour preuve, lorsque j'attraperai le véritable assassin, je le remettrai entre vos mains. Je ne veux d'autre récompense que la satisfaction du devoir accompli. Je vous souhaite le bonjour, inspecteur.

Cuff était trop ému pour articuler une parole. Il s'inclina profondément et demeura dans cette position jusqu'à ce que j'eusse quitté le bâtiment.

Brandissant mon ombrelle, je hélai un cab. Comme le véhicule s'ébranlait, je vis entrer à Scotland Yard une silhouette qui m'était étrangement familière. Avant que j'aie pu y regarder de plus près, elle avait disparu à l'intérieur.

Emerson à Scotland Yard ? D'une certaine manière, je n'en étais pas surprise.

Où aller, à présent ? Le lecteur serait malavisé de croire que j'avais la moindre hésitation à cet égard. Peut-être Ahmet avait-il inventé une fausse adresse en vue de se débarrasser de moi, mais cela valait quand même la peine d'essayer.

Depuis quelques années, la vieille rue longeant Hyde Park avait subi une fâcheuse métamorphose, passant de l'élégance aristocratique à l'ostentation pure. Ce changement était dû pour une large part à des gens comme les Rothschild et à leur bon ami, le Prince de Galles. Le fait que Son Altesse Royale préférât la compagnie des milliardaires parvenus à celle de ses pairs constituait un mystère. D'aucuns affirmaient qu'il fallait y voir une rusticité innée, ou plutôt l'absence de cette sensibilité délicate que l'on aimerait à trouver chez un monarque britannique. Cependant, si tel était le cas, cela soulevait une inévitable question : de qui tenait-il cette déplorable tendance ? Certainement pas de son père, le prince le plus guindé, le plus convenable de tous les temps. Quant à sa mère, Sa Gracieuse Majesté... sans doute est-elle collet monté, suffisante et d'une intelligence quelque peu limitée. Mais vulgaire ? Jamais de la vie ! (Je n'accorde pas le moindre crédit aux rumeurs dégoûtantes concernant Sa Majesté et un certain Mr. Brown. Il faut convenir que les domestiques de la Reine ont parfois profité de sa bonne nature pour s'élever au-dessus de leur condition première. Brown l'avait certainement fait, et le dernier favori en date de la souveraine, Abdul Karim, qui se faisait appeler le Munshi, était presque aussi arrogant et impopulaire. Pour autant, je refuse véhémentement d'admettre que ces hommes eussent été davantage que des serviteurs favorisés.)

Le cab fit halte devant une belle maison ancienne, non loin du croisement de Park Lane et d'Upper Brook Street. Une impeccable soubrette répondit à mon coup de heurtoir. Elle portait la tenue habituelle — robe noire, tablier blanc et bonnet à ruchés — mais sa carnation olivâtre et ses yeux noirs limpides trahissaient sa nationalité. De toute évidence, Ahmet était plus digne de foi que je ne l'avais imaginé.

Je remis ma carte à la domestique.

— Dites à votre maîtresse que je voudrais lui parler.

Le comportement de la bonne montrait bien qu'elle n'était point accoutumée aux visiteuses de ma sorte. Refrénant sa surprise, elle prit ma carte et m'invita à attendre dans le boudoir pendant qu'elle allait voir si « Madame » était là.

Si je n'avais eu, d'ores et déjà, la certitude d'avoir débusqué ma proie, j'aurais pu m'interroger en voyant la pièce dans laquelle on m'introduisait, car celle-ci ne comportait pas un seul objet qu'on n'eût pu trouver dans le salon anglais le plus moderne et le mieux aménagé. En fait, une personne cynique aurait pu se demander si ce n'était pas la caricature d'un salon anglais moderne et bien aménagé. Les murs étaient couverts à profusion de tableaux et de miroirs dont les cadres dorés étaient si larges qu'ils faisaient paraître minuscule l'espace enclos. Le tapis était à peine visible tant il y avait de meubles : lourds canapés sculptés, fauteuils rembourrés, coussins d'agenouilloir, et des tables, des tables, et encore des tables — toutes chastement drapées de lourdes étoffes qui cachaient leurs « membres inférieurs », comme avaient coutume de dire les dames guindées de l'époque.

La bonne ne tarda pas à revenir et me pria de la suivre. Nous gravîmes un escalier et suivîmes le couloir du premier étage, recouvert d'un tapis. Elle ouvrit une porte et me fit signe d'entrer.

J'eus la sensation de passer du XIXe au XVe siècle — de franchir, en une seule enjambée, les milliers de kilomètres qui séparent Londres du vieux Caire.

Des tapis persans, empilés les uns sur les autres, recouvraient le parquet. Murs et plafond étaient tapissés de brocart doré, jusques et y compris les fenêtres — à supposer qu'il y eût des fenêtres, car pas un rai de lumière ne filtrait dans la pièce. Le seul éclairage était dispensé par des lanternes ouvragées, suspendues à des chaînes si fines que le moindre déplacement d'air les faisait vaciller, envoyant des taches de lumière mordorée sillonner l'obscurité telles des étoiles filantes.

Sur l'instant, je crus qu'il n'y avait personne. Néanmoins, une fois que mes yeux se furent ajustés à la pénombre, je distinguai une forme, immobile comme une statue, assise sur un divan adossé contre le mur du fond. Inconsciemment, mes mains se resserrèrent sur le manche de mon ombrelle. Je n'avais nulle raison de redouter une attaque, car je ne détenais aucune information de nature à la menacer. Mais l'atmosphère me rappela, péniblement, une autre pièce semblable dans laquelle j'avais récemment passé quelques-unes des heures les plus inconfortables de mon existence, et la fumée au parfum douceâtre qui s'élevait d'un brasero bas, près du divan sur lequel elle était étendue, me donna des vertiges.

Cela ne dura pas. Je me rappelai ma mission. Je me rappelai qui j'étais, et quelle femme elle était. En Orient, la coutume veut que l'inférieur attende qu'on lui adresse la parole avant de parler. Je m'éclaircis la gorge et dis :

— Bonjour. Pardonnez-moi de vous déranger. Je suis...

— Je sais qui vous êtes. — Elle fit un geste d'une grâce exquise. — Asseyez-vous là.

Ce n'était pas un siège qu'elle m'indiquait, mais un coussin bas. La plupart des Anglaises, j'en réponds, auraient jugé la position inconfortable, voire impossible à prendre. Je m'assis sans hésiter et arrangeai avec soin les plis de ma robe.

Elle n'était maintenant qu'à quelques centimètres de moi, mais je ne pouvais toujours pas distinguer ses traits avec netteté, car elle portait le long burko, ou voile facial, accroché à un diadème incrusté de pierreries qui lui ceignait le front. Ce voile, fait de mousseline ou de soie blanche, n'est d'ordinaire pas porté en présence d'autres femmes. Sans doute Ayesha entendait-elle par là m'infliger une subtile insulte, mais celle-ci était trop subtile pour moi ; je n'en compris pas la signification. Son voile était si fin qu'il soulignait l'ovale parfait de son visage, le nez fort et le menton volontaire. Elle était tête nue. La chevelure ondoyante qui cascadait sur ses épaules avait la brillance du satin noir. Sa tenue était de celles que portent les Egyptiennes de haute naissance dans l'intimité du harem : ample pantalon à rayures en soie et longue chemise qui moulait étroitement son buste et ses bras, laissant dénudée la moitié de la poitrine. Toutes les zones ainsi définies, ou dévoilées, étaient admirables — de contours comme de texture. Sa peau luisait tel de l'ambre poli.

Sa pose était négligente, voire arrogante. Appuyée sur un coude, elle leva un genou, faisant glisser le vêtement de soie qui révéla une jambe aussi parfaite que celle d'une nymphe. Le pantalon — au mépris de la coutume établie — était fendu de la hanche à la cheville.

— Comment m'avez-vous retrouvée ? demanda-t-elle.

Elle parlait anglais, avec seulement une légère trace d'accent. Les manières orientales sont subtiles et rusées. Les femmes, surtout, à qui l'on dénie le droit de s'exprimer sur pratiquement tous les sujets, ont mis au point leurs propres méthodes pour manifester le dédain. Le fait d'utiliser ma langue maternelle — car elle devait savoir que je parlais la sienne — était un moyen d'affirmer sa supériorité, et la question elle-même en disait bien plus que les simples mots. (Par égard pour mes lecteurs les plus obtus, je vais mettre les points sur les i. En s'abstenant de me demander pourquoi j'étais venue, elle confirmait que j'avais une bonne raison de le faire. Ce que pouvait être cette raison, même un lecteur obtus devrait le subodorer.)

Je n'étais pas encline à ignorer le défi, ni à trahir Ahmet, qui, estimai-je, avait déjà suffisamment de déboires.

— Vous dites me connaître, Ayesha. Vous devez donc savoir que j'ai mes méthodes pour retrouver les gens. Je vous ai vue cette nuit, et mes yeux perçants ont pénétré votre déguisement.

— Cette nuit ? — Son long cou s'incurva, tel un cobra sur le point de frapper. — A la... *Wahyât en-nebi !* C'était donc vous ?

— C'était moi, dis-je avec calme. Vos yeux n'ont pas pénétré *mon* déguisement.

— Ainsi, il vous a emmenée là-bas. Du moins, il a permis...

Je m'abritai les yeux, éblouie par une soudaine lumière. Lorsque j'abaissai ma main, je vis qu'Ayesha avait allumé une lampe à pétrole. Celle-ci était placée de telle sorte que les rayons éclairaient en plein mon visage ; je compris alors pourquoi elle m'avait enjoint de prendre ce siège particulier.

Elle m'observa en silence pendant un long moment, me sembla-t-il. Je demeurai immobile et la laissai m'examiner à satiété. Je savais ce qu'elle voyait — ni chevelure ondulante, ni membres graciles, ni traits d'une exquise beauté — mais j'avais su, avant même de venir, que je ne pourrais pas rivaliser avec elle sur ce plan-là. Je n'avais pas l'intention d'essayer.

Enfin, un son sibilant, qui aurait pu être un rire ou un sifflement de mépris, s'échappa de ses lèvres.

— Il vous a emmenée là-bas, répéta-t-elle, songeuse. J'avais entendu dire... Mais je trouvais cela difficile à croire. Donc, Sitt Hakim, épouse du grand effendi Emerson... vous m'avez débusquée. Vous honorez mon humble demeure. Que voulez-vous de moi, la plus vile des viles esclaves ?

J'ignorai sa tirade ironique et me lançai dans le petit discours que j'avais soigneusement préparé.

— J'ai besoin de votre aide, miss... euh... madame Ayesha, pour capturer un meurtrier. Vous êtes sûrement au courant que l'un de vos compatriotes a été arrêté pour l'assassinat de Mr. Oldacre ?

— Je le sais, en effet.

— Et vous savez également qu'Ahmet est innocent.

— Cela, je l'ignore. Comment le saurais-je ?

— Allons, ma chère... enfin, madame Ayesha. Cessons de finasser. Nous savons, vous et moi, que les policiers, en leur qualité de simples hommes, ne sont pas d'une intelligence supérieure. Toutefois, ils ne sont pas sots au point de croire qu'un misérable ver de terre comme Ahmet a pu commettre ce crime. C'est un de leurs stratagèmes. Après avoir médité la question, je suis parvenue à la conclusion que s'ils lui ont « demandé de les assister dans leur enquête », pour reprendre leur expression, c'est uniquement parce qu'ils soupçonnent un membre de la communauté égyptienne d'être impliqué dans le meurtre. Ahmet est un bouc émissaire, un appât, un informateur en puissance.

Elle écouta attentivement, ses grands yeux noirs fixés sur mon visage. Lorsque je me tus, invitant sa réponse, elle fut lente à réagir. Finalement, elle marmonna :

— C'est possible. Mais en quoi cela me concerne-t-il ? Je ne crains pas ces lourdauds de Scotland Yard. J'ai des amis puissants...

— Je n'en doute pas. Cependant, les amis peuvent se révéler de faux amis, quand le danger ou la disgrâce menacent. A tout le moins, les attentions de la police risquent de perturber vos... euh... vos activités professionnelles, comme ce fut le cas cette nuit. Je suis maintenant convaincue que l'assassin n'est pas un Egyptien mais un Anglais...

— Quoi ? Qu'est-ce qui vous fait croire ça ?

— Vous posez des questions, sitt, mais vous n'y répondez pas. — Je parlais à présent en arabe. — Vous en savez, je pense, plus que vous ne l'admettez. Fortunée et influente telle que vous l'êtes, comment pourriez-vous être dans l'ignorance de ce qui se passe parmi les vôtres ?

Elle se redressa, croisa les jambes et fit reposer son menton sur sa longue main fine.

— Je suis dans l'ignorance de cette affaire-là, tout au moins. Vous ne voulez pas me croire...

— Si vous dites la vérité, sitt, je vous suggère respectueusement, dans votre propre intérêt, de vous informer. Ensemble, nous pourrions accomplir de grandes choses. En notre qualité de femmes — des femmes de grande compétence, chacune dans sa sphère particulière...

Son petit rire sifflant — car j'avais décidé qu'il devait s'agir d'un rire — m'interrompit :

— Vous nous comparez, Sitt Hakim ? Vous devez vraiment avoir besoin de moi, pour vous abaisser à ce point.

— Nullement. Je vous accorde seulement ce qui vous est dû. Les coutumes orientales me sont familières, et je suis consciente des difficultés que vous avez dû surmonter pour conquérir la richesse et l'indépendance...

— Vous êtes folle ! Comment pourriez-vous savoir, comment pourriez-vous seulement concevoir... Ah, je suis folle, moi aussi, de dire pareilles insanités !

Elle se rejeta en arrière contre les coussins, les poings crispés.

J'avais dit, ou fait, quelque chose qui avait détruit le lien de compréhension ténu qui commençait à se tisser entre nous. Je n'avais pas la moindre idée de ce que cela pouvait être. A moins que...

— L'Anglais, dis-je. Cet homme existe bel et bien, n'est-ce pas ? Vous connaissez son existence. Peut-être même le connaissez-vous. Cet homme vous inspire-t-il de la crainte ? Si tel est le cas, Emerson et moi vous cacherons dans nos ombres. Est-il votre amant ? L'amour est une fleur fragile, Sitt Ayesha. Les hommes la foulent aux pieds quand le souffle froid du danger vient à faner ses pétales.

— Tous les hommes, sitt ? Même le vôtre ?

Elle cracha littéralement ces mots.

— Vous vous méprenez sur...

— Vraiment ? Vous inventez des contes à dormir debout sur un lord anglais assassin — c'est une histoire divertissante, Sitt Hakim, mais ce n'est pas le véritable motif de votre visite. Vous êtes venue me demander si effendi Emerson est infidèle. Qui, mieux que moi, peut lire dans votre cœur ?

— Nombre de gens, répondis-je froidement. Regardez-moi, Ayesha. Si vous pouvez lire dans mon cœur — ou sur mon visage, qui est un guide plus accessible — vous verrez que jamais, pas un instant, je n'irais douter d'Emerson. Nous ne faisons qu'un, et ce pour toujours.

— Mais je l'ai connu autrefois, ronronna-t-elle. J'ai connu la force de ses grands bras, le contact de ses lèvres, ses caresses. Est-il toujours...

J'espère et je crois n'avoir point trahi, ni par le geste ni par l'expression, les sensations qui m'étreignaient

— des sensations qui ne méritent pas d'être rapportées ici, pas plus que les phrases qu'employa alors Ayesha, accompagnant ses mots de gestes crus de ses fines mains brunes et de son corps ondulant. Pourtant, son désir de me blesser causa sa perte. Dans son excitation, elle s'avança progressivement, au point que son visage en arriva presque à toucher le mien, et que la lumière de la lampe à pétrole, pour la première fois, illumina ses traits. Ni le voile transparent, ni l'épaisse couche de fard, ne pouvaient dissimuler la blessure irrégulière qui lui avait entaillé la joue jusqu'à l'os, y laissant une cicatrice violacée.

Trop tard, elle s'avisa de son erreur. Elle s'interrompit, étouffant un cri, et se recula dans les ombres.

L'espace d'un moment, je fus incapable de parler. La colère, le dégoût et — oui — la pitié m'étouffaient. Refrénant ces émotions avec mon efficacité coutumière, je m'éclaircis la gorge.

— Vous me pardonnerez si je m'abstiens d'imiter votre franchise, madame. Ce qui se passe entre mon époux et moi-même est d'ordre privé. Je puis vous assurer, toutefois, que je n'ai nullement à me plaindre sur ce plan-là — ni sur aucun autre — et que mon cher Emerson partage mes sentiments.

L'une de ses mains jaillit et me saisit par le poignet, ses longs ongles vernis s'enfonçant douloureusement dans ma chair.

— Est-il donc impossible de vous émouvoir, espèce d'Anglaise frigide ? Que puis-je faire pour vous blesser ? Vous êtes de glace, vous êtes de pierre ! Quels pouvoirs magiques possédez-vous, pour avoir conquis un tel homme et le garder ?

— Je n'en ai aucune idée, admis-je. Néanmoins, il y a beaucoup de qualités, autres que la beauté physique, qui peuvent attirer l'un vers l'autre deux individus de sexe opposé et cimenter les liens de l'affection conjugale. Peut-être aurez-vous un jour la chance d'en faire l'expérience. Je vous le souhaite sincèrement. Ce qui me ramène au lord anglais...

— Quel lord anglais ? Ce personnage n'existe pas. — Elle rejeta ma main avec violence. — Laissez-moi, Sitt Hakim. Je ne puis vous vaincre. Je ne puis même pas vous combattre à armes égales, car vous possédez des armes qui dépassent mon entendement. Laissez-moi.

Je me levai (avec moins de grâce qu'elle, peut-être, mais sans effort).

— Très bien dis-je. Je n'espérais pas que vous seriez disposée à vous confier à moi dès ma première visite.

— Première...

— Veuillez garder à l'esprit que je me tiens prête à vous aider par tous les moyens possibles. La vie que vous menez ne saurait vous rendre heureuse. Vous devriez envisager de vous retirer à la campagne. Il n'est rien de plus apaisant, pour une âme blessée, que la solitude et la contemplation de la nature...

Ayesha roula sur le flanc et enfouit son visage dans les coussins. Interprétant cela comme le signe que la conversation était terminée, je gagnai la porte.

— Souvenez-vous de ce que j'ai dit. Envoyez-moi chercher à tout moment.

— Sitt Hakim...

Elle ne bougeait pas. Sa voix était étouffée, altérée.

— Oui ?

— Vous reconnaîtrez mon messager si jamais il vient. Mais je ne promets pas qu'il viendra.

— Je l'espère, en tout cas.

— Sitt Hakim ?

— Oui.

— Avant la nuit dernière, je n'avais pas revu effendi Emerson depuis bien des années. C'est en Egypte que je l'ai connu, pas en Angleterre. Il n'est jamais venu me voir ici.

— Ah, vraiment ? Eh bien, je pense qu'il le fera sous peu.

Cette fois, elle ne me rappela point.

Après que la bonne m'eut rendu ma cape, je traversai Park Lane et trouvai un siège dans le parc, face à la maison que je venais de quitter. Emerson viendrait-il ? Je n'en étais pas certaine. Ma flèche du Parthe m'avait été dictée par le ressentiment et le désir d'apparaître futée (car il m'arrive, même à moi, de succomber à ce genre de défauts. Et, compte tenu de la provocation, j'estimais au total m'être fort bien comportée).

C'était bien Emerson, j'en étais sûre, que j'avais vu entrer à Scotland Yard. Sachant que j'avais l'intention de m'y rendre, il avait probablement attendu de me voir partir. Eût-il attendu un peu plus longtemps que je ne l'aurais pas aperçu, mais Emerson est ainsi fait : l'impatience est sa plus grande faiblesse.

« Un prêté pour un rendu, professeur Emerson ! » me dis-je. J'allais attendre un moment, moi aussi, pour voir si mon mari suivait la même piste que moi. Mais peut-être pas pour les mêmes raisons...

Je n'étais pas assise depuis bien longtemps lorsque je vis un cab s'arrêter et Emerson en descendre d'un bond. Dès qu'il fut entré dans la maison, je pris la précaution de héler un autre cab ; je montai dans le véhicule et enjoignis au cocher d'attendre. L'absence d'Emerson ne dura même pas cinq minutes. Il sortit plus précipitamment encore qu'il n'était entré et resta sur le trottoir à scruter les environs d'un air soupçonneux. De toute évidence, Ayesha lui avait fait part de ma visite et il craignait que je ne rôdasse dans les parages.

J'ordonnai à mon cocher de partir. L'œil collé contre la petite fenêtre sale, je regardai Emerson traverser la rue et sillonner le parc en tous sens. Je le vis engagé dans une altercation avec une dame à peu près de ma taille, coiffée d'une capote à l'ancienne mode, en forme de pelle, qu'il avait tenté de lui enlever. Puis le cab tourna dans Upper Brook Street et je le perdis de vue.

Il est impossible d'exprimer pleinement les émotions qui se mêlaient en moi à la suite de mon entretien avec Ayesha (surtout dans les pages d'un journal qui pourrait fort bien être publié un jour — non sans un grand nombre de coupes préalables, cela va sans dire). Mon cerveau était un bouillonnant chaudron de spéculations.

Si Ayesha avait dit vrai, je n'avais aucun reproche à adresser à Emerson. Il eût été malvenu de lui tenir rigueur d'actes, de paroles, de pensées ou de sentiments antérieurs à ce moment inoubliable où il s'était donné à moi, corps et âme, pour le meilleur et pour le pire.

Mais avait-elle dit vrai ? Pauvre beauté saccagée, elle avait toutes les raisons de me mentir et pas la moindre de me rassurer. Je me demandai si elle avait éprouvé à mon endroit la même compassion réticente que j'avais ressentie pour elle. Nous avions, en sus d'Emerson, quelque chose en commun (et j'avoue en toute franchise que, pour sensé que fût mon raisonnement sur ce sujet, ma réaction émotionnelle ne me faisait point honneur). Elle était une femme de caractère, qui avait surmonté des obstacles plus grands encore que ceux auxquels j'avais dû faire face. A en juger d'après sa physionomie, elle avait du sang anglais ou européen dans les veines. Une métisse — car tel est le terme chargé d'opprobre — supporte un double fardeau : elle est méprisée par la famille de sa mère, n'est pas reconnue par celle de son père. Ajoutez à cela la situation des femmes dans son pays — encore plus indigne que celle des femmes dans l'Angleterre dite « éclairée » — et je ne pouvais guère la blâmer de recourir au seul moyen possible pour échapper au gouffre dégradant du semi-esclavage qui eût été son destin si elle avait suivi le parcours conventionnel de toute Egyptienne : mariage précoce, grossesses successives, ennui, misère et mort prématurée.

Ayesha était une femme intelligente mais, dans son agitation, elle avait commis un petit impair. Restait à savoir jusqu'à quel point il était significatif. En tout cas, il m'avait ouvert de nouveaux horizons que j'entendais bien explorer.

De retour à la maison, j'appris que j'avais manqué Mr. O'Connell. Il était resté un certain temps — « à tourner en rond dans le salon en parlant tout seul », selon Gargery — avant d'abandonner sa quête, mais il avait laissé un mot. Bien que celui-ci me fût adressé, certains des reproches qui y étaient formulés visaient manifestement Emerson.

— Eh bien ! dis-je en jetant le billet de côté, je suis navrée de constater que Mr. O'Connell est si mauvais perdant. Il m'a joué des tours plus pendables que celui-là. En amour, à la guerre et dans le journalisme, Gargery, tous les coups sont permis.

— J'ai pris la liberté de faire une remarque en ce sens à Mr. O'Connell, mais ce n'était pas formulé aussi bien que madame l'a fait. Le professeur et madame ont une façon saisissante d'exprimer les choses, si je puis me permettre de le dire.

A l'heure du thé, Emerson n'était toujours pas rentré. Après avoir attendu un quart d'heure supplémentaire, j'ordonnai qu'on servît le thé et annonçai à Mrs. Watson qu'elle pouvait faire descendre les enfants. Percy et Violet furent les premiers à apparaître. Ils étaient tous deux impeccables, mais la robe de Violet — trop serrée dans le dos, au grand dam des boutons — me rappela le sermon que j'avais eu l'intention de lui faire. Je passai à l'acte et l'informai que, désormais, elle n'aurait droit qu'à un biscuit ou à une tranche de cake pour le goûter. Ayant avalé gloutonnement sa ration autorisée et tenté en vain de me fléchir, elle se retira dans un coin, enfermée dans un silence boudeur.

Percy avait décidé, les papillons étant en nombre insuffisant à Londres, de commencer une collection de scarabées. Il entreprit de tout me raconter par le menu, et je confesse que la venue de Ramsès fut pour moi un tel soulagement que je l'accueillis avec une affection plus marquée qu'à l'ordinaire, nonobstant le fait qu'il empestait quelque affreux produit chimique qui avait troué son pantalon en plusieurs endroits.

— J'ai pratiqué des tests sur l'ouchebti, maman, expliqua-t-il en me tendant l'objet. Je suis convaincu, à présent, qu'il est authentique. La colle ancienne brûle à la flamme jaune, tandis que les imitations modernes...

— Je te crois sur parole, Ramsès, l'interrompis-je. Je n'ai jamais douté de l'authenticité de l'ouchebti.

— Votre instinct était correct, maman, répondit-il avec une ineffable condescendance. Toutefois, j'ai jugé opportun de pratiquer ces tests dans la mesure où, comme vous le savez sans doute, les ouchebtis royaux ne sont pas légion, même dans les musées.

Percy eut un rire juvénile.

— Tu es vraiment un drôle de gars, Ramsès. Incroyable de savoir tout ça !

Il donna à Ramsès un coup de coude taquin. Voyant que Ramsès se préparait à le lui rendre, je dis d'un ton sec :

— Ne vous disputez pas, les enfants. Ramsès, viens t'asseoir à côté de moi. Et donne-moi cet ouchebti, je ne tiens pas à ce qu'il se casse.

Ramsès obtempéra. Je m'écartai subrepticement de lui, car son odeur ne s'améliorait pas avec la proximité.

— Il s'agit donc d'un ouchebti royal ? Je le pensais bien, mais je n'avais pas lu l'inscription.

— Men-maat- Rê Sethos Mer-en-Ptah, dit Ramsès. C'est une coïncidence intéressante, maman. Le nom de Sethos ne nous est pas inconnu.

— Tu as malheureusement raison.

— Il n'est pas possible, je présume, que nous soyons de nouveau engagés dans un duel d'astuce avec ce mystérieux génie du crime, ce maître du déguisement, le Maître...

— J'espère bien que non, Ramsès. Et je ne saurais trop te conseiller de ne pas répéter devant ton cher papa les expressions que tu viens d'employer.

— Je m'en garderai bien, maman, ayant observé

que les allusions de ce genre mettent papa dans un état de fureur qui outrepasse ses manifestations ordinaires d'irritabilité. Je n'ai jamais très bien compris pourquoi.

— Parce que Sethos nous a échappé, voilà pourquoi.

Ramsès acquiesça gravement.

— Cette possibilité m'avait effleuré, mais elle n'explique pas entièrement le caractère singulier de la fureur de papa. Certes, le gredin a eu l'impudence de vous retenir captive, maman, et l'attachement de papa à votre endroit est si grand que l'on peut comprendre son désir bien naturel d'assouvir sa vengeance sur un individu qui a menacé votre vie...

— Précisément, Ramsès. Il éprouverait les mêmes sentiments si tu avais été retenu captif.

— Et pourtant, insista Ramsès, il y a un élément, indéfinissable et néanmoins persistant, qui m'échappe. Par exemple, maman, la lettre laissée par Sethos contenait plusieurs phrases inexplicables. Il semblait vous rendre responsable des actes criminels qu'il envisage de commettre à l'avenir. La conclusion évidente est que vous avez refusé de faire une certaine chose qui l'aurait détourné de ses nuisibles projets. Toutefois, je n'imagine pas ce que cela peut être.

— Non ? fis-je en exhalant un long soupir de soulagement. Eh bien ! Dieu merci, il y a encore des choses... Peu importe, Ramsès. Nous n'entendrons plus parler de Sethos, j'en ai la conviction. La présente affaire ne porte pas sa griffe caractéristique. D'autre part, ajoutai-je en jetant un coup d'œil à Percy, je préférerais ne pas discuter de ce sujet.

A vrai dire, Percy ne prêtait aucune attention à la conversation. Il avait sorti de sa poche un objet qu'il examinait avec un sourire satisfait : une très belle montre, apparemment en or massif. Je m'apprêtais à faire remarquer qu'un garçon de son âge était trop jeune pour posséder un tel bijou quand celui-ci me parut familier.

— On dirait ta montre, Ramsès. Celle que miss Debenham t'a offerte.

Le sourire de Percy s'élargit.

— C'est bien la montre de Ramsès, tante Amelia. Plus exactement, *c'était*. Il me l'a donnée pour mon anniversaire.

Le visage de Ramsès était, si possible, encore plus inexpressif que d'ordinaire. Il avait pourtant paru enchanté de cette montre, qu'Enid Debenham (aujourd'hui Enid Fraser) avait tenu à lui offrir, et que j'avais mise de côté en attendant qu'il fût suffisamment grand et soigneux pour la porter. Il s'en était apparemment lassé, à moins que son attachement pour la jeune demoiselle n'eût faibli après le mariage d'icelle, que Ramsès n'avait point approuvé.

— Tu n'aurais pas dû te défaire d'un cadeau donné par une amie, Ramsès, lui dis-je.

Aussitôt, Percy me tendit la montre.

— Je n'avais pas pensé à cela, tante Amelia. Vraiment, je suis désolé. Tenez, Ramsès n'a qu'à la reprendre.

— Non. S'il te l'a donnée, elle est à toi. Son geste partait d'un bon sentiment. Néanmoins, c'est un objet trop précieux pour un petit garçon. Je vais la mettre de côté et je la confierai à ta maman quand elle viendra vous chercher.

— Certainement, tante Amelia. J'avais d'ailleurs l'intention de vous le demander. Je voulais juste la porter un petit moment, parce qu'elle est très belle et parce que... c'est aujourd'hui mon anniversaire.

Son désappointement était évident, mais il s'était si bien comporté que j'eus pitié de lui.

— J'ignorais que ce fût ton anniversaire, Percy. Nous devons absolument fêter cela. Si nous sortions demain ? Où aimerais-tu aller ?

Violet sortit de sa léthargie :

— Si Percy a un gâteau d'anniversaire et plein de choses à manger pour le goûter, est-ce que je pourrai avoir deux parts de gâteau ? Ou trois ?

— Nous verrons, répliquai-je brièvement. C'est l'anniversaire de ton frère, c'est à lui de décider de ce qu'il veut faire. Réfléchis à la question, Percy, et fais-moi connaître ta réponse demain matin.

Les lèvres de Percy frémirent.

— Oh ! tante Amelia, vous êtes si bonne et généreuse ! Merci, merci infiniment. Et à toi aussi, cousin Ramsès, pour la magnifique montre.

Il donna à Ramsès une tape amicale sur l'épaule. Ramsès lui rendit la politesse. Quoiqu'il fût encore assez tôt, je renvoyai chacun dans sa chambre.

J'avais décidé de m'habiller pour le dîner. L'honnêteté m'oblige à reconnaître que j'avais pris ce parti dans le seul but de contrarier Emerson, qui déteste précisément s'habiller pour le dîner. Accoutumée comme je l'étais au style décontracté que nous pratiquions à la maison, j'oubliais toujours que, dans la plupart des demeures aristocratiques, on observait des horaires très stricts (qui, parfois, semblaient établis davantage pour la commodité du personnel que pour celle des maîtres). C'est ainsi que, en ouvrant la porte de ma chambre, je surpris l'une des bonnes accroupie devant la cheminée.

Elle poussa un cri aigu et se recroquevilla en boule. Avant même que j'eusse pu la rassurer, Mrs. Watson accourut, l'air fâché. Elle était fâchée contre moi, parce que j'étais montée de bonne heure — mais, comme elle ne pouvait pas le dire, elle entreprit de tancer la servante.

— Vous auriez dû finir d'allumer le feu avant l'arrivée de Mrs. Emerson. A présent, courez en bas chercher l'eau chaude.

La fille détala sans demander son reste.

— Rien ne presse, madame Watson, lui assurai-je. Je suis en avance. Le professeur a-t-il précisé quand il rentrerait ?

— Non, madame, mais il ne va certainement pas tarder, car il a toujours la délicatesse de me prévenir quand il prévoit d'être en retard pour le dîner. Dois-je dire à la bonne d'attendre le retour du professeur pour monter l'eau chaude ?

Comme tant d'autres « commodités » modernes, le dispositif qui avait été installé dans le but de produire de l'eau chaude tombait sans arrêt en panne, au point qu'Evelyn en était revenue aux bonnes vieilles coutumes d'autrefois. J'informai Mrs. Watson que je n'attendrais pas mon mari, puis je m'assis, les pieds posés sur le pare-feu. Il commençait à pleuvoir et la soirée était fraîche.

J'avais décidé de ne faire aucune allusion à ma visite à Ayesha et de ne pas montrer, par un quelconque changement d'attitude, que cette entrevue avait eu lieu. Emerson savait forcément que j'y étais allée. C'était à lui d'aborder le sujet. S'il avait la conscience nette, il le ferait. Après tout — me répétai-je — il n'avait pas de comptes à me rendre pour ses faits et gestes antérieurs à notre rencontre. Je savais que pas une fois, depuis ce moment-là, son dévouement n'avait failli. Oui, je le savais car ma confiance en lui était absolue, et aussi parce qu'il n'avait pas eu tant d'occasions. Du moins, pas quand nous étions en Egypte. Du moins...

Il y avait bien eu des fois où Abdullah et lui étaient partis ensemble, censément pour visiter le village du *raïs,* près du Caire. Abdullah n'aurait pas hésité à mentir pour protéger l'homme qu'il admirait par-dessus tout.

Ayesha affirmait qu'Emerson n'était jamais allé la voir en Angleterre. Mais elle n'avait pas précisé *quand* elle était arrivée en Angleterre, et elle ne m'avait pas donné l'impression d'une femme prête à mourir sur le bûcher plutôt que de proférer un mensonge. Durant les années où nous avions vécu dans le Kent, avant de reprendre nos fouilles, Emerson allait souvent passer la journée — voire plusieurs jours d'affilée — à Londres. A l'époque, il donnait des conférences à l'University College et travaillait dans la salle de lecture du British Museum. Aucune de ces deux activités ne suffisait à occuper une journée entière.

Arrachée à mes sombres pensées par un curieux grincement, je regardai tout autour de moi avant de m'apercevoir que le bruit provenait de ma personne — plus exactement, de mes dents. Je détendis mes mâchoires et me remémorai les excellentes résolutions que j'avais prises. Je ne ferais pas insulte à mon bien-aimé conjoint en glissant des allusions, fussent-elles indirectes, à d'aussi injustes soupçons. Non, j'attendrais qu'il abordât de lui-même le sujet d'Ayesha. Ce serait naturel qu'il le fît. Dans le cas contraire, ce serait anormal. En raison du départ précipité d'Emerson, le matin même, et de son absence prolongée, nous n'avions pas eu le loisir de discuter de notre aventure de la nuit précédente, ni de spéculer, selon notre agréable coutume, sur les diverses théories et solutions. Il serait extrêmement étrange, eu égard aux circonstances, que le nom d'Ayesha ne fût point prononcé.

*
* *

Emerson nourrit la touchante illusion qu'il est capable de marcher sur la pointe des pieds. En réalité, il fait autant de bruit en marchant sur la pointe des pieds qu'en marchant normalement, et je l'entendis arriver bien avant qu'il n'eût atteint la porte. Il resta un bon moment sur le palier. Il réfléchissait, j'en suis sûre, à l'approche qu'il allait adopter, et j'attendis avec intérêt de voir le résultat.

Ouvrant toute grande la porte, il se dirigea droit vers moi et me souleva de mon siège dans une affectueuse étreinte.

— Vous êtes très en beauté ce soir, Peabody, murmura-t-il. Ce fourreau que vous portez... il doit être nouveau, il vous sied à ravir.

— Ce n'est pas un fourreau mais une robe de cocktail, répondis-je lorsque je fus en mesure de parler. Celle-là même que je portais hier soir et en plusieurs occasions précédentes. Je la porte parce que... Oh,

Emerson ! C'est l'une des raisons, certes, mais... Emerson...

Je ne saurais décrire les efforts qu'il m'en coûta pour mettre un terme aux démonstrations d'affection de mon époux, que facilitait la coupe de ma robe de cocktail. Mais je commençais à soupçonner les véritables motifs d'Emerson, et le ressentiment affermit ma volonté. Je battis en retraite derrière mon fauteuil et déclarai avec sévérité :

— Je suis sur le point de me changer pour le dîner, et j'entends que vous fassiez de même. Je suppose que l'eau chaude est maintenant tiède. Si vous ne faites pas diligence, elle sera froide.

— Je ne me changerai pas pour le dîner, dit Emerson.

— Certainement si.

— Certainement pas.

— Bon... dans ce cas, je ne me changerai pas non plus.

L'expression de ravissement qui se peignit sur le visage d'Emerson aurait dû me faire honte, mais je suis au regret de dire qu'il n'en fut rien. J'enchaînai :

— Vous n'avez qu'à mettre cette superbe veste d'intérieur que je vous ai achetée au Caire — vous savez, celle que vous avez juré de porter uniquement quand vous serez sur votre lit de mort.

— Hmmm, fit Emerson. Seriez-vous fâchée, pour quelque raison que j'ignore, Peabody ?

— Fâchée ? Moi ? Quelle idée, mon cher Emerson ! Et mettez aussi le petit fez qui va avec.

— Crénom, Peabody, est-ce bien nécessaire ? Le maudit pompon me rentre sans arrêt dans la bouche.

Gargery admira beaucoup la veste d'intérieur, ce qui améliora légèrement la disposition d'esprit d'Emerson. Il admira encore davantage le fez, si bien qu'Emerson, avec un regard de défi à mon adresse, l'ôta de sa tête et en fit don au majordome.

— Et maintenant, Peabody, dit-il lorsque Gargery se fut retiré avec son trophée, assez de coups fourrés, hein ? Soyez franche avec moi. Qu'est-ce qui vous contrarie ? Les enfants ont-ils été particulièrement odieux aujourd'hui ?

— Pas plus que d'habitude, Emerson, merci de vous en soucier. Violet boude parce que j'ai réduit sa consommation de bonbons ; en revanche, les relations semblent s'améliorer entre Ramsès et Percy. Ramsès a testé l'ouchebti et le déclare authentique.

— Je savais bien qu'il l'était, Peabody.

— Moi de même, Emerson.

Il se servit de choux de Bruxelles.

— Vous n'avez pas eu de nouvelles, je suppose, de votre estimable frère ni de sa femme ?

— Non, pas encore.

— C'est fichtrement bizarre, Peabody. Cette péronnelle aurait pu avoir la courtoisie élémentaire d'écrire pour vous remercier et s'enquérir des enfants.

— Elle est sous surveillance médicale, je crois. Peut-être son docteur le lui a-t-il interdit.

— Et le cher James est en haute mer, hors de notre portée, maugréa Emerson. Comment avez-vous bien pu hériter de parents si détestables...

— Au moins n'ont-ils pas honte de montrer leur visage, répliquai-je. Quoique, pour être honnête, je dois avouer qu'ils feraient mieux de s'en abstenir. Vous rendez-vous compte, Emerson, que je ne connais pas un seul membre de votre famille, à l'exception de Walter ? Votre mère n'a même pas eu la courtoisie d'assister à nos noces.

— Estimez-vous sacrément heureuse qu'elle ne l'ait pas fait ! repartit Emerson en plantant violemment sa fourchette dans sa côtelette de mouton. Pardonnez-moi, Peabody. Je vous l'ai dit, elle m'a rejeté voici des années...

— Mais vous ne m'avez jamais dit pourquoi.

Emerson posa son couteau sur la table avec fracas.

— Pourquoi diable parlons-nous de nos parentèles respectives ? Vous me cherchez noise, Peabody.

— C'est vous qui avez abordé le sujet, Emerson.

— Peabody... ma Peabody chérie... dit-il d'une voix calmée, enjôleuse. Nous n'avons pas besoin de nos fichues familles. Vous, moi et Ramsès... tous pour un et un pour tous, hmm ? A présent, racontez-moi ce qui s'est passé aujourd'hui.

— Attendez voir... Ah ! oui, j'oubliais. Vous avez manqué Mr. O'Connell. Moi aussi, d'ailleurs. Il a laissé un message.

— Je sais, je l'ai lu. — Les lèvres d'Emerson se retroussèrent. — Je ne vois pas de quoi il se plaint, il a battu tous ses concurrents avec son article sur les ouchebtis maléfiques (même s'il a mal orthographié le mot). Six autres personnes en ont reçu : Petrie, Griffith, le directeur du Museum...

— Je sais tout cela, Emerson. J'ai lu, moi aussi, la prose de Mr. O'Connell. Cependant, par votre faute, il a manqué une histoire plus croustillante, et ses employeurs risquent de lui en tenir rigueur.

— Bien fait pour lui. Voilà qui lui apprendra à ne pas boire excessivement et à se méfier des égyptologues accommodants.

— Je le souhaite de tout cœur, Emerson.

Je m'attaquai à mes choux de Bruxelles. Emerson chipota en m'observant du coin de l'œil.

— Aimeriez-vous discuter de l'affaire, Peabody ?

— Ma parole, Emerson, que vous arrive-t-il ? dis-je avec un petit rire. Combien de fois avez-vous répété que, primo, il n'y avait pas d'affaire, et que secundo, nous ne devions pas nous en mêler ?

— Je n'ai jamais rien dit de tel ! protesta Emerson, avec une telle sincérité que je l'aurais cru si je ne l'avais entendu, de mes propres oreilles, tenir les propos incriminés. Enfin... il y a indiscutablement une affaire — de quelle nature, je l'ignore — et, par conséquent, je propose que nous en discutions. Pour ce qui est de ne pas s'en mêler... qui a eu la bonté de vous emmener dans une fumerie d'opium la nuit dernière, Peabody ?

— C'était généreux de votre part, Emerson.

— En effet, Peabody.

— Mais vous avez cédé uniquement parce que vous saviez que j'irais de toute manière.

— Humph ! Bon, voulez-vous en parler, oui ou non ?

— Certainement, Emerson. Passons-nous dans la bibliothèque, ou préférez-vous rester à table afin que Gargery puisse se joindre à la conversation ?

Le sarcasme était si subtil qu'il passa bien au-dessus de la tête de Gargery, qui sourit avec reconnaissance. Emerson se renfrogna.

— La bibliothèque, donc. Vous permettez, n'est-ce pas, Gargery ?

— Emerson, grinçai-je entre mes dents.

— Oui, Peabody. Tout de suite.

Son changement d'attitude était atterrant : pas d'emportement, pas de protestation, rien qu'un acquiescement courtois. Cela augurait bien mal de la confidence que j'attendais, mais je n'abandonnai pas tout espoir. Si Emerson passait aux aveux et s'en remettait à ma clémence — ou, mieux encore, s'il se confessait et me disait ensuite que cela ne me concernait fichtrement pas — nous pourrions alors aplanir la difficulté et passer à autre chose. Mais la confidence devait venir de lui. Le nom fatidique devait franchir en premier le seuil de ses lèvres.

Nous nous installâmes au coin du feu.

— Eh bien, Peabody ? Désirez-vous commencer ?

— Non, merci, Emerson.

— Ah ! Dans ce cas... hmmm. Nous avons pour le moment (car qui sait ce que demain nous réserve ?) trois groupes d'individus différents et apparemment distincts. Primo, ceux qui ont un lien avec le British Museum : Oldacre et le veilleur de nuit, Wilson, Budge et les savants qui ont reçu les ouchebtis. Secundo, la... euh... la filière égyptienne, pour reprendre votre expression.

Il observa une pause. J'attendis, le cœur battant, de

voir s'il allait entrer dans les détails. Au lieu de quoi il feignit de toussoter avant de poursuivre :

— Tertio, les aristocrates dissolus. Il nous incombe, je crois, de déterminer si deux d'entre eux, voire les trois, sont impliqués d'une façon ou d'une autre.

« Ces maudits aristocrates ont un lien évident avec le Museum, de par le don de la momie et l'intérêt que professe Lord St. John pour l'archéologie. Ils ont également un lien avec le trafic d'opium et, par là même, peut-être, avec le groupe numéro deux. Toutefois, il y a à Londres un grand nombre de fumeries d'opium, tenues pour la plupart par des Chinois ou des Indiens. Rien n'indique que Lord Liverpool se procure son opium par l'intermédiaire d'un Egyptien.

— Hormis la remarque que nous avons entendue sur les « mécréants », dis-je froidement.

— Des Anglais fréquentent ces antres du vice. Nous en avons vu plusieurs la nuit dernière.

Et ce n'était pas tout ce que nous avions vu, la nuit dernière. Allait-il, à présent... ?

Non.

— Le prêtre détraqué ne constitue pas à proprement parler un quatrième groupe, puisqu'il est seul de son espèce. Quels sont ses liens éventuels avec l'un ou l'autre des susmentionnés — à moins qu'il ne soit un facteur totalement extérieur ?

Je me levai, avec dignité, du fauteuil dans lequel j'étais assise.

— Je ne vois pas l'utilité de poursuivre cette discussion, Emerson. Nous ne disposons pas d'informations suffisantes pour échafauder une opinion, encore moins une théorie. Je dois travailler à l'article que m'a demandé la Société pour la Sauvegarde des Monuments de l'Egypte Ancienne.

— Ah ! fit Emerson. Vous... vous n'avez rien à ajouter à ce que j'ai dit, Peabody ?

— Rien. Et de votre côté, vous n'avez rien à conf... à dire ?

— Euh... je ne pense pas.

— En ce cas, Emerson, je vais vous laisser à votre labeur et commencer le mien.

Emerson alla docilement à son bureau. Il jeta un coup d'œil sur son manuscrit et beugla :

— Damnation !

— Un problème, mon chéri ?

— Un problème ! Par tous les... euh, hmmmm. — L'effort qu'il fit pour sourire déforma ses traits à un point alarmant. — Euh... non, ma chérie. Pas du tout.

O lecteur, mon cœur sombra au tréfonds de moi-même. L'Emerson d'avant aurait tempétueusement arpenté la pièce en jetant ses plumes sur le mur et en me faisant savoir, en termes choisis, ce qu'il pensait de la fieffée prétention dont j'avais témoigné en osant retoucher son œuvre. Ce nouvel Emerson était un homme que je reconnaissais à peine — un homme que je méprisais. Seule la culpabilité, assortie de la peur d'être démasqué, pouvait engendrer une si répugnante civilité.

Emerson se remit au travail. Des grondements étouffés et le tressaillement convulsif de ses larges épaules trahissaient les sentiments qu'il n'osait exprimer à haute voix. Je ne pus me concentrer sur mon article, bien qu'il me restât seulement quinze jours avant ma causerie. Comment pouvais-je évoquer la chambre funéraire inondée de la Pyramide Noire sans me rappeler certains des moments les plus délicieusement tendres de ma vie conjugale, quand Emerson et moi-même avions fait le vœu de périr dans les bras l'un de l'autre ?

Je crois que mes lèvres tremblèrent de manière incontrôlable — mais brièvement, car je maîtrisai aussitôt mon émotion. De nouveau, je me promis de faire en sorte que, à aucun moment, une interrogation ou un reproche ne viennent souiller ces lèvres qui ne s'étaient jamais jointes à celles d'un autre que mon époux (quoique, une ou deux fois, il s'en était fallu de peu). Je décidai, pour me distraire, de prendre quelques notes personnelles sur l'Affaire du British Museum.

Par le passé, j'avais eu l'occasion d'expérimenter plusieurs méthodes en vue d'ordonner mes idées. Je ne les avais pas trouvées concluantes, sans doute parce que mon cerveau fonctionne trop rapidement pour être aisément ordonné. Je résolus d'essayer une nouvelle technique, en écrivant d'abord les questions qui demeuraient sans réponse et, en regard, un possible moyen d'approche. Pour ce faire, je divisai une feuille de papier en deux colonnes égales, puis j'intitulai la première QUESTIONS et la seconde MARCHE A SUIVRE.

La première question, par ordre chronologique, concernait la mort du veilleur de nuit, aussi écrivis-je :

1. « Qui est Ayesha, et où et comment Emerson l'a-t-il connue ? Interroger Ayesha... »

Les mots n'étaient pas ceux que j'avais eu l'intention d'écrire. Je les biffai.

Emerson leva la tête de son manuscrit.

— Votre plume aurait besoin d'être réparée, ma chérie.

— Merci de me le faire remarquer, Emerson.

Je repris au début.

1. « Le veilleur de nuit est-il décédé de mort naturelle ? » A côté, j'écrivis : « Demander au ministre de l'Intérieur de faire exhumer le corps ? »

Je ponctuai la phrase d'un point d'interrogation, car je doutai fort que le ministre de l'Intérieur, qui n'était après tout qu'un homme, répondît favorablement à cette requête — pourtant raisonnable — sans avoir de preuves plus concluantes d'un homicide éventuel.

2. « Quelle est la signification, s'il y en a une, des débris insolites découverts près du corps ? »

La procédure évidente à suivre, dans ce cas précis, était de demander à Mr. Budge quand la salle avait été balayée pour la dernière fois. Les débris pouvaient aussi bien être des détritus accumulés depuis des jours ou des semaines (voire des mois, d'après la conception du ménage que semblait avoir Budge).

3. « Les éclaboussures de liquide sombre étaient-elles du sang humain ? »

Se renseigner auprès de l'inspecteur Cuff ? J'en avais bien l'intention, sans me bercer d'illusions sur les résultats. La police, dans son ineptie, n'avait peut-être même pas remarqué lesdites éclaboussures, et l'inspecteur Cuff ne me dirait peut-être pas la vérité.

Je ne voyais pas d'autres questions se rapportant au veilleur de nuit. Je passai donc à l'épisode suivant, c'est-à-dire au meurtre de Mr. Oldacre.

4. « Se droguait-il ? Dans l'affirmative, était-il un habitué de la fumerie d'opium que nous avons visitée ? »

Demander à l'inspecteur Cuff. En espérant que, pour une fois, il s'abstiendrait de faire des sourires et des courbettes et répondrait simplement à la question.

Ou alors — judicieuse idée ! — demander à Mr. Wilson. Il avait connu la victime. Miss Minton, qui semblait savoir tout ce que savait Mr. Wilson, était une autre source d'information à envisager. En fait, dans la mesure où elle était une femme, il convenait de m'adresser à elle en priorité, car j'avais plus de chances d'obtenir d'elle une réponse sensée.

5. « Etait-il un maître chanteur ? Qui faisait-il chanter, et pour quel délit ? »

Il était hautement improbable que l'inspecteur Cuff répondît à ces questions, même s'il en connaissait les réponses. Là encore, Mr. Wilson et miss Minton pourraient se révéler utiles.

6. « Qui est le déséquilibré en peau de léopard ? » La solution évidente consistait à prendre le chenapan en flagrant délit, mais ce n'était pas aussi simple qu'il y paraissait. Emerson avait déjà tenté et échoué ; après l'émeute au Museum, le vaurien risquait fort de ne plus se montrer en public. Alors ? L'attirer hors de son repaire et lui tendre un piège ? Mais comment ?

Aucune idée valable ne me venant à l'esprit, je laissai cette question en suspens et passai à la suivante.

7. « Qui a envoyé les ouchebtis à Emerson et aux autres ? Est-ce le même déséquilibré ? » Je ne voyais pas quelle procédure adopter pour éclaircir ce point, mais j'inclinais à croire que la réponse était oui. Jusqu'à présent, le déséquilibré n'avait commis aucun acte de violence. L'avertissement des ouchebtis portait la même empreinte que le manège du « prêtre » au British Museum : sinistre en apparence, inoffensif dans la réalité. A l'instar de Ramsès, je tendais de plus en plus à penser que l'inconnu n'était nullement un dément, mais un homme doté d'un humour très particulier — et de moyens importants. Comme l'avait souligné Ramsès (maudit gamin !), il n'était point facile de se procurer des ouchebtis royaux.

Le poids des indices, en l'état, semblait désigner Lord Liverpool ou Lord St. John, ou un membre de leur « cercle ». Il existe cependant en Angleterre bien des collections d'antiquités privées, ceci grâce au pillage éhonté des sites du Proche-Orient par des marchands sans scrupules et des touristes désœuvrés. Ou alors, peut-être le « prêtre » avait-il dérobé les statuettes au Museum. Il semblait bien connaître les lieux et, compte tenu de l'organisation déplorable du musée, il y avait probablement des centaines d'objets oubliés dans les caves poussiéreuses comme dans les réserves. Par sa connaissance de l'Egypte ancienne, le « prêtre » me faisait l'effet d'un érudit plutôt que d'un dilettante ; toutefois, j'avais peine à croire qu'une de mes relations pût se comporter de façon si extravagante. Le jeune Mr. Wilson était auprès de nous lorsque le « prêtre » avait fait l'une de ses apparitions. Petrie... Non, certainement pas Petrie : cet homme était totalement dépourvu d'humour.

8. (Je venais juste d'y penser, ce qui expliquait l'absence d'ordre chronologique.) « Y a-t-il eu des circonstances particulières, lors de l'acquisition de la momie, qui puissent expliquer les événements ? » Si improba-

ble que cela parût, la question méritait selon moi d'être explorée, et Lord Liverpool était la source tout indiquée. Il m'avait proposé de lui rendre visite ; pourquoi ne pas répondre à cette invitation ? Et en profiter, tant que j'y étais, pour voir s'il n'y avait pas une vitrine vide ayant pu contenir des ouchebtis.

9. Le comte était un opiomane. « Quelle fumerie d'opium fréquente-t-il ? Ses amis et lui sont-ils les fameux « mécréants » dont parlait l'homme dans le panier à salade ? »

D'une main ferme, j'inscrivis, dans la colonne MARCHE A SUIVRE : « Questionner Ayesha. »

CHAPITRE DIX

Les poètes sont intarissables sur les bienfaits du sommeil, qui a la réputation d'être « une douce chose, affectionnée d'un pôle à l'autre », qui « ravaude le tissu effilé du bien-être » etc., etc., *ad infinitum.* Pour ma part, je l'ai toujours considéré comme une effroyable perte de temps. Il y a tellement de choses intéressantes à faire qu'il me semble fâcheux de passer un tiers de la journée dans un état d'inconscience. Néanmoins, je m'éveillai le lendemain matin dispose et dans un état d'esprit un peu plus joyeux. Le fait de dresser une liste m'avait éclairci les idées et indiqué plusieurs pistes intéressantes. Je m'efforçais de déterminer laquelle explorer en priorité quand Emerson roula sur le flanc et passa son bras autour de moi.

Il dormait toujours. Son mouvement avait été instinctif, inconscient, dicté par l'habitude. Voilà donc ce qu'était devenu notre mariage ? Rien de plus, pour lui, qu'une ennuyeuse routine ? Un gémissement s'échappa de mes lèvres. Sans oser le regarder, je me glissai hors du lit.

Après avoir studieusement examiné ma liste, je me souvins que je ne pourrais rien faire ce jour-là. J'avais promis aux enfants de les sortir pour fêter l'anniversaire de Percy et je n'entendais certes pas revenir sur ma promesse, car je me flatte de toujours tenir parole, même avec des enfants. Néanmoins, ce fut un rude coup. Oserai-je avouer la pensée qui contribua à atténuer ma douleur ? J'en ai honte, mais j'estime devoir la vérité au lecteur. C'était le fait de savoir qu'Emerson en serait encore plus marri que moi.

Je le laissai cependant prendre son petit déjeuner en paix, car je ne suis pas une méchante femme, même lorsqu'on me provoque. Il s'abrita aussitôt derrière son journal et demeura silencieux jusqu'au moment où Percy s'enquit :

— Oncle Radcliffe... à quelle heure devons-nous partir ?

— Où vas-tu donc ? demanda Emerson en le scrutant par-dessus son journal.

Je me mis en devoir d'expliquer :

— C'est l'anniversaire de Percy, Emerson. J'ai promis aux enfants que nous les emmènerions faire une petite sortie, pour fêter l'événement.

Le visage d'Emerson s'allongea.

— *Vous* avez promis ? Mais enfin, Peabody...

— Ils n'ont vu aucune des attractions touristiques de Londres, Emerson. Indépendamment de cette occasion toute particulière, il nous incombe de les familiariser avec les monuments historiques et artistiques de la capitale de leur nation. Nous avons fâcheusement négligé leur éducation la semaine passée...

— Engagez un précepteur, grommela Emerson.

— C'est là un sujet dont j'entends vous entretenir et qui requiert davantage de considération qu'une simple suggestion en l'air. Votre présence, Emerson, rendrait l'aventure beaucoup plus facile — et plus plaisante — pour nous tous.

— Ah ! ma foi, dans ce cas, Peabody... Où souhaitent-ils aller ?

— Au British Museum ! répondit aussitôt Ramsès.

Observant le visage expressif de Percy, je décrétai :

— Cela t'amuserait sans doute, Ramsès, et je suis sûre que cela plairait à ton père, mais c'est à Percy de choisir, puisque c'est son anniversaire. Qu'as-tu décidé, Percy ?

— J'irai où vous jugerez bon de nous emmener,

bien sûr, tante Amelia. Toutefois, si vous n'y voyez pas d'inconvénient... Papa nous a emmenés au musée de cire de Madame Tussaud, l'an dernier, lors de notre séjour à Londres, et c'était drôlement excitant ! Je pense que Ramsès aimerait bien, lui aussi, s'il n'y est jamais allé.

Emerson regarda fixement son neveu. Enfin, son visage s'éclaira et il lâcha un petit rire.

— C'est bien possible, au fond. Mais... ta sœur, mon garçon ? Certains des tableaux...

— Nous éviterons la Chambre des Horreurs, naturellement, intervins-je. Les scènes historiques sont très instructives. Ramsès se consacre beaucoup trop à ses passe-temps morbides ; cela lui fera le plus grand bien de s'instruire sur l'histoire moderne.

— Quelque chose de moderne et de réjouissant... la Révolution Française, par exemple, dit Emerson. Madame Tussaud ne fut-elle pas contrainte par le gouvernement révolutionnaire de modeler les têtes fraîchement coupées qu'on lui apportait de la guillotine ?

— Si fait, mon oncle, et même la tête de la malheureuse reine ! dit Percy avec délectation. Que Madame avait bien connue. Imaginez, mon oncle, quelle abomination !

— Mort, murmura Violet.

En dépit des pensées mélancoliques qui assombrissaient mon humeur, je ressentis un pincement de fierté à la vue de notre famille (temporairement élargie) assemblée dans le hall. Emerson avait consenti à mettre une redingote et un col dur, bien qu'il se plaignît que ce dernier lui irritât la mâchoire. Mes efforts pour le convaincre de compléter par un haut-de-forme l'élégance de sa tenue demeurèrent vains, et je dois avouer que la pipe qui saillait entre ses fortes dents blanches faisait un tantinet bizarre. Quoi qu'il en soit, Emerson a fière allure à n'importe quel moment et dans n'importe quel équipage.

Les garçons portaient un costume marin et une casquette. Le contraste qu'ils formaient n'avait jamais été plus saisissant : Percy d'un côté, avec son teint rose d'Anglais et ses cheveux bruns bien coiffés ; Ramsès de l'autre, avec son indomptable tignasse de boucles d'ébène et ses joues tannées. Je dois admettre que cette tenue ne convenait pas davantage à mon fils qu'elle n'eût convenu à Emerson. Il ressemblait à un adulte miniature, solennel, habillé comme un enfant. Le costume marin présentait cependant l'avantage d'être lavable. Avec Ramsès, c'était un avantage non négligeable.

Violet était tellement enrobée de volants qu'il était difficile de dire avec certitude s'il y avait un enfant à l'intérieur. Les ruchés de son petit béguin, insuffisamment amidonnés, pendaient de façon lamentable, cachant la plus grande partie de son visage. Dans ses bras, elle ne portait pas une poupée mais un mouton en peluche que Ramsès avait reçu en cadeau à l'âge de trois ans. Il était à l'état neuf, car Ramsès n'avait jamais joué avec. (Je me souviendrai toujours de son expression quand, après avoir observé la peluche en silence pendant plusieurs minutes, il l'avait rangée sur l'étagère pour se replonger dans l'étude des hiéroglyphes.)

Durant le trajet, je montrai aux enfants les monuments présentant un intérêt historique, et je fus heureuse de constater que Ramsès les contemplait avec la même curiosité qu'un enfant ordinaire. Tandis que nous longions Baker Street vers les Portman Rooms qui abritaient le musée de Madame Tussaud, il ne cessa de se pencher par la fenêtre du cab, comme s'il cherchait quelque chose. Quand je l'interrogeai à ce sujet, il se borna à secouer la tête.

Je confesse n'avoir jamais pu comprendre l'attraction qu'exercent les figures de cire, quelle que soit l'exactitude avec laquelle elles reproduisent les traits de personnages célèbres. C'est la mobilité qui confère de l'intérêt à une physionomie : les yeux fuyants qui trahissent la culpabilité, les lèvres tremblantes d'un suspect aux abois.

Les tableaux historiques présentaient cependant un certain intérêt, et j'entrepris de commenter chacun d'eux. Particulièrement émouvant était celui qui montrait Sa Majesté à l'âge de dix-sept ans, les cheveux épandus sur les épaules de sa modeste chemise de nuit blanche, face aux dignitaires barbus, solennels, qui mettaient un genou à terre pour baiser sa petite main et l'acclamer comme Reine. (Car le lecteur n'est pas sans savoir qu'on l'avait tirée, pour l'occasion, d'un sommeil innocent.) Et quels tendres souvenirs évoquait le tableau dépeignant le massacre du valeureux Gordon ! Je me trouvais en Egypte cette année-là : c'était mon premier séjour dans mon futur pays d'adoption, ma première rencontre avec le conjoint qui m'était destiné. Je lançai un coup d'œil à Emerson.

— Que de souvenirs évoque ce tableau, Emerson !

— Mmmph, fit-il en mâchonnant le tuyau de sa pipe.

Le joyau de l'exposition était sans nul doute la série de tableaux sur la Révolution Française, avec les têtes tranchées que Madame Tussaud avait modelées dans les macabres conditions décrites par Percy. On ne pouvait qu'imaginer l'horreur qui avait dû être celle de la malheureuse artiste en contemplant les traits livides de ce Roi et de cette Reine qui l'avaient traitée avec tant de bienveillance. Pourtant, l'Histoire avait vengé Marie-Antoinette. A côté de sa tête étaient alignées, en lugubre rangée, celles de ses assassins : Fouquier-Tinville, Hébert et Robespierre en personne, têtes apportées par la suite à Madame Tussaud dans son atelier-prison. Une scène particulièrement horrible, également façonnée d'après nature, montrait Marat assassiné dans sa baignoire, le manche du poignard émergeant de son flanc. (Point n'est besoin, j'en suis sûre, de rappeler au lecteur que la courageuse justicière était une femme.)

Le lecteur pourrait se demander, toutefois, pourquoi

je consentais à laisser les enfants se repaître de ces épouvantables scènes. La réponse est simple : je n'y consentais pas. Les salles d'exposition étaient encombrées, non seulement de visiteurs mais de leurs volumineuses toilettes, et un petit enfant pouvait aisément se dissimuler parmi les jupes à volants et les volumineux manteaux. Ramsès fut le premier à s'esquiver. Lorsque nous remarquâmes son absence, Percy s'empressa de proposer une explication.

— Je suppose qu'il est allé voir la Chambre des Horreurs, tante Amelia. Je vais le chercher, voulez-vous ?

Sans attendre ma réponse, il s'éclipsa.

— Je vais les rejoindre, dis-je à Emerson. Vous, restez ici avec Violet et montrez-lui le tableau de Sa Gracieuse Majesté, du Prince Albert et de leurs charmants enfants.

Mais Violet tira son oncle par la main.

— Je veux voir les gens morts, oncle Radcliffe.

— Violet, ma chérie... commençai-je.

— Elle les a déjà vus, Amelia, fit valoir Emerson en se laissant entraîner par le petit tyran. La cruauté est parfaitement naturelle chez les enfants, vous savez. J'ai souvent observé ce phénomène, et je m'étonne que des spécialistes prétendument modernes se refusent à l'admettre.

Je savais pourquoi Emerson se montrait si accommodant. Tout comme moi, il s'était souvent demandé si l'intérêt que portait son fils aux momies et aux ossements anciens était le symptôme de quelque dangereux trouble mental. Il était rassuré d'observer la même curiosité chez des enfants censément normaux tels que Percy et Violet.

— Je n'approuve pas, Emerson, mais si vous insistez, je ne puis que me soumettre.

— Allons donc ! Vous mourez d'envie de voir la Chambre des Horreurs, vous aussi.

Les garçons avaient eu tôt fait de localiser la plus effroyable de toutes les scènes exposées. Momentanément oublieux de leur antipathie réciproque, ils se tenaient côte à côte, contemplant « Les Assassins Célèbres ».

Une effigie récemment ajoutée était celle de Neill Cream, qui avait été pendu pour avoir administré de la strychnine — appelée, à juste titre, le plus douloureux des poisons — à une série de malheureuses filles perdues. Ses yeux louches et sa grosse moustache rouge, son crâne chauve et son rictus sinistre composaient une figure si hideuse que l'on se demandait comment des femmes — perdues ou non — avaient bien pu accepter une quelconque substance venant de sa main.

— Ne reste pas là, Ramsès ! m'exclamai-je.

Tenant Violet par la main, Emerson rejoignit Percy devant l'effigie du Dr Pritchard. Ce dépravé avait trahi non seulement le serment d'Hippocrate mais ses engagements conjugaux en infligeant à son épouse la lente torture d'un empoisonnement au tartrate d'antimoine. (Il avait également trucidé sa belle-mère, vraisemblablement parce que celle-ci nourrissait des soupçons sur les singuliers symptômes de sa fille.) Il y a quelque chose d'extraordinairement vil, convenons-en, dans le fait d'assassiner son épouse ; et Pritchard était assurément l'un des hypocrites les plus endurcis de toutes les annales du crime car, non content de partager la couche de sa femme tout au long de la maladie d'icelle, allant jusqu'à la tenir dans ses bras pour son dernier soupir, il avait également insisté pour que son cercueil fût ouvert afin de pouvoir l'étreindre une dernière fois.

— A coup sûr, dis-je à Emerson, il n'est pas d'exemple plus infamant de baiser de Judas que le moment où cette canaille, le visage inondé de larmes de crocodile, a pressé ses lèvres contre les lèvres glacées de cette malheureuse qu'il avait ignoblement tuée, trahissant par là même le plus tendre de tous les liens sacrés.

Il eût été difficile de se déclarer en désaccord avec cette réflexion, mais Emerson, ce jour-là, était d'humeur perverse.

— Pritchard avait ses bons côtés, répondit-il. J'ai du mal à mépriser complètement un homme qui pouvait se targuer d'avoir « enlevé des aiglons à leurs aires dans les déserts d'Arabie et chassé le lion de Nubie dans les prairies d'Amérique du Nord ».

— Emerson, je m'élève avec vigueur contre votre attitude frivole ! Les enfants, Emerson... pensez aux enfants.

A vrai dire, aucun d'eux ne nous accordait la moindre attention. Ramsès, qui avait de nouveau réussi à m'échapper, était perdu quelque part dans la foule. Percy était absorbé dans la contemplation béate de Charles Peace, et Violet suçait l'oreille de son mouton en regardant, les yeux ronds comme des soucoupes, le sourire hypocrite qu'arborait le visage du docteur.

S'inclinant devant la sagesse de mon observation, Emerson attrapa Percy par le col et l'emmena, avec Violet, admirer Marat dans sa baignoire cependant que je me mettais en quête de Ramsès. J'étais un brin désarçonnée, je le confesse, par les remarques d'Emerson sur le Dr Pritchard. Voilà un homme qui professait la plus grande indifférence pour le crime, et le plus extrême mépris pour ceux qui s'y intéressaient, et qui était néanmoins capable de citer une phrase obscure (que je ne connaissais pas moi-même) proférée par un célèbre empoisonneur ! Emerson avait dû étudier l'affaire. Sur combien d'autres, me demandai-je, s'était-il également penché ? Sa duplicité me consterna et jeta de sérieux doutes sur sa sincérité dans d'autres domaines.

Je finis par apercevoir Ramsès qui se dirigeait vers la sortie. A côté de la porte, bloquant en partie le passage, se trouvait une effigie que je n'avais point remarquée auparavant. Elle représentait un gentleman en habit. Ce n'était pas l'une des créations les plus réussies de Madame Tussaud, car le visage de celle-ci était particulièrement figé, semblable à un masque. Elle était pourtant suffisamment réaliste pour abuser un regard superficiel, et je supposai qu'il s'agissait d'un leurre, comme le « gardien » en uniforme placé dans l'une des salles du haut, à qui les visiteurs en quête de renseignements ne manquaient jamais de s'adresser avant de s'apercevoir qu'ils avaient affaire à un mannequin de cire.

Ramsès s'adressa à la figurine, lui demandant pardon (présumai-je) de passer ainsi devant elle. Peut-être ne fut-il pas surpris, mais je le fus assurément, quand l'effigie le saisit brusquement dans ses bras et l'emporta rapidement hors de la pièce.

La métamorphose était si stupéfiante que je demeurai clouée sur place, mais seulement l'espace d'un instant. Insoucieuse des cris de douleur et de protestation des badauds que je bousculais par inadvertance, je me lançai à leur poursuite. Je n'osais me retarder, pas même pour appeler Emerson à la rescousse. Le scélérat masqué était vêtu comme un gentleman, de sorte que les témoins hésiteraient à l'intercepter (car tel est le snobisme de notre société) ; si je ne courais pas encore plus vite que lui, il aurait disparu avec sa proie avant que j'eusse pu les rattraper.

Sa piste était aisée à suivre, car elle était émaillée d'exclamations indignées et de corps culbutés. Avec un égal mépris pour la courtoisie, je me forçai un chemin vers la sortie. Malgré mon alacrité, j'avais été trop lente. Lorsque j'émergeai sur le trottoir, il n'était nulle part en vue.

Je saisis par le bras un valet d'écurie qui passait par là.

— Un gentleman qui courait ou marchait rapidement, un petit garçon dans ses bras. Par où est-il allé ?

L'homme me regarda, médusé, mais sa compagne répondit :

— Par là, m'dame, vers le *Gaiety Bar*.

Je ne connaissais pas l'établissement en question, mais elle m'indiquait la direction. Je la remerciai d'un signe de tête et repris ma course. A peine avais-je tourné au coin de la rue que, stupéfaite, je vis Ramsès venir vers moi. Il avait perdu sa casquette, était couvert de saletés et massait sa tête ébouriffée.

Je le serrai dans mes bras.

— Ramsès ! Merci mon Dieu ! Es-tu indemne ? Comment t'es-tu échappé ?

— Je ne me suis pas échappé, répondit-il avec un dépit manifeste. J'ai été relâché. Il m'a laissé choir — sur la tête, pour être précis — dans une ruelle, non loin d'ici. J'espère, maman, qu'il ne s'agissait pas d'une simple diversion, destinée à séparer notre groupe afin de s'attaquer traîtreusement à un autre de ses membres. En effet, il paraît évident...

Il paraissait évident que Ramsès n'était pas blessé. Je lui intimai donc de se taire avant de rebrousser chemin, avec le plus de célérité possible, vers Baker Street. J'entendais déjà la voix de bronze d'Emerson qui bramait mon nom, tandis que celle de Ramsès, en poignante alternance, lui répondait.

Malgré son agitation, il n'avait pas négligé son devoir : il tenait Violet d'une main et Percy de l'autre. Je me hâtai de le rejoindre. Alors seulement, il relâcha ses protégés et — oublieux même de son héritier kidnappé — m'enserra dans ses bras vigoureux.

— Peabody, je vous saurais gré de ne pas prendre ainsi la poudre d'escampette, maugréa-t-il à mon oreille.

Je compris alors qu'il n'était pas au fait de la redoutable conjoncture qui avait été cause de ma disparition. Mes explications hâtives lui firent perdre ses belles couleurs et suscitèrent un chapelet d'interjections aussi impies qu'incohérentes. C'est seulement lorsque nous fûmes installés dans la voiture, en route pour la maison, qu'il se calma suffisamment pour tenir des propos sensés.

— Remercions le ciel qu'il ne soit rien arrivé de grave, dis-je. Peut-être était-ce une simple erreur d'identité, ou une plaisanterie de mauvais aloi.

Non que je crusse l'une ou l'autre hypothèse, mais je préférais ne pas discuter des implications plus sombres de cet incident avant de me trouver en tête à tête avec Emerson. J'aurais dû me douter que Ramsès ne se laisserait point abuser par une suggestion si inepte.

— Ce n'était pas une erreur d'identité, déclara-t-il. L'homme savait qui j'étais. Et s'il s'agissait d'une plaisanterie, l'individu a un sens de l'humour assez spécial. Juste avant de m'expédier par terre, il a dit : « Mon meilleur souvenir à votre père, monsieur Emerson junior. Dites-lui que, la prochaine fois que je viendrai, ce sera pour lui. »

— Oh, mon oncle ! s'exclama Percy. Que c'est donc excitant !

Sur quoi Ramsès se tourna vers son cousin et lui décocha un coup de poing dans le ventre. Pour être tout à fait exacte, ce n'était pas dans le ventre. Courbé en deux, Percy tomba du siège en poussant un cri de douleur. Emerson saisit son fils au collet et gronda :

— Ramsès ! Où as-tu appris... ?

— Par vous, papa, hoqueta Ramsès. L'hiver dernier, alors que nous recherchions maman, qui avait été enlevée par... C'est quand nous nous sommes introduits dans la maison à la suite du khan, et que l'homme au grand couteau vous a attaqué...

— Ah ! fit Emerson. Eh bien, euh... hmmmm. Les circonstances étaient tout à fait différentes, Ramsès. Quand on se défend contre un ignoble criminel armé d'un couteau... hum. Bon. Les gentlemen règlent leurs différends d'une tout autre façon, Ramsès.

— Comment pouvez-vous rester si calme, Emerson ? protestai-je en aidant Percy, gémissant, à se rasseoir sur la banquette. Ramsès a frappé le premier, sans y être provoqué. C'était...

— Inepte, convint Emerson, sourcils froncés. Viens là, Ramsès ; replie ton pouce sur tes doigts fermés...

— Ramsès, soupirai-je, tu es consigné dans ta chambre jusqu'à nouvel ordre.

A ma vive contrariété, Emerson refusa de prendre l'incident au sérieux.

— Les garçons se bagarreront toujours, Peabody.

Vous ne pouvez changer la nature humaine. Quelques leçons de boxe pourraient se révéler bénéfiques. Hmmm, oui. Sous ma surveillance, naturellement...

En l'honneur de l'anniversaire de Percy, nous prîmes du plum-cake pour le thé. Violet s'en adjugea trois parts. J'étais trop démoralisée pour l'en empêcher.

Mes espoirs d'accomplir quelque chose d'utile ce jour-là ne furent pas complètement déçus. Je parvins à expédier plusieurs lettres et télégrammes importants. D'autre part, l'agression dont avait été victime Ramsès n'était pas dénuée d'intérêt. Lorsque nous montâmes nous changer pour le dîner, Emerson accepta sans un murmure d'endosser son habit, et mon cœur se serra douloureusement. Bien que je déplorasse sa réticence, tous mes griefs avaient été temporairement balayés. Infidèle, peut-être l'avait-il été — et peut-être l'était-il encore. Mais dès lors qu'un danger le menaçait, mon affection était plus forte que jamais, et l'anxieuse préoccupation que me causait sa sécurité triomphaït de toute autre considération.

Nous étions presque habillés, et la bonne vidait la baignoire, lorsque je pris la parole :

— Etes-vous... Allez-vous... Vous serez prudent, n'est-ce pas, Emerson ?

Il cessa de se brosser les cheveux pour me considérer d'un air surpris.

— Prudent ? De quoi parlez-vous, Peabody ?

— De votre vie et de votre sécurité, bien sûr. C'était une nouvelle menace, Emerson.

— C'est Ramsès qui a été enlevé, Peabody.

— Ramsès n'a pas été blessé — hormis une bosse sur la tête, laquelle est trop dure pour être gravement endommagée. La menace était dirigée contre vous. Sachant combien Ramsès vous est précieux...

Emerson traversa la chambre en quelques longues enjambées et me serra contre lui.

— Il y a une personne qui m'est encore plus précieuse que Ramsès, dit-il d'une voix rauque. Peabody, ma chérie...

Avec un émoi que je ne saurais décrire, je me dégageai, doucement mais fermement.

— Nous ne sommes pas seuls, Emerson.

— Cette maudite... euh... cette fille est encore là ? s'exclama-t-il. N'a-t-elle donc rien d'autre à faire, crénom ? Venez, Peabody, nous n'avons qu'à descendre. Il n'y a pas d'intimité possible dans ce fichu mausolée. Combien de temps encore devrons-nous rester ici ?

— Jusqu'à ce que vous ayez terminé votre manuscrit, répondis-je en lui prenant le bras pour descendre l'escalier.

— Maudit soit ce maudit manuscrit ! Je veux vous éloigner d'ici, Peabody. Je veux que vous retourniez dans notre maison du Kent avec les enfants.

— Ah, vraiment ? Et pourquoi cela, Emerson ?

— Crénom, Peabody, vous savez très bien pourquoi ! (Ohé, Gargery, comment allez-vous ce soir ?) Ce scélérat a une mentalité qui ne me plaît guère. Il ne m'attaquera pas. Personne ne m'attaque, MOI. Il tentera de m'atteindre à travers ceux que j'aime — or, comme je vous l'ai dit précédemment, Peabody...

— Oui, je n'ai pas oublié. Mais vous n'avez encore jamais essayé de me soustraire de force au danger.

— C'est faux, Peabody, c'est faux. Je ne cesse d'essayer. Je n'y parviens jamais, mais j'essaie toujours.

Gargery posa une assiette de soupe devant Emerson.

— Excusez-moi, monsieur, madame... Je ne devrais pas intervenir, je le sais, mais étant donné le profond respect que m'inspirent monsieur et madame, j'aimerais savoir s'il existe un danger imminent et, si oui, en quoi nous autres domestiques pouvons nous rendre utiles.

Emue par tant de sollicitude, je me refusai à blesser Gargery en lui rappelant qu'il ne lui appartenait pas de se mêler à la conversation. Emerson fut également touché ; les yeux brillants d'émotion, il donna une grande claque dans le dos du majordome.

— C'est très gentil de le proposer, Gargery. Mrs. Emerson et moi-même apprécions votre geste. Voyez-vous, ce qui est arrivé...

Je terminai ma soupe cependant qu'Emerson narrait toute l'histoire à Gargery.

— Il n'y a pas un domestique dans cette demeure qui ne risquerait sa vie pour défendre monsieur et madame, déclara le majordome avec feu. Que monsieur ne s'alarme pas, nous ne laisserons pas ce particulier s'en prendre à Mrs. Emerson. J'ai une idée, monsieur : supposons que Bob — c'est le plus costaud des valets de pied, monsieur — supposons, donc, qu'il escorte Mrs. Emerson pour ses petites commissions ? Je pourrais lui procurer un bon revolver et...

— Non, non, pas d'armes à feu, dit Emerson en secouant la tête. Je n'en veux pas dans la maison. Vous connaissez monsieur Ramsès : il trufferait de balles le mobilier — et lui avec — avant que vous ayez eu le temps de dire ouf ! Un solide gourdin, peut-être...

— Absurde ! m'emportai-je. Personne ne m'escortera nulle part, pour quelque commission que ce soit. Gargery, vous pouvez remporter la soupe et aller chercher la suite.

J'eus tout juste le temps de souffler à Emerson : « Si vous m'attachez un garde du corps, Emerson, jamais je... » avant le retour de Gargery, essoufflé et bouillonnant d'idées.

Il posa précipitamment devant moi un plat de turbot à la sauce au homard et s'adressa à Emerson :

— Monsieur a-t-il songé que cet incident n'était peut-être pas dirigé personnellement contre monsieur ? Comme ces ouchtebis... oubetchis...

— J'allais en faire la remarque, dit Emerson. Nous sommes d'accord, n'est-ce pas, que l'enlèvement (temporaire) de Ramsès a été perpétré par l'individu qui a envoyé les ouchebtis ?

— C'est mon opinion, monsieur, dit Gargery d'un air entendu.

Je le regardai en fronçant les sourcils.

— S'il m'est permis de placer un mot à ma propre table...

— Je demande pardon à madame, dit le majordome en se repliant vers le buffet.

— Je vous remercie, Gargery. Je suis d'accord avec vous — si l'humble opinion d'une femme est de quelque valeur en présence de deux intellects d'une telle brillance — sur le fait que la même personne est à l'origine des deux incidents.

Gargery et Emerson échangèrent un coup d'œil. Mon époux haussa les épaules et leva les yeux au ciel. J'enchaînai :

— Il serait de bonne politique, je pense, de découvrir si les autres savants qui ont reçu des ouchebtis ont été victimes d'incidents inhabituels.

Gargery observa un silence discret. Emerson s'exclama, avec une feinte jovialité :

— Excellente suggestion, Peabody ! J'irai faire quelques visites après le dîner. Voudriez-vous m'accompagner ?

— Non merci, Emerson. Amusez-vous bien, vous et Gargery.

Le lendemain, au petit déjeuner, je fis observer à mon mari :

— Vous auriez pu vous épargner la peine de faire toutes ces visites, Emerson, vous qui détestez les mondanités. Tout est là, dans le *Morning Mirror*.

Emerson m'arracha le journal des mains.

— Quoi donc ? Sacrebleu ! Comment ont-ils appris la mésaventure de Ramsès au musée Tussaud ?

— Qui avez-vous mis au courant, Emerson ?

Il réfléchit, le front plissé.

— Budge, Petrie, Griffith... pas Pritchett, il n'était pas chez lui. Ils ont affirmé — comme vous l'avez certainement lu — qu'il ne leur était rien arrivé d'anormal récemment.

— Ce qui tendrait à prouver que l'inconnu a décidé de concentrer ses efforts sur vous, Emerson.

— Pas nécessairement. Hormis Budge, qui rechercherait la publicité à l'enterrement de sa propre mère, les autres ne sont peut-être pas désireux d'attirer l'attention sur eux. Surtout Petrie : vous connaissez ce vieux raseur...

— Donc, aucun d'eux ne vous a appris quoi que ce soit ?

Nous n'avions pas eu le loisir de parler la veille au soir. Il était très tard quand Emerson, empestant le tabac, s'était enfin couché. J'avais fait semblant de dormir.

— Griffith m'a laissé examiner son ouchebti. C'est le jumeau de celui que j'ai reçu, Peabody. Quelqu'un, quelque part, doit déplorer la perte d'une rare et précieuse collection d'antiquités. Si l'on pouvait remonter la piste...

— Ce serait, certes, un indice profitable, agréai-je poliment, me souvenant de ma petite liste (qui, par mesure de précaution, était enfermée dans un tiroir de mon secrétaire). Personne ne sait d'où viennent ces objets, je présume ?

— Non. Ce qui laisse fortement à penser qu'ils faisaient partie d'une collection privée. S'ils venaient du Museum, même Budge aurait remarqué leur disparition.

— Et du côté de l'University College, Manchester, Birmingham... ?

— Je pourrais certes me renseigner.

— Il y a autre chose que vous pourriez faire, dis-je en prenant le courrier que venait d'apporter Mary Ann.

— De quoi s'agit-il, Peabody ?

— La plupart des citoyens signaleraient à la police une agression comme celle dont a été victime notre fils.

Emerson, saisi, se frotta pensivement le menton.

— Oui, en effet. Je me demande, Peabody, si nous ne prenons pas un peu trop l'habitude d'agir seuls.

— Nenni, Emerson. Etant donné qui nous sommes

et ce que nous représentons, notre façon d'agir est tout à fait logique. Voici vos lettres.

— Merci.

Emerson les passa en revue dans son style pétulant habituel.

— Maudite Oxford Press ! grommela-t-il en jetant la missive de côté. Peut-être ferai-je un saut au Yard tout à l'heure, ajouta-t-il d'un ton détaché.

— Quelle bonne idée, Emerson.

— Cela vous dirait-il de venir ?

— Je ne vois aucune raison pour que nous y allions tous les deux, Emerson.

— Je... votre compagnie me serait agréable, Peabody.

— Merci, Emerson, c'est très aimable à vous. Toutefois, j'ai d'autres choses à faire.

— Ah ?

— Oui.

— Comment se présente votre article ?

— Très bien, merci.

Jetant à terre sa serviette et les lettres qui lui restaient, Emerson se leva d'un bond. Sa chaise se renversa avec fracas.

— Damnation ! cria-t-il en sortant comme une flèche.

— Tâchez de ne pas rentrer trop tard, Emerson ! lui lançai-je. J'attends quelqu'un pour le thé.

Emerson s'arrêta net. Il rebroussa chemin jusqu'à la porte et passa la tête dans la salle à manger.

— Qui ? demanda-t-il avec appréhension.

— Mr. Wilson. Il a eu la bonté d'accepter mon invitation.

— Ah ! dit Emerson. Ah ! je vois. J'y serai, Peabody.

Ma réponse l'avait soulagé, cela ne faisait aucun doute. Quel nom, me demandai-je, avait-il redouté d'entendre ? Celui d'Ayesha ?

N'ayant reçu aucune réponse au message que j'avais envoyé à miss Minton, je résolus de lui rendre visite personnellement. L'article du *Morning Mirror* me donnait à penser qu'elle n'était pas encore rentrée, car il ne portait point sa signature. Je décidai d'y aller malgré tout, car j'avais besoin d'exercice. Comme je l'avais espéré, la vivifiante promenade à pied me détendit, mais ma démarche se révéla vaine : la logeuse me déclara être sans nouvelles de sa locataire et ignorer la date de son retour.

Je consultai ma liste. Miss Minton devrait attendre. Mr. Wilson, c'était fait. Une réponse (flatteusement) prompte à la lettre que j'avais adressée à Lord Liverpool m'invitait à déjeuner chez lui le lendemain pour admirer sa collection. Restaient trois noms à la rubrique MARCHE A SUIVRE : Budge (sur sa conception des arts ménagers), l'inspecteur Cuff (sur diverses questions auxquelles il ne répondrait sans doute pas), et un autre encore.

Je passai les heures suivantes sur un banc de Hyde Park, face au numéro 4, Park Lane. Jamais je n'oublierai ces quelques heures, qui, j'ose le croire, furent uniques dans mon expérience : car moi, Amelia Peabody Emerson, je demeurai durant cette longue période dans un état d'indécision et de vacillement ! L'anomalie mérite, je pense, d'être signalée.

Il faisait un temps clément (pour Londres) et un certain nombre de promeneurs déambulaient dans le parc, profitant des fleurs et du soleil radieux (pour Londres). Cependant, je n'entretenais pas l'espoir de passer inaperçue. Une personne qui reste assise à la même place pendant plus de deux heures, sans boire, sans se restaurer, sans lire ni bouger, attire immanquablement l'attention. Deux constables et une charmante vieille dame m'abordèrent pour s'enquérir si j'avais besoin d'assistance, et une personne de sexe masculin m'aborda pour s'enquérir de sujets d'un autre ordre. Si Ayesha était à l'affût d'éventuels espions, elle m'avait certainement repérée. Quatre fois, je pris la résolution de traverser la rue et de frapper à sa porte. Quatre fois, je me ravisai.

Elle n'eut pas de visiteurs. Je ne tiens pas compte des divers commerçants, qui, naturellement, firent le tour par-derrière. L'un d'entre eux était un individu grand, musculeux, portant une corbeille de poissons et arborant une barbe noire fort volumineuse. Je me levai et hélai un cab.

A quatre heures et demie précises, j'étais assise dans un autre cab devant une modeste maison de Half-Moon Street. A quatre heures trente-quatre précises, Mr. Wilson sortit de la maison, jeta un coup d'œil vers le cab et, voyant que celui-ci était pris, continua jusqu'au coin de la rue, où il eut la chance de trouver un autre véhicule. Il arriverait en avance. C'était fâcheux. Je me pris à espérer qu'Emerson rentrerait à temps pour le recevoir.

Ordonnant au cocher d'attendre, je soulevai le heurtoir du numéro 17 et frappai. La porte me fut ouverte par une femme d'aspect maternel, qui, en me voyant, ôta prestement son tablier et se répandit en excuses.

— Je croyais que c'était le boulanger, madame. Cette petite sotte n'est jamais là pour ouvrir la porte quand j'ai besoin d'elle...

Ses efforts pour me convaincre de sa position élevée furent déployés en pure perte.

— Je viens voir Mr. Wilson, déclarai-je en faisant un pas vers l'escalier. Sa chambre se trouve... ?

— Premier étage face, madame. Mais il vient juste de sortir, madame.

— Vraiment ? Quel ennui ! — Je consultai ma montre. — Il ne tardera pas à rentrer, je suppose. J'avais rendez-vous avec lui à quatre heures et demie. Je vais attendre.

D'un mouvement prompt, elle me barra le chemin.

— Excusez-moi, madame, mais Mr. Wilson est opposé à ce que je laisse monter les gens s'il ne m'a pas prévenu à l'avance de leur visite. Il est très vétilleux sur ce point.

— Oh, quelle absurdité ! m'impatientai-je. Tenez... voici ma carte.

J'avais espéré ne pas être obligée de la montrer, mais je n'avais pas le choix. Le front soucieux de la logeuse céda la place à un grand sourire extatique.

— Mrs. Emerson ? Mrs. Emerson ! La dame dont parlent tous les journaux ?

— Euh... oui.

— C'est bien vous qui déterrez des momies et tout ça en Inde... ?

— En Egypte.

— En Egypte, c'est ça. Oh ! madame, c'est un plaisir de vous rencontrer. Comment va votre pauvre petit garçon ?

— Mon pauvre petit... ? Il va très bien, merci.

Elle me retint plus longtemps que je ne l'eusse souhaité, mais je parvins finalement à m'échapper. Tout en montant l'escalier, je ne pus me défendre de sourire à la pensée que ce n'était pas mon apparence respectable qui m'avait permis d'entrer, mais cette notoriété même que j'avais tant déplorée.

Mr. Wilson habitait un gentil petit appartement, probablement le mieux situé de la maison. Le salon donnait sur la rue ; la chambre à coucher, petite mais agréable, se trouvait à l'arrière. Quoique joliment meublées, les pièces n'étaient pas luxueuses. Quelques antiquités étaient disséminées un peu partout. Hormis un charmant buste en albâtre figurant une reine anonyme — dont les traits n'étaient pas sans évoquer ceux de miss Minton — aucune de ces pièces n'était exceptionnelle, et je n'aurais su dire s'il en manquait. Apparemment, la logeuse faisait le ménage régulièrement.

Une investigation plus poussée, que je répugnais à effectuer mais que j'estimais nécessaire, indiqua que les habitudes de Mr. Wilson étaient aussi convenables que sa personne. Sur le buffet voisinaient un coffret à cigares et une petite cave à liqueurs contenant des carafons de cognac et de whisky, mais je ne relevai aucune trace de drogues. Seul me résista un tiroir de son bureau, dont je ne pus trouver la clef et que je n'osai pas forcer. On peut aisément inventer un prétexte pour rendre visite à un jeune homme, mais il est plus difficile d'expliquer pourquoi on s'est permis de forcer un tiroir fermé à clef.

Ma perquisition ne dura que dix minutes, car je peux être rapide comme l'éclair quand cela s'impose. Descendant l'escalier, j'appelai la logeuse — que j'entendais manipuler des marmites dans la cuisine — pour lui dire que je ne pouvais attendre plus longtemps. Et je m'enfuis sans lui laisser le loisir de renouer la conversation.

Je n'avais que quarante minutes de retard. Lorsqu'il me vit, Gargery rosit de plaisir.

— Oh ! madame Emerson, nous commencions à être inquiets. Le gentleman est là...

— Oui, merci, dis-je en lui tendant mon ombrelle et mon manteau. J'y vais de ce pas.

Je ne saurais dire lequel, d'Emerson ou de Mr. Wilson, fut le plus soulagé de me voir. Je savais pourquoi Emerson était soulagé, et je subodorai que Mr. Wilson se félicitait d'être libéré du cours d'égyptologie que mon époux lui avait sans nul doute infligé. Lorsque nous eûmes échangé salutations, excuses et regards noirs (de la part d'Emerson), je dis joyeusement :

— Je suis en retard parce que j'ai fait une sotte confusion, monsieur Wilson. Figurez-vous que je m'étais mis dans l'idée que je prenais le thé chez vous, alors que c'était le contraire ! Je vous ai attendu une demi-heure avant de m'aviser que j'avais dû faire erreur. Stupide, n'est-ce pas ?

La seule réponse possible était : « Oui, certes », mais comme Mr. Wilson ne pouvait décemment pas la faire, il bredouilla et sourit d'un air niais.

— Humph ! Oui, certes, dit Emerson en me foudroyant du regard. Vous avez manqué une très intéressante conversation sur les poteries de la première période dynastique à Quesir, Peabody. Mr. Wilson y est allé voici deux ans. Toutefois, il ne semble pas se rappeler...

— Je suis désolée d'avoir manqué cela, Emerson. Néanmoins, si Mr. Wilson n'y voit pas d'inconvénient, je voudrais parler d'autre chose.

Mr. Wilson s'empressa de m'assurer qu'il n'y voyait pas le moindre inconvénient.

— Je n'ai aucun scrupule à aborder le sujet, monsieur Wilson, car l'affaire devient si sérieuse qu'on se doit de prendre des mesures. Je veux que vous me disiez tout ce que vous savez sur Mr. Oldacre.

J'avais redouté de devoir m'expliquer — car la plupart des gens perdent du temps en ratiocinations inutiles — mais Mr. Wilson se révéla supérieur à la plupart. Se carrant dans son fauteuil, il esquissa un sourire.

— Je vois. Je regrette de vous décevoir, madame Emerson, car je crois comprendre les raisons qui vous motivent et je suis en accord total avec elles. Mais je connaissais fort peu Oldacre. Ce n'était pas le genre d'homme avec qui j'aurais pu me lier d'amitié. Si vous me posiez des questions, peut-être...

— Excellent ! approuvai-je. J'aime la façon dont votre esprit fonctionne, monsieur Wilson. Prenait-il de la drogue ?

— Pas à ma connaissance, non. Je ne serais nullement surpris d'apprendre qu'il s'y adonnait — c'est une mode très prisée dans certains cercles — mais il ne présentait aucun des symptômes habituels.

— Vous ignorez, donc, s'il fréquentait une fumerie d'opium ?

— Il ne m'aurait sans doute pas convié à l'accompagner dans ce genre d'endroit, répondit-il en souriant.

— Qui étaient ses amis... ses intimes ?

Wilson mentionna quelques noms, tous inconnus de moi, avant d'ajouter :

— Comme je vous l'ai dit, je n'étais pas de ses amis proches. Je suis mal placé pour connaître...

— Oui, bien sûr. Et Lord St. John ?

Wilson partit d'un grand rire. C'était un jeune homme fort avenant lorsqu'il était à son aise, comme maintenant. Il avait des dents blanches, régulières, des traits finement ciselés.

— Si Sa Grâce entretenait des relations avec Oldacre, ce n'était certainement pas sur le plan amical. Il a un sens aigu du rang social, Lord St. John.

— Sans doute, sans doute. Donc, vous n'avez pas d'éclaircissements à m'apporter ? Mauvaises habitudes, dettes de jeu, femmes ?

Wilson parut un peu troublé.

— Pour ce qui est des femmes... je n'aime guère évoquer ce sujet en présence d'une dame...

— Ah ! je comprends. Des femmes de mauvaise vie, c'est cela ?

— Euh... oui. Rien que d'ordinaire, notez bien...

— Humph ! fis-je.

— Oh ! je partage votre opinion, madame Emerson. Pour ma part, jamais je n'irais... Mais pour en revenir à Oldacre... oui, il s'adonnait au jeu. Il se vantait toujours d'être invité dans l'un ou l'autre club huppé, et je sais qu'il essuyait de grosses pertes — car il s'en vantait également, comme s'il avait lieu d'en être fier. Par ailleurs, je l'ai vu manifester des signes d'intempérance. Mais au fond, il n'était pas plus dissipé que la plupart des jeunes hommes d'aujourd'hui.

— C'est bien vrai — et bien triste — que ces choses-là tendent à devenir courantes. Ma foi, tout cela est fort décevant, mais ce n'est pas votre faute, monsieur Wilson. Avez-vous des questions à poser, Emerson ?

— Non, répondit-il d'un ton bref.

— Dans ce cas, nous pouvons reprendre la discussion sur la poterie prédynastique.

Mr. Wilson tira sa montre de gousset, y jeta un coup d'œil et se leva d'un bond.

— Seigneur, je n'imaginais pas qu'il fût si tard ! Il faut que je file. Je dois assister Mr. Budge pour sa conférence de ce soir...

— Ce soir ? répétai-je. J'avais complètement oublié.

— Il a avancé la date, pour je ne sais quelle raison. Il ne m'honore pas de ses confidences, ajouta Wilson avec son sourire séduisant. Il me dit ce que je dois faire, et je le fais. Ce soir, je dois l'aider à démailloter la fameuse momie. Peut-être vous verrai-je au Museum. Merci, madame Emerson... professeur... j'ai passé un moment fort agréable. La prochaine fois, vous viendrez chez moi.

— Je vous prendrai au mot, dis-je en lui serrant la main avec chaleur.

— J'y compte bien, répondit-il aimablement.

Lorsqu'il fut parti, Emerson gronda :

— Crénom, Peabody, vous êtes fière de vous, j'espère ? J'étais dévoré d'inquiétude...

— Gargery aussi. Je suis particulièrement navrée de l'avoir inquiété.

Emerson grinça des dents, mais sa curiosité l'emporta sur son courroux.

— Avez-vous trouvé quelque chose d'intéressant au domicile de Mr. Wilson ?

— Non.

— Si c'était le cas, me le diriez-vous ?

— Naturellement, Emerson. Vous agiriez de même avec moi, n'est-ce pas ?

Emerson fit des yeux de chien battu. Maîtrisant à grand-peine mes émotions, je repris :

— Je vais dire à la cuisinière d'avancer le dîner d'une demi-heure. Vous avez l'intention d'assister à la conférence, je présume ?

— Oui. Viendrez-vous ?

Je réprimai un bâillement.

— Je ne pense pas, Emerson. Je suis assez lasse et, comme vous le savez, les momies offrent peu d'attrait à mes yeux. Sauvez-vous et amusez-vous bien.

Emerson fit un pas vers l'escalier, puis s'arrêta.

— Si vous vous ravisez, Amelia, vous ne pourrez pas entrer. Il ne s'agit nullement d'une conférence mais d'une démonstration scientifique, laquelle n'est pas ouverte au public. On entre uniquement sur invitation.

— Vraiment ? — La curiosité me taraudait, mais j'eusse préféré mourir plutôt que d'en convenir. — Eh bien ! vous me conterez tout cela à votre retour.

J'attendis qu'Emerson fût parti depuis dix bonnes minutes pour sonner Gargery et lui demander de commander la voiture. Emerson était parti à pied : l'Académie des Sciences, où devait avoir lieu la démonstration, se trouvait à Somerset House, non loin de la maison.

J'avais mes raisons pour prendre la voiture, et celles-ci n'avaient rien à voir avec le danger ou l'inconvenance qu'il pouvait y avoir pour une dame à se promener seule, la nuit, dans les rues de Londres. Emerson manigançait quelque chose. Il n'était certainement pas allé à Somerset House pour entendre Mr. Budge pérorer sur le thème de la momification ; il n'aurait même pas traversé la pièce pour entendre Mr. Budge disserter sur la momification. Il m'avait expliqué, en une précédente occasion, pourquoi il estimait opportun de démailloter la momie, mais j'avais subodoré — déjà à ce moment-là — qu'il obéissait à d'autres motifs soigneusement cachés. Quels que pussent être ces motifs, je savais qu'il ne voulait pas que je me rendisse à l'Académie des Sciences. Dans le cas contraire, il m'aurait interdit d'y aller.

Restait une autre possibilité, que j'envisageais avec répulsion mais à laquelle j'étais préparée. Peut-être Emerson n'avait-il pas l'intention d'assister à la conférence. Peut-être irait-il... ailleurs. Si je ne le voyais pas à Somerset House, je suivrais sa piste et... je ne savais pas très bien ce que je ferais. Si mes soupçons se vérifiaient, je refusais d'être tenue pour responsable de mes actes.

CHAPITRE ONZE

La naïveté du sexe fort ne manquera jamais de me surprendre. Je savais, naturellement, pourquoi Budge avait avancé la date de sa prestation. Il espérait ainsi éviter les attentions du faux prêtre, dont la dernière intervention l'avait plongé dans un embarras extrême. Peut-être espérait-il, par la même occasion, éviter les attentions d'Emerson. C'était là, bien entendu, une vaine attente. En sa qualité d'expert reconnu sur le sujet, Emerson avait toutes les chances d'apprendre par quelqu'un le changement de date, ce qui s'était effectivement produit.

Emerson eût-il organisé la manifestation — comme cela aurait dû être le cas — il se serait assuré que le « prêtre » n'avait pas d'autre engagement ce soir-là. Bien qu'il ne me l'eût point avoué, il ne fallait pas être une lumière pour deviner que c'était l'une des raisons qui l'incitaient à vouloir démailloter la momie en public, avec le maximum de battage. Par deux fois, il avait été incapable de capturer le gredin ; il serait d'autant plus déterminé à réussir à la troisième tentative.

Pour un peu, j'eusse pu croire que Henry s'était trompé d'adresse et m'avait conduite à Covent Garden un soir de première, ou à un grand dîner dans une riche propriété. Les fiacres se succédaient en file ininterrompue, déposant devant l'entrée des hommes en tenue de soirée et des femmes resplendissantes, parées de soies et de bijoux. Selon toute apparence, Budge avait convié à sa causerie tous les gens titrés ou célèbres de Londres. En agissant ainsi (mû par son indécrottable vanité), il était allé à l'encontre du but recherché ; mais je suppose qu'il ne pressentait pas, comme moi, que le faux prêtre était précisément l'un de ces aristocrates dont il courtisait les faveurs.

Je me frayai un chemin dans la foule. Je n'éprouve jamais aucune difficulté à me frayer un chemin dans une foule. Le mérite en revient, pour l'essentiel, à mes inséparables ombrelles : j'en possède un grand nombre, de coloris et de styles différents. Celle que je portais ce soir-là était une ombrelle de cérémonie en beau taffetas noir, assortie à ma robe du soir et à ma cape. Elle (l'ombrelle) avait un manche en argent et des volants ornés de dentelles. Ces volants me plaisaient tout particulièrement : ils conféraient à l'instrument un aspect raffiné qui masquait sa véritable fonction — car il était doté d'un manche en acier trempé et d'une pointe dangereusement effilée.

Je m'étais gaussée de l'avertissement solennel d'Emerson comme quoi je ne parviendrais pas à entrer sans invitation, car je n'avais point imaginé rencontrer la moindre résistance. Et pourtant, à la porte, un fonctionnaire tenta bel et bien de m'interdire l'entrée. Il finit néanmoins par me céder le passage lorsque je déclinai mon identité d'un ton impérieux — en brandissant mon ombrelle.

J'ignorais si Budge avait poussé la stupidité jusqu'à inviter la presse ; d'ailleurs, cela ne faisait guère de différence. Les journalistes ne pouvaient manquer d'être au courant de l'événement. La première personne que je vis, à l'entrée de la salle de conférences, fut Kevin O'Connell, très affairé à griffonner dans son calepin.

Il fit un écart brusque en me voyant, comme pour battre en retraite, mais les volants le rassurèrent. Se rappelant qu'il avait (croyait-il) un grief à mon égard, il se redressa de toute sa taille et me toisa avec hauteur.

— Bonsoir, madame Emerson, dit-il d'une voix distante.

Je lui donnai une petite tape amicale avec mon ombrelle.

— Allons, Kevin, ne boudez pas. Nous ne sommes pas encore quittes ; vous m'avez joué plus de mauvais tours que je ne vous en ai joué. De surcroît, vous savez pertinemment que vous auriez agi de même à notre place.

— Humph ! grogna-t-il.

— Vous êtes très beau, ce soir. L'habit vous sied à merveille, surtout avec vos cheveux blond vénitien. L'avez-vous loué ?

Il tenta de garder son air de dignité offensée, mais la rancune n'était pas dans sa nature. Ses yeux brillèrent malicieusement et les coins de ses lèvres se retroussèrent.

— Vous êtes vous-même d'une élégance surnaturelle, madame E., foi d'Irlandais ! Non, je n'ai pas loué cet habit.

— Je m'en doutais. Il vous va trop bien.

— Où est le professeur ? Il n'est pas indisposé, j'espère ?

— Vous adoreriez, au contraire, le savoir prostré et dans les affres de la douleur. — Kevin sourit de toutes ses dents. — J'ai été retardée. Il a dû arriver avant moi. Vous ne l'avez pas vu ?

— Non. Remarquez, je n'ai pas aperçu non plus Mr. Budge, et pourtant il doit être là. Je suppose qu'il est passé par une entrée privée, comme l'aura peut-être fait le professeur. — Avec une moue de profond dépit, il ajouta : — Moi, je suis là pour dresser la liste des distingués invités. Cette soirée dégénère en sauterie mondaine, madame E. Mon rédac'chef aurait dû envoyer Lady Whatworth, qui écrit le bulletin quotidien de la Cour dans *The Queen.* Vrai de vrai, je suis bien fâché d'être mêlé à cette histoire.

— Peut-être votre rivale vous manque-t-elle ? badinai-je.

— Elle ajoutait un certain piquant, convint Kevin. Mais je n'ai jamais cru qu'elle persévérerait ; elle a jeté l'éponge et couru retrouver Grand-maman. Ils vont fermer les portes, madame E. ; nous ferions mieux d'entrer.

— Je resterai avec vous, si vous le permettez.

Il me lança un regard soupçonneux.

— Qu'est-ce que vous mijotez, madame Emerson ? Pourquoi n'êtes-vous pas avec le professeur ?

— Hâtez-vous, Kevin, autrement nous n'aurons plus de places.

La salle était comble. Il y avait une allée de chaque côté et une autre, au milieu, qui séparaient entre elles les rangées de chaises. Des brûleurs à gaz éclairaient l'estrade, sur laquelle étaient disposés plusieurs sièges, une longue table, un lutrin et une paire de tréteaux. Les journalistes avaient une section réservée dans l'aile gauche, sur le devant, tandis que les meilleurs rangs, au centre, étaient occupés par les invités les plus éminents. Les collègues de Kevin me firent galamment de la place. A peine étions-nous assis que deux hommes apportèrent le sarcophage sur la scène et le déposèrent précautionneusement sur les tréteaux.

Budge fut le suivant à apparaître. Prenant l'un des sièges, il croisa les jambes de manière affectée et feignit d'étudier les documents qu'il avait apportés.

Plusieurs autres gentlemen le rejoignirent : Sir William Appleby, l'un des administrateurs du Museum, Mr. Alan Smythe-Jones, membre de l'Académie des Sciences, et un homme chauve, rondelet, en tenue de soirée, que je supposai être le chirurgien. Il n'y avait aucun égyptologue, et Emerson ne parut point.

Lorsque l'attente se mit à friser la fébrilité, Budge se leva et s'approcha du podium.

— Mesdames et messieurs...

Et il se lança dans la même conférence interminable qu'il avait donnée précédemment.

Ses auditeurs l'endurèrent fort peu de temps avant de manifester des signes d'impatience. Ils étaient venus assister au « déroulement » (terme didactique) d'une momie : ils ne s'intéressaient nullement à Hérodote, pas plus qu'au Livre des Morts. De toute évidence, des individus appartenant aux classes laborieuses avaient trompé la vigilance des gardiens, car la première voix qui se fit entendre par-dessus le murmure d'ennui avait un accent indubitablement cockney :

— Dis donc, camarade, quand c'est qu'on la déshabille, la vieille ? Il fut réduit au silence par ses voisins, mais l'interruption suivante s'avéra plus malaisée à contenir. Budge venait juste de parler du « bain de natron dans lequel le corps du défunt était immergé pendant les quatre-vingt-dix jours réglementaires » quand une voix beugla :

— Grossière ineptie, Budge ! Si vous cédiez la place à quelqu'un qui sait de quoi il parle ?

Mon cœur, qui avait peu à peu sombré dans mes mules (en cuir verni noir, ornées de perles de nacre grises et blanches), remonta d'un bond dans ma poitrine. On ne pouvait se méprendre sur cette voix ! Il était présent. Il n'était pas parti... ailleurs. Mes pires craintes étaient, sinon levées, du moins temporairement apaisées.

Un brouhaha approbateur émanant du public excédé contraignit Budge à interrompre sa péroraison. Ajustant son lorgnon, il scruta la salle. Il savait aussi bien que moi qui avait pris la parole, mais il fit comme si de rien n'était.

— Si je puis continuer...

— Non, fieffé imbécile, vous ne pouvez pas ! tonna la même voix. — Kevin, qui s'était retourné, émit un gloussement ravi. — C'est le professeur ! Hourra ! La soirée ne sera peut-être pas si mortelle, en définitive.

A l'opposé de l'endroit où nous étions assis, dans la seconde moitié de la salle, se dressa une silhouette. Ce n'était pas la silhouette robuste de mon époux volage mais néanmoins adoré. C'était celle d'un enfant aux cheveux noirs, portant — constatai-je avec chagrin — une veste d'Eton extrêmement poussiéreuse et un col froissé. Ce lutin, qui donnait l'étrange impression de léviter, s'éleva hardiment dans les airs. J'observai qu'il était perché sur les épaules de son père.

Ramsès — car c'était bien lui, comme le lecteur l'aura certainement deviné — lança d'une voix flûtée :

— Avec tout le respect que je vous dois, monsieur Budge, vous faites erreur. Mes expériences personnelles ont prouvé de manière formelle ce que je soupçonnais depuis le début...

Budge se ressaisit à grand-peine.

— Par tous les... c'est inqualifiable... Asseyez-vous, professeur ! Taisez-vous, jeune homme ! Comment osez-vous... ?

— Laissez causer le marmot ! cria une voix au fond de la salle.

Un éclat de rire général salua cette suggestion, et Emerson se dirigea vers le devant de la scène. Inutile de préciser que, durant ce temps, Ramsès continuait de parler. Je le voyais remuer les lèvres, mais ses paroles, de même que les admonitions frénétiques de Mr. Budge, étaient couvertes par la bruyante hilarité du public. A côté de moi, Kevin s'étranglait d'amusement tout en prenant rapidement des notes.

Face à l'auditoire, Emerson leva une main pour réclamer le silence. Le chahut s'apaisa, et la voix de Ramsès devint alors audible :

— ... forte odeur de putréfaction, les tissus sont décolorés et distendus, voire d'une consistance gélatineuse. D'autre part, le natron sous sa forme solide, avec du carbonate de sodium et du bicarbonate de soude en proportions importantes, produit...

Le beau visage d'Emerson rayonnait de fierté paternelle tandis qu'il écoutait son fils égrener ces informations aussi exactes que répugnantes.

— Oh, doux Jésus ! murmurai-je, ne sachant trop s'il fallait rire ou donner libre cours à une émotion d'une autre nature.

— Chut ! fit Kevin, qui gribouillait avec fièvre.

Budge devait savoir que rien, hormis la violence physique, ne pourrait faire taire Ramsès ; mais sa fureur était si grande que je m'attendais presque à le voir se précipiter sur l'extravagant duo en agitant les poings. Toutefois, ce ne fut pas son intervention qui mit un terme à la causerie de Ramsès. L'interruption provint d'une source toute différente.

Emerson vit le nouveau venu avant moi. Il se raidit perceptiblement mais, avant qu'il eût pu bouger, un cri strident, poussé par une femme assise dans les derniers rangs, fit se lever le public comme un seul homme. Le « prêtre » était entré par la porte principale. Quand je l'aperçus enfin, dans l'allée centrale, il courait vers l'estrade.

Mais... que se passait-il ? Il n'était pas dans l'allée, il était sur la scène... non, à l'autre bout de la salle... Ils étaient au moins six, tous en robe blanche et affublés d'un masque impénétrable, tous identiques. En voyant des prêtres surgir aux quatre coins de l'auditorium et galoper en tous sens, les gens furent pris de panique. Ils s'égaillèrent en hurlant pour s'échapper de la pièce.

Quelle qu'eût été l'attente d'Emerson, il n'avait pas prévu cela. Lèvres pincées, front plissé, il descendit Ramsès de ses épaules et le cala sous son bras.

Je m'étais levée avec les autres. Ombrelle pointée, je défendis fermement ma position au milieu des journalistes grouillants, qui s'évertuaient à aller dans plusieurs directions en même temps. La plupart d'entre eux me dépassaient d'au moins une tête, ce qui n'empêcha point Emerson de plonger son regard directement dans le mien. Un frisson parcourut chacun de mes membres lorsque je vis le désarroi dans ses perçantes prunelles bleues, signe de la lutte douloureuse que se livraient les désirs contradictoires qui le clouaient sur place.

Les bras de Kevin m'encerclèrent la taille et me soulevèrent du sol.

— Tenez bon, madame E., je vais vous tirer de là !

Pendant quelque temps, je perdis la notion de ce qui se passait. Au lieu de se diriger vers l'issue la plus proche, qui était bloquée par des spectateurs en fuite, Kevin se réfugia dans un espace relativement dégagé, non loin de l'estrade.

La scène proprement dite était assiégée. Tous les individus masqués avaient convergé vers le cercueil. Mes yeux effarés avaient l'impression d'en voir des douzaines, et on peut difficilement concevoir l'effet cauchemardesque que produisaient ces images multipliées. Au cœur de la bataille se dressait Emerson. Seule était visible sa tête massive, car il était entièrement enveloppé de pans de mousseline qui ondulaient et tournoyaient. L'une des figures de carnaval recula en titubant, les mains crispées sur son plexus, et j'entrevis mon héroïque époux distribuant des coups à pleine puissance. Sans l'entrave de Ramsès, qu'il tenait toujours sous son bras, peut-être eût-il emporté la victoire, mais ses adversaires étaient trop nombreux pour lui. Il luttait seul, Budge et les respectables invités ayant disparu je ne sais où. Il sombra sous un tourbillon de robes blanches et une avalanche de coups de poing. Les tréteaux cédèrent. Le cercueil tomba avec fracas, répandant par terre son sinistre contenu, qui fut aussitôt foulé aux pieds.

— Lâchez-moi ! criai-je en martelant le bras de Kevin. Libérez-moi sur-le-champ ! Je dois me porter à son secours. Oh ! Seigneur, je redoute le pire...

Les joues de Kevin étaient empourprées d'excitation, ses lèvres retroussées en un féroce sourire guerrier.

— Taïaut, taïaut ! brailla-t-il. A l'assaut, madame E. ! On leur rentre dedans, hein ? Allez, les O'Connell !

— Et les Peabody ! hurlai-je en brandissant mon ombrelle.

— Et les Peabody ! En avant !

Côte à côte, nous nous ouvrîmes un passage jusqu'à la scène. A vrai dire, ce ne fut pas une lutte bien désespérée car, à ce moment-là, les spectateurs les plus calmes (on en comptait quelques-uns) avaient apaisé le tumulte, assistés dans une mesure non négligeable par la présence de plusieurs grands gaillards portant le sceau caractéristique de policiers en civil. Les hommes masqués les avaient également repérés. Lorsque nous atteignîmes le champ de bataille, il ne restait plus qu'un seul combattant : mon mari. Je ne compte pas Ramsès, qui, cloué au sol par le corps prostré de son vaillant géniteur, agitait les jambes avec frénésie et emplissait l'air de ses questions agitées.

Face au plus grand dilemme qui fût pour un journaliste — plusieurs événements se produisant en même temps — Kevin se demanda un instant s'il devait se lancer à la poursuite des carêmes-prenants, comme l'avaient fait la majorité de ses collègues, ou interviewer Emerson. J'aime à penser que la gentillesse, aussi bien que l'instinct journalistique, guida sa décision. Il aida Emerson à s'asseoir, en dépit de mes protestations — car mon expérience de la médecine me prévenait contre tout mouvement précipité.

— Vous êtes blessé à la tête, Emerson ! m'exclamai-je en essayant de le rallonger. Demeurez à plat ventre le temps que je m'assure...

La réaction énergique d'Emerson me rassura pleinement.

— Bas les pattes, Peabody ! Ce n'est pas parce que de pauvres Egyptiens ignares, n'ayant pas d'autre assistance médicale sous la main, vous permettent d'exercer sur eux vos prétendus... Crénom ! Ramsès ! Où est Ramsès ?

— Ici, papa.

Ramsès avait le souffle court, ce qui pouvait se comprendre, mais il était indemne, hormis quelques égratignures et contusions. Il se traîna au côté d'Emerson.

— Je ne saurais exprimer par de simples mots l'indicible soulagement qui me submerge à vous entendre...

— Merci, mon fils.

Emerson repoussa le mouchoir de fine dentelle avec lequel je m'employais à endiguer le flot de sang qui rougissait son vaste front.

— Peabody, si vous ne cessez pas...

— Tenez, professeur, dit Kevin en lui offrant un énorme mouchoir blanc.

Emerson le noua autour de sa tête et se mit debout. L'un des policiers l'aborda :

— Excusez-moi, professeur...

D'un regard furieux, Emerson le pétrifia sur place.

— Nom d'une pipe, Orlick, comment avez-vous pu laisser faire ça ? Je suppose que vous n'avez pas mis la main sur lui... sur eux... sur l'un ou l'autre d'entre eux ?

Le grand gaillard se dandina, la mine penaude.

— Non, monsieur. Désolé, monsieur. Mais vous nous aviez dit de guetter un homme seul. Nous n'étions que trois, et ils étaient deux fois plus nombreux, ce qui fait...

— Empêchez au moins ces maudits journalistes de m'approcher ! gronda Emerson en agitant frénétiquement les bras pour chasser un tout petit homme qui le tirait par le coude en bêlant :

— Qu'avez-vous ressenti, professeur, quand vous avez vu...

Le représentant de la loi éconduisit fermement le reporter. Emerson braqua alors son regard féroce sur Kevin O'Connell.

— Je crois que je vais me retirer, dit vivement celui-ci. Inutile d'appeler la police...

— Vous vous méprenez, dit Emerson. Je m'apprêtais à vous remercier. Mais oui, jeune homme, je vous remercie ! Vous avez sacrifié la matière d'un article sensationnel afin de protéger Mrs. Emerson. Je ne l'oublierai pas, monsieur O'Connell. Je suis votre débiteur.

— Moi de même, gazouilla Ramsès. Serrons-nous la main, monsieur O'Connell, et sachez que si un jour je suis en mesure de vous rendre service, vous pourrez compter sur moi.

Kevin réprima à grand-peine un sourire en regardant Ramsès, silhouette petite mais très digne, et il prit la main que l'enfant lui tendait. Je l'aurais dissuadé de le faire si j'en avais eu le loisir, mais Kevin ne sembla rien remarquer d'anormal, même si ses doigts collèrent à ceux de Ramsès au point qu'il eut du mal à les détacher. (Je ne saurais dire de quelle substance il s'agissait ; Ramsès était fréquemment couvert, en partie ou en totalité, de substances poisseuses.)

— Vous n'avez rien perdu à vous montrer chevaleresque, reprit Emerson. Je doute fort que vos collègues aient réussi à attraper ces figures de carnaval.

— Sacredieu, mais ça relève de la magie noire ! marmonna Kevin en essuyant sa main sur son pantalon. Ils se sont tous volatilisés ?

— Le tour de passe-passe n'est pas si difficile, répondit Emerson. N'oublions pas que ces masques sont des objets fragiles, en papier mâché. Une fois durcis, ils paraissent relativement solides, mais un coup de poing ou de pied suffirait à les réduire en morceaux. Il ne faudrait que quelques secondes pour ôter la longue robe, écraser le masque sous son talon et se fondre dans la foule.

— Vous étiez plus près d'eux que quiconque, dit Kevin, et vous êtes un fin observateur. Vous n'avez rien vu qui pourrait contribuer à l'identification de l'un d'entre eux ?

— J'étais occupé par ailleurs à ce moment-là, répondit Emerson avec causticité. Et je n'ai pas réussi, semble-t-il, à protéger la momie.

Se tournant vers l'estrade, il contempla l'étendue du désastre.

Madame Tussaud n'avait point dans son musée de tableau plus macabre que celui-ci. Le cercueil avait été fabriqué dans un bois peu épais, séché par des siècles et des siècles de chaleur. Au lieu de se briser, il avait littéralement volé en éclats. Des fragments étaient éparpillés un peu partout ; une partie du visage fracassé gisait non loin de là, et l'œil peint en noir me fixait sans aménité. Mais les dégâts les plus spectaculaires concernaient la momie. Les bandelettes de lin et les ossements avaient subi la même dessiccation qui avait réduit le bois à l'état de fragile coquille. D'indescriptibles débris étaient disséminés dans un large rayon, certains encore enveloppés, d'autres exposés dans leur brunâtre nudité. Le crâne avait roulé avant de s'immobiliser contre le pied d'une chaise. Il était recouvert d'une peau brune, parcheminée, et les cheveux qui adhéraient encore au cuir chevelu plissé étaient d'un jaune pâle, rougeâtre.

— Dieu nous protège ! marmonna Kevin, bouche bée. Une Irlandaise !

— Cette couleur est due au henné, expliqua Ramsès. La teinte d'origine était blanche ou grise.

— Voilà donc votre femme entre deux âges, Emerson, dis-je. Ne vous laissez pas abattre, ils n'ont pas réussi à s'en emparer.

— Ils n'en voulaient pas, de cette maudite momie, répliqua Emerson. Ils ont bel et bien réussi, Peabody. C'est précisément le but qu'ils désiraient atteindre.

— La détruire ? Mais pourquoi, professeur ?

Emerson riva son regard sur le calepin de Kevin.

— La gratitude a ses limites, O'Connell. Je ne vous en dirai pas davantage ce soir.

Je me félicitai de la prévoyance dont j'avais fait preuve en venant avec la voiture. Celle-ci nous attendait, de sorte que nous ne perdîmes pas de temps à chercher un cab. Henry, le cocher, manqua choir de son siège en nous voyant approcher, et se hâta de descendre pour offrir à Emerson le soutien de son bras musclé. Pour une fois, mon mari ne dédaigna pas ce renfort. Encore étourdi par le coup qu'il avait reçu, il n'était pas très solide sur ses jambes.

Lorsque nous arrivâmes à la maison — en un temps record, grâce à la conduite inspirée de Henry — je remis mon conjoint blessé entre les mains de Gargery et m'agenouillai près de Ramsès.

— Je dois aller m'occuper de papa, Ramsès. Dis-moi d'abord si tu es blessé, s'il te faut des soins...

— Papa en a davantage besoin que moi, car il a essuyé le plus fort de l'attaque en voulant me préserver des mauvais coups au mieux de ses capacités, qui sont, comme vous le savez...

— Sois bref, Ramsès, je t'en conjure.

— Oui, maman. Je n'ai que quelques égratignures et contusions, que je me suis faites lorsque papa s'est effondré sur moi. Elles sont superficielles. Je crois que le meilleur moyen de vous être utile est de monter immédiatement dans ma chambre afin de ne pas vous encombrer, quoiqu'une affection bien naturelle me porte à me précipiter au chevet de papa...

— Ta première suggestion est la bonne, Ramsès. — Je me levai et lui pris la main. — Je viendrai te voir tout à l'heure, non seulement pour panser tes plaies mais pour te rassurer sur le sort de ton père. Tu n'as pas à t'inquiéter. Il est affaibli par le choc et la perte de sang, mais il ne paraît pas gravement atteint.

J'omets la réponse de Ramsès, qui ne contenait rien de vital et qui se prolongea jusqu'au moment où nous nous séparâmes sur le palier.

Mon diagnostic, comme à l'accoutumée, se révéla correct. La tendresse conjugale avait triomphé de mes instincts médicaux, et aussi des noirs soupçons qui m'avaient hantée. Contempler Emerson affaibli et blessé, écarter doucement ses épais cheveux de la vilaine estafilade qui déparait son crâne, essuyer le sang qui coulait sur sa joue hâlée — et sentir ses lèvres effleurer ma main pendant que je le soignais... Faut-il s'étonner que, l'espace d'un moment, j'aie tout oublié hormis l'affection qu'il m'inspirait ? Et faut-il s'étonner qu'Emerson ait gémi un peu trop fort et se soit fait passer pour plus faible qu'il ne l'était en réalité ? Nous y prîmes l'un et l'autre beaucoup de plaisir. Une fois que j'eus pansé et mis au lit mon autre patient, Emerson et moi nous installâmes au coin du feu, dans une intelligence presque aussi parfaite que celle qui nous avait toujours unis.

— A présent, dis-je, expliquez-moi (je ne peux vous blâmer d'avoir refusé de le faire devant Kevin, car, comme vous l'avez si bien exprimé, la gratitude elle-même a ses limites)... expliquez-moi, donc, pourquoi les hommes masqués ne voulaient pas dérober la momie.

Emerson but une gorgée du cognac que je lui avais strictement interdit de prendre.

— Volontiers, Peabody. J'avais un certain nombre de raisons de vouloir examiner l'intérieur de ce cercueil. Je vous en ai d'ailleurs exposé quelques-unes. Mais j'espérais également attirer ainsi le faux prêtre hors de sa cachette, car je pensais bien qu'il ne pourrait se défendre d'assister à la démonstration.

— Vous avez assurément réussi, dis-je en souriant.

— Au-delà de mes rêves les plus fous ! Non pas un, mais six faux prêtres ! Crénom, Peabody, notre homme a de l'imagination, il faut en convenir. Le coup était brillamment conçu et brillamment exécuté. J'avais en effet pris la précaution de forcer... euh, de persuader Budge de changer sans avertissement la date de sa conférence...

— C'était donc votre idée, Emerson ?

— Oui. Je suis sûr que vous comprenez mon raisonnement, Peabody.

— Naturellement, mon chéri. Vous espériez que l'inconnu aurait vent du changement de date mais serait contraint d'agir dans la hâte, sans préparation élaborée. Vous saviez, à ce moment-là, qu'il avait l'intention de détruire, non de voler, la momie ?

— Non, admit Emerson avec une franchise inhabituelle (imputable, vraisemblablement, au cognac et à la perte de sang). J'avais la conviction qu'il tenterait quelque chose, et j'avais une toute petite idée — si faible, si floue, si folle que je n'arrivais pas moi-même à l'admettre — pouvant expliquer qu'il veuille empêcher l'ouverture du cercueil.

— Et quelle était cette idée faible et floue ?

— J'ai dit que je ne pouvais pas l'admettre, Peabody. Alors même que je bataillais contre ces démons, pour les empêcher d'approcher du cercueil, je pensais qu'ils avaient le dessein de se sauver avec lui. Mais quand j'ai vu les fragments... Vous les avez vus aussi, Peabody. Quelle est la conclusion inévitable ?

Il s'était montré franc avec moi ; je ne pouvais faire moins.

— Je l'ignore, Emerson, murmurai-je. Dites-le-moi.

— Mais... de toute évidence, que la momie avait été manipulée et en partie démaillotée ! Les ossements ne se seraient pas dispersés dans un rayon aussi large, n'auraient pas éclaté de façon si hideuse, s'ils n'avaient déjà été libérés de leurs bandelettes.

— Bien sûr ! m'exclamai-je. Très juste, Emerson. J'aurais dû l'observer moi-même... et je l'aurais fait, à coup sûr, si je n'avais été si inquiète pour vous.

— Donc, Peabody, cela ne fait aucun doute : la momie avait été démaillotée. Mais quand ? Et pour quelle raison ?

C'était comme au bon vieux temps : nous étions assis côte à côte, devant un feu mourant, engagés dans une conversation aussi affable que captivante. Je répondis d'une voix rêveuse :

— Il se pourrait que la momie ait été profanée par des voleurs de tombes, à une époque reculée, et ensuite remmaillotée. De tels cas sont connus. Mais vous inclinez à croire, tout comme moi, que la manipulation est beaucoup plus récente. De toute évidence, elle a été perpétrée avant que la momie ne soit donnée au Museum. J'interrogerai demain Lord Liverpool...

— Demain, répéta Emerson. Auriez-vous un rendez-vous, Peabody, ou projetez-vous de commettre un autre de vos petits cambriolages ?

Dans sa voix perçait ce ronronnement menaçant qui indiquait la montée de la bile.

— Oh ! fis-je avec un rire de gorge. J'ai oublié de

vous en parler. Lord Liverpool nous a invités à déjeuner et à admirer sa collection.

— Quand a-t-il fait cela ?

Je ne vis aucune raison de préciser que j'avais amorcé la chose.

— J'ai reçu la lettre ce matin, répondis-je en toute sincérité.

— Ce matin. Hmmm. Dans ce cas, ça ne peut être...

Au lieu de terminer sa phrase, il enchaîna d'une voix plus aimable :

— Bien joué, Peabody. Vous connaissant, je subodore que l'idée vient de vous, non de Lord Liverpool, mais elle est bonne. J'espère seulement que Sa Grâce ne sera pas trop dépitée en voyant que je vous accompagne.

Je suis sûre que je n'ai pas besoin d'expliquer à tout lecteur avisé (c'est-à-dire de sexe féminin) pourquoi, le lendemain matin, je me réveillai absolument furieuse contre Emerson. Telles sont les oscillations du cœur humain ! Et j'ai observé que, plus on va loin dans un sens, plus le balancement en sens contraire sera violent. Dans le registre de l'émotion, j'étais allée fort loin la veille au soir.

Emerson, pour sa part, se montra préoccupé et distant. Au petit déjeuner, il se cacha derrière un journal, ignorant les questions avides de Percy, qui avait appris (par Ramsès, présumai-je) notre plus récente aventure. Les exclamations répétées de notre neveu — « Ca alors, que c'est donc excitant ! » — ne laissaient pas d'être pénibles.

Percy avait sorti de son gousset un petit couteau de poche, qu'il caressait d'une manière propre à susciter les plus noires appréhensions chez la mère d'un enfant mâle.

— Quel beau canif ! lui dis-je. Ramsès en a un tout à fait semblable. Son père le lui a donné, à la condition formelle qu'il ne grave pas de dessins sur les meubles.

— Jamais je ne ferais une chose pareille, tante

Amelia, m'assura-t-il. Celui-ci, c'est un cadeau de mon père. Il est splendide, n'est-ce pas ? Voyez, il a trois lames et un hameçon...

— Très joli, Percy. Non, Violet, tu as déjà pris deux muffins, et c'était un de trop. Ramsès...

Mais pour une fois, Ramsès ne se livrait à aucune activité coupable. Au cours de la nuit, ses bleus avaient acquis une superbe teinte multicolore, et son visage arborait une expression aussi méditative que celui de son père.

— Oui, maman ? dit-il avec un haut-le-corps.

— Rien. Emerson, y a-t-il quelque chose d'intéressant dans les journaux ?

— Rien que nous ne sachions déjà, Peabody. Le *Standard* souligne que ce genre d'outrage public ne pourrait pas se produire sous un gouvernement conservateur, et le *Daily News* fait observer qu'il doit s'agir d'un inoffensif canular commis par quelques jeunes gens un peu exubérants.

— Quel dommage que vous n'ayez pu attraper ce vaurien, oncle Radcliffe, déclara Percy. C'est la deuxième fois qu'il vous échappe, je crois ?

Ses grands yeux étaient aussi innocents que ceux d'un bébé.

Mauldy Manor, le vénérable château des comtes de Liverpool, est situé en bordure du fleuve, près de Richmond. J'étais impatiente de le voir car, aux dires de tous, c'était un bâtiment impressionnant et pittoresque, dont les fondations — à en croire les rumeurs — avaient été posées à la même époque que les structures les plus anciennes de la Tour de Londres. Outre son mérite architectural, il pouvait légitimement prétendre à la renommée historique : Charles II s'y était caché une nuit avant de s'enfuir pour la Hollande (d'où la prééminence, dans cette région, des traits caractéristiques des Stuart) ; Edouard II avait été torturé dans l'un des donjons avant d'être transféré à Berkeley ; enfin, pratiquement toutes les parties belligérantes impliquées de près ou de loin dans la Guerre des Deux Roses avaient assiégé la forteresse. (Les comtes de Liverpool étaient réputés pour leur facilité à changer de camp.) Aucun recueil d'histoires surnaturelles ne serait complet s'il ne puisait dans l'orgueilleux répertoire de Mauldy : la Dame Blanche, le Chien Noir, le Courtisan Elisabéthain Sans Tête et la Calèche Fantôme, tirée par des squelettes de chevaux.

Emerson était resplendissant en redingote, chapeau haut de forme et pantalon anthracite. Il avait adopté cette tenue sans aucune pression de ma part, ce qui m'incitait à me demander ce qu'il concoctait. De mon côté, j'avais eu quelque difficulté à faire le choix de ma toilette. L'honneur des Emerson-Peabody requérait ma robe et mon ombrelle les plus élégantes, mais le bon sens des Peabody faisait valoir qu'il serait peut-être judicieux d'opter pour un costume plus pratique, dans l'éventualité où je serais contrainte de battre hâtivement en retraite ou de parer une attaque. Après tout, Sa Grâce faisait partie de mes suspects. Je ne pouvais imaginer pourquoi il aurait tué Oldacre, ni commis un certain nombre des autres méfaits qui avaient été perpétrés, mais il n'en était pas moins suspect. Par conséquent, ç'eût été folie de m'aventurer dans les recoins vétustes de son château ancestral sans ma fidèle ceinture.

La décision d'Emerson de m'accompagner m'ayant délivré de mes inquiétudes sur ce plan, j'optai finalement pour une robe que ma couturière venait de terminer. (Je n'ai point relaté mes nombreuses visites à son atelier, ces détails n'étant pas dignes d'être consignés dans un journal consacré aux activités d'érudition et d'investigation, mais le lecteur se rappellera certainement que, peu après mon arrivée à Londres, j'avais entrepris l'acquisition d'une nouvelle garde-robe.) L'ensemble, appelé « robe de visite », était en moire vieux rose, avec une large ceinture noire en maroquin et des soutaches noires rehaussant les revers et les manches. Un haut col encadrait le visage de ruchés, et le chapeau assorti était une simple toque composée de rubans de satin, de roses en satin et de feuilles en satin. Par mesure de précaution, je portais mon ombrelle à volants noirs au lieu de la rose assortie, dont l'armature n'était pas aussi solide.

Durant le trajet, nous devisâmes de manière assez décousue. Emerson ruminait. Il n'arrêtait pas de se caresser le menton, comme il tendait à le faire quand il était perplexe ou troublé. Même ma réflexion sur la poterie prédynastique ne parvint pas à lui arracher davantage qu'un marmonnement distrait.

C'est seulement lorsque nous eûmes laissé la ville derrière nous qu'il émergea de sa rêverie.

— Dites-moi, Peabody, que cherchez-vous au juste ? Si nous n'échangeons pas nos impressions avant d'arriver sur place, nous risquons de nous trouver en porte à faux. Ce qui, par le passé, nous a souvent mis dans des situations embarrassantes, pour ne pas dire dangereuses.

— Je vais être parfaitement honnête avec vous, Emerson...

— Ah !

— Je n'ai aucune intuition particulière.

Il se frotta la mâchoire avec une énergie redoublée.

— Vous connaissant comme je vous connais, Peabody, j'incline à croire cette déclaration. A vrai dire, je n'imagine pas ce que vous pourriez bien chercher. Un atelier où l'on fabriquerait à la chaîne des masques en papier mâché ?

— A supposer qu'un tel endroit existe, je ne pense pas que Sa Grâce aurait la sottise de me le faire visiter. Si vous parveniez à l'occuper pendant que je jette un petit coup d'œil alentour...

— Renoncez à cette idée, Amelia. D'après ce que je sais de Mauldy Manor, il faudrait dix jours à dix hommes pour explorer dans les coins et les recoins cette demeure délabrée. Et si les ouchebtis proviennent de la collection de son père, il n'aura certainement pas laissé la vitrine vide avec l'étiquette collée dessus.

— Bien sûr que non, Emerson. Il nous faudra simplement ouvrir l'œil et avoir les sens en alerte. J'ai bon espoir que Lord Liverpool — à supposer qu'il soit notre homme — laisse échapper des paroles compromettantes au fil de la conversation. Je suis toujours pour laisser les gens parler librement et sans interruption...

— Vous ? répliqua Emerson. « La plus éloquente, celle dont le discours ne faillit point » ?

J'eus le sentiment que je n'avais pas fini d'entendre cette citation — appropriée, j'en conviens. Je me sentis néanmoins obligée de souligner qu'il ne pouvait s'agir que d'une pure coïncidence.

— Il ne pouvait pas savoir que nous serions dans le public ce jour-là, Emerson. Puisque Henutmehit était une prêtresse d'Isis, le discours s'adressait vraisemblablement à elle.

— Humph !

Le soleil dispensait ses rayons sur les verdoyants pâturages de Richmond et le printemps déployait tous ses charmes devant nous : fleurs sauvages fraîchement écloses, agnelets gambadant dans les champs, petits oiseaux faisant des trilles sur les rameaux feuillus. Il était difficile d'imaginer à quoi pouvait ressembler Mauldy Manor par une nuit de pluie et de brouillard, car, même en plein soleil, ses tours en ruine évoquaient les pires excès des romances gothiques, et le voile de vigne vierge accroché aux murs lézardés ne parvenait point à adoucir leurs sinistres contours.

Le château était un salmigondis de styles architecturaux, l'une des ailes étant en pierre, une autre en briques et en madriers, à la mode Tudor. Seule l'une des ailes paraissait habitée ; c'était un bâtiment du XVIIIe siècle relativement moderne, à la porte duquel conduisait la longue allée. Comme nous descendions de la calèche, un domestique sortit pour nous accueillir et indiquer au cocher le chemin des écuries.

J'ai vu des physionomies plus avenantes que celle du majordome, mais c'est avec une parfaite correction qu'il prit le chapeau et la canne d'Emerson ; il voulut également me débarrasser de mon ombrelle, ce à quoi je m'opposai. Il nous introduisit ensuite dans un joli salon dont les larges fenêtres donnaient sur une pelouse et un jardin, lequel était agrémenté de rosiers qui perdaient leurs feuilles mais ne portaient pas encore de fleurs.

Le plan que j'avais mis au point pour amener Sa Grâce à parler eût fort bien marché si elle avait eu quelque chose de pertinent à dire. J'eus peine à reconnaître dans notre hôte le jeune homme mou, léthargique, que nous avions rencontré au British Museum. Il paraissait toujours malade : le rose fallacieux qui colorait ses joues était le fait des cosmétiques, et il était d'une maigreur squelettique. Cependant, l'animation avec laquelle il nous accueillit, la vigueur avec laquelle il bondit de son fauteuil, l'énergie frénétique de sa conversation — tout cela était aussi différent de sa personnalité antérieure que le sont le jour et la nuit.

Il nous présenta les autres invités : Lord St. John, que nous connaissions déjà, et un jeune homme du nom de Barnes, qui se distinguait en premier lieu par la proéminence de ses dents et qui ne prononçait jamais une phrase complète, se bornant à sourire et à branler du chef en permanence.

Lord St. John me baisa la main.

— C'est fort courageux de votre part de vous être aventurée à sortir aujourd'hui, madame Emerson. Nous craignions que vous ne fussiez sous le choc de votre terrible expérience d'hier soir.

J'avisai les journaux épars sur une table proche — petite touche de désordre qui semblait significative dans une pièce par ailleurs impeccablement rangée.

— Je présume que vous n'avez pu y assister, Lord St. John ?

— Je n'ai malheureusement pas appris à temps le changement de date, répondit-il sans broncher. J'avais un engagement par ailleurs. De toute manière, je ne sais pas si j'aurais décidé d'y aller. A mes yeux, il y a quelque chose de répugnant et d'inesthétique à exposer ainsi les restes d'un être humain.

Lord Liverpool émit l'un de ses gloussements haut perchés.

— Quel moraliste constipé vous faites, Jack ! C'était pour une noble cause, n'est-ce pas, chère madame ? Le progrès des connaissances, tout ça...

— C'était le but, convins-je. Comme vous l'avez certainement lu dans les journaux, les choses ne se sont point passées ainsi. Il est regrettable que vous n'ayez pas été là, messieurs. Vous auriez pu prêter main-forte à mon époux, qui n'est pas parvenu à protéger le spécimen, en dépit d'efforts qui auraient défié les capacités de la plupart des hommes.

Lord St. John lança un coup d'œil sur le pansement adhésif qui ornait le front d'Emerson.

— Ah ! oui, murmura-t-il. C'est un grand soulagement pour vos amis, professeur — au nombre desquels, je l'espère, nous pouvons nous compter — de voir que vous n'avez pas été gravement blessé. J'avais bien l'intention de m'enquérir de votre santé auprès de Mrs. Emerson.

Mon mari s'installa exactement au centre du canapé.

— Très aimable de votre part. Vous ne vous attendiez pas à me voir, je présume ? Je n'étais pas invité. Et pourtant, je suis là.

— Et nous en sommes ravis, dit Lord St. John.

Le comte gloussa.

On nous servit un succulent repas, auquel notre hôte ne toucha pratiquement pas. En revanche, il absorba une considérable quantité de vin et parla sans discontinuer. Cet accès de volubilité faisait suite à une question que j'avais posée concernant l'historique du château, et je fus surprise de découvrir que ce jeune homme oisif, sans éducation, était si bien informé et si ardemment passionné. Son monologue se prolongea trois plats durant, à narrer des anecdotes que j'avais entendues et d'autres que je ne connaissais pas.

La Reine Elisabeth avait dormi dans la Grande Chambre et s'était vu régaler d'une mascarade, d'une chasse au clair de lune et des solennels discours habituels. Le Courtisan Sans Tête était un souvenir de cette visite : selon Lord Liverpool, le comte de l'époque avait surpris ledit courtisan dans la chambre à coucher de la reine, occupé à lui témoigner de force ses assiduités. La souveraine, certes, avait hurlé comme une perdue — mais seulement après que le comte fut entré. Coupable ou innocent, le violeur présumé était monté sur l'échafaud avec la dignité d'un gentleman, sans trahir sa reine. Dans ces conditions, on ne pouvait guère lui reprocher d'épancher sa bile sur les descendants de l'homme qui avait été à l'origine de son trépas prématuré.

— Honte à vous, Ned ! dit Lord St. John en riant. Ce n'est pas une histoire convenable pour une dame comme Mrs. Emerson.

Je lui assurai que je n'étais nullement offusquée.

— Je n'ai pas une admiration éperdue pour Elizabeth. Elle me paraît avoir manifesté la même cruauté implacable que ses ancêtres Tudor, mais d'une façon typiquement féminine. Je suis convaincue que le malheureux gentleman décapité était innocent... de cet outrage-là, tout au moins.

— La solution du mystère dépasse même vos pouvoirs, dit Lord St. John avec un sourire étrange. Il y a si longtemps de cela...

— Nul mystère n'est insoluble, Votre Grâce, repartis-je froidement. La question est simplement de savoir combien de temps et d'efforts l'on est prêt à y consacrer.

Lord St. John leva son verre en un geste de capitulation muette. D'aucuns auraient jugé passablement sinistre son fin sourire grimaçant.

Comme le comte poursuivait son récit, je commençai à comprendre la cause de sa flamme. C'était l'orgueil de son lignage qui l'inspirait. Ses yeux brillaient et ses joues caves brûlaient de fébrilité tandis qu'il évoquait la longue chaîne ininterrompue d'hommes valeureux et de belles dames qui étaient ses ancêtres. (L'Histoire a une façon bienveillante de fermer les yeux sur de menus défauts tels que le brigandage, le massacre, la piraterie et les agressions contre les femmes, notamment quand ceux qui s'y adonnent possèdent des titres et des terres.)

Je n'en fis pas la remarque, comme je l'aurais fait d'ordinaire, car il était clair que l'infortuné jeune homme ne pouvait admettre, même dans le secret de son cœur, qu'il fût le dernier de sa lignée. D'un ton ferme, et pourtant avec un curieux air de défi, il parlait de se marier, de tenir dans ses bras un fils qui hériterait de son nom et de ses titres. A l'écouter, un sentiment voisin du chagrin me gagna. Ce garçon ne vivrait certainement pas assez longtemps pour voir son fils. Même s'il parvenait à engendrer un héritier, le bébé et la mère d'icelui seraient contaminés par cette même maladie qui, lentement, le tuait. Lord St. John, qui me faisait face à table, semblait tout aussi affecté que moi ; il avait perdu son sourire narquois, et quand Liverpool mentionna le nom d'une certaine demoiselle pouvant se révéler digne de l'honneur de devenir la comtesse de Liverpool, St. John se mordit la lèvre au point de la faire saigner.

Je n'eus aucune difficulté à persuader Lord Liverpool de nous faire visiter les êtres, dont je louai l'agencement avec enthousiasme, à l'évidente satisfaction de notre hôte. Seule l'aile du XVIIIe siècle était utilisée, mais la Chambre de la Reine avait été conservée en l'état, bien que les tentures fussent en lambeaux et qu'un bruissement agité trahît la présence de souris dans le matelas.

A l'extrémité de la Longue Galerie de l'aile Tudor — qui était garnie de tableaux d'une qualité douteuse mais d'une ancienneté indubitable — je remarquai une lourde porte dont les panneaux en chêne massif et les énormes charnières montraient qu'il s'agissait d'une vénérable antiquité. Avec mon impétuosité coutumière, je fis tourner la poignée.

— Elle est fermée à clef ! m'exclamai-je. Est-ce là que se trouvent la chambre du trésor et les oubliettes, Votre Grâce ? Verrai-je des squelettes suspendus à des chaînes rouillées, au milieu d'épouvantables instruments de torture ?

Ma petite saillie échappa à Lord Liverpool. Il demeura immobile, le regard fixe, en proie à une apparente consternation ; Lord St. John, en revanche, partit d'un grand éclat de rire.

— Ce serait à votre goût, n'est-ce pas, madame Emerson ? Malheureusement, les squelettes sont dans les placards, non dans les oubliettes. Cette porte conduit à la partie la plus ancienne du château, mais elle est condamnée depuis bien des années. Mieux vaut ne pas vous y aventurer ; c'est plein de toiles d'araignée, de rats et de chauves-souris.

— Les chauves-souris ne m'importunent pas le moins du monde, lui assurai-je. Les pyramides et les tombeaux d'Egypte en sont infestés ; je suis habituée à ces créatures.

— Peut-être, mais les planchers pourris et les plafonds effondrés vous importuneraient. N'ai-je pas raison, Ned ?

— Euh ? Ah ! oui, tout à fait. Il ne faudrait pas risquer de fouler une de ces jolies chevilles, madame Emerson. Euh... cette privauté ne vous contrarie pas, j'espère, professeur ?

— Pas du tout, ronronna Emerson. Mon épouse a, en effet, des chevilles joliment tournées. Je suis honoré que vous l'ayez remarqué, Votre Grâce.

Je l'entraînai vivement.

Il s'était fort peu exprimé jusqu'à présent, mais il retrouva sa faconde habituelle lorsque nous inspectâmes la collection d'antiquités du défunt comte. Rien ne suscitait tant son courroux que le pillage effréné qui avait prévalu aux premiers temps de l'exploration égyptienne et qui se poursuivait encore, malgré les efforts du Service des antiquités pour y mettre fin.

— On aurait dû le pendre ! s'exclama Emerson en parlant du défunt comte. Lui et tous ses pairs ! Regardez-moi ça, Peabody : Ancien Empire, à coup sûr, même style que les mastabas de Ti et Mereruka... un trésor dérobé Dieu sait où...

L'objet auquel il faisait allusion en termes si vigoureux était un bloc de calcaire orné d'un bas-relief d'une exquise délicatesse, représentant un fragment de scène de chasse dans les marais. La figure centrale était celle d'un chat tenant un poisson dans sa gueule, dépeint avec une affection espiègle et un raffinement dans le détail qui le plaçaient au rang des plus grands chefs-d'œuvre artistiques. Les Anciens dressaient ces animaux à les aider pour la chasse. Celui-ci portait un collier, et sa ressemblance avec la chatte Bastet était stupéfiante — mais pas tant que cela, au fond, puisqu'elle était de la même lignée. Peut-être descendait-elle de ce chat précis ? Amusante et fascinante spéculation...

Le virulent commentaire d'Emerson amusa Sa Grâce plus qu'il ne l'offensa.

— Oui, mon paternel était un fieffé voleur. Mais vous savez, professeur, tout le monde en faisait autant.

Voyant qu'Emerson allait répliquer vertement, je m'interposai, car nous n'avions aucun intérêt à fâcher le jeune homme.

— Ce n'est certes pas la faute de Lord Liverpool, Emerson. Quelle ravissante pièce, Votre Grâce ! Nous avons ramené de l'une de nos expéditions en Egypte une chatte — baptisée Bastet — qui est le portrait même de celui-ci.

— Vraiment, madame ?

— Ned a une grande affection pour les chats, dit Lord St. John d'une voix dépourvue d'expression.

— Oh ! oui, oui. J'adore ces petites créatures. Les écuries en sont remplies, ajouta Lord Liverpool de manière assez vague.

La collection ne comportait pas d'autre objet qui pût rivaliser avec le bas-relief en calcaire, mais Emerson se crut obligé d'éructer et de se lamenter sur le moindre scarabée. Enfin, le comte indiqua une porte tout au fond de la pièce.

— L'avant-dernière demeure de la pauvre vieille momie, dit-il avec un rictus sardonique. Maintenant qu'elle est partie, il ne reste plus grand-chose. J'ai l'intention de transformer cette pièce en salon de réception, un jour — quand je serai marié.

J'ouvris la porte et jetai un regard à l'intérieur.

— Ah ! fort intéressant. Voilà donc la chambre d'où provenaient des cris et des gémissements, les nuits de pleine lune, et où divers objets se brisaient sans intervention extérieure.

Lord Liverpool éclata de rire, la tête rejetée en arrière. Les tendons de son cou décharné saillaient comme des cordes.

— Captivante histoire, n'est-ce pas ? La fille a été congédiée... pas par moi, je ne m'occupe pas de ces choses-là... mais par la gouvernante. Elle était paresseuse, à ce qu'il paraît... Je ne peux pas reprocher à la petite effrontée de s'être fait quelques shillings sur notre dos.

Je notai que son débit devenait haché et que son visage se vidait de toute couleur. Je lançai un coup d'œil à Emerson, qui acquiesça discrètement. Après avoir fait le tour de la pièce, qui ne contenait rien d'intéressant hormis un bel ensemble de canopes, dont les bouchons sculptés figuraient les têtes des divinités mortuaires, nous remerciâmes Sa Grâce et prîmes congé.

Un soupir involontaire s'échappa de mes lèvres tandis que la calèche s'éloignait dans l'allée de gravier. Emerson jeta son couvre-chef sur la banquette et dénoua sa cravate.

— Fatiguée, Peabody ? s'enquit-il.

— Ce n'est pas tant de la fatigue qu'une indicible

tristesse, Emerson. Que l'atmosphère de cette demeure est donc oppressante !

— Ne versez pas dans le romantisme échevelé, grommela Emerson. La partie habitée du château est lumineuse, moderne, bien entretenue... Je vous avais pourtant recommandé de ne pas toucher les meubles de la chambre élisabéthaine, Peabody ; vous avez de la suie ou de la graisse sur les mains.

— C'est de l'huile, je crois, dis-je en essuyant mes doigts sur mon mouchoir. Mais je ne parlais pas du château, Emerson. Je parlais de son propriétaire. Quels que soient ses manquements, il est tragique de voir un jeune homme affronter une mort inéluctable, imminente.

— Le mal a déjà attaqué son cerveau, marmotta Emerson. Vous avez observé son excitabilité caractéristique. Peut-être est-il sujet à des crises de folie meurtrière, Peabody.

— Je n'ai pas eu cette impression, Emerson.

— Les impressions ne comptent pas. Vous vous attendrissez sur ce jeune vaurien parce qu'il est malade et parce qu'il affirme aimer les chats.

— C'est une qualité attachante, Emerson.

— Reste à savoir, dit-il sombrement, *comment* il les aime.

CHAPITRE DOUZE

Henry arrêta la calèche devant la maison pour nous laisser descendre avant de gagner les écuries. Comme nous mettions pied à terre, Emerson se retourna en brandissant le poing.

— Holà, toi, petit chenapan ! Ne t'avise pas de recommencer, tu te casserais un membre !

— Ce n'est point à moi que vous parlez, j'espère ? remarquai-je en badinant.

Emerson indiqua un garnement déguenillé qui battait en retraite à toutes jambes.

— Encore un de ces gamins des rues. Ils s'accrochent à l'arrière des cabs et des voitures à cheval. C'est une habitude dangereuse.

Le malheureux enfant — qui était maintenant hors de vue — éveilla en moi des souvenirs inconfortables.

— Nous ferions mieux de monter voir ce que fabrique Ramsès.

— Ce n'était pas Ramsès, Amelia.

— Je n'ai pas dit le contraire. J'ai seulement dit que je voulais voir ce que faisait Ramsès.

Lorsque Gargery nous fit entrer, il débordait de nouvelles au point qu'il ne put attendre d'avoir pris nos affaires pour nous les annoncer.

— Monsieur et madame ont eu un certain nombre de visiteurs. Ce journaliste est venu deux fois...

— Mr. O'Connell ?

— Je crois que c'est son nom, madame, opina Gargery, le nez en l'air. Il semblait passablement agité et il a dit qu'il reviendrait plus tard.

— S'il espère abuser de ma bienveillance... gronda Emerson.

— Il n'aurait pas cette naïveté, Emerson. Qui d'autre, Gargery ?

— Un jeune gentleman du British Museum, madame. Un certain Mr. Wilson. Voici sa carte. Il a dit, lui aussi, qu'il repasserait plus tard dans l'espoir de voir monsieur et madame. Et puis ce pli a été délivré par coursier. Il paraît avoir quelque importance.

Mon cœur fit un grand bond. Ayesha avait dit que je reconnaîtrais son messager. Las ! je n'avais pas été présente pour le voir. L'enveloppe était en papier toilé épais, coûteux, de couleur crème ; mon nom y était inscrit d'une main manifestement féminine.

Je la décachetai, essayant à la fois de paraître détachée et d'empêcher Emerson (qui respirait bruyamment dans mon oreille gauche) d'en voir le contenu. C'était une invitation à prendre le thé jeudi chez une amie d'Evelyn.

— Crénom ! fis-je malgré moi.

— Attendiez-vous un message particulier ? s'enquit Emerson d'un ton chargé de sous-entendus.

— Euh... non, bien sûr que non. Que peut bien vouloir Mr. O'Connell ?

Gargery n'en avait pas terminé :

— Quelqu'un a demandé à voir le professeur.

— Qui était-ce ?

— Il n'a pas laissé son nom, monsieur. Mais il semblait très contrarié — à la limite de l'impolitesse — de ne pas vous trouver à la maison.

Le pronom ne fut pas pour me soulager. Un messager envoyé par Ayesha pouvait être de sexe masculin ou féminin.

— Ah, vraiment ? se hérissa Emerson. Quel genre de vaurien était-ce donc ?

— Un genre de vaurien arrogant et mal élevé, monsieur, répondit Gargery. Et un étranger, par-dessus le marché. Il avait un accent prononcé...

Une exclamation étouffée jaillit de mes lèvres. Emerson me lança un regard intrigué.

— Quelle sorte d'accent, Gargery ?

— Je l'ignore, monsieur. Il portait un turban, monsieur. Je l'ai pris pour un Indien.

— Connaissons-nous des Indiens, Peabody ?

— Je ne pense pas, Emerson.

Nous connaissions, en revanche, bon nombre d'Egyptiens... et ils portaient eux aussi le turban.

— Il a dit qu'il repasserait, ajouta Gargery.

— Humph ! fit Emerson. Eh bien, Amelia, nous devons apparemment nous attendre à un déluge de visiteurs, le diable les emporte ! Si vous voulez parler à Ramsès, vous seriez avisée de le faire sans délai.

— Il est presque l'heure du thé, répondis-je en consultant la montre agrafée à mon revers. Demandez qu'on le serve, Gargery, et dites aux enfants de descendre.

Emerson monta ôter sa redingote honnie cependant que je continuais jusqu'au salon. Je parcourais le courrier de l'après-midi lorsque les enfants entrèrent ; après les avoir embrassés, je fis observer à Percy :

— Il est étrange que nous n'ayons eu aucune nouvelle de ta maman, Percy. Il n'y a certainement nulle raison de s'alarmer, mais je devrais peut-être lui écrire. As-tu son adresse ?

— Non, tante Amelia. C'était quelque part en Bavière, précisa-t-il à toutes fins utiles.

— Je vois. Hmmm. Ramsès, voudrais-tu t'asseoir là-bas, au bout du salon ? Je te félicite de t'être lavé la figure et les mains, mais cet arôme de produits chimiques qui imprègne tes vêtements... A quelles expériences travailles-tu en ce moment ?

— Mes expériences habituelles, maman.

— Vilain, marmonna Violet en prenant un muffin.

Gargery apparut à la porte.

— Mr. O'Connor est là, madame.

— O'Connell, rectifiai-je, sachant fort bien que Gargery avait délibérément écorché son nom. Soit, faites-le entrer. Et dites au professeur de se hâter.

O'Connell fit une entrée précipitée, comme d'habitude, en fourrant sa casquette dans sa poche.

— Qu'y a-t-il encore, Kevin ? demandai-je. Un meurtre ? Une nouvelle arrestation ?

— Rien de si grave, madame E. Du moins, je l'espère.

Il prit le siège que je lui indiquai et regarda les enfants avec curiosité.

— Plus de muffins, Violet, dis-je sèchement. Et ne boude pas, sinon tante Amelia te mettra au pain sec et à l'eau pendant trois jours. Va dans le coin, là-bas, et amuse-toi sagement avec ta poupée.

— J'ai pas envie.

Percy tapota gentiment ses épaisses boucles blondes.

— Je vais jouer aux jonchets avec toi, Violet. Si vous voulez bien nous excuser, tante Amelia ?

— Le parfait petit gentleman, dit Kevin en les regardant s'éloigner main dans la main. Et vous, monsieur Ramsès, comment allez-vous ? Pas de séquelles fâcheuses après la nuit dernière, j'espère ?

Craignant que Ramsès ne répondît en détail — égratignure par égratignure et contusion par contusion — je le fis à sa place :

— Aucune. La blessure d'Emerson était moins grave que je ne le redoutais. Il devrait d'ailleurs être ici... Eh bien, Gargery, où est le professeur ?

Gargery, qui (le lecteur l'aura peut-être noté) n'était pas homme à garder pour soi ses sentiments ni ses opinions, ne tenta même pas de dissimuler son agitation.

— Il est parti, madame. Avec l'Indien.

Je me levai à demi de mon fauteuil.

— Quoi ? Sans aucune explication, sans un mot...

— Il a seulement dit qu'il sortait et qu'il reviendrait plus tard, et qu'il ne fallait pas s'inquiéter. Mais je ne peux m'empêcher de m'inquiéter, madame, avec tous ces barbares qui en ont après le professeur et madame. Et puis ce particulier était si hautain, si impérieux...

— Avez-vous vu où ils sont allés ? m'enquis-je.

— Il avait un fiacre qui attendait, madame. Un bel équipage, ça oui, avec la plus belle paire de chevaux gris que j'aie jamais vue.

— Ce fiacre avait-il un quelconque signe distinctif ? Des armoiries ?

— Non, madame. Une simple voiture noire, très élégante, et polie comme un œuf, madame. Ils ont pris la direction de Pall Mall...

— Ce qui ne nous avance à rien.

Pall Mall mène à Hyde Park et à Park Lane... et à un million d'autres endroits.

— Non, madame. Ils sont partis si vite que je n'ai même pas eu le temps d'envoyer quelqu'un à leur poursuite. Et quand j'ai poussé l'audace jusqu'à dire au professeur qu'il devrait emmener avec lui Bob ou l'un des autres valets, il a ri d'une drôle de façon en disant que personne d'autre n'était compris dans l'invitation. Il avait l'air... bizarre, madame.

— Effrayé ?

— Madame !

— Non, bien sûr. Courroucé ?

— Ma foi...

— Vous dites qu'il a ri.

— D'une drôle de façon, madame.

— Oh, allez-vous-en, Gargery ! Si vous ne pouvez pas m'être plus utile... Allons, allons, ne soyez pas blessé, je sais que vous avez fait de votre mieux et je suis sûre qu'il n'y a pas d'inquiétude à avoir.

— Je remercie madame, dit-il d'un ton lugubre.

Lorsqu'il se fut retiré, je me tournai vers mon fils.

— Sais-tu quelque chose, Ramsès ?

— Non, maman. C'est d'ailleurs une atteinte à ma fierté, dans la mesure où j'essaie toujours de me tenir au courant quand votre sécurité ou celle de papa est en cause. Bien sûr, il est loisible de spéculer...

— Abstiens-toi de spéculer, Ramsès.

— Qu'est-ce qu'il se passe, madame E. ? s'enquit Kevin avec intérêt.

J'avais presque oublié sa présence. Je n'aurais pas dû me montrer si impulsive, certes, mais j'invite les lectrices à dire en toute honnêteté si elles n'auraient point réagi comme moi.

— Rien, je suppose, répondis-je. Je vous fais mes excuses, monsieur O'Connell, car cette diversion vous a empêché de m'expliquer la raison de votre venue.

Kevin toussota, croisa les jambes, les décroisa, toussota derechef.

— Je passais par là...

— Trois fois dans la même journée ? Sapristi, Kevin, je ne vous ai jamais vu si contraint, même le jour où vous avez fait intrusion dans ma maison du Kent en assommant mon majordome ! Que diantre vous arrive-t-il ?

— Ce n'est probablement rien, bredouilla-t-il en croisant les jambes.

— Cessez de gigoter et parlez. Je jugerai par moi-même si c'est important.

— Eh bien... je voudrais savoir si vous avez des nouvelles de miss Minton.

— Elle est toujours chez sa grand-mère, je crois.

Je me demandai ce qui avait suscité sa question. Un problème professionnel, présumai-je. Kevin décroisa les jambes et se frappa le genou de son poing serré.

— Non, madame E., elle n'y est pas. Personne n'a entendu parler d'elle depuis presque une semaine.

— Impossible ! Comment savez-vous qu'elle n'est pas là-bas ?

— Un ami... une personne... un ami lui a écrit. Il a reçu en réponse une lettre expliquant que miss Minton était à Londres et donnant l'adresse que vous connaissez. Mais sa logeuse affirme qu'elle est absente depuis vendredi.

La porte s'ouvrit et Gargery annonça :

— Mr. Wilson demande à voir madame.

— Que dia... que fait-il ici ? gronda Kevin.

— Je l'ignore. Peut-être s'agit-il d'une visite de courtoisie. C'est une pratique courante, vous savez, chez certaines personnes. Ah ! monsieur Wilson, quel plaisir de vous voir ! Vous connaissez Mr. O'Connell, je crois.

Wilson salua d'un air distant le journaliste boudeur, qui ne daigna même pas lui rendre cette marque de politesse minimale. Il prit un siège.

— Je voulais savoir comment vous vous sentiez, après vos émotions d'hier soir. Et prendre des nouvelles du professeur, qui, paraît-il, a été blessé.

— C'est très aimable à vous. Comme vous le voyez, je suis indemne, et le professeur... le professeur va bien. Je ne vous ai pas vu dans l'assistance, monsieur Wilson.

— J'étais dans les coulisses, pour ainsi dire, répondit-il en souriant.

— Eh bien ! je suis heureuse que vous n'ayez pas été blessé dans la mêlée.

Wilson porta une main à son front et ramena ses cheveux en arrière, dévoilant une ecchymose violacée.

— J'ai bel et bien rencontré le prêtre... ou l'un d'entre eux. Vous voyez le résultat.

Je lui exprimai mes regrets et ma sollicitude. Alors Kevin, dont les trémoussements avaient pris les proportions d'une crise d'épilepsie, bondit sur ses pieds en déclarant, avec une trivialité que je ne lui connaissais pas :

— Je dois retourner au turbin. Bien le bonjour, madame Emerson...

— Non, asseyez-vous, monsieur O'Connell. Soyez assuré que je n'ai point oublié votre requête. Demandons à Mr. Wilson s'il sait quelque chose, puisqu'il est un ami de miss Minton.

— Cela concerne miss Minton ? dit Wilson. Quel est le problème ?

— Elle a disparu, dis-je avec gravité. Du moins, j'espère que ce n'est pas si alarmant. En tout cas, apparemment, nul n'a posé les yeux sur elle depuis vendredi.

— Elle séjourne chez la duchesse douairière, sa grand-mère.

Le calme de Wilson eut le don de mettre Kevin en fureur.

— Elle n'y est pas, sacredieu ! La vieille dame n'a pas vu un seul de ses cheveux, et personne d'autre non plus !

Wilson se raidit.

— Elle n'apprécierait pas, je pense, que de vagues relations spéculent sur l'endroit où elle se trouve, dit-il avec froideur. Elle a beaucoup d'amis. Une riche jeune fille comme elle...

— Oh, ne vous faites pas encore plus sot que vous ne l'êtes, mon vieux ! cria O'Connell. Je ne l'ai découvert que récemment, mais vous, qui êtes un si bon ami de miss Minton, vous devez savoir depuis longtemps qu'elle n'a pas un penny. La vieille duchesse vit d'orgueil et de faux-semblants ; pour préserver les apparences, elle se nourrit de radis et de carottes qu'elle cultive dans le potager du château !

Wilson fut tout aussi surpris que moi. Bouche bée, il balbutia :

— Ce... c'est impossible ! Elle a obtenu son poste au *Mirror*...

— Grâce à son seul talent, gronda Kevin entre ses dents serrées.

Il semblait sur le point de frapper le jeune Wilson, mais je savais (car le cœur humain n'a point de secrets pour moi) que sa colère était dirigée contre lui-même.

— Il y a eu des appuis, c'est sûr, la vieille dame a fait jouer d'anciennes amitiés, mais, mais... Que le diable maudisse ma langue, qu'il la ratatine dans ma bouche pour me punir des horreurs que j'ai proférées ! Miss Minton n'est qu'une pauvre femme qui gagne sa vie, comme moi, et où irait-elle... seule, sans même un shilling dans ses petites poches...

Il enfonça ses poings dans ses propres poches et se détourna.

Wilson était pâle comme la mort.

— Mais... si ce que vous dites est vrai...

— C'est vrai, dit Kevin sans se retourner.

— Mais... dans ce cas, Mr. O'Connell a raison... Quand on songe aux horribles choses qui peuvent arriver à une jeune femme comme elle... dans cette ville abominable...

Moi qui suis une observatrice consciencieuse de la nature humaine, j'avais suivi ce dialogue avec un extrême intérêt. Pauvre Emerson ! Il serait tellement fâché d'apprendre que la « maudite passion romantique » qu'il déplorait tant était précisément l'un des éléments de cette affaire... Oui, pauvre Emerson ! S'il était allé là où je le subodorais, il aurait matière à se repentir de sa journée.

Mais ce n'était pas le moment de m'abandonner à ces émotions. J'avais une autre question à régler au préalable. Les deux jeunes gens semblaient au désespoir et je ne voulais pas prolonger leur désarroi plus qu'il n'était absolument nécessaire. D'un autre côté, je ne voulais pas me prononcer catégoriquement tant qu'il y avait une possibilité — si mince fût-elle — que je fisse erreur.

— Je crois savoir où est miss Minton, déclarai-je.

Kevin fit volte-face. Wilson se leva impétueusement. Ils s'écrièrent en chœur :

— Où ? Comment ? Pourquoi... ?

— Je *crois* savoir, ai-je dit. Si j'ai raison (ce qui est généralement le cas), il n'y a absolument aucun souci à se faire — de votre côté, tout au moins. Quant à miss Minton elle-même... Sur ce, vous feriez mieux de filer, que je puisse mener mon enquête.

Je ne devais pas me débarrasser d'eux si aisément, mais je repoussai avec fermeté leurs questions et supplications.

— Vous n'êtes pas en position, ni l'un ni l'autre, d'exiger de moi que je trahisse la confiance de miss

Minton. L'un de vous serait-il marié ou fiancé avec elle, je pourrais accéder à une requête de ce genre, mais tel n'est pas le cas. Par conséquent, je refuse de répondre. Je promets de vous envoyer chercher (tous les deux) dès l'instant où ma théorie se trouvera confirmée. Plus tôt vous partirez, plus tôt je pourrai commencer mes recherches.

Je parvins à les faire sortir sur le perron, et je n'attendis pas de voir s'ils allaient plus loin. Je me tournai vers Ramsès, qui m'avait suivie dans le hall.

— J'ai le sentiment que tu partages mes soupçons, Ramsès.

— De mon côté, maman, ce ne sont pas des soupçons. J'ai la certitude...

— Je vois. Je ne sais si je dois te féliciter d'avoir enfin appris à tenir ta langue, ou te punir de ne pas m'en avoir parlé sur-le-champ.

— Je ne l'ai appris qu'hier, expliqua Ramsès. Elle a pris soin de se tenir à l'écart, et sa métamorphose physique...

— Sans oublier le fait que les gens n'accordent guère d'attention aux domestiques. Hormis ton père... mais il est étrangement obtus dans ce genre de circonstances. Rappelle-toi combien de temps miss Debenham a réussi à l'abuser.

Gargery, qui avait écouté dans un silence perplexe, hasarda :

— Puis-je demander à madame...

— Tout sera expliqué en temps opportun, Gargery. Veuillez retourner dans le salon et dire aux enfants de monter dans leurs chambres. Je suppose que Violet, à l'heure qu'il est, a mangé toutes les miettes qui restaient sur la table à thé.

(Et, de fait, il s'avéra que j'avais bien supposé.)

Je trouvai la bonne dans ma chambre, occupée à tisonner le feu. A mon entrée, elle se releva en murmurant des mots d'excuse. Le visage détourné, elle prit le seau à charbon et se dirigea furtivement vers la porte.

— Le pot aux roses est découvert, miss Minton. Posez immédiatement ce seau et tournez-vous.

Le seau se renversa, répandant des boulets sur le tapis.

— Laissez, lui dis-je comme elle s'agenouillait pour les ramasser. De tous les mauvais tours qui ont été perpétrés à mes dépens par des membres de la presse (y compris Kevin O'Connell, qui n'est pas manchot en matière d'effronterie), celui-ci est le plus méprisable et le plus honteux. Vous n'avez jamais passé mon annonce dans le journal, n'est-ce pas ?

Lentement, miss Minton se redressa. Dans sa robe noire, son tablier à volants et son bonnet amidonné, elle faisait une jolie petite soubrette. Je me demandai néanmoins comment j'avais pu être si obtuse, même en considérant qu'elle avait fait de son mieux pour modifier ses traits. C'était davantage un changement d'expression — yeux baissés, lèvres pincées, menton humble — que de traits à proprement parler, et cela me fit prendre conscience du gouffre cruellement large qui, dans notre société, séparait les classes sociales.

Au bout d'un moment, elle releva la tête et redressa les épaules. Elle avait beau essayer de prendre un air contrit, une étincelle de malice brillait dans ses yeux noirs.

— Je suis heureuse que vous m'ayez démasquée, dit-elle. Vous ne pouvez pas savoir combien l'expérience a été pénible ! Une fois dans la maison, je ne pouvais plus en sortir. Votre gouvernante — vous l'apprendrez avec plaisir — veille sur les servantes comme un faucon sur ses petits.

— Jeune impertinente ! me récriai-je. Quoi ? Pas un mot d'excuse ni de regret ?

— Si fait, je m'excuse. Je ne puis dire honnêtement que j'aie des regrets — à part celui de n'avoir pu faire bon usage des occasions dont je disposais. Je n'avais pas un instant à moi. Au lieu d'écrire les articles et de les voir paraître sous ma signature, j'étais forcée de transmettre les informations par les moyens du bord, et de laisser quelqu'un d'autre récolter les lauriers à ma place.

— Je vois. Ce n'était donc pas une coïncidence si la police a fait une descente à la fumerie d'opium pendant que le professeur et moi y étions, et si la presse avait été alertée à l'avance.

— Ce fut mon plus grand succès, répondit sans vergogne la péronnelle. Nous allions nous mettre à table, dans l'office des domestiques, quand Gargery est arrivé en courant, si excité par votre conversation sur les fumeries d'opium qu'il ne pouvait pas garder la nouvelle pour lui. J'ai feint une migraine et demandé la permission de sortir prendre l'air. J'espérais, naturellement, trouver quelqu'un à qui remettre le message que j'avais écrit au rédacteur en chef de mon journal. Un gamin des rues traînait par là, et je lui ai donné de l'argent pour porter mon billet. Mais j'ai entendu beaucoup d'autres choses que je n'ai pas eu le loisir d'exploiter.

Je tentai de me rappeler les sujets qu'Emerson et moi avions abordé en sa présence ; mais, une fois encore, la détestable habitude qui consiste à traiter les domestiques comme des éléments du mobilier entrava mes efforts. Je lui avais prêté si peu d'attention... Une chose ressortait, néanmoins, et si j'avais été femme à rougir facilement — ce qui n'est pas le cas — je l'eusse peut-être fait.

— Je ne sais ce que va dire Emerson, murmurai-je.

Le sourire malicieux de miss Minton s'évanouit. Elle joignit les mains en un geste de détresse.

— Oh, faut-il absolument que vous en avisiez le professeur ?

— Je ne vois pas pourquoi je m'en abstiendrais. Le mariage, miss Minton, requiert une franchise absolue entre les... Mais ce n'est pas le moment propice pour ce genre de discussion. Je suis fâchée, à vrai dire, que vous sembliez attacher plus d'importance à l'opinion d'Emerson qu'à la mienne. Il produit cet effet-là sur les femmes impressionnables, il ne peut s'en empêcher...

Le rose de ses joues s'empourpra, mais elle croisa mon regard sans détour.

— Vous ne comprenez pas, dit-elle. Ecouter les échanges entre vous... avoir le privilège d'entendre, à défaut de voir, les rapports de deux esprits unis dans une si totale harmonie... Madame Emerson, cela m'a ouvert des horizons insoupçonnés sur ce que peut être un homme... sur ce qu'une femme peut en attendre. Son humour, sa bonté, sa force, sa tendresse...

Je fus soulagée d'apprendre qu'elle n'avait pas réellement vu les rapports de ces deux esprits-là. Le maître croit commander au serviteur, mais le serviteur en sait plus qu'il ne devrait. Néanmoins, mon indignation justifiée reflua à mesure que je l'écoutais et, malgré moi, je ressentis une profonde compassion quand sa voix se fêla avant de se briser. De toutes les femmes, n'étais-je pas la mieux à même de comprendre le charme que peut exercer Emerson sur une jeune fille possédant suffisamment d'intelligence pour l'apprécier ? Et je subodorais que, non contente d'apprécier son humour et sa bonté, elle n'avait pas été indifférente à ses yeux bleus, à ses cheveux de jais ni à son admirable musculature, dont elle avait vraisemblablement eu un aperçu beaucoup plus important qu'il n'était séant.

Ce fut elle qui rompit la profonde rêverie dans laquelle nous avions toutes deux sombré, contemplant, sans nul doute, le même et unique objet.

— Je pars, dit-elle. Je vous prie, madame, d'accepter ma démission. Un préavis d'une demi-heure vous semble-t-il trop long ?

— Vous ne quittez pas votre poste, vous êtes congédiée. Et sans références. Prenez une demi-heure ou une heure, mais ne restez pas sous mon toit. Je trouverai une explication pour Mrs. Watson.

— Bien, madame, répondit-elle en détachant ironiquement chaque syllabe.

Je pouvais difficilement lui en vouloir de me détester, moi qui possédais (croyait-elle) tous les droits sur l'objet de son adoration. Moi, qui ne connaissais que trop bien les affres de la jalousie !

Cependant, comme elle franchissait le seuil, je me souvins de ce que m'avait dit Kevin. Elle avait un logement à Londres, mais peut-être ne disposait-elle pas d'argent pour prendre un cab ou se payer de quoi manger. Je ne pouvais pas mettre cette fille dehors, à la nuit tombée, sans un penny en poche. Et il y avait d'autres considérations.

— Attendez, lui dis-je, j'ai changé d'avis. Vous resterez ici cette nuit — toujours en qualité de femme de chambre, bien entendu. Non, ne discutez pas, je ne tolérerai aucune discussion. Demain matin, vous pourrez aller où bon vous semblera et faire ce que bon vous semblera. A moins, naturellement, que vous ne préfériez laisser l'un ou l'autre de vos admirateurs, qui sont probablement en train de faire les cent pas dans le square, veiller sur votre bien-être.

Elle pivota vers moi, les yeux écarquillés.

— Que dites-vous ? Des admirateurs ? Je n'ai pas...

— Peut-être le mot est-il mal choisi. Quoi qu'il en soit, il y a deux jeunes hommes qui attendent anxieusement l'annonce que j'ai promis de leur faire — l'annonce que vous êtes saine et sauve, miss Minton. C'était cruel et indélicat de votre part de laisser vos amis dans l'incertitude concernant votre sort.

— Je n'ai pas d'amis ! s'emporta-t-elle. Seulement des rivaux. Et je ne connais pas d'homme dont j'accepterais la protection.

« Sauf un, pensai-je. *Et il vous l'accordera, de surcroît, même après le tour pendable que vous lui avez joué. Mais pas le genre de protection que vous souhaiteriez, miss Minton. »*

— A votre aise.

— Je partirai demain à la première heure, madame. Avec votre permission, madame.

Sans attendre ma permission, elle sortit en claquant la porte d'une manière qui lui aurait valu d'être renvoyée séance tenante par Mrs. Watson.

Après son départ, je me mis à arpenter énergiquement la pièce, exercice que je trouve favorable à la cogitation. Pour accoutumée que je sois à régler rapidement les problèmes à mesure qu'ils se présentent, les surprenants événements de la dernière heure avaient mis mes ressources à rude épreuve.

J'avais soupçonné Mr. Wilson d'être amoureux de la jeune demoiselle, mais ma perspicacité, qui est particulièrement remarquable dans ce domaine, avait été trompée par la feinte indifférence de Mr. O'Connell. Néanmoins — me consolai-je — peut-être le journaliste avait-il appris seulement de fraîche date à aimer miss Minton, lorsque ses craintes pour la sécurité d'icelle avaient éveillé dans son cœur des sensations profondément assoupies. On ne pouvait me blâmer de n'avoir point perçu un sentiment dont il n'avait pas alors lui-même conscience.

La complication supplémentaire que représentait la tendresse de miss Minton à l'égard d'Emerson était sans importance. Cette tendresse n'était pas réciproque, et je veillerais à ce qu'elle ne le fût jamais.

D'une importance capitale, en revanche, était le mystère de l'étrange visiteur d'Emerson. Quel message, quelle requête ou menace avait bien pu inciter mon époux à quitter la maison sans même m'en avertir ? Il y avait une réponse douloureusement évidente, mais ce n'était peut-être pas la bonne. Je n'aurais su dire si je devais espérer me tromper — car, dans ce cas, mon estimable conjoint risquait d'affronter seul un péril inconnu — ou espérer avoir raison.

Je ne pouvais rien faire pour l'instant, sinon attendre son retour. Mais s'il ne revenait pas ? Si les heures s'égrenaient lentement sans apporter de nouvelles ? Telle que je me connaissais, je ne pourrais pas rester longtemps les bras croisés.

Je règlerais ce problème, décidai-je, le moment venu. Dans l'immédiat, je devais m'occuper des deux jeunes hommes. Je m'étais engagée à apaiser leur anxiété, et Amelia P. Emerson tient toujours parole, même quand elle a le cœur ailleurs.

Gargery était dans le hall, posté devant la fenêtre.

— Il est trop tôt pour guetter son retour, dis-je avec un mélange d'exaspération et de commisération. Il est parti depuis moins d'une heure. Ouvrez la porte, Gargery, je vous prie.

Il obtempéra, non sans réticence.

— Je supplie madame de ne pas disparaître à son tour. Le professeur ne me pardonnerait jamais...

— Je ne fais que traverser la rue.

Car ils étaient bien là, tous les deux, comme je l'avais escompté. O'Connell marchait de long en large cependant que Mr. Wilson, immobile, fixait la maison.

— Non, madame, s'il vous plaît... implora le majordome.

Je lui donnai une petite tape sur le bras.

— Vous n'avez qu'à rester sur le perron à m'observer, Gargery, si cela peut vous rassurer. Je veux seulement dire quelques mots à ces messieurs.

Je n'eus même pas besoin de traverser la chaussée. Dès qu'ils me virent apparaître, ils se précipitèrent à la grille, et ce fut là que nous tînmes salon.

— Ma présomption était exacte, les informai-je. Miss Minton est en parfaite sécurité, et ce depuis le début.

— Parole d'honneur, madame E. ? dit Kevin.

— Parole d'honneur. M'est-il arrivé de vous duper, monsieur O'Connell ?

Un petit sourire joua aux commissures de ses lèvres.

— Disons que... je vous croirai, cette fois.

— Mais où est-elle ? interrogea Wilson. Je dois lui parler, m'assurer...

— Je m'étonne de vous voir dans un tel état d'agitation, monsieur Wilson.

Car il était agité, sans contredit : il avait omis d'ôter son chapeau, lequel était de guingois, et il se cramponnait aux barreaux rouillés sans égard pour ses beaux gants gris.

— Pardonnez-moi, marmonna-t-il. Je ne mets pas votre parole en doute, madame Emerson...

— Cela vaut mieux pour vous. Miss Minton regagnera son domicile demain. Vous pourrez la voir à ce moment-là. A présent, rentrez chez vous et dormez sur vos deux oreilles, avec l'assurance qu'elle ne court aucun danger.

O'Connell avait déjà tourné les talons, mains dans les poches, la tête rentrée dans les épaules.

— Mettez votre casquette, monsieur O'Connell ! lui lançai-je. La nuit est humide.

Il salua la suggestion d'un geste de la main mais ne daigna pas s'arrêter — ni obéir à mon injonction. Mr. Wilson, lui, s'attarda pour me remercier et s'excuser encore — et encore. Je coupai court à ses effusions et lui commandai de partir.

Au lieu de regagner immédiatement la maison, je restai à la grille. L'air nocturne était humide et imprégné de l'odeur âcre du charbon en combustion, mais je n'ai nul besoin, j'en suis sûre, d'expliquer au lecteur pourquoi je demeurais ainsi. S'il en est un parmi vous qui n'a jamais veillé sur le pas de sa porte ou près d'une fenêtre, retenant son souffle, guettant le retour d'un proche égaré... qui n'a jamais senti son cœur s'emballer à la vue de chaque véhicule qui tourne dans la rue, de chaque piéton dont la silhouette offre la moindre ressemblance avec celle de l'être attendu... qui n'a jamais éprouvé l'élancement de la déception lorsque le véhicule passe sans s'arrêter ou que la silhouette se révèle celle d'un autre... alors, je congratule vivement cette personne pour la bienheureuse quiétude de son existence.

Gargery, sur le seuil, scrutait les environs avec autant de vigilance que moi. C'était un exercice futile, je le savais bien. Après quelques minutes, je poussai un profond soupir et me détournai pour rebrousser chemin.

Soudain, les massifs d'arbustes qui bordaient la grille ondoyèrent comme sous l'effet d'une bourrasque. Pourtant, il n'y avait point de vent : les feuilles des buissons, de l'autre côté de l'allée, étaient parfaitement immobiles. Une espèce d'araignée géante, d'un blanc neigeux, émergea alors de la ramure. En réalité, ce n'était pas une araignée mais une main, d'une pâleur lépreuse et d'une maigreur squelettique. Et elle tenait un morceau de papier.

La main disparut dès que j'eus pris le papier. Un léger bruissement, inaudible pour qui ne tendait pas l'oreille, troubla le silence tandis que le messager repartait comme il était venu, en rampant sur le sol à la manière d'un reptile.

Ayesha avait dit que je reconnaîtrais son messager. Il était peu probable que quelqu'un d'autre délivrât une missive de façon si singulière.

Gargery n'avait rien remarqué ; dans le cas contraire, il eût sans nul doute poussé un cri ou couru vers moi. Dissimulant le papier dans les plis de ma jupe, je regagnai en hâte la maison et me rendis tout droit dans la bibliothèque.

Le billet était plié en quatre mais non scellé. Il n'y avait pas d'inscription à l'extérieur. Et je ne trouvai, à l'intérieur, qu'une simple ligne de symboles bizarres.

Ma vue brouillée mit un temps effroyablement long à s'éclaircir. Les symboles appartenaient, comme je m'y attendais, à l'écriture hiératique, mais les signes étaient tracés maladroitement, comme par une personne n'ayant qu'une connaissance superficielle de la gracieuse écriture pictographique de l'Egypte ancienne, et l'orthographe — si je puis utiliser ce mot à propos d'une langue qui, à l'origine, n'est pas alphabétique — était épouvantable. Je dus me creuser la cervelle un bon moment afin de décrypter le message. L'obélisque ne prêtait pas à confusion (il n'y en avait qu'un seul à Londres), mais aucun Egyptien n'aurait utilisé l'expression « le milieu de la nuit » pour indiquer, comme ce devait être le cas ici, minuit. Il n'y avait qu'un seul autre groupe de signes : des jambes écartées, qui servaient de déterminatifs pour les verbes de mouvement, et un simple trait.

« Venez seule » ? Il ne pouvait y avoir d'autre signification. C'était le genre de suggestion dépourvue d'originalité que faisaient tous les auteurs de lettres anonymes, surtout à des gens qu'ils espéraient attirer dans une chausse-trappe. Un rendez-vous à minuit, sur l'Embankment, fixé par une femme qui n'avait aucune raison de m'aimer et toutes les raisons de me haïr, pouvait fort bien être un tel piège.

Je décidai d'arriver au rendez-vous à onze heures et demie. Lorsqu'on pressent une embuscade, il est stratégiquement avantageux d'être sur place un peu à l'avance.

Il n'y a guère de circonstances, dans ma longue et aventureuse existence, que je me rappelle avec moins de plaisir que cette soirée de printemps à Londres. L'excitation et l'appréhension se livraient bataille dans mon cœur, et jamais les heures ne se traînèrent avec pareille lenteur. Je dînai seule — quoique l'emploi de ce verbe fût impropre, car Gargery, en proie à un trouble presque égal au mien, servait les plats à un rythme si accéléré que je n'aurais pas eu le temps d'y goûter même si j'avais eu quelque appétit pour ce faire, ce qui n'était pas le cas. Lorsque je traversai le hall pour gagner l'escalier, je le vis à son poste devant la fenêtre. Il tenait les rideaux écartés, ce qui les froissait horriblement, mais je n'eus pas le cœur de le réprimander.

J'hésite à rapporter les extravagantes théories qui assaillaient mon esprit. Tantôt j'étais convaincue que le rendez-vous était une embûche dont je ne pourrais me sortir qu'en recourant à la force, tantôt je me disais qu'Ayesha avait fini par admettre le lien qui nous unissait — la solidarité d'une femme opprimée pour une autre — et se préparait à me fournir le renseignement que je désirais. Restait une troisième possibilité : qu'elle eût attiré Emerson dans ses rets au moyen d'un appel à l'aide ou d'une... proposition quelconque, et qu'il fût retenu contre sa volonté. Si tel était le cas, la rencontre avait pour but d'exiger une rançon. Plût au ciel qu'il en fût ainsi !

Approximativement un siècle (dans mon estimation) s'écoula avec lenteur quand, soudain, un coup à la porte interrompit ma rêverie.

— Qui est là ?

— C'est moi, maman. Puis-je entrer ?

Je m'avisai que j'aurais dû monter lui dire bonsoir et m'assurer qu'il était bien là où il était censé être.

— Oui, Ramsès, entre. Je me disposais à aller te voir. Ton père n'a pas encore donné de ses nouvelles, mais je ne suis nullement inquiète pour lui.

Ramsès ferma la porte avec soin et resta sur le seuil à me considérer d'un air grave. Il était déjà en chemise de nuit et semblait — pour Ramsès — relativement propre. Je me demandai s'il avait conscience de l'effet attendrissant que produisait sur moi la blancheur angélique de sa chemise flottante et le spectacle touchant de ses petits pieds nus (il était supposé porter des pantoufles, mais passons). Mes soupçons furent de courte durée : Ramsès lui-même ne pouvait pas être dépravé au point de solliciter le plus tendre des sentiments maternels en vue de déjouer ma méfiance.

— Je viens vous souhaiter une bonne nuit, maman, et vous demander...

— Je le supposais bien. Donne-moi un baiser, donc, et va te coucher. Il est tard.

— Oui, maman.

Ramsès m'octroya le baiser, que je lui rendis, mais il se dégagea du bras que j'avais passé autour de ses épaules.

— Je viens demander... commença-t-il.

— Je te répète, Ramsès, que ton père n'est pas encore rentré. Il montera t'embrasser quand il rentrera ; il ne manque jamais de le faire.

— Oui, maman. Mais ce n'est pas ce que je viens demander. Je ne suis que trop informé de l'absence prolongée de papa, puisque j'ai écouté...

— De quoi s'agit-il, alors ?

— Je voudrais une avance sur mon argent de poche.

L'idée de donner à Ramsès son argent de poche sur une base hebdomadaire revenait à Emerson, et je dois admettre qu'elle était judicieuse. La somme était ridiculement élevée, mais, comme le faisait remarquer Emerson, nous étions toujours à lui acheter des livres, du papier, des porte-plumes et autres accessoires scolaires ; le fait de l'obliger à prévoir ses dépenses lui apprendrait à gérer un budget et, en fin de compte, cet arrangement ne nous coûterait pas plus cher que le précédent.

— Quoi ! As-tu déjà dépensé celui de la semaine dernière ? Tu as dit à miss Helen que tu avais douze shillings et six pence, et c'était avant que papa ne te donne...

— J'ai eu des frais imprévus, expliqua Ramsès.

— Tes expériences de momification, je suppose ? dis-je avec une grimace. Fort bien. Mon porte-monnaie est sur le secrétaire, prends ce qu'il te faut.

— Merci, maman. Permettez-moi de vous dire que la confiance que vous placez dans ma probité me touche au plus profond de...

— Très bien, mon fils, très bien.

Je consultai ma montre. Cinq petites minutes s'étaient écoulées depuis la dernière fois que je l'avais regardée. Les aiguilles ne bougeaient-elles donc jamais ?

— Bonne nuit, maman, dit Ramsès.

— Bonne nuit, mon fils. Dors...

La porte se referma avant que j'eusse pu terminer. C'était aussi bien ainsi. Dans mon état de nervosité, je ne supportais pas d'avoir une autre personne dans la même pièce, encore moins de soutenir une conversation.

Enfin, l'interminable période d'attente arriva à son terme et je me préparai à partir. Je m'étais interrogée à n'en plus finir sur la toilette adéquate. J'optai finalement pour l'un des costumes que j'avais trouvés si pratiques pour les fouilles en Egypte : culotte bouffante en tweed, bottes montant jusqu'aux genoux, chemise ample — avec, dessous, le nouveau corset que j'avais fait faire spécialement à mon intention. Une fois vêtue, je pris ma ceinture dans le secrétaire et la bouclai à ma taille. Le cliquetis familier des précieux instruments qui y étaient fixés me remplit de confiance et de bravoure. Néanmoins, je déplorai grandement l'absence de mon revolver. Je l'avais laissé à Abdullah, étant donné qu'Emerson prohibait les armes à feu dans la maison et proclamait qu'une telle précaution était superflue dans l'Angleterre civilisée. Eût-il été là, je lui aurais démontré l'extravagante stupidité de cette allégation.

Je perçus vaguement des bruits divers dans le lointain, mais mon cœur enfiévré battait si fort que je ne leur prêtai guère attention jusqu'à ce que la porte de la chambre s'ouvrît à la volée. Comment vous décrire les sensations qui, tel un raz de marée, envahirent chaque centimètre carré de mon anatomie lorsque je vis... Emerson ! Ce seul mot dit tout.

Après un intervalle que je ne tenterai pas davantage de décrire, Emerson me tint à bout de bras et m'observa d'un œil inquisiteur.

— Ne croyez pas que votre ardeur m'indiffère, Peabody, mais j'ai quelque peine à en deviner la cause. Est-il arrivé quelque chose ?

— S'il est... arrivé... ?

Je plaquai mes mains au centre de sa poitrine et poussai de toutes mes forces. Emerson se cogna le dos contre la porte, arborant un sourire épanoui qui eut le don de décupler ma fureur.

— Comment osez-vous me poser une question pareille ? m'écriai-je, les poings serrés. Comment osez-vous quitter cette maison sans un mot d'explication et vous absenter pendant des heures, quitte à manquer votre dîner et me laisser prostrée d'angoisse...

— Voilà qui est mieux, dit-il.

Croisant les bras, il me regarda arpenter rageusement la pièce, le tintement de mes accessoires fournissant un accompagnement musical à mon va-et-vient. Au bout d'un moment, il s'enquit :

— Et vous-même, Peabody, où alliez-vous ainsi ? Car je présume que vous ne comptiez pas vous coucher tout habillée et armée jusqu'aux dents ?

Je m'arrêtai net. C'était bien d'un homme, de s'absenter suffisamment longtemps pour susciter les plus noires appréhensions, puis de réapparaître juste à temps pour faire échouer mes plans ! S'il était rentré cinq minutes plus tard, j'aurais été hors d'atteinte.

— Je partais à votre recherche, murmurai-je.

— C'est vrai, Peabody ? — Il se précipita pour m'envelopper dans ses bras. — Ma Peabody chérie...

La vie, cher lecteur, est parfois ironique. Ces étreintes mêmes que j'avais encouragées — et que j'accueillais, inutile de le préciser, avec ferveur — causèrent ma perte. Car le maudit papier, que j'avais glissé dans ma poche (peu importe laquelle) se froissa sous la main d'Emerson. Mon explication l'avait satisfait et touché, sans pour autant dissiper totalement ses doutes — car Emerson n'est ni sot ni naïf. Avant que j'eusse pu l'en empêcher, il avait extirpé le billet de sa cachette et le lisait.

— De qui est ce message, Amelia ? s'enquit-il posément.

— L'ignorez-vous, Emerson ? Ne pouvez-vous hasarder une hypothèse ?

— Difficilement. Aucune de mes connaissances n'écrit un égyptien si détestable.

Il s'efforçait de garder un ton léger, mais les contractions musculaires de ses mâchoires et le tremblement de son magnifique menton à fossette trahissaient la lutte qu'il livrait pour ne pas beugler. Je me détournai, mais ses doigts d'acier m'agrippèrent aux épaules et me firent pivoter vers lui.

— Vous ne partiez pas à ma recherche. Comment diantre l'auriez-vous pu ? Où, dans cette ville grouillante comme une cage à rats, auriez-vous...

— Où, à votre avis ? Où, sinon là-bas ? J'aurais

commencé ma quête par là. Heureusement, elle m'a épargné cette peine.

Emerson relâcha son étreinte et me regarda avec stupeur.

— *Elle ?* Comment avez-vous bien pu savoir...

— Je vous ai vu entrer chez elle, Emerson. A deux reprises. La seconde fois, j'étais dans le parc, aux aguets. Pensiez-vous que cette barbe ridicule et une corbeille de poissons pourraient vous dérober à mon regard ?

— Poissons ! répéta Emerson. Poissons ? Poissons...

Peu à peu, la lumière se fit dans son esprit. Les muscles contractés de ses joues se détendirent, ses sourcils froncés se haussèrent.

— Ayesha ! C'est d'Ayesha que vous parlez. Ce billet vient-il d'elle ?

— Voulez-vous dire qu'il y en a une autre ? m'écriai-je.

Emerson ne m'accorda aucune attention. C'était lui, à présent, qui arpentait la chambre en proférant des exclamations entrecoupées.

— Donc, elle est prête à parler. Mais pourquoi... Minuit, écrit-elle. C'est d'un conventionnel... ! Amelia ! Vous ne comptiez tout de même pas répondre à cette invitation ? Vous ne battez pas la breloque à ce point ? Oh, malédiction, mais si ! Mais si !

— J'y vais de ce pas, répondis-je, maîtrisant ma confusion et mon indignation. Et je dois partir sur-le-champ.

Emerson cessa de tourner comme un ours en cage.

— C'est un piège, Amelia.

— Vous n'en êtes pas certain. Mais si c'est le cas, raison de plus pour que j'arrive en avance. L'avantage stratégique...

— Ne me faites pas la leçon, crénom !

— Emerson, un peu de tenue !

— Excusez-moi, Peabody. — Il se frotta le menton.

— Elle a raison, naturellement, marmonna-t-il. Et rien ne pourra l'en empêcher. A moins...

Il me dévisagea. Son regard calculateur et la flexion (involontaire, j'en suis sûre) de ses mains me firent reculer d'un pas.

— Emerson, si jamais vous levez la main sur moi — pour me retenir, j'entends — vous le regretterez jusqu'à la fin de vos jours !

— Oh ! je le sais bien, Peabody, bougonna-t-il. Il est des fois où je me demande si le jeu n'en vaudrait pas la chandelle. D'un autre côté, quand je pense aux choses que vous pourriez faire — ou ne pas faire... Bon, nous y allons ?

— Dans une minute. Que représente cette femme pour vous, Emerson ? Quand l'avez-vous connue ? Et...

— Quelle femme ? s'enquit-il, hilare. Allons, Peabody, gardez votre sang-froid, l'heure n'est pas aux explications. Je promets de vous en fournir en temps voulu — pour peu, bien sûr, que nous survivions à l'expédition de cette nuit, ce qui paraît pour l'instant hautement aléatoire. Emmenons-nous Gargery, ou bien... ? Non, je lis sur votre visage que cette idée n'a point votre agrément. Rien que nous deux, alors — côte à côte et dos à dos, comme avant.

Comment aurais-je pu résister à cet appel, ou rejeter la vigoureuse main brune qui se tendait vers la mienne ?

Bien qu'Emerson eût promis au cocher une demi-couronne s'il filait bon train, nous arrivâmes plus tard que je ne l'avais escompté, et nous discutions encore âprement quand le cab atteignit le bas de Savoy Street, non loin de Waterloo Bridge. (Car ce stratagème me permettait d'aborder le lieu du rendez-vous par la direction opposée à celle qu'aurait pu prévoir un éventuel observateur.)

— Elle m'a dit de venir seule, répétai-je pour la

dixième fois. Si elle voit que vous êtes avec moi, elle risque de ne pas se montrer.

Emerson dut admettre la logique de mon raisonnement, mais les solutions qu'il proposa pour parer à cette difficulté étaient au mieux irréalistes, au pire grotesques. Il lui eût été impossible de se faire passer pour moi, même emmitouflé dans une cape et coiffé d'un chapeau à brides. Il se rangea finalement (avec force jurons) à ma méthode, la seule sensée : à savoir, qu'il me suive à distance et s'efforce de trouver un endroit où se cacher près de l'Aiguille.

Je l'avais persuadé de renoncer à la barbe postiche. Avec son col remonté et sa casquette rabattue sur les yeux, il pourrait passer pour un vagabond ordinaire, pourvu que le brouillard fût aussi épais que je l'espérais (je dois cependant avouer qu'Emerson ne m'aurait jamais abusée, pas plus que toute autre femme dont l'acuité visuelle eût été aiguisée par l'affection). Malheureusement la nuit était claire, hormis des lambeaux de brume qui flottaient au-dessus du fleuve.

Nous regardâmes le cab faire demi-tour et s'éloigner dans un bruit de sabots. Emerson me prit la main.

— Vous avez votre ombrelle, Peabody ?

— Voyez par vous-même, dis-je en brandissant l'objet.

Une rapide — et douloureuse — étreinte fut son unique réponse. Sans un mot, il me fit signe d'avancer.

Du pont, qui se trouvait presque au-dessus de nos têtes, me parvenait le tintamarre de la circulation, mêlé au cri strident des locomotives qui approchaient de la gare de Waterloo, sur l'autre rive du fleuve. Droit devant moi s'étirait l'Embankment, éclairé par des globes incandescents qui étaient perchés sur des pieds en fer forgé espacés d'une vingtaine de mètres. De l'endroit où je me tenais, on eût dit un scintillant collier de lumières qui, en se reflétant dans l'eau sombre, formait un double rang de perles.

Je me mis en marche, restant aussi loin que possible des réverbères. Je n'étais pas la seule à prendre l'air ;

après qu'un individu mal lavé se fut arrêté à ma hauteur avec l'intention manifeste de m'accoster, je transformai mon ombrelle en canne et me mis à boitiller péniblement, simulant la faiblesse du grand âge. Audessus de moi, sur la droite, je voyais le halo de lumière des rues animées ; sur ma gauche, le fleuve clapotait ; et devant moi, noire silhouette sur le ciel étoilé, se profilait la forme élancée du monument le plus simple et le plus impressionnant qui eût été conçu par l'homme : l'obélisque qui, jadis, avait orné un temple sous le soleil d'Egypte. Il se dressait aujourd'hui près d'un fleuve inconnu, enveloppé d'une brume glaciale, et je songeai combien cette atmosphère lui eût paru étrange s'il avait été doué de sensations.

Mais l'heure n'était point aux considérations philosophiques, quelle que fût mon appétence pour cette activité. Je m'adossai à la grille cernant l'obélisque et attendis, tous mes sens en alerte. Le voile de brume qui recouvrait le fleuve s'était épaissi et des volutes cotonneuses dérivaient vers la berge. Un réverbère, à vingt mètres de là, éclairait brillamment les pavés, mais le cercle de lumière effleurait à peine le côté du monument.

J'avais quitté Emerson trente minutes avant l'heure fatidique. Sachant combien la notion du temps peut être déformée dans de telles conditions, je m'étais résignée à ce qui semblait devoir être une longue attente. Toutefois, à peine avais-je pris position qu'un léger sifflement, sur ma gauche, me fit brusquement tourner la tête.

Elle était emmitouflée dans des vêtements sombres. Seule la pâleur de sa main, qui tenait les voiles masquant son visage, trahissait sa présence.

— Bonsoir, lui dis-je.

D'un geste vif, sa main se plaqua sur ma bouche.

— Chut ! Ne parlez pas, écoutez. Le temps est compté. Partez vite, avant qu'il n'arrive.

Je détachai de mes lèvres ses doigts fiévreux.

— Vous m'avez demandé...

— Sotte ! Il m'a forcée à écrire ce message. J'espérais que vous viendriez en avance, afin de vous prévenir, car j'ai... Mais qu'importe, vous devez partir. Je pensais qu'il voulait vous avoir pour la cérémonie, demain soir, et que... Mais il tient l'autre, maintenant, et elle fera l'affaire ; pourtant, quand je lui ai dit : bon, je n'irai pas retrouver la Sitt Hakim, il... Il a l'intention de vous tuer, c'est la seule explication.

Son visage tout contre le mien, elle me lança comme autant de projectiles ces phrases incohérentes. Ses mains me poussaient et me tiraillaient, accentuant ses paroles pressantes. Son voile était tombé et, malgré les ténèbres, je pouvais voir ce qu'il lui avait fait quand elle avait tenté de le défier.

— Venez avec moi, lui dis-je en essayant de capturer l'une de ses mains frénétiques. Pourquoi protégez-vous un homme qui vous menace, qui vous maltraite ? Dites-moi son nom. Je vous promets qu'il ne...

— Vous ne le connaissez pas. Vous ne savez pas de quoi il est capable. Il a des pouvoirs... Oh ! vous êtes une Anglaise froide, insensée ! Ne craignez-vous donc pas la mort ?

— Pas de la même manière que vous, répondis-je. Et cependant, vous avez pris le risque de me mettre en garde. Pourquoi ?

Ses mains affolées s'apaisèrent. L'espace de quelques instants, elles se posèrent sur ma poitrine.

— Il vous aime, dit-elle dans un murmure. De tous les hommes que j'ai connus, lui seul... Et vous m'avez parlé, l'autre jour, en des termes... oh, c'est de la folie ! Allez-vous partir ?

— Uniquement si vous venez avec moi. Je ne vous laisserai pas seule face à lui.

Elle me regarda dans les yeux. Je crus — je crus sincèrement — l'avoir persuadée. Puis ses mains me lâchèrent et elle s'éloigna comme une ombre.

Impulsivement, je voulus la suivre, mais la raison l'emporta et je repris ma place. Elle avait disparu derrière l'obélisque. A la faveur de l'obscurité et du brouillard de plus en plus dense, elle pourrait aisément m'échapper. Si je me lançais à sa poursuite, je risquais de manquer ma véritable proie : l'assassin lui-même. Une fois que le scélérat serait en mon pouvoir, je n'aurais plus besoin d'Ayesha, ni elle de moi. (J'avais néanmoins la ferme intention de l'exhorter encore à choisir la paix campagnarde et l'harmonie conjugale, si nécessaires à une nature comme la sienne.)

Un cri perçant déchira la nuit ! Il s'interrompit net, comme si une main brutale avait comprimé les cordes vocales. Ce ne pouvait être qu'Ayesha qui avait hurlé. Ombrelle au vent, je m'élançai impétueusement dans la direction d'où avait jailli le cri.

Concevez ma stupéfaction lorsque je tombai sur Emerson. Pour être honnête, j'avais presque oublié son existence. Debout dans le cercle de lumière que dispensait le réverbère le plus proche, il regardait fixement, de l'autre côté de la rue, les luxuriants jardins qui s'étendaient au-delà. En dépit des ombres profondes, je distinguai une forme qui n'était ni un buisson ni un arbre : une forme immense, monstrueuse, aux contours à peine humains.

— Attendez, Peabody ! cria Emerson. Il la menace d'un pistolet !

Maintenant qu'il le disait, je compris que le faible éclat métallique, là-bas, était en effet celui d'une arme, et j'en déduisis que l'ovale pâle, à côté, devait être le visage d'Ayesha. Ses vêtements noirs se confondaient avec la tenue sombre de son agresseur, qui portait — semblait-il — une cape d'opéra et un haut-de-forme. Le visage de l'homme était complètement dissimulé derrière une sorte de foulard de la même teinte foncée.

— Crénom ! m'exclamai-je. Que diantre fait la police ? On pourrait croire...

Un mouvement feutré et une plainte d'Ayesha me firent taire. Le maudit gredin n'avait nul besoin de recourir à la parole pour m'avertir qu'une manifestation bruyante ou un geste brusque l'inciteraient à appuyer sur la détente.

Je m'avisai, trop tard, que j'aurais dû réfléchir avant de bondir, au lieu de me lancer aveuglément à la rescousse. Si je m'étais glissée sans bruit derrière lui...

Survint alors un autre changement, plus net, dans la position de la ténébreuse silhouette. Il me fut difficile de distinguer ce qu'elle faisait ; mais Ayesha, elle, le savait. Un autre cri jaillit de sa gorge, couvert par la détonation du pistolet. Emerson porta une main à sa tête. Une expression d'indicible stupeur se peignit sur ses traits. Lentement, il s'affaissa sur le trottoir.

Je ne pouvais pas — je n'osais pas — me porter à son secours. Emerson n'était peut-être point abattu, seulement blessé. En revanche, le trépas de mon bien-aimé (sans parler du mien) était certain si l'assassin gardait en main son pistolet. Ayesha se colletait avec lui, se suspendait à son bras. Je me précipitai à son aide.

La seconde détonation fut étouffée par le corps d'Ayesha. Tel un oiseau blessé, elle s'effondra aux pieds du tueur. Et, comme celui-ci levait derechef son pistolet pour tirer, le manche de mon ombrelle s'abattit sur son avant-bras.

L'arme tomba par terre. De la pointe de ma botte, je l'envoyai valser dans les buissons. Emerson était sauvé ! Je n'étais pas pour autant dans une si bonne posture, car l'inconnu m'avait saisie à la gorge. La cruelle étreinte se resserra, coupant l'arrivée d'air dans mes poumons et l'afflux de sang à mon cerveau. Il avait les mains gantées, de sorte que mes ongles ne lui firent aucune impression. Je tentai de lui griffer le visage, mais mon bras retomba. Mes pieds pendaient, détachés du sol. Les ténèbres se refermèrent sur moi. Je me souviens d'avoir pensé que ces fichus policiers n'étaient jamais là quand on avait besoin d'eux...

O lecteur, ce fut comme la réponse à une prière : faible et lointain, amorti par le martèlement du sang dans mes oreilles assourdies, j'entendis le hurlement strident d'une sirène de police ! Les mains nouées autour de ma gorge desserrèrent leur prise. Je tombai à la renverse et atterris sur une surface douce, flasque. Et lorsque le voile de mes yeux se dissipa, je m'aperçus que je fixais le visage mort d'Ayesha.

Frissonnante, je me mis tant bien que mal à quatre pattes, juste à temps pour voir une petite silhouette noire traverser à toute allure mon champ de vision passablement rétréci. Quelqu'un cria :

— Holà, sacripant, arrête-toi immédiatement ! Enfer et damnation... Jack, tâche de l'intercepter par l'autre côté... Hé, qu'est-ce que c'est que ça ?

Les renforts étaient arrivés, sous la forme de deux godillots très larges. Je présumai qu'ils étaient attachés à un constable, mais je ne pris pas le temps de m'en assurer. Trop faible pour me relever, je rampai vers la forme inerte de mon mari, qui gisait face contre terre dans l'allée de gravier. Lorsque je le touchai, les forces me revinrent. Prise de frénésie, je le retournai sur le dos.

Ses yeux s'ouvrirent. Ils me fixèrent. Il était vivant ! Dieu merci, il était vivant !

— Peabody, observa-t-il, cela commence à devenir embarrassant.

CHAPITRE TREIZE

Point n'est besoin de préciser que je ne fermai pas l'œil cette nuit-là. Blottie près du feu mourant, ou arpentant la chambre dans le sens de la longueur, ou me penchant à intervalles fréquents sur le divan où gisait mon héroïque époux blessé, écartant les mèches noires qui lui tombaient sur le front, ou écoutant avec un déchirant soulagement sa respiration profonde et sonore : ainsi passai-je les heures en attendant l'aube. Il dormit à poings fermés. J'avais pris la précaution d'ajouter un soupçon de laudanum dans sa tasse de thé, sachant que, sans cet expédient, son âme indomptable n'eût jamais goûté le repos qu'exigeait son corps.

J'avais beau lutter pour apaiser mon esprit, mes pensées revenaient sans cesse sur les horreurs de cette mémorable nuit. Avec la clarté d'un cauchemar, des images défilaient sur l'écran de mon cerveau agité : les yeux vitreux d'Ayesha, qui avait sacrifié sa vie pour nous — en tout cas, pour l'un de nous ; la belle mine renfrognée de mon cher Emerson lorsqu'il avait découvert, en reprenant conscience, que sa proie lui avait de nouveau échappé ; la figure rubiconde et ahurie du constable qui, poursuivant un gamin chapardeur dans les jardins de Victoria Gardens, s'était retrouvé face à un cadavre, à un homme blessé et à une femme qui n'était en guère meilleure condition, asphyxiée et à moitié étranglée...

J'avais encore la gorge endolorie, malgré les soins

prompts et efficaces qui m'avaient été prodigués. Cependant, cette douleur n'était rien en comparaison de la détresse morale qui m'emplissait. Je m'étais fourvoyée. Oui : moi, Amelia Peabody Emerson, j'avais négligé de me livrer aux déductions logiques et rigoureuses qui sont essentielles à toute enquête criminelle.

J'ai des excuses à faire valoir, je crois. Les événements de cette palpitante journée s'étaient succédé dans un tel tourbillon que je n'avais eu à aucun moment le loisir de les examiner à tête reposée. Toutefois, je savais que ce n'était point là le véritable motif de mon échec. La jalousie avait brouillé mon cerveau ; la défiance m'avait empêchée d'emprunter la voie de la raison. Comme le disent — avec quelle acuité ! — les Ecritures : « La jalousie est cruelle comme la tombe ; les charbons en sont des charbons ardents, qui ont une flamme des plus dévorantes. »

De nouveau, je me penchai vers Emerson et pressai mes lèvres sur son front meurtri. Le docteur avait été contraint de raser une partie des cheveux afin de panser l'éraflure qui avait labouré son cuir chevelu. L'une des brillantes mèches noires reposait, en cet instant même, sur mon sein, car je l'avais ramassée par terre (dans la poussière) en faisant le vœu de la porter toujours sur moi, pour me rappeler combien j'avais été près de perdre celui qui m'était plus cher que la vie elle-même. Jamais plus je ne douterais de lui. Jamais !

Après avoir répété ce vœu un certain nombre de fois, je m'aperçus que j'étais suffisamment calme pour reprendre mes cogitations. Je commençai par les révélations de miss Minton. Ce n'était nullement une coïncidence si la police avait choisi ce jour et cette heure précis pour effectuer une descente dans cette fumerie d'opium précise. Miss Minton avait fait passer le message à un collègue, lequel avait alerté la police. Les avait-il avertis que nous serions sur les lieux, ou avait-il recouru à quelque ruse pour les convaincre d'agir ? Plus j'y réfléchissais, plus j'étais persuadée que la seconde hypothèse était la bonne. Notre présence était passée inaperçue jusqu'au moment où Emerson l'avait révélée avec sa véhémence coutumière. Le fait que la police eût été si prompte à réagir à une suggestion — habilement formulée, sans nul doute — émanant d'un membre de la presse, tendait fortement à prouver qu'elle nourrissait déjà des soupçons à l'égard d'Ayesha et de son établissement.

Le méprisable inspecteur Cuff s'était joué de moi. Il n'avait pas cru un instant qu'Ahmet fût le meurtrier. Il avait mis le malheureux en état d'arrestation pour deux raisons : primo, pour semer la consternation et l'alarme parmi ses associés, dans l'espoir de provoquer une initiative imprudente ou une déclaration compromettante ; secundo, parce qu'il espérait que cet informateur bien connu révélerait, sous la pression de l'interrogatoire, de précieux renseignements. Que savait Cuff ? J'ignorais la réponse, mais j'étais certaine d'une chose : si l'inspecteur croyait que l'assassin était un Anglais et un membre de l'aristocratie, il procèderait avec la plus extrême circonspection. Une accusation portée contre un homme de haut rang devrait être étayée par des preuves irréfragables.

Qu'Ayesha eût connu la vérité, c'était confirmé par ses propres paroles. « Il » lui avait ordonné de m'attirer dans un piège. Sa réticence à accomplir cette mission de trahison avait dû éveiller les soupçons de l'homme et lui faire craindre qu'elle le trahisse, lui (comme elle aurait fini par le faire, j'en suis convaincue). Il l'avait par conséquent suivie. Peut-être s'était-il caché suffisamment près pour entendre Ayesha me mettre en garde.

Qu'il eût été effrayé au point de m'attaquer était encourageant. Moins encourageant était le fait que je n'avais aucune idée de ce que j'avais bien pu dire ou faire pour l'effrayer. Se pouvait-il que ma visite à Ayesha eût été suffisante en soi ? Cela semblait peu probable. Plus vraisemblablement, j'étais tombée par inadvertance sur quelque indice dont l'importance m'avait échappé.

Lors de notre conversation initiale, Ayesha avait prononcé un mot qui m'avait paru significatif. Elle avait parlé d'un « lord »[1] anglais. Je n'avais moi-même jamais utilisé ce mot. Cependant, à la réflexion, je me demandais si ce terme avait pour elle le même sens que pour moi. Comme je l'ai dit, le mot arabe pour « mari » — et même pour « homme » — véhicule cette connotation dégradante et, au cours de ses transactions professionnelles, Ayesha avait dû souvent l'utiliser pour flatter ses clients. Un homme est toujours prêt à croire qu'il est véritablement le seigneur et maître de toutes choses, et particulièrement de toute femme qu'il rencontre.

Quoique ce fût encore loin d'être concluant, tous les indices allaient dans le même sens : à savoir, que le faux prêtre et le meurtrier d'Oldacre étaient un seul et même homme, et qu'il s'agissait soit de Lord Liverpool soit de son démoniaque mentor. Ils devaient tous deux être impliqués dans le complot, car il y avait eu au moins six intrus masqués dans la salle de conférences.

A ce stade, mes cogitations furent interrompues par un cri étouffé d'Emerson. Je volai à son chevet. Il n'était pas réveillé mais s'agitait dans son sommeil, tournant la tête de part et d'autre et fouettant l'air de sa main. J'écoutai, le cœur battant, les syllabes entrecoupées qui s'échappaient de ses lèvres... et je reconnus, avec une indicible joie, les syllabes de mon nom.

Je m'allongeai à côté de lui et pris sa main dans la mienne, ce qui eut pour effet immédiat de l'apaiser. Un dernier murmure fit vibrer l'air ambiant : « Crénom, Peabody... » J'attirai sa tête contre mon sein et me disposais à reprendre le fil de mes pensées quand, pour quelque raison inexplicable, je m'assoupis.

Lorsque je m'éveillai, ma première pensée fut pour Emerson. Un rapide coup d'œil sur son visage si pro-

---

1. Littéralement, « seigneur ».

che du mien me rassura : il dormait comme un ange. J'entendis alors, de nouveau, le bruit qui m'avait tirée du sommeil.

— Ramsès, chuchotai-je. Que fais-tu ici ?

La tête de Ramsès apparut au pied du lit.

— J'ai fait tout doux, maman. Je voulais seulement savoir si vous étiez réveillée.

— Je le suis maintenant, grâce à toi. Mais ton père dort encore, aussi...

Les lèvres d'Emerson s'entrouvrirent :

— Il ne dort pas.

— Vous avez les yeux fermés, objectai-je.

Il les ouvrit.

— Nom d'une pipe, quelle heure est-il ?

Je me mis sur mon séant. Je m'étais endormie dans mon déshabillé, de sorte que j'étais présentable. Les yeux ronds de Ramsès suivaient avec intérêt chacun de mes mouvements.

Emerson roula sur le dos et grogna :

— Nom d'une pipe, quelle...

— Je ne sais pas, Emerson, je ne vois pas la pendule d'ici.

— Il est deux heures dix, annonça Ramsès. J'espère que vous me pardonnerez mon intrusion, maman et papa. Ayant appris par Gargery que papa avait une nouvelle fois frôlé la mort, mon anxiété m'a conduit...

— Deux heures ! s'exclama Emerson. De l'après-midi ? Mais oui, le soleil brille... Sapristi, Peabody, pourquoi m'avez-vous laissé dormir si tard ?

Mes efforts pour le retenir furent vains : il balança ses pieds hors du lit et se dirigea vers la salle de bains. Ramsès hésita un instant, puis lui emboîta le pas. Il aimait à regarder son père se raser. Depuis le jour où il avait manqué se trancher la gorge en voulant imiter cette pratique (superflue, dans son cas), il avait reçu l'interdiction formelle de toucher aux rasoirs d'Emerson.

Après avoir sonné la bonne, je les suivis, pour

découvrir Ramsès assis sur la chaise percée cependant qu'Emerson s'aspergeait le visage d'eau froide.

— Voilà qui est mieux ! dit-il joyeusement. Quelle nuit, hein, Peabody ?

— Ce n'est pas mieux, vous avez mouillé votre pansement. Emerson, combien de fois devrai-je vous répéter...

Ramsès prit la parole en même temps que moi :

— Je présume, papa, que votre question se rapporte à votre dernière rencontre en date avec le criminel déguisé. Je serais fort intéressé d'apprendre ce qui...

Avant que l'un de nous deux eût pu terminer sa phrase, la porte de la chambre s'ouvrit, livrant passage à un véritable défilé de domestiques : l'une des bonnes apportant un plateau à thé, une autre un broc d'eau chaude, Mrs. Watson supervisant leurs activités, et Gargery... ma foi, je savais ce que Gargery faisait là. Il ne feignit même pas d'avoir un prétexte raisonnable.

— Comment va le professeur, madame ? s'enquit-il.

— Au mieux, au mieux ! cria Emerson. Bonjour, Gargery. Qui d'autre est là ? Mrs. Watson ? Magnifique ! Il me faut un très copieux petit déjeuner, madame Watson, ou peut-être un déjeuner — le repas qui vous semblera le plus approprié — le plus rapidement possible, hmm ? Oh ! excusez-moi, euh... Susan...

Il s'écarta pour permettre à la bonne (Mary Ann) de poser le broc d'eau chaude sur la table.

Derrière Gargery, je vis apparaître — me sembla-t-il — la domesticité au grand complet : quatre valets de pied, la cuisinière et trois autres bonnes, y compris la fille de cuisine, qui était censée ne jamais montrer sa figure à l'étage. Je soupirai d'un ton résigné :

— Comme vous pouvez le constater, Gargery — et vous tous — le professeur Emerson est de nouveau lui-même. Maintenant que vous voici rassurés, vous voudrez bien, je l'espère, retourner à vos tâches.

— Oh ! madame Emerson, gémit la gouvernante, je

suis confuse... Je ne sais quelle mouche les a piqués, ils ne se comportent pas ainsi d'habitude...

— Soyez tranquille, madame Watson. Ce n'est pas la première fois que cela arrive. Ce n'est pas votre faute.

— Je demande pardon à madame... intervint le majordome.

— Oui, Gargery ?

— Avec tout le respect que je dois à madame, je voudrais — au nom de tous — m'enquérir de la santé de madame. Madame semble un peu enrouée. Peut-être serait-il prudent que j'envoie chercher le docteur pour examiner madame ?

Il me fallut quelque temps pour dissiper leurs craintes, mais ils finirent par s'égailler, non sans que la cuisinière m'eût informée qu'elle connaissait un excellent remède pour les maux de gorge — une concoction à base de miel, de marrube et de cognac — qu'elle allait me préparer de ce pas. Je fermai la porte et me laissai choir dans un fauteuil. Pour une fois, je me sentais absolument incapable de parler.

De toute manière, il eût été impossible d'entamer une conversation tant que Ramsès était présent. Je me bornai donc à boire du thé — j'avais un peu de mal à avaler, mais le liquide bien chaud me ravigota merveilleusement — en écoutant Emerson terminer à grand bruit ses ablutions, assisté par les questions, les suggestions et les commentaires admiratifs de Ramsès.

Ils ne tardèrent pas à sortir, bras dessus bras dessous. Emerson eut la bonté de me laisser changer son pansement — lequel était, comme ses cheveux, saturé d'eau. Je me retirai ensuite pour m'arranger, cependant qu'Emerson prenait Ramsès sur ses genoux et entreprenait de lui narrer toute l'histoire.

Je sortis de la salle de bains à point nommé pour entendre Ramsès demander :

— Qui était cette malheureuse dame, papa, au juste ? Et comment se fait-il qu'elle ait été mortellement blessée au cours de la lutte ? Je comprends bien que vous étiez plongé dans l'inconscience à ce moment-là et que, par conséquent, vous n'avez pu voir ce qui s'est passé durant les derniers instants. Mais d'après ce que vous avez dit, il est clair que le gredin a tiré d'abord sur vous et qu'il aurait sans nul doute visé ensuite maman, car si je connais bien maman — ce dont je suis sûr — elle n'aurait certes pas pris la fuite mais aurait attaqué votre agresseur avec la dernière énergie, et d'ailleurs les contusions qu'elle porte à la gorge témoignent qu'elle a lutté corps à corps avec lui... et lui avec elle... si je puis m'exprimer ainsi...

— Je comprends ce que tu veux dire, Ramsès. — Emerson me lança un coup d'œil. — Euh... avez-vous parlé, Peabody ?

— Non.

— Et ce n'est pas étonnant ! s'exclama Emerson en posant Ramsès pour se lever d'un bond. Ma pauvre chère Peabody, votre splendide cou de cygne évoque un fragment d'un tableau de Turner ! Il passe par toutes les nuances du coucher de soleil. Où est la cuisinière ? Elle a parlé d'une médication...

Ramsès trotta vers la salle de bains en annonçant :

— L'eau froide, appliquée avec constance...

Je l'interceptai au passage.

— Non merci, Ramsès. Je te sais gré de ta sollicitude, mais je n'ai pas besoin que tu m'inondes d'eau, non plus que le carrelage. Sauve-toi, je voudrais m'habiller.

— Oui, maman. Puis-je d'abord demander... ?

— Plus tard, Ramsès.

Emerson me proposa son aide pour m'habiller mais, avant que les choses aient pu aller plus loin, Mrs. Watson vint nous annoncer que le déjeuner était servi. Emerson consulta sa montre de gousset.

— Hmmmmm, oui, le temps file. Prête, Peabody ? Tenez, prenez mon bras.

— Il faudrait d'abord, si possible, boutonner ma robe dans le dos. Auriez-vous cette obligeance, madame Watson ?

Emerson prit un air blessé. Je feignis de ne point m'en apercevoir.

La cuisinière avait eu la délicate attention de préparer un déjeuner froid, avec un assortiment de gelées, d'aspics et autres substances gélatineuses qui glissaient sans difficulté. Emerson mangea rapidement — s'agissant d'un autre homme, j'aurais dit qu'il s'empiffra — en lançant fréquemment des regards subreptices sur sa montre. Pour une fois, sa conversation fut aussi correcte et insipide que pouvait le souhaiter n'importe quelle maîtresse de maison. « Exquise douceur printanière, n'est-ce pas, ma chérie ? Mon manuscrit progresse de façon très satisfaisante ; ai-je pensé à vous remercier, ma chère Peabody, pour vos précieuses suggestions ? Avez-vous eu dernièrement des nouvelles d'Evelyn et de Walter ? Comment vont Raddie, Johnny, Willy et la petite Amelia ? »

Je répondis par monosyllabes. Je n'osais laisser ma bouche ouverte trop longtemps, de crainte de ce qui pouvait en sortir. Une personne rationnelle aurait pu supposer que ma colère et ma jalousie avaient été dissipées par la triste fin de cette malheureuse qui avait aimé « sans sagesse mais trop bien »... hélas ! ô lecteur, la jalousie n'est pas rationnelle. Ayesha était morte pour le sauver. Le pistolet était pointé sur Emerson, non sur elle, quand elle avait agrippé le bras de l'assassin, avec la force farouche de la passion, pour l'empêcher d'administrer le coup de grâce. Elle n'avait pas lutté pour s'échapper, mais uniquement pour détourner l'arme braquée sur l'homme qu'elle adorait. Morte et martyre, elle était une plus grande rivale qu'elle ne l'avait été de son vivant.

Un son étranglé franchit le seuil de mes lèvres. C'eût pu être un sanglot, mais je crois plutôt qu'il s'agissait d'un cri de fureur étouffé. Emerson me regarda anxieusement.

— Vous feriez mieux de rester alitée cet après-midi, ma chérie, et de bien vous reposer...

Je froissai ma serviette et la jetai à terre.

— Afin que vous puissiez vous éclipser de la maison à mon insu ? Où comptez-vous aller, Emerson ? Prendre vos dispositions pour de belles funérailles et une stèle en marbre ? Faire ouvrir son cercueil afin de déposer un dernier baiser sur ses lèvres ? Qui était cette femme, Emerson ? Que représentait-elle à vos yeux ?

Emerson demeura assis, les mains crispées sur les accoudoirs de son fauteuil, les yeux exorbités, la bouche béante. La réaction de Gargery fut plus explosive : il lâcha le plat qu'il tenait, et la superbe *jelly* à trois étages de la cuisinière se répandit sur le dallage en une flaque arc-en-ciel.

— Oh ! madame... hoqueta-t-il.

— Un instant, dit Emerson. Peabody, vous me coupez le souffle ! Vous pensez que je... Vous pensez qu'elle... C'était donc pour cela que vous... Ma parole, Peabody, je croyais que vous badiniez !

— Je ne badine pas sur des sujets aussi graves que la fidélité, l'attachement éternel, la confiance...

— Ecoutez-moi un peu, bon sang, Peabody !

Gargery s'avança vers moi, foulant aux pieds les ruines de la *jelly*.

— Oh ! madame... Madame, jamais le professeur n'irait... jamais il ne pourrait... il est totalement dévoué, corps et âme...

Je pris une profonde inspiration.

— Emerson, dis-je avec un grand calme, je ne pense pas pouvoir me contrôler plus longtemps. J'aime beaucoup Gargery, ici présent, et j'apprécie l'intérêt amical qu'il nous porte, mais...

— Très juste, Peabody, dit Emerson. *Pas devant les domestiques* [1], hmm ? Du moins, pas cette fois. Excusez-nous, Gargery, soyez gentil. Ne vous inquiétez pas, tout va pour le mieux.

Il m'offrit son bras. Je le pris. Avec une parfaite dignité, nous gagnâmes le salon d'un pas mesuré.

1. En français dans le texte.

Sitôt la porte refermée, Emerson me souleva dans ses bras et me porta jusqu'au divan.

— Ma Peabody chérie...

— Les cajoleries ne vous seront d'aucun secours en la circonstance ! criai-je en luttant pour me libérer.

— Ah, non ? Peabody, êtes-vous vraiment jalouse ? Vraiment ? Que c'est gentil de votre part, ma chérie ! Je suis flatté à un point que vous ne sauriez concevoir.

— Emerson, vous êtes vraiment... Ne faites pas ça, Emerson. Je ne puis réfléchir clairement quand vous...

Il interrompit son activité et m'aida à me redresser. Quand je fus assise sur ses genoux, nos yeux se trouvèrent au même niveau. Il me prit alors par les épaules et me regarda avec gravité.

— Avez-vous oublié, Peabody, ce qui s'est passé l'hiver dernier au Caire ?

Je ne pus que baisser les yeux.

— Non, Emerson. Je n'ai pas oublié.

— Je n'insisterai pas sur le fait que j'étais plus fondé que vous à ressentir les affres de la jalousie, poursuivit-il. Cela risquerait en effet de provoquer l'une de ces aimables petites querelles dont nous sommes coutumiers, qui ont tendance à s'éterniser sans jamais parvenir à une conclusion. Je me bornerai donc à répéter les propos que vous m'avez tenus peu après. « Si les années que nous avons passées ensemble », m'avez-vous dit, « et l'intensité de mon affection, ne vous ont pas encore convaincu que jamais je n'ai aimé, jamais je n'aimerai et jamais je ne pourrais aimer un autre que vous, rien de ce que je pourrai dire ne saurait modifier votre opinion ». Je vous prie de garder en mémoire, Peabody, cet éloquent discours.

Cachant contre sa poitrine mon visage cramoisi et mes lèvres tremblantes, je lui nouai les bras autour du cou.

Un peu plus tard, lorsque nous fûmes assis côte à côte par consentement mutuel, je fis remarquer :

— Tout de même, Emerson... et j'espère que vous

prendrez ma question pour ce qu'elle est, c'est-à-dire une simple quête d'information...

Le bras d'Emerson resserra son étreinte autour de mes épaules.

— Vous êtes incorrigible, Peabody ! Non seulement je suis disposé à répondre à la question qui vous taraude, mais j'insiste pour le faire.

« J'ignore ce qu'Ayesha vous a raconté. Elle m'a dit que vous lui aviez rendu visite, et elle m'a donné sa version de votre conversation. Toutefois, je n'accorde pas plus de crédit à ses déclarations que vous ne devriez en accorder à celles qu'elle vous a faites. Ce que je vais vous dire est la simple vérité — ni plus, ni moins.

« Je la connaissais — oui, ma chère Peabody, je l'admets — je la connaissais dans tous les sens du terme. Cela s'est passé lors de mon premier séjour en Egypte, à une époque où j'étais non pas archéologue mais un godelureau imberbe, frais émoulu d'Oxford et aussi naïf sur les choses de la vie que peut l'être notre petit Ramsès. Toutefois, je dois dire à ma décharge que j'ai bien vite appris à abhorrer le genre de vie auquel m'initiaient des gens qui se prétendaient mes amis. L'avilissement de ces malheureuses femmes m'horrifiait. Cela ne m'inspirait que mépris pour moi-même et pour les hommes qui les avaient condamnées à une existence d'esclavage servile.

« C'est Ayesha, en vérité, qui me dessilla les yeux. Elle était différente des autres. Voir une femme comme elle — intelligente, belle, aussi compétente que n'importe quel homme — réduite à pareille existence uniquement parce qu'elle *était* une femme belle, intelligente et compétente... Je crois lui avoir proposé de la sortir du ruisseau, comme dit le proverbe. Elle m'a ri au nez. Il était déjà trop tard pour elle.

« Ce premier voyage en Egypte me convainquit — comme ce fut votre cas, ma chère Peabody — que j'avais trouvé ma voie, et je me jetai dans mon travail avec ce que vous vous plaisez à appeler mon enthousiasme juvénile. Je rencontrais de temps à autre Ayesha, qui était alors l'une des plus fameuses (et coûteuses) représentantes de sa profession. Quelques années plus tard, elle quitta l'Egypte. J'appris par des relations communes qu'elle était partie pour Paris avec un riche admirateur, qui l'avait installée royalement. Son histoire, à partir de là, est bien triste. Son protecteur était un homme au tempérament violent. Le trompa-t-elle ? Je l'ignore. En tout cas, c'est ce qu'il prétendit et il la répudia, après lui avoir administré une correction qui la marqua pour la vie. Elle avait pu mettre de l'argent de côté et, par la suite, on me raconta qu'elle s'était réfugiée à Londres et installée à son compte. Mais — et ça, je le jure sur ce que j'ai de plus cher, Peabody — je ne l'avais pas revue depuis des années. J'ai manqué tomber à la renverse, l'autre nuit, quand je l'ai reconnue.

— C'est bien ce qu'elle m'a raconté, murmurai-je. Pauvre créature... Pauvre, pauvre femme...

Emerson me prit par le menton et me regarda dans le blanc des yeux.

— Peabody, est-il vrai que vous lui ayez proposé de l'aider à se retirer à la campagne, pour trouver le réconfort dans les beautés de la nature ?

— Ma foi, oui. J'avais tout de suite décelé la qualité de cette femme... Emerson, ne me serrez pas si fort, je ne puis respirer.

— Peabody, Peabody ! Vous êtes la treizième merveille du monde. Il n'en existe point d'autre comme vous !

— Nous sommes tous uniques aux yeux du Seigneur, répondis-je en tapotant mes cheveux en désordre. Mais, Emerson...

— Quoi encore, Peabody ?

— Je pense à ce que j'ai dit tout à l'heure — une réflexion bien cruelle et injuste — sur de belles funérailles et une stèle. C'est le moins que nous puissions faire, Emerson, ne croyez-vous pas ? Elle a bel et bien donné sa vie pour vous. Je ne suis plus du tout jalouse.

à présent, et je ne vous reproche rien, car ce n'est pas votre faute si les femmes...

— Un instant, Peabody. Je suis pleinement en accord avec votre suggestion, et je vais m'en occuper de ce pas. Mais Ayesha aurait donné sa vie pour moi ? Quelle est cette insanité ?

Estimant qu'il ne devait rien ignorer de ce qui s'était passé, je lui répétai ce que m'avait déclaré Ayesha, comme quoi on l'avait forcée à m'attirer dans un piège, et ce que je lui avais dit, essayant de la persuader d'accepter notre protection.

— Je n'ai pas entendu la conversation, dit-il avec calme. J'étais trop éloigné et occupé, de surcroît, à monter la garde. J'ai vu arriver l'homme, Peabody, mais avant que j'aie pu bouger, elle s'est élancée dans ses bras. Et ensuite...

— Il vous a tiré dessus et vous êtes tombé. Oh, Emerson, jamais je n'oublierai cet instant !

Je fus un moment avant de pouvoir continuer. Emerson m'écouta, sans commentaire, décrire ce qui s'était passé. Enfin, il déclara d'un ton pensif :

— Ce sera une très belle stèle, Peabody. Et avant que le tailleur de pierre ne se mette à l'œuvre, je veillerai à ce que l'assassin d'Ayesha reçoive le châtiment qu'il mérite. Sapristi, Peabody, vous ne voyez donc pas ? Ce n'est pas pour moi qu'elle s'est sacrifiée, mais pour vous !

— Mon chéri... commençai-je.

— Vous n'êtes pas ce que j'appellerais une femme humble, Peabody, mais vous êtes parfois singulièrement obtuse. Réfléchissez bien. J'étais déjà hors de combat — mort, pour ce qu'elle en savait. Sur qui le meurtrier aurait-il ensuite tourné son arme, Peabody ? Il était venu dans le but de vous tuer, et elle le savait. Elle a pris le risque de vous avertir et, finalement, elle s'est battue jusqu'à la mort, non pour *me* sauver, mais pour *vous* sauver. Vous étiez la première femme, depuis des années — peut-être même de toute sa vie — à lui parler d'égale à égale et à lui témoigner de la sollicitude. Rien ne lui convenait davantage que d'en finir avec sa misérable existence.

Il me pressa contre lui et je sentis un long soupir soulever sa poitrine.

C'était un moment touchant, et je respectais ses sentiments. Je m'abstins donc de souligner les failles de son raisonnement. S'il tenait absolument à croire que l'infortunée avait donné sa vie pour *moi,* qu'il garde son illusion ! Pour ma part, je savais à quoi m'en tenir, et je chérirais à jamais le souvenir d'Ayesha parce qu'elle avait donné sa vie pour *lui.*

Après un moment de silence respectueux, j'observai :

— Emerson, je n'ai qu'une dernière question.

— Alors là, j'ai peine à y croire. Oui, ma chérie ?

— Vous n'imaginiez pas, dites-vous, que je puisse être jalouse.

— C'est la vérité, Peabody.

— Dans ce cas, pourquoi vous êtes-vous comporté de façon si diantrement bizarre ? Si la culpabilité a jamais été inscrite en toutes lettres sur un front humain, c'était bien sur le vôtre. Vous étiez douloureusement courtois, odieusement attentionné... vous n'avez même pas hurlé quand j'ai remanié votre manuscrit...

— Je le répète, Peabody, vous êtes obtuse. Vous ne savez donc pas ce qui me chagrinait ? N'avez-vous point lu l'inscription sur l'ouchebti ?

— Men-maat-Re Sethos... Emerson ! Oh, Emerson, vous étiez jaloux, vous aussi !

— Follement, désespérément, furieusement, déclara-t-il en me serrant à m'en faire craquer les côtes. Crénom, Peabody, c'est quand même une curieuse coïncidence de voir ressurgir ce nom abominable dans le cadre d'une affaire criminelle... Car il s'agit bien d'une simple coïncidence, n'est-ce pas ?

— Oui, Emerson, assurément. Dois-je vous jurer, comme vous avez eu la bonté de me le jurer, que jamais...

— Non, Peabody, ce n'est pas nécessaire. Jamais plus je ne douterai de vous.

— Oh, mon cher Emerson !

— Ma Peabody chérie !

Un considérable laps de temps s'écoula, au terme duquel je me levai de ses genoux et remis de l'ordre dans ma toilette.

— Vous êtes plus près que moi du cordon de sonnette, Emerson. Voulez-vous sonner Gargery ? Il est encore tôt, mais nous avons bien mérité un petit whisky-soda, pour calmer nos nerfs.

— Superbe idée, Peabody ! Et ensuite, si nous procédions à l'une de nos petites compétitions dans le domaine du crime ? Nous disposons de suffisamment d'éléments, je crois, pour échafauder une théorie ou deux. Je vous ai vue le faire avec bien moins que cela, ma chérie.

— Merci, mon cher Emerson, répondis-je avec une grande émotion. Je relève le défi dans l'esprit qui a présidé à son lancement et qui nous gouverne toujours dans ce genre de situations : que le meilleur gagne, pas de quartier et interdiction de tricher.

— Souhaitez-vous commencer, ma chère Peabody ?

— Non, mon cher Emerson, je vous cède la parole.

— Je m'y attendais... Ah ! vous voilà, Gargery. Apportez le whisky, s'il vous plaît.

— Et vous serez heureux d'apprendre, Gargery, ajoutai-je, que tout va pour le mieux, comme le professeur l'a dit.

— C'est ce que je vois, madame, dit-il avec un sourire radieux. Je n'en doutais d'ailleurs pas.

Lorsque Gargery eut apporté le whisky et se fut retiré, toujours rayonnant, Emerson déclara :

— Je vais vous dire, Peabody. Nous pourrions échanger Gargery contre Wilkins, hmm ? Wilkins serait beaucoup plus heureux dans une maison calme et bien réglée comme celle-ci.

— L'idée mérite réflexion, concédai-je. Bon, Emerson, vous étiez sur le point de commencer...

— Oui, dit-il en allant fourrager sur son bureau. Où donc ai-je mis cette maudite... ah ! la voici.

Il me tendit une feuille de papier. J'y jetai un coup d'œil et éclatai de rire.

— Oh, Emerson, c'est trop amusant ! Non, mon chéri, ne faites pas cette mine courroucée, je ne me gausse point de vous. Figurez-vous qu'il y a une liste quasiment identique à celle-ci dans le tiroir de mon secrétaire, en haut.

— Vraiment ? Cela prouve, ma chère Peabody, comme je l'ai souvent dit, que nos esprits ne font qu'un.

— Nous sommes d'accord sur les principaux points, semble-t-il, murmurai-je en étudiant sa liste. Je vois que vous mentionnez les débris de verre et les bouts de papier trouvés près du corps du veilleur de nuit. Je pensais, je l'avoue, que ce détail vous aurait échappé, Emerson.

— Voyez-moi ça ! Et quelle explication en donnez-vous, Peabody ?

— Je n'ai pas encore eu l'occasion d'aller voir Mr. Budge. Pour vous répondre, je dois savoir si la pièce avait été récemment balayée.

Les sourcils d'Emerson se froncèrent.

— Ah ! en effet. Je n'avais pas songé à cela.

— Il pourrait simplement s'agir de détritus accumulés durant les heures normales de visite du musée, conséquence des mauvaises habitudes du public en matière de propreté.

— Humph ! fit Emerson, le regard noir.

— Toutefois, enchaînai-je, il y a, en provenance d'une autre source, un élément qui vient étayer ma fragile théorie.

— La momie démaillotée.

— Et la tirade que le prêtre a récitée. L'invocation à Isis.

— « Elle dont le discours ne faillit point », dit Emerson, incapable de réprimer un sourire.

— Précisément. Jusque-là, Emerson, nos opinions

convergent. Pensez-vous, comme moi, que l'homme que nous avons vu la nuit dernière est non seulement le meurtrier d'Ayesha mais aussi celui de Mr. Oldacre ?

— Certes, Peabody. Est-il également le faux prêtre ?

— Oui et non, Emerson.

— Crénom, Peabody...

— L'important n'est pas là. Le meurtrier est l'homme qui a envoyé les ouchebtis et enlevé Ramsès. Mais qui diable... enfin, qui est-il réellement ? Lequel de nos suspects est-il le cerveau caché derrière toute cette affaire ?

— C'est évident, décréta Emerson.

— En effet.

— Daignerez-vous... ?

— Pas pour l'instant. Il nous manque encore une ou deux preuves vitales. N'est-ce point vous qui disiez que c'est une erreur capitale d'avancer une théorie avant d'être en possession de tous les faits ?

— Non, ce n'est pas moi. Que nous manque-t-il comme éléments ?

— Eh bien... voici une question que vous avez omise.

Prenant une plume, je griffonnai quelques phrases et lui tendis la feuille.

Question : « Qui est l'homme enturbanné qui a rendu visite au professeur Emerson, et où sont-ils allés ensemble hier ? » Marche à suivre : « Interroger le professeur Emerson ».

Mon époux chiffonna rageusement le papier.

— Tudieu, Peabody...

— Attendez, Emerson. J'ai fait le vœu ce soir de ne jamais me laisser aller à douter de votre affection. Je n'en doute donc pas. Cependant, mon chéri, je n'ai fait aucune autre promesse. Si vous me dissimulez des indices...

— Reprenez donc un peu de whisky, Peabody.

— Non, merci.

— Dans ce cas, je vais le faire, marmonna Emerson

en joignant le geste à la parole. Ecoutez-moi bien, Peabody. Je ne dissimule aucun indice. L'individu dont vous parlez ne sait rien et ne m'a rien dit qui soit de nature à nous aider à résoudre le mystère.

— Dans ces conditions, pourquoi ne voulez-vous pas me dire qui est cet homme et ce qu'il voulait ?

— Parce qu'il... parce que je... j'ai donné ma parole, Peabody. J'ai juré de ne raconter à âme qui vive ce qui s'est passé hier après-midi. M'encourageriez-vous à rompre mon serment solennel ?

— Le mot « jamais » était-il expressément indiqué dans le serment que vous avez prononcé, Emerson ?

Il partit d'un grand rire.

— Oui, ma chère Peabody. Je crois même me rappeler que quelqu'un a utilisé la formule « silence éternel ». Les gens sont parfois d'un pompeux !... — Il recouvra son sérieux. — Ma chérie, il semble bien que nous soyons face à un test de cette confiance totale que vous venez de professer. Ce test n'est point de mon fait, mais il existe bel et bien. Allez-vous tenir votre parole et renoncer à me faire trahir la mienne ? Car vous pourriez me la faire trahir, Peabody, vous le savez. Je ne puis vous résister quand vous usez de persuasion.

— Mon cher Emerson, comment pouvez-vous supposer que je ferais une chose pareille ?

Il me prit dans ses bras.

L'espace d'un moment, nous demeurâmes immobiles. Le menton d'Emerson reposait sur le sommet de ma tête, de sorte que je ne voyais pas son visage. J'aurais donné cher pour déchiffrer son expression. Il mijotait quelque chose en sous-main, cela ne faisait pour moi aucun doute.

Dans le silence, j'entendis le lointain carillon de l'horloge du hall. Emerson remua légèrement.

— Il est presque l'heure du thé, dis-je.

— Hmmm, oui. La journée a passé comme l'éclair. Je suppose que nous devons faire descendre ces maudits... ces enfants au salon ?

— Vous êtes bien injuste, Emerson !

— Ce sont vraiment des enfants très ennuyeux, Peabody.

— Je le sais, mais nous avons accepté de les accueillir et de nous en occuper au mieux. Nous devons tenir notre promesse, Emerson.

Il me serra plus étroitement contre lui.

— Nous avons une demi-heure devant nous, Peabody. Si nous montions directement dans notre chambre... je pourrais ensuite affronter cette épreuve dans de bien meilleures dispositions...

Sans doute aurais-je dû soupçonner quelque chose. Néanmoins, je mets au défi n'importe quelle lectrice d'affirmer qu'elle eût agi autrement dans ces circonstances — lesquelles incluaient un certain nombre de ces petits gestes auxquels je suis sensible en *toutes* circonstances et qui étaient particulièrement poignants en cet instant.

Lorsque nous sortîmes du salon, bras dessus bras dessous, je vis Gargery dans le tournant de l'escalier, qui souriait comme un benêt sentimental. Puis je ne le vis plus, car Emerson me souleva impétueusement dans ses bras et monta l'escalier en courant, dans un élan — présumai-je — d'affectueuse impatience. De fait, il était si impatient qu'il négligea de fermer la porte. Je m'exclamai :

— Emerson, ne croyez-vous pas... qu'un peu d'intimité...

— Ah ! oui, dit-il, le souffle court. Un instant...

Sans entrer dans les détails scabreux relatifs à la position que j'occupais, je dirai simplement que je ne vis pas la porte se refermer. Je l'entendis néanmoins. J'entendis ensuite un autre bruit qui me fit l'effet d'un verre d'eau glacée en plein visage. C'était le bruit de la clef tournant dans la serrure.

D'un bond, je me levai du lit. J'étais seule. J'entendis ses pas s'éloigner ; il ne tentait même pas de marcher sur la pointe des pieds. Une pression du bouton de porte me confirma ce que je savais déjà : il m'avait enfermée dans la chambre.

Je m'élançai à la fenêtre et écartai les tentures. J'arrivai juste à temps pour le voir sortir de la maison. Les ombres s'allongeaient au-dehors, mais il faisait encore grand jour. Tout en marchant — de ce pas rapide qui pouvait couvrir des kilomètres de désert à la vitesse d'un homme en pleine course — il endossait à la hâte son manteau. Il était tête nue. Arrivé au portail, il se retourna un instant et leva les yeux vers la fenêtre.

Je ne pense pas qu'il me vit, car le soleil faisait face à la maison et se reflétait de manière aveuglante dans les fenêtres de la façade. Il savait néanmoins que j'étais là. Portant une main à ses lèvres, il m'envoya un baiser. Puis il se mit à courir et disparut en quelques secondes.

Combien de temps restai-je à la fenêtre, en proie à des sensations que je préfère ne pas évoquer ? Je ne saurais dire. Il ne s'était pas écoulé plus d'une minute, je pense, lorsque j'entendis le grincement de la clef dans la serrure et la voix de Gargery.

— Madame ? Madame est là ?

— Où voulez-vous que je sois, imbécile ? Déverrouillez-moi cette porte séance tenante.

— Oui, madame, certainement. C'est d'ailleurs la consigne que m'a donnée le professeur. Mais je ne comprends... — La porte s'ouvrit. —... je ne comprends pas ce qui se passe, poursuivit Gargery. Il a dit que la serrure était bloquée et qu'il allait chercher des outils, mais alors comment ça se fait que la chambre soit fermée à clef, vous à l'intérieur, et le professeur dehors...

— « Dehors » est le mot clef, Gargery, si vous voulez bien me pardonner ce piètre jeu de mots. Il n'a pas indiqué où il allait, je suppose ?

— Chercher des outils, madame. Il... — La mâchoire de Gargery s'affaissa. — Mince ! Y nous a pas faussé compagnie, dites ?

— Y a aucun doute là-dessus, répondis-je avec une

amertume bien compréhensible. Il nous a abusés en beauté, Gargery... tous les deux.

Comme Gargery se martelait le front de son poing serré en utilisant des expressions que je ne l'avais jamais entendu employer jusqu'alors, j'enchaînai :

— Peu importe, ce n'est pas votre faute... et je vous demande pardon de vous avoir traité d'imbécile, Gargery. Si vous en êtes un, je ne vous cède en rien sur ce chapitre.

Gargery prit une longue, chevrotante inspiration, et retrouva l'usage d'un langage plus châtié.

— Je demande pardon à madame. Dans le feu de l'action, je crains de m'être oublié. Il ne sert à rien de partir à sa recherche, je suppose ?

— Non, il s'est bel et bien échappé. Nous ne pouvons qu'attendre et témoigner de cette fermeté d'âme qui fait la réputation des Anglais, quel que soit leur sexe ou leur classe sociale. Il est l'heure du thé, Gargery. Je descendrai sous peu.

Gargery se redressa de toute sa taille.

— Oui, madame. Puis-je me permettre de dire à madame...

— Non, Gargery, j'aime autant pas. Ma carapace de calme est sur le point de voler en éclats et je préférerais extérioriser mes sentiments en privé.

Gargery se retira.

Bien entendu, je ne m'abandonnai pas aux larmes ni à l'hystérie. Telle n'est pas mon habitude. Je n'étais même pas en colère contre Emerson. Il se plaignait toujours de ne pas pouvoir m'empêcher de me précipiter tête baissée dans le danger, mais ce n'était là qu'une aimable plaisanterie de sa part ; jamais, jusqu'à ce jour, il n'avait fait de véritable tentative pour m'arrêter. Il devait vraiment être aux abois pour m'avoir joué un si mauvais tour, car il savait que cela lui vaudrait une avalanche de reproches véhéments.

Je me forçai à m'asseoir et à utiliser ma tête au lieu de mon cœur. Je n'avais pas l'intention, naturellement, de rester les bras croisés à attendre le retour d'Emerson. Je n'avais pas la moindre idée de l'endroit où il avait pu aller. Toutefois, d'après ses remarques circonspectes de tout à l'heure, je savais que nous suivions tous deux la même piste en ce qui concernait la solution de l'énigme criminelle. Il en savait manifestement plus que moi — ou du moins le croyait-il. A coup sûr, si je concentrais mon intelligence sur le problème, je devrais pouvoir parvenir aux mêmes conclusions que lui — et, en temps voulu, à l'endroit même où lesdites conclusions l'avaient conduit.

Quelque chose me titillait l'esprit. Je connaissais bien cette sensation pour l'avoir maintes fois éprouvée : le sentiment d'avoir vu ou entendu quelque chose — un détail auquel, sur le moment, je n'avais pas accordé l'attention désirable. Un détail que j'avais négligé ou mal interprété... un détail d'une importance capitale. Je pressai mes mains sur mes yeux — non parce qu'ils étaient humides de larmes naissantes, mais dans le but de m'isoler des distractions extérieures. De quoi pouvait-il bien s'agir ? Durant de longues et terribles secondes, je m'étais débattue, impuissante, entre les mains de l'assassin qui m'étranglait, son visage à quelques centimètres seulement du mien. J'avais été passablement perturbée à ce moment-là, certes, mais n'y aurait-il pas eu un indice — un parfum, un bruit, une sensation — pouvant révéler l'identité du scélérat ?

J'étais sur la bonne voie, je le sentais, mais avant d'avoir pu poursuivre ma remémoration, je fus rappelée à mes devoirs par le babillage de voix enfantines dans le hall. Si je ne descendais pas sur-le-champ, Violet mangerait tous les biscuits.

Elle en avait déjà consommé plusieurs lorsque j'arrivai sur les lieux. Je mis un terme à cette orgie et intimai aux enfants l'ordre de s'asseoir chacun à sa place.

— Alors, qu'avez-vous fait de beau, aujourd'hui ? demandai-je aimablement.

— Nous sommes allés au parc, répondit Percy. J'avais emporté mon cerceau et mon filet à papillons.

— Il y avait un vendeur de muffins, murmura Violet. Un très gentil vendeur de muffins.

— Et as-tu attrapé des papillons, Percy ?

Je ne pris pas la peine de demander à Violet si elle avait attrapé des muffins ; la réponse ne faisait aucun doute. Cette petite enflait comme un crapaud.

— Oui, tante Amelia. Seulement quelques monarques, mais cela m'a fait un bon exercice de courir après.

— Oui, assurément, opinai-je d'un ton encourageant. Et toi, Ramsès ? As-tu aidé Percy à attraper des papillons ?

— Je m'étonne que vous posiez cette question, maman, étant donné que vous connaissez mes vues sur le meurtre gratuit des créatures animales, répondit Ramsès de son air le plus majestueux. Pardonnez-moi de changer de sujet — celui-ci étant ennuyeux à l'extrême — mais je voudrais savoir si papa est sorti ? Dans l'état de faiblesse où il se trouve présentement...

— Il est sorti, répondis-je assez sèchement. Et comme je te vois venir... non, je ne sais pas où il est allé ni quand il reviendra. Il n'a pas de comptes à rendre, Ramsès — ni à toi, ni à moi.

— Pas sur le plan légal, convint Ramsès. Toutefois, le doux aiguillon de l'affection familiale implique une obligation morale, et je suis surpris de constater que papa, qui, en règle générale, attache une grande importance à nos sentiments...

— S'il te plaît, Ramsès.

— Oui, maman.

Un bref silence s'ensuivit. Je mis l'assiette de biscuits hors de portée de Violet et tâchai de trouver quelque chose à dire. Je n'étais pas vraiment d'humeur à soutenir une conversation oiseuse.

Au bout d'un moment, Percy toussota.

— Puis-je vous demander quelque chose, tante Amelia ?

— Certainement, Percy. De quoi s'agit-il ?

— Eh bien, voilà... C'est une question qui me préoccupe depuis quelque temps.

— Si tu te fais du souci pour ta maman...

— Non, ce n'est pas cela, ma tante. En fait, ça ne concerne personne en particulier, personne que je connaisse. C'est ce que Ramsès appellerait une question de pure forme, je crois.

— Eh bien ? m'impatientai-je.

— Supposons, dit Percy avec lenteur, supposons que quelqu'un sache que quelqu'un d'autre a fait quelque chose. Quelque chose qu'il n'avait pas le droit de faire.

Je me demandai comment j'avais bien pu me plaindre des circonlocutions de Ramsès. Lui, au moins, connaissait plus de cinquante mots et était capable de les agencer en une phrase cohérente. Percy poursuivit, d'une voix encore plus lente :

— Quelque chose de mal, tante Amelia. De très mal, j'entends. Est-ce que la personne — la personne qui est au courant — doit le dire ?

— Le dire à qui ? m'enquis-je.

— Ma foi... à quelqu'un.

Je savais parfaitement où il voulait en venir. Il jetait des regards en coulisse à Ramsès, qui, l'œil noir, l'observait avec une détestation concentrée.

— Je crois te comprendre, Percy, lui dis-je. Tu poses une question hypothétique se rapportant à un problème moral. Il n'y a jamais de réponse simple à ce genre de question. Cela dépend d'un certain nombre de facteurs. Par exemple, il faut savoir si on a fait jurer le secret à la première personne ou si celle-ci a promis de garder le silence. Un prêtre catholique romain, quand il entend en confession...

— Ce n'est pas le cas, tante Amelia.

— Cela dépend aussi du degré de gravité de la mauvaise action. S'il s'agissait d'une inoffensive fredaine...

— C'était mal, dit Percy (en se pourléchant métaphoriquement les babines). Très, très mal. Très, tr...

Ramsès bondit du divan et se jeta à la gorge de Percy.

Ils tombèrent par terre dans un enchevêtrement de bras et de jambes, entraînant dans leur chute une petite table et éparpillant aux quatre coins du salon les biscuits, que j'avais posés sur ladite table. Du coin de l'œil, je vis Violet bondir sur sa proie tel un chat sur une souris, mais je ne pouvais m'occuper d'elle avant d'avoir séparé les garçons.

Ce ne fut pas aussi facile que je l'avais escompté. La première fois que je tendis la main, l'un des deux garnements — je ne saurais dire lequel — me donna un coup de pied. Ils roulaient en tous sens, bras et jambes fendant l'air. Percy poussait des petits cris et des glapissements, tandis que Ramsès se battait dans un silence menaçant : les seuls bruits qui émanaient de sa personne étaient des grognements de douleur ou des ahanements. Saisissant la théière, j'en ôtai le couvercle et vidai le contenu sur les belligérants.

L'eau n'était plus bouillante, mais encore suffisamment chaude pour provoquer une accalmie provisoire. Je la mis à profit pour saisir Ramsès au collet et le hisser sur ses pieds.

Aussitôt, Percy roula hors d'atteinte et se mit à quatre pattes. En comparant les deux garçons, je fus intéressée d'observer que Ramsès, quoique plus petit et plus menu que son cousin, avait réussi à tenir bon. Peut-être son père lui avait-il donné des leçons de boxe, en définitive. Son nez saignait copieusement (compte tenu de la dimension de l'appendice en question, il n'était pas étonnant que Percy eût réussi à l'atteindre), ses cheveux étaient dressés à la verticale, et Percy lui avait apparemment mordu le pouce. Toutefois, Percy était plus mal en point. Il avait la lèvre ouverte et son visage commençait à enfler.

Ayant englouti tous les biscuits, Violet fut en mesure de tourner son attention vers un autre problème. Elle fondit sur Ramsès et le bourra de coups de poing.

— Vilain, vilain, méchant ! hurla-t-elle. Vilain !

Ramsès ne tenta pas de riposter, se bornant à se protéger le visage avec ses bras. Tout en le tenant fermement par le col, je plaquai ma main libre sur la figure de Violet et poussai un bon coup. Elle tomba à la renverse sur le divan, avec suffisamment de force pour en avoir le souffle coupé.

Je n'eus pas besoin de tirer le cordon de sonnette. Les bruits de la bataille avaient fait accourir dans la pièce Gargery, escorté de Mrs. Watson. Je remis Violet entre les mains de la gouvernante et confiai Percy au majordome.

— A nous deux, Ramsès, dis-je à mon fils.

— Je suis confiné dans ma chambre, observa-t-il en essuyant sur sa manche son nez ensanglanté.

J'ôtai de ses cheveux quelques feuilles de thé qui y adhéraient.

— Oui. Te faut-il de l'aide pour te laver, te changer et panser tes plaies ?

— Non, merci, je préfère m'en occuper par moi-même. Comme vous le voyez, mon nez a cessé de saigner. L'application d'eau froide...

— D'une grande quantité d'eau froide, dirais-je.

— Oui, maman. Tout de suite.

Il se dirigea vers la porte. Sur le seuil, il se retourna :

— Une question, maman, si vous permettez.

— Nous discuterons plus tard de ce déplorable incident, Ramsès. Présentement, j'ai d'autres soucis en tête.

— Oui, maman. Vous faites allusion, je présume, à l'absence de papa, et j'admets qu'il s'agit d'une affaire plus urgente. Néanmoins, je voulais m'enquérir de miss Minton. Elle est partie.

— Oui, Ramsès, je sais. Je l'ai congédiée. Elle a quitté la maison ce matin.

— Elle a quitté la maison la nuit dernière, rectifia Ramsès. C'est du moins ce que je me suis laissé dire. Et elle a oublié ses vêtements et autres articles personnels.

— Cela n'a rien d'étrange, Ramsès. Elle n'avait

apporté, je suppose, que le genre d'affaires susceptibles d'appartenir à une vraie femme de chambre. Sans doute les aura-t-elle abandonnées, les considérant comme de misérables souvenirs d'une méprisable imposture.

— Sans doute. Néanmoins, il m'a semblé que vous souhaiteriez être informée...

— Voilà qui est fait. Merci. Dans ta chambre, Ramsès.

— Oui, maman.

Je demeurai un moment à méditer. Puis je sonnai le majordome.

— Je veux faire porter une lettre sur-le-champ, Gargery. Donnez de l'argent au valet pour le cab et dites-lui de se hâter.

Le temps que le valet se présente, j'avais écrit la missive. Je lui donnai instruction d'attendre la réponse. Je convoquai ensuite Mrs. Watson pour lui annoncer que je prendrais une simple collation dans ma chambre, puisque le professeur ne serait pas là pour le dîner. La brave femme approuva ma décision de me reposer et de me coucher tôt après tout ce que j'avais enduré.

Je ne pouvais pas faire de plans définitifs avant d'avoir reçu la réponse à mon message. Si ce n'était pas celle que j'espérais... eh bien ! cela prouverait qu'il y avait une faille irrémédiable dans ma théorie, auquel cas je devrais la réviser. Mais je ne voyais pas comment je pourrais me fourvoyer. Pourquoi — ô pourquoi ? — avais-je dédaigné cette déclaration significative ? Le fait d'être à demi étranglée n'excusait en rien une telle négligence.

Je me forçai à rester calme. Rien ne pressait. Si j'avais raison, et si j'avais correctement évalué les manies de l'homme que je traquais, rien d'important ne se produirait avant bon nombre d'heures. Je pris ma liste et la parcourus une nouvelle fois. Il était trop tard à présent pour terminer mes investigations, mais la liste soulevait une autre question. Alerter, ou ne pas alerter, la police ?

Après avoir pesé le pour et le contre, j'optai pour un compromis. Il n'y avait qu'un seul officier de police qui pût éventuellement — et je souligne le mot « éventuellement » — ajouter foi à la solution éminemment bizarre à laquelle j'étais parvenue. L'inspecteur Cuff représentait pour moi une insondable énigme : était-il rusé et secret, ou simplement très borné ? Dans l'un ou l'autre cas, je partais du principe qu'il était affligé, comme la plupart des hommes, d'un inexplicable préjugé envers la gent féminine et que, par conséquent, il s'opposerait vigoureusement à ce que je prisse part aux réjouissances de la soirée — même si, d'aventure, il se laissait convaincre d'y participer lui-même. Cuff n'aurait aucun scrupule à m'enfermer dans une cellule et à m'y séquestrer aussi longtemps qu'il lui paraîtrait nécessaire.

Toutefois, j'estimais équitable de lui accorder une chance de montrer sa valeur — d'autant que je pouvais fort bien avoir besoin d'assistance si jamais les choses ne tournaient pas comme je l'espérais. Je m'assis à mon bureau et commençai à écrire. Mon épître se révéla passablement longue, car il me fallait expliquer en détail nombre de choses, ceci afin d'ajouter de la vraisemblance au récit. Je n'en avais pas encore terminé lorsque Gargery vint m'apporter la réponse à ma lettre.

Il resta au garde-à-vous pendant que je la lisais.

— C'est... j'espère que ce n'est pas une mauvaise nouvelle, madame ?

— C'est la réponse que j'attendais, lui dis-je. Merci, Gargery.

Miss Minton n'avait pas regagné son domicile. Sa logeuse était sans nouvelles d'elle depuis le vendredi précédent.

Voilà qui réglait la question. Il n'était guère vraisemblable qu'elle fût partie pour le Northumberland habillée en femme de chambre, sans argent ni bagages. Il était encore plus improbable qu'elle eût accepté la protection de Kevin ou de Mr. Wilson. Non : je savais où elle se trouvait. C'était à elle qu'Ayesha avait fait allusion dans sa tirade entrecoupée — allusion que j'avais fâcheusement négligée. « Il » la tenait, à présent, et je savais où il l'avait emmenée : dans l'aile en ruine de Mauldy Manor, derrière cette porte massive dont la serrure avait été réparée si récemment que des traînées d'huile avaient souillé mes doigts lorsque j'avais soulevé le loquet.

CHAPITRE QUATORZE

J'attendis pour quitter la maison que les domestiques fussent en train de souper à l'office. Je ne me fiais pas à Gargery : Emerson avait fort bien pu lui donner l'ordre de m'empêcher de sortir. (Il n'y serait point parvenu, mais je préférais éviter toute controverse.) Je déplorais fort de n'avoir pas eu le loisir de demander au majordome où je pourrais acheter un petit pistolet. Il paraissait très au fait de ces choses-là. Toutefois, j'avais mes outils et mon ombrelle ; cela devrait suffire.

La nuit était tombée et je constatai avec satisfaction que le ciel était couvert. Des écharpes de brume s'enroulaient, languides, autour des arbres du parc. Le brouillard se lèverait certainement quand nous serions sortis de Londres, mais peut-être y en aurait-il une nappe sur le fleuve. Je l'espérais de tout cœur.

La route était longue. Tandis que le cab bringuebalait sur les pavés, dans les rues animées, je passai mon plan en revue. J'avais laissé sur la table du hall la lettre adressée à l'inspecteur Cuff, avec consigne de la faire porter immédiatement. J'avais mes armes. J'avais, pour me soutenir, la force que procure l'indignation vertueuse — et l'espoir de me trouver bientôt en présence de l'être qui représentait tout pour moi.

Je me demandai comment diantre Emerson avait percé le mystère. Il n'avait point entendu les paroles d'Ayesha et je ne lui avais pas répété la phrase cruciale, pour la bonne raison que, sur le moment, celle-ci n'avait revêtu aucune signification pour moi. Comment, dès lors, Emerson savait-il qu'une cérémonie quelconque allait avoir lieu cette nuit ? Peut-être l'ignorait-il. Peut-être était-il allé au château quérir la preuve qui lui manquait (tout comme à moi) pour étayer sa théorie. Quoi qu'il en fût, il était bel et bien à Mauldy Manor : j'en étais aussi certaine que si je l'avais suivi jusque là-bas. C'était le seul endroit logique où trouver l'élément qui manquait à ma reconstitution de l'affaire.

Il restait moins de deux heures avant minuit lorsque j'ordonnai au cocher de s'arrêter à une distance respectable de la grille du manoir. On ne saurait blâmer le brave homme, je suppose, d'avoir imaginé le pire : une femme solitaire, enveloppée dans un manteau noir à capuchon, qui demande qu'on la dépose sur une route de campagne, non loin de la demeure d'un homme à la réputation sulfureuse, ne doit pas s'étonner qu'on lui prête des motifs douteux. La remarque que me lança le cocher avant de repartir n'a pas sa place dans le présent récit.

La lune et les étoiles étaient cachées par d'épaisses nuées et le brouillard déployait un blanc linceul sur la surface du fleuve. Comme je me dirigeais à pas de loup vers le portail, une lueur rouge vif empourpra les nuages, et un lointain roulement de tonnerre annonça sa présence. Un orage se préparait.

J'avisai des fenêtres éclairées dans le pavillon du gardien. Le portail serait certainement fermé à clef à cette heure — particulièrement si les activités que je soupçonnais devaient avoir lieu —, or je ne voulais point me faire repérer. Je dus longer le mur d'enceinte sur une certaine distance avant de trouver un endroit où je pus l'escalader, avec l'aide d'un grand orme dont la ramure surplombait le sommet. Mon satané manteau ne cessait de s'accrocher aux épines et aux branchages, mais je n'osais m'en défaire : certes, je portais dessous la plus discrète de mes tenues de travail, d'une couleur propre à se fondre dans l'obscurité, mais ma silhouette (ainsi qu'Emerson le faisait souvent remarquer) eût trahi ma condition de femme.

Guidée par les éclairs, qui augmentaient de fréquence et d'intensité à mesure que l'orage se rapprochait, je traversai la vaste pelouse déserte en allant d'arbre en arbre et de buisson en buisson. Contrairement à ce que j'attendais, il n'y avait pas de chiens. J'en fus bien aise, tout en trouvant un peu étrange qu'un jeune célibataire ne possédât point ce genre d'animal — à titre de gardien sinon de compagnon. Je me souvins de la réflexion d'Emerson concernant l'affection du comte pour les chats, et un frisson de révulsion me parcourut toute. Je fixai résolument mon esprit sur d'autres choses. J'étais préparée au pire. Rien ne servait de se faire des frayeurs à l'avance.

Le parc était absolument désert. Pas âme qui vive. Si je n'avais su à quoi m'en tenir, j'aurais pu supposer que Lord Liverpool était absent de chez lui. L'aile habitée du château était plongée dans l'obscurité, hormis quelques lumières au dernier étage, lequel devait abriter les quartiers des domestiques.

Grâce à ma précédente visite, j'avais la disposition des lieux clairement en tête. La demeure avait la forme d'un « E » — car la plus grande partie du manoir actuel avait été construite sous le règne d'Elizabeth, dont l'ego monumental appréciait ce type d'hommage, et qui avait des courtisans suffisamment avisés pour lui complaire. L'aile moderne avait dû remplacer une structure antérieure, sise au même emplacement. Elle se trouvait à une extrémité, tandis que les cuisines et dépendances occupaient la barre centrale du « E », et l'aile ancienne l'autre extrémité.

J'atteignis sans encombre le mur de l'aile ancienne, tapissé de mousse, et je me félicitais déjà de ma bonne fortune lorsque j'essuyai mon premier revers. La bâtisse, qui, de l'extérieur, m'avait paru au bord de l'effondrement, n'était pas aussi vulnérable que je l'avais escompté. Toutes les fenêtres étaient condamnées par des planches neuves, épaisses, fixées avec de gros clous. Je n'avais même pas la place de glisser un ongle dans un interstice. La porte, au bout de l'aile, était aussi inébranlable qu'un bloc de pierre ; lorsque je tournai la poignée, des particules de rouille s'en détachèrent comme des gouttes de pluie sèches.

Je m'apprêtais à inspecter l'une des autres ailes, dans l'espoir d'y trouver une fenêtre non aveugle (j'étais toute prête à briser une vitre s'il le fallait) quand j'aperçus, à mes pieds, une faible lueur qui semblait émaner du sol. Elle disparut presque aussitôt, mais elle m'avait fourni l'indice dont j'avais besoin. Une personne munie d'une lanterne avait traversé une pièce souterraine, trahissant ainsi l'existence d'ouvertures qui eussent autrement échappé à mon attention : de petits soupiraux situés au ras du sol, donnant sur les caves.

A une époque ils avaient été munis de barreaux ou de grillages métalliques, mais l'irréparable outrage des ans avait corrodé le métal, ce qui me permit de desceller les rares barreaux qui restaient. Ces soupiraux étaient si étroits que seuls un enfant ou une femme menue auraient pu s'y faufiler, ce qui expliquait sans doute pourquoi on n'avait jamais remplacé les barreaux.

Je parvins à me glisser au travers, non sans force contorsions et quelques douloureuses frictions sur une certaine partie de mon anatomie qui, par le passé, m'avait déjà causé des désagréments. Je m'introduisis avec circonspection, en commençant par les pieds, et me laissai pendre à bout de bras, sans rien sentir d'autre que le vide sous mes orteils en extension. L'obscurité était impénétrable, la situation extrêmement angoissante. A quelle distance de mes pieds le sol se trouvait-il ? Que pouvait-il y avoir d'autre que le sol présumé ? Si je tombais lourdement ou renversais dans ma chute quelque objet fragile, le bruit trahirait-il ma présence ? Il y avait quelqu'un dans la maison : j'avais vu la lumière.

Au lieu de me perdre en vaines conjectures pessimistes, je lâchai l'appui du soupirail et me laissai choir — sur une distance qui se révéla finalement assez courte. J'atterris sur mes pieds, genoux pliés, et ne perdis pas l'équilibre.

Il faisait noir comme dans un four et une odeur de tombe imprégnait l'air. Vu que c'était risqué de faire de la lumière — raison pour laquelle je n'avais pas apporté la lanterne sourde qui, d'ordinaire, est fixée à ma ceinture — je n'osai faire un mouvement avant que de savoir quels obstacles me guettaient. Je pris toutes les précautions imaginables avant de frotter l'allumette, dont j'abritai la flamme avec ma main et mon corps.

Je l'éteignis presque aussitôt. J'en avais vu suffisamment : une pièce étroite, vide, dont le sol et les murs de pierre étaient recouverts de hideuses touffes de lichen et qui ne contenait rien d'autre que du bois de rebut. Dans les parois latérales béaient deux embrasures noires.

Quelle direction ? Après réflexion, je me souvins que la vacillante lueur que j'avais aperçue s'était déplacée de la droite vers la gauche. Le pied assuré malgré l'obscurité, je suivis la direction qu'avait prise le porteur de lanterne, en serrant mes outils contre mon flanc pour les empêcher de tintinnabuler.

A peine étais-je entrée dans la pièce voisine que je vis de la lumière devant moi. Avançant avec la plus extrême prudence, je franchis une porte accrochée de guingois à des gonds cassés et me retrouvai dans un corridor en pierre, aussi humide et bas de plafond que la pièce que je venais de quitter. La lumière provenait d'une ouverture au sommet d'un étroit escalier, juste en face de moi.

Je me drapai étroitement dans les pans de mon manteau, rabattis le capuchon sur mon visage et gravis les marches. Elles ne craquèrent point sous mes pas ; elles étaient en pierre, usées par le passage des siècles. Sur le palier, je fis halte et risquai un coup d'œil circonspect par l'embrasure.

Le spectacle qui s'offrit à ma vue me stupéfia à tel point que, me redressant, je me cognai violemment la tête contre le linteau en pierre de la porte voûtée.

Juste devant moi se trouvait un groupe de statues grandeur nature, taillées dans de l'albâtre magnifiquement poli. J'utilise à dessein le mot « groupe » car je ne saurais dire combien il y avait de personnages, tant ceux-ci étaient inextricablement enchevêtrés. Ils devaient cependant être au moins trois, car je distinguais cinq bras.

« Juste ciel ! » me dis-je à part moi. Je me gardai d'exprimer cette pensée tout haut, car j'entendais des voix. Le groupe de statues était commodément disposé — de mon point de vue, en tout cas — devant l'embrasure. Je m'aventurai un peu plus avant, dans ce qui se révéla être un passage faisant toute la longueur de l'aile. Sur ma droite, à seulement quelques pas, se trouvait la porte donnant sur la façade de la demeure — la longue base du « E ». A ma gauche, le corridor s'étirait sur plusieurs mètres avant de se terminer par une lourde tenture noire qui semblait faite de velours ou de peluche. L'un des murs était percé de fenêtres condamnées, entre lesquelles on pouvait voir des tableaux, des sculptures et autres œuvres d'art (au sens large du terme) évoquant le même thème que celui du groupe de statues qui m'avait accueillie. Elles provenaient de toutes les parties du monde et dataient de diverses époques : le tableau accroché juste en face de la porte de la cave était une composition extraordinaire, originaire très vraisemblablement de l'Inde du XVIe siècle, représentant un certain nombre d'individus dans des positions qu'il vaut mieux ne point décrire, mais que Ramsès eût sans nul doute jugées « inconfortables, pour ne pas dire impossibles ».

La fonction de cette partie isolée du manoir était maintenant tout à fait apparente. Il me semblait improbable, toutefois, qu'elle eût été conçue par le comte actuel. Sans doute les ancêtres d'icelui avaient-ils contribué au décor et bénéficié des équipements ; Lord Liverpool avait ensuite réaménagé les lieux afin de les adapter à ses desseins.

Les voix que j'avais entendues provenaient d'une embrasure de porte, immédiatement sur ma gauche, et étaient accompagnées de glouglous et de tintements de verres en cristal. Apparemment, le porteur de lanterne que j'avais aperçu par le soupirail était descendu dans la cave à vin.

Posant ma main sur l'épaule lisse de l'un des individus du groupe de statues, je m'approchai précautionneusement de la porte ouverte.

— Nous avons tout le temps, dit une voix aux intonations familières. Prenez un autre verre.

— Ou une autre bouteille. — Le gloussement haut perché me permit d'identifier celui qui parlait. — Rien de tel que l'alcool pour se donner du courage, hein, Frank ?

— Je suis là, pas vrai ? fut la réponse maussade. Et le seul, qui plus est. Où sont les autres ?

— Ils ont décliné l'invitation, dit Lord Liverpool en gloussant derechef. Ils ont des sueurs froides, le cœur froid, la tête froide, ces maudits couards !

— Peut-être sont-ils tout bonnement sensés, maugréa l'autre homme (en qui j'avais maintenant reconnu Mr. Barnes). Annulez tout, Ned. Nous ne sommes pas en nombre suffisant...

— Oh, que si ! — Je me tenais si près de la porte que je l'entendis déglutir. — J'ai engagé quelques recrues — vous savez de qui je parle — pour combler les rangs.

Barnes poussa un glapissement de protestation.

— Bon sang, Ned, pourquoi avez-vous fait ça ? Ces gens-là sont un ramassis de butors... ils cracheront le morceau dès qu'ils verront une matraque, ou alors ils vous feront chanter... Cette soirée devait être notre divertissement privé...

— Divertissement ! — Lord Liverpool avait dû

jeter son verre à terre, car j'entendis un fracas de cristal. — Il ne s'agit pas d'un jeu, Frank, pas pour moi. C'est une question de vie ou de mort.

— Ned... je sais, mon vieux, je sais ce que ça représente pour vous, mais...

— Mais il ne pourra pas tenir sa promesse... c'est bien ce que vous pensez ? Vous ne croyez pas à ses pouvoirs, n'est-ce pas ?

— Et vous ?

Il y eut un silence. Enfin, dans un murmure, le jeune comte répondit :

— Je dois y croire, Frank. Je le dois. Je suis prêt à tenter n'importe quoi, à faire n'importe quoi...

— Très bien, dans ce cas. Je suis avec vous, mon garçon.

— Et pas qu'un peu ! dit le comte avec un rire déplaisant. Envers et contre tout, jusqu'au dernier penny que je possède, hein ? N'allez pas croire que j'ignore pourquoi vous me restez fidèle, Frank. Je n'avais qu'un seul ami, et il... Ah ! ne prenez pas cette mine défaite. Ils ne perceront jamais notre secret. Et quelle importance, s'ils le faisaient ? Croyez-vous que la vieille lady laisserait un vulgaire policier arrêter son arrière-petit-neveu, ou son cousin issu de germains ? Dépêchez-vous, Frank ; videz la bouteille et allons-y.

Pour toute réponse, Barnes émit une série de gargouillis indiquant qu'il suivait le conseil de Lord Liverpool.

Sans bruit, je m'empressai de retourner à l'abri du groupe de statues. Le corridor était éclairé à intervalles réguliers par des lampes à pétrole, mais j'avais la certitude que, dans mon manteau noir, à la faveur des ombres, je passerais inaperçue. De fait, lorsque les deux hommes sortirent, ils n'eurent même pas un regard dans ma direction. Laissant la porte ouverte, ils longèrent le corridor et disparurent derrière la tenture noire.

Ils étaient masqués et vêtus de longues robes. J'attendis qu'ils fussent hors de vue pour émerger de ma cachette ; puis, n'entendant aucun bruit à l'intérieur de la pièce qu'ils venaient de quitter, j'y entrai.

C'était un endroit des plus étranges, à mi-chemin entre une loge de théâtre et le vestibule d'une église ou d'un temple. Plusieurs robes blanches étaient accrochées à des patères, le long du mur. Par la porte d'une grande armoire, laissée négligemment entrouverte, j'aperçus des étagères remplies de masques au regard fixe. Il devait y en avoir une douzaine. Mais ce qui me fit stopper net, le cœur cognant douloureusement contre mes côtes, ce fut la vue des objets alignés sur une longue table. C'étaient également des masques, mais non des copies de celui que je connaissais si bien. Des têtes d'ibis et de babouin, un vautour au bec crochu, un lion rugissant : j'avais devant moi les dieux à têtes d'animaux de l'ancienne Egypte, confectionnés en papier mâché et peints de couleurs vives.

J'avais presque oublié mon épouvantable rêve. Mais les têtes d'animaux étaient là, telles que je les avais vues en songe... et nulle part ailleurs.

Je me gardai de donner libre cours aux hideuses spéculations qui m'assaillaient. Je tenais là ma chance de passer inaperçue dans la pièce même où les autres étaient rassemblés. Je devais néanmoins agir promptement, car il restait plusieurs robes et j'ignorais combien de participants devaient encore venir. D'une seconde à l'autre, je risquais d'être découverte.

Je roulai en boule mon manteau dans l'armoire et enfilai l'une des robes. Elle était trop longue d'une bonne quinzaine de centimètres, ce qui n'était pas plus mal car elle cacherait ainsi mes bottines. J'avais noté que Lord Liverpool et son compagnon portaient des sandales, mais toutes celles que je trouvai dans l'armoire étaient trop grandes pour moi. De surcroît, des bottines peuvent se révéler fort utiles dans une mêlée.

Après avoir examiné les accessoires de cérémonie qui étaient éparpillés sur la table, au milieu des masques, je jugeai qu'aucun d'entre eux n'était suffisamment robuste pour me servir d'arme : sceptres, masses et bâtons de commandement étaient en bois fin ou en papier mâché. Il eût été folie d'abandonner mon ombrelle ; je l'accrochai donc à ma ceinture, sous la robe, et la maintins en place avec mon coude pendant que je m'entraînais à marcher. C'était un peu malcommode, certes, mais je pensais pouvoir y arriver.

J'étais prête à y aller... à un détail près.

Lord Liverpool et Mr. Barnes s'étaient affublés du masque du prêtre. Ce modèle était encore disponible en grande quantité (la petite saillie d'Emerson à propos d'un atelier les confectionnant à la chaîne n'était pas si éloignée de la vérité, en définitive) ; ma main avait déjà touché l'un de ces satanés objets lorsque je me ravisai.

Ma décision reposait sur un indice ô combien fragile : un rêve. Toutefois, dans ce rêve, seul le grand prêtre portait le masque aux traits humains. Les autres, acolytes et serviteurs, portaient les têtes d'animaux.

Ma foi, je ne tarderais pas à savoir si j'avais fait le bon choix. Je jetai mon dévolu sur le masque de lion : Sekhmet, déesse de l'amour et de la guerre. Cela semblait approprié à la situation.

Un silence de mort régnait dans le corridor. D'un pas raide, hiératique, je le parcourus sur toute sa longueur. Heureusement que personne ne m'observait car, à un moment, l'ombrelle se coinça entre mes jambes et manqua me faire trébucher. Je recouvrai l'équilibre de justesse. Mon champ de vision était limité par les fentes du masque, de sorte que je pouvais seulement regarder droit devant moi, et je sentais dans le milieu de mon dos des picotements désagréables.

Je soulevai le rideau et me glissai dessous. Face à moi se trouvait une porte dorée, sculptée de bas-reliefs absolument extraordinaires.

Le loquet céda à la pression de ma main et, dans un silence huilé, le panneau pivota vers l'intérieur. Je demeurai clouée sur place.

Je me tenais, comme dans mon rêve, sur un balcon

surplombant une vaste salle, et la scène qui s'offrait à mes yeux était celle que j'avais vue en songe.

Ce n'était pas exactement la même, cependant. La porte s'était refermée derrière moi et nul ne semblait avoir remarqué mon entrée, ce qui me laissa quelques instants pour me ressaisir.

La salle occupait deux niveaux de la bâtisse d'origine : on avait ôté le parquet et étayé les murs avec des piliers, de façon à dégager tout l'espace compris entre le toit et le sol de la cave. Les murs n'étaient pas en pierre polie, mais recouverts de tapisseries et de tentures. La statue, au lieu de faire six mètres de haut, était grandeur nature, et la divinité représentée n'était pas le digne Osiris. Celle-ci portait un certain nombre de noms (parmi lesquels Min) et se reconnaissait aisément à une caractéristique hors du commun.

L'éclairage, vacillant, n'était pas particulièrement impressionnant : lampes à pétrole modernes, dont les mèches avaient toutes besoin d'être coupées, et braseros perchés sur de hauts trépieds passablement instables. Il y avait là une demi-douzaine d'hommes. Tous étaient vêtus de robes, certains masqués, mais d'autres avaient ôté leur couvre-chef afin de fumer un cigare ou une cigarette. L'atmosphère qui prévalait était loin d'être solennelle. Un individu était vautré sur l'autel, un autre portait une bouteille à ses lèvres. Quelqu'un indiqua du doigt la statue et lança une plaisanterie que je me refuse à répéter. Un ululement de rires gras s'ensuivit.

En parcourant la pièce du regard, je m'avisai avec un frisson de désarroi que l'un des hommes masqués m'avait repérée. Son masque, qui était celui de Thot à tête d'ibis, dieu de la sagesse, me dévisageait ouvertement. Il fit un pas vers l'escalier menant au balcon.

Je n'avais d'autre ressource que de payer d'audace. S'il devenait soupçonneux et donnait l'alerte, jamais je ne pourrais courir plus vite que lui. Plus important, je n'avais pas encore accompli la mission pour laquelle j'étais venue. Si la jeune fille était prisonnière dans cet antre du vice, je ne pouvais point l'abandonner.

Je n'avais pas imaginé qu'il serait si malaisé de descendre une volée de marches avec une ombrelle accrochée à ma ceinture. Après un faux pas presque fatal, je remis en place ladite ombrelle, à la manière d'un bretteur rengainant son long sabre, en espérant que nul ne remarquerait mon curieux accessoire.

J'atteignis enfin le pied de l'escalier et exhalai un soupir de soulagement. Le masque d'ibis s'était détourné ; personne d'autre ne semblait me prêter attention. Je me glissai dans un coin d'ombre propice, dos contre le mur.

On perd toute notion du temps dans ce genre de situation. Occupée comme je l'étais à ne pas écouter le langage profane et les plaisanteries obscènes des autres participants, je n'avais aucune idée de l'heure qu'il pouvait être, ni du délai qui s'était écoulé, lorsque l'un d'entre eux jeta sa cigarette par terre et l'écrasa sous sa semelle.

— On y va, les gars ! dit-il avec entrain. Faudrait pas que Sa Gracieuseté vous voie dans cette tenue avachie, ça fait vulgaire.

Chacun coiffa son masque, les cigares furent jetés dans les braseros. L'homme vautré sur l'autel se mit debout et lissa les plis de sa robe.

Sans aller jusqu'à affirmer que j'étais parfaitement à l'aise, je puis dire que l'ombre de la terreur surnaturelle ne planait plus sur mon esprit. La réalité n'avait rien à voir avec mon rêve ; c'était plutôt une parodie vaudevillesque de quelque rite païen. Et la parodie continua : au lieu d'une procession solennelle, avec torches enflammées et chants lugubres, les deux hommes entrèrent simplement par une porte, sous le balcon, et l'un d'eux explosa :

— Que diantre signifie ce spectacle ? Vous, là, faites-moi disparaître cette bouteille... arrangez la nappe d'autel... prenez vos places !

Je réprimai un rire. On eût dit Mrs. Watson réprimandant (d'une voix de baryton) ses subordonnées pour leur laisser-aller. A quel genre de farce ridicule allions-nous assister ? Peut-être me suffirait-il, en définitive, de tomber le masque et d'administrer une bonne semonce à tous ces godelureaux.

Mon amusement fut de courte durée. Les hommes avaient changé de position, conformément aux ordres de Lord Liverpool, et je vis que Thot à tête d'ibis s'approchait à nouveau de moi. Je ne pouvais battre en retraite sans me retrouver en plein dans le cercle de lumière dispensé par l'une des lampes, sur ma gauche.

C'était un homme de haute stature, et son masque le grandissait encore de trois ou quatre centimètres. Il me dominait de la tête et des épaules. Je cherchai à tâtons le manche de mon ombrelle. Mais Thot ne prononça pas un mot, n'esquissa pas un geste menaçant ; il s'arrêta à mon côté et se tourna face à l'autel.

Les derniers vestiges d'amusement se dissipèrent dans mon esprit tandis que j'observais le comte. Pour lui, cette cérémonie n'avait rien d'une parodie. Il était d'une ferveur hideuse, tragique. Levant les mains, il s'adressa à la statue... et je sentis mes cheveux se hérisser sur ma nuque en reconnaissant la voix qui, naguère, avait salué la puissante Isis, admirable dans l'art de commander.

Soudain, il cria à pleins poumons :

— Il vient ! Il vient ! Voici le Grand qui vient !

Et, se jetant à genoux, il se prosterna jusqu'au sol — mais pas face au dieu.

Des ombres du balcon émergea alors un homme masqué, vêtu d'une robe blanche, la peau de léopard du prêtre *sem* drapée sur ses épaules.

Je retins mon souffle. C'était lui. Non pas le pathétique jeune comte, qui était sa dupe et son acolyte, qui était prêt (comme il l'avait déclaré lui-même) à faire n'importe quoi, à tenter n'importe quoi pour guérir de sa fatale maladie. Avec quelle vilenie ce scélérat avait-il joué de la crainte de la mort qui habitait le malheureux garçon — un garçon déjà rendu à demi fou par le mal qui avait pourri les tissus de son cerveau !

Le gredin avait de la prestance, sans contredit. Les figurants eux-mêmes, si endurcis qu'ils fussent, observèrent dans un silence respectueux le sinistre échange entre le jeune comte et son mentor. Ils parlaient égyptien — ou s'y efforçaient, dans le cas de Liverpool. La voix de l'autre homme, étrangement déformée par le masque, était lente et assurée.

Enfin, il se tourna vers les ombres d'où il était issu et frappa trois fois dans ses mains.

Ils entrèrent en chantant, dans un concert de voix ululantes et discordantes. Ils ne portaient qu'un pagne pour tout vêtement, et leur peau basanée luisait comme du bronze. La forme allongée sur la litière qu'ils portaient sur leurs épaules était immobile, enveloppée de la tête aux pieds dans des bandelettes blanches.

Je n'aurais pu réprimer le cri qui me semblait devoir faire éclater mes poumons oppressés. Mais à l'instant où j'ouvrais la bouche pour hurler, un bras dur comme l'acier m'emprisonna la taille et une main se plaqua sur ma bouche.

— Par pitié, Peabody, ne braillez pas ! dit une voix sifflante.

Je crois que, n'eût été le bras vigoureux qui m'enserrait, je serais tombée à la renverse. Je détachai ses doigts de ma bouche et murmurai :

— Emerson ! Emerson...

— Chut ! dit Thot, le dieu à tête d'ibis.

Cette adjuration n'était point nécessaire : la joie, le soulagement, l'extase et une rage croissante me rendaient coite. Mais si ce n'était pas Emerson, sur la litière, qui était-ce ? La réponse m'apparut avant même que les porteurs eussent déposé la couche sur le long autel et que le prêtre *sem* eût lentement déroulé les bandelettes.

Un murmure d'intérêt et d'approbation s'éleva lorsque l'infortunée jeune fille fut dévoilée aux regards concupiscents des hommes. Son costume était une adaptation étonnamment fidèle de la toilette qu'aurait pu porter une femme de l'Egypte ancienne, mais ce n'était pas l'élégante robe plissée, en lin, d'une dame de haute naissance. C'était le vêtement d'une servante ou d'une paysanne : une simple chemise qui lui arrivait juste au-dessus des chevilles et était retenue par de larges bretelles qui couvraient — plus ou moins — sa poitrine.

Emerson ne me tenait plus par la taille mais par le bras. Il me secoua — avec ménagements.

— Ne bougez pas, Peabody.

— Mais Emerson, ils vont...

— Non, ils ne vont pas. Attendez.

Nul ne nous prêtait la moindre attention. Tous les yeux étaient fixés, avides, sur miss Minton. Un individu grand et mince, affublé du masque de babouin, s'approcha en catimini. Lord Liverpool se pencha pour examiner de plus près le visage de la jeune fille. Il eut soudain un mouvement de recul et ôta son masque.

— Ma parole, s'exclama-t-il, je la connais ! Vous m'aviez dit...

— Elle est l'élue, dit le prêtre *sem* d'une voix solennelle. L'épouse du dieu.

— Oui, mais... mais... c'est la petite-fille de Durham, sacrebleu ! Vous aviez dit qu'elle serait consentante...

— Elle est consentante.

Le prêtre passa un bras sous les épaules de miss Minton et la mit en position assise.

— Eveillez-vous, Margaret, épouse du dieu. Ouvrez les yeux et souriez à vos adeptes.

Les longs cils de la jeune fille battirent de façon enjôleuse. Ses paupières languides se soulevèrent. Un sourire singulièrement niais se répandit sur son visage.

— Mmmmmmmm, fit-elle obligeamment. Qui sont tous ces gens bizarres ?

— Saluez votre seigneur et amant, épouse du dieu, psalmodia le prêtre *sem*.

Elle avait grand-peine à garder les yeux ouverts.

— Seigneur et amant... Ah ! oui. Enchantée... Lequel d'entre vous...

— Bon sang, cette fille est droguée ! se récria Liverpool. Je ne puis... je ne veux... pas à une lady, crénom !

— Aussi n'avais-je pas l'intention de vous le demander, dit froidement l'homme masqué.

Il lâcha miss Minton, qui s'affala sur le coussin avec un gloussement stupide, et dégrafa sa peau de léopard.

— Quoi ? bredouilla le comte, bouche bée. Vous aviez dit...

— Que la consommation du mariage divin vous guérirait, le coupa l'inconnu. Et vous serez guéri — Votre Grâce. De votre maladie et de tous les autres maux qui vous affligent.

Miss Minton leva ses bras d'une blancheur d'albâtre.

— Seigneur et amant, murmura-t-elle avec volupté. Splendide, absolument splendide ! Mon cher... mon cher Radcliffe...

« Thot » tressaillit violemment et lâcha mon bras.

— Damnation !

Son exclamation fut couverte par le cri, plus fort encore, que poussait Lord Liverpool.

— Bon sang, l'ami, vous allez trop loin ! Je ne vous laisserai pas faire ça !

L'autre homme fit un pas en arrière.

— Quelle mouche vous pique ? Je ne vous aurais jamais cru si froussard, Ned. Très bien. Sortez... tous !

Plusieurs participants — parmi lesquels Mr. Barnes — s'étaient déjà discrètement écartés. Le comte serra les poings.

— Elle vient avec moi. Je la raccompagne chez elle.

— En enfer, oui !

Le prêtre plongea une main sous sa robe. Emerson s'élança, mais il était déjà trop tard. Une détonation claqua et le comte recula en titubant, une main crispée sur son flanc. Il tomba à genoux et, l'espace d'un horrible instant, parut s'incliner profondément devant le dieu. Puis il s'effondra face contre terre et ne bougea plus.

Tête baissée, Emerson plongea sur le meurtrier, qui culbuta avant d'avoir pu viser une nouvelle fois. Seul l'un des acolytes masqués demeura dans la pièce : l'homme grand et mince qui portait le masque de babouin. Je me précipitai sur lui, ombrelle brandie, mais je fus alors saisie par une paire de bras nus, vigoureux, et une main nue, vigoureuse, me désarma d'une torsion du poignet. Je n'avais pas oublié les porteurs de litière ; je m'étais bien aperçue de leur présence ; mais je les avais pris pour des serviteurs rémunérés, comme les chenapans engagés par le comte pour atteindre le quorum de prêtres nécessaire, et je n'avais pas imaginé un instant qu'ils prendraient le risque de participer à une bataille rangée. De toute évidence, je m'étais lourdement trompée.

Deux autres porteurs avaient ceinturé l'homme au masque de babouin, tandis que la troisième paire se ruait sur les combattants — l'unique combattant, devrais-je dire, car Emerson avait traîné le prêtre *sem* sur ses pieds et s'apprêtait à lui administrer un coup puissant dans le plexus quand il fut maîtrisé et entraîné à l'écart. Avant que mon mari eût pu terrasser ses assaillants, le tueur ramassa prestement le pistolet qu'il avait laissé choir et le pointa, non sur Emerson, mais sur moi.

— Tout a marché de travers, ce soir, déclara-t-il d'une voix assez essoufflée. Vous, là-bas, madame Emerson — la petite, celle dont la robe aurait grand besoin d'être raccourcie — j'ignore comment il se fait que vous soyez présente, mais vous êtes la suivante sur ma liste, et si vos alliés ne cessent pas immédiatement le combat, je tire.

La partie postérieure de son masque s'était brisée dans sa chute, ce qui obligeait le prêtre à le maintenir en place d'une main. Quand il regarda Emerson, dont la tête d'ibis était en lambeaux, il éclata d'un rire sarcastique.

— Le moment est venu de tomber le masque, dit-il avec une sinistre gaieté. Ne soyez pas modeste, madame Emerson, je vous reconnaîtrais entre mille. Et le grand gaillard, là, doit être le professeur. J'aurais dû me douter qu'il choisirait Thot, le savant du panthéon... Mais qui est le babouin ?

Je retirai mon masque et le jetai à terre. Emerson fit de même. Le babouin croisa les bras et demeura immobile ; l'un des Egyptiens lui arracha son masque.

— Inspecteur Cuff ! m'écriai-je.

— Bonsoir, madame Emerson, dit civilement le policier.

— Voilà certainement une conjoncture ridicule, fis-je observer un peu plus tard. Je vous avais laissé un message, inspecteur, pour vous exposer la situation et vous demander de perquisitionner à Mauldy Manor si je n'étais pas rentrée au matin. Je suppose toutefois que, maintenant, je ne dois plus compter sur vous pour venir à la rescousse. N'avez-vous même pas songé à amener en renfort une paire de constables ?

— Vous ne comprenez pas, madame Emerson, répondit tristement l'inspecteur. Nous sommes en présence d'une affaire très délicate... vraiment très délicate. Je suis ici sans l'aval de mes supérieurs, or ma petite pension...

— Oh ! brisons là. Ce n'est pas le moment de se lamenter. Nous devons tendre nos efforts vers l'évasion.

— Des idées ? s'enquit Emerson.

Il était adossé au mur, les bras croisés. Nous étions tous adossés au mur, car il n'y avait rien dans la pièce pour s'asseoir. Nous étions séquestrés dans l'une des cellules en pierre de la cave, la nôtre différant des autres uniquement par le fait qu'elle était munie d'une robuste porte, laquelle était présentement fermée à clef et au verrou.

— Une ou deux, répondis-je.

— J'espère qu'elles sont meilleures que la dernière,

ronchonna Emerson. Vous affirmiez que les barreaux de ces soupiraux étaient rongés par la rouille...

— Ceux des autres soupiraux le sont. Ceux-ci ont été remplacés récemment. Je me demande combien de malheureux prisonniers ont moisi dans ce cachot putride ?

Ils ne répondirent ni l'un ni l'autre. Je poursuivis, songeuse :

— C'est miss Minton qui me préoccupe au premier chef. Nous devons nous échapper au plus vite, dans l'espoir d'arriver à temps pour la sauver.

— Je ne verrais pas d'objection à sauver également ma peau — et la vôtre, madame, dit l'inspecteur. Et puis-je ajouter que votre sang-froid fait mon admiration ?

— Merci. Je n'ai pas de craintes pour notre vie. S'il avait l'intention de nous tuer, il l'aurait fait sur-le-champ, au lieu de nous emprisonner.

— Voilà bien le genre de conclusion infondée dont vous vous êtes fait une spécialité, Peabody ! s'exclama Emerson. Nous formions un trio tout à fait redoutable : alors même que nous étions inférieurs en nombre, nous aurions pu infliger de sérieux dégâts à notre ami le prêtre s'il avait tenté de nous assassiner sur place. A présent, il peut nous exterminer tout à loisir, sans risquer sa précieuse peau.

— Mais ses options sont limitées, Emerson, convenez-en. C'est seulement dans les romans-feuilletons que le méchant inonde la cave ou la remplit de gaz empoisonnés. Et il doit savoir que la première personne qui franchira cette porte fera l'objet d'une attaque violente.

— L'inanition...

— ... n'est mortelle qu'à long terme. Quelqu'un finira certainement par nous trouver avant que cette éventualité ne se produise, même si nous ne parvenons pas à nous libérer tout seuls — hypothèse que j'estime improbable.

Un silence lugubre s'ensuivit. Je m'apprêtais à lancer une petite saillie sur le pessimisme et la nécessité de garder le moral, lorsque je pris conscience d'une étrange sensation. Quelque chose de froid et d'onduleux se glissait entre mes pieds. Il y a fort peu de dangers que je ne puis affronter avec équanimité, mais je dois reconnaître que j'abomine les reptiles.

— Oh ! Emerson, je crains qu'il n'y ait un serpent dans la cellule...

— Ce n'est pas un serpent, répondit Emerson d'une voix étranglée. C'est de l'eau. Crénom, Peabody, n'avons-nous pas suffisamment de tracas sans que vous alliez offrir des idées à un meurtrier ? Laissez-le inventer sa propre méthode d'assassinat !

— Allons, Emerson, vous extravaguez. Il s'agit simplement d'une fâcheuse coïncidence. D'où vient cette eau, selon vous ? Frottez une autre allumette, voulez-vous ?

— Elles s'épuisent, Peabody, de même que les pages du carnet de l'inspecteur. Nous en avons utilisé plusieurs, rappelez-vous, afin de procéder à l'inspection du cachot et du soupirail. Je subodore toutefois que ce tuyau, que vous teniez pour un tuyau de vidange...

— Oui, sûrement. Economisez les allumettes, alors, Emerson.

L'orage avait cessé et la lune s'était levée. Un léger rayon éclairait une étroite portion du sol ; comme je l'observais, je vis le friselis de l'eau qui montait et se propageait. Elle semblait très jolie et inoffensive, cette eau argentée.

— Je me demande combien de temps il faudra pour remplir la cellule, soliloquai-je.

— Peu me chaut le temps qu'il faudra pour remplir la cellule ! s'emporta Emerson. Venez, Cuff, attaquons-nous encore à ces barreaux. Si vous pouvez me hisser sur vos épaules...

— Restez calme, Emerson, je vous prie, lui dis-je. En vérité, cette façon de tuer les gens est assez inefficace. La porte, quoique hermétique, n'est pas scellée, et quand l'eau atteindra le niveau du soupirail, elle se déversera à l'extérieur...

— Pas aussi rapidement qu'elle se déverse à l'intérieur, rétorqua Emerson. (En quoi il avait sans doute raison car, déjà, l'eau glacée m'arrivait au-dessus des chevilles.) Et comme elle vient du fleuve, notre homme en a une bonne quantité à sa disposition.

— Oui, assurément. En ce cas... Inspecteur, je vous demanderai de vous retourner.

— J'ignore ce que vous comptez faire, madame, dit-il avec suavité, mais je puis vous assurer que je n'y vois goutte. Vous pourriez... euh... vous dévêtir en toute bienséance.

— C'est précisément ce que je vais faire, repartis-je. Donc, nonobstant vos protestations, je préférerais que vous tourniez le dos. Simple geste, comprenez-vous.

Emerson s'approcha dans une gerbe d'éclaboussures.

— Peabody, que diantre... ? Auriez-vous, par hasard, une autre ceinture à outils sous ce pantalon ?

— Non, Emerson, mais j'ai quelque chose qui peut nous être tout aussi utile. L'idée m'en est venue après... après...

— Foin des précautions oratoires, Peabody ! gronda Emerson. Après que ce sal... ce satané Sethos vous eut enlevée.

— Justement. Ma ceinture et ses accessoires sont trop visibles pour échapper à une fouille en règle, alors j'ai pensé... Emerson, veuillez cesser de me tripoter. Vous avez votre main...

— Que diantre faites-vous ?

— Nous ne sommes pas seuls, Emerson, lui rappelai-je. Tenez-moi ceci et veillez à ne pas le mouiller. Et aussi ça.

— Peabody, qu'est-ce que... Bonté divine ! Portez-vous un corset, ma chérie ?

— Emerson, je vous en prie !

— Il me semblait bien que vous étiez un peu raide,

ce soir. Vous aviez pourtant juré de ne jamais porter ces maudits machins parce que...

— Je n'y tiens plus ! dit soudain l'inspecteur Cuff. Madame Emerson, je vous respecte et vous admire plus que toute autre femme au monde, mais si vous ne me dites pas pourquoi vous... euh... vous vous dévêtez, je risque de devenir fou.

— C'est bien simple, répondis-je. La plupart des femmes portent des corsets, lesquels ne sont pas considérés comme des armes potentielles. Et pourtant, messieurs, qu'est-ce qui sert à maintenir un corset en position ?

— Je n'en sais fichtre rien ! dit Emerson.

— Des baleines, murmura l'inspecteur. D'étroites lames de baleine — ou de métal ! — cousues dans des poches, sur les côtés et dans le dos...

— Comme celle-ci, dis-je en mettant l'objet dans la paume d'Emerson. Prenez garde, mon chéri, elle est très effilée ; je l'avais fait coudre dans un petit fourreau spécial, et je dois dire que c'était extrêmement inconfortable. En voici une autre, qui a un côté en dents de scie... A présent, Emerson, vous pouvez vous attaquer à ces barreaux.

— Incroyable, madame Emerson ! hoqueta l'inspecteur.

— Elémentaire, mon cher inspecteur Cuff. D'où vous vient votre science en matière de corsets, si je puis me permettre ? Etes-vous un homme marié ?

— Non, madame Emerson, j'ai toujours été un célibataire endurci. Mais par Zeus, vous avez ébranlé mes convictions sur les avantages de la vie en solitaire ! Si je pouvais rencontrer une femme telle que vous...

— Il n'y en a qu'un seul exemplaire, déclara Emerson avec une intense satisfaction. C'est mieux ainsi, d'ailleurs... Rhabillez-vous, Peabody. On y va, Cuff...

L'inspecteur eut toutes les peines du monde à hisser la puissante carcasse de mon époux ; aussi, dès que je fus décente, j'allai lui prêter main-forte. L'eau me léchait les mollets tandis que je m'arc-boutais contre le mur, le pied droit d'Emerson posé sur mon épaule. Le clair de lune qui jouait sur l'onde limpide exerçait une fascination étrange, hypnotique...

Soudain, une ombre occulta la clarté de la lune. Poussant un cri, Emerson eut un mouvement de recul. Notre pyramide humaine vacilla dangereusement. Je glissai et me retrouvai assise dans l'eau, cependant que Cuff, qui jurait avec une imagination dont je ne l'aurais point cru capable, se démenait pour ne pas perdre l'équilibre.

— Que diantre se passe-t-il ? criai-je.

— Vous ne me croirez pas, soupira Emerson.

Sur ces entrefaites, une autre voix déclara posément :

— Bonsoir, maman. Bonsoir, papa. Bonsoir, monsieur. Je n'ai pas l'honneur de vous connaître, mais compte tenu du fait que vous partagez l'incarcération de mes chers parents, j'en déduis que vous êtes un allié, voire...

CHAPITRE QUINZE

Combien de temps dura la péroraison de Ramsès, je ne saurais le dire. J'étais incapable de l'interrompre, et j'imagine qu'Emerson était dans les mêmes dispositions que moi. Lorsque je revins enfin à la réalité, une autre voix s'exprimait.

— Monsieur est-il là ? Madame est-elle saine et sauve ? Que monsieur et madame ne s'inquiètent pas, nous allons les sortir de là !

J'avais commencé à me relever. Je me rassis.

— Gargery ?

— Oui, madame, je suis là, au service de madame. Oh ! madame...

Au prix d'un effort, je me hissai lentement sur mes pieds, observant au passage que l'eau m'arrivait maintenant presque aux genoux.

— Ramsès, même si tu parvenais à enlever les barreaux, ton père ne pourrait pas sortir par ce soupirail, il est trop étroit. Tu devras passer par l'intérieur du manoir.

— Je crains que ce ne soit hors de question, maman, dit Ramsès. Papa, puis-je vous demander de vous éloigner du soupirail ? Nous avons apporté des burins, des marteaux de forgeron, d'autres outils encore, mais nous ne pouvons les utiliser tant que vous...

— Oui, mon fils.

Emerson descendit des épaules de Cuff — ou Cuff s'effondra sous son poids, hypothèse plus vraisemblable. Entre deux assourdissants coups de boutoir contre l'étroit soupirail et son environnement immédiat, je m'enquis :

— Pourquoi ne peux-tu passer par le manoir, Ramsès ?

Crac, bang !

— Il est en feu, maman.

Je dus attendre une nouvelle accalmie pour approfondir la question.

— Je présume, Ramsès, que les gredins sont en fuite ? Car je ne pense pas qu'ils te laisseraient...

Crac, bang, crac !

— A présent, maman, papa, et vous, monsieur, dit Ramsès, veuillez vous retirer dans le coin le plus éloigné et vous accroupir, le dos tourné. Comme je le redoutais, nous n'arriverons à rien par cette méthode. Les murs font deux mètres cinquante d'épaisseur. Heureusement, j'ai apporté un peu de nitroglycérine...

— Dieu du ciel ! cria l'inspecteur d'une voix suraiguë.

Je crus, l'espace d'un instant, que le mur tout entier allait s'effondrer. Cependant, une fois que le vacarme de l'explosion se fut apaisé, et que mes oreilles eurent cessé de tinter, et qu'Emerson m'eut soulevée hors de l'eau, je vis que ledit mur tenait toujours debout, quoique la brèche fût suffisamment large pour livrer passage à une voiture à cheval — et, à plus forte raison, à Emerson. Avec l'aide enthousiaste de Gargery, nous sortîmes à l'air libre, et pendant qu'Emerson considérait anxieusement l'inspecteur, qui paraissait plongé dans un état plus ou moins catatonique, j'eus tout loisir d'examiner les alentours.

L'extrémité opposée de l'aile, qui abritait le temple, était embrasée. Des flammes s'échappaient des fenêtres et jaillissaient du toit. Comme il n'y avait rien à faire de ce côté-là, je tournai mon attention vers Ramsès.

Il n'avait pas eu le temps de changer de vêtements, je suppose. Il était habillé tel que je l'avais déjà vu une fois, comme un gamin des rues déguenillé et crasseux. Et il avait une paupière mi-close. Je n'avais pas remarqué que Percy l'eût atteint à l'œil.

Sans perdre de vue mes priorités, je dis à Ramsès :

— Miss Minton ? Tu ne saurais pas, par hasard...

— Nous avons la jeune demoiselle, madame, dit Gargery. Elle était dans la voiture avec le gentleman — enfin, je ne devrais pas l'appeler « gentleman », puisque d'après monsieur Ramsès...

— Nous ? répétai-je. Vous et Ramsès...

— Et Henry, et Tom, et Bob — tous les valets de pied, madame. Sans oublier l'autre jeune gentleman.

Derrière moi, j'entendis Emerson s'exclamer :

— Allons, voyons, Cuff, ce comportement est indigne d'un adulte !

Suivit le claquement sec d'une gifle. Le remède porta apparemment ses fruits. Cuff dit d'une voix faible :

— Merci, professeur. Je vous demande pardon, mais je ne crois pas avoir jamais vécu d'expérience aussi... Bref. Que se passe-t-il ici, hmm ?

Il s'adressait à Gargery, je crois, mais ce fut naturellement Ramsès qui répondit, et je dois avouer qu'il fut aussi succinct que possible.

— Nous sommes arrivés sur les lieux voici quelques minutes, monsieur, juste à temps pour intercepter une voiture à cheval qui filait à vive allure vers le portail. Craignant que maman (car j'ignorais à ce moment-là que papa fût également ici) ne soit à l'intérieur, j'ai ordonné qu'on arrête le véhicule, et l'opération fut menée avec succès, même si le gentleman a tiré un coup de pistolet qui a fait un trou dans la casquette de Bob et légèrement blessé Henry au pouce gauche. Le gentleman a été maîtrisé au terme d'une brève lutte et j'ai alors découvert que la passagère n'était point maman mais miss Minton, qui paraissait dans un état de légère ébriété, quoiqu'une enquête plus poussée (consistant à renifler son haleine) ait démontré que c'était de l'opium et non de l'alcool...

— Et où sont présentement les occupants de la voiture ? l'interrompit Emerson.

— Au portail, sous la garde de Bob et d'Henry, répondit Ramsès. Ceux d'entre nous qui restaient se sont hâtés vers le château, car nous avions appris (grâce à l'interrogatoire insistant de Mr. Gargery, ici présent) que vous étiez emprisonnés dans la cave et que — si vous voulez bien me pardonner cette tournure passablement mélodramatique — le niveau de l'eau montait rapidement. J'ai entendu la voix de papa...

— Oui, très bien, mon garçon, dit Cuff, nous savons ce qui s'est passé ensuite. Et cette personne est... ?

— Gargery, notre majordome, répondis-je.

Le policier médusé regarda Gargery, qui faisait négligemment tournoyer une matraque dans sa main.

— Votre majordome, répéta-t-il.

— Laissons cela pour l'instant, s'impatienta Emerson. Pendant que nous restons là à jacasser, le manoir flambe comme une torche. Ne faudrait-il pas alerter les pompiers ? Et qu'en est-il des domestiques ? Il faut les sortir de là, non ?

— Je doute qu'il y ait un danger imminent, papa, répondit Ramsès avec componction. Le feu est encore à une bonne distance du corps de bâtiment principal, et j'entends des cris d'alarme qui laissent à penser que les occupants ont été prévenus du danger. Toutefois, je vais m'en assurer de ce pas.

Il s'éloigna au petit trot.

L'incendie était si éclatant qu'il projetait des ombres livides sur la pelouse impeccablement tondue. L'aile ancienne ne serait bientôt plus que décombres ; toutes les fenêtres avaient brûlé et des flammes jaillissaient de la moindre ouverture, telles d'étincelantes bannières. Le spectacle n'était pas dépourvu d'une tragique beauté, et nous demeurâmes à le contempler en silence. Emerson me tenait par la taille. Cuff avait baissé la tête.

— Il était mort, Emerson, n'est-ce pas ?

— Oui, ma chérie.

Au bout d'un moment, il reprit d'une voix bizarre :

— Noble fin, de mourir en essayant de sauver une femme sans défense d'un destin pis que la mort. Hein, Cuff ?

L'inspecteur redressa vivement la tête. Emerson et lui échangèrent un long regard.

— Très juste, dit-il enfin. Et maintenant, professeur et madame Emerson, si nous allions prendre livraison du prisonnier que votre fils et votre majordome ont eu l'obligeance de capturer pour nous ?

Lorsque nous atteignîmes le portail, toute la maisonnée était réveillée et le parc grouillait de servantes affolées qui, dans leurs blanches chemises de nuit tourbillonnantes, n'étaient pas sans évoquer une troupe de poules échappées du poulailler. Près du portail se trouvaient deux voitures à cheval. Notre calèche avait été placée en travers de l'avenue afin de bloquer le passage à l'autre véhicule, une voiture fermée, de couleur sombre, tirée par une paire de magnifiques chevaux noirs. Henry n'était pas en vue, mais Bob — l'un des plus jeunes valets — se tenait au garde-à-vous, telle une sentinelle, comme s'il gardait les deux personnes qui étaient mi-assises, mi-allongées dans l'herbe.

Miss Minton était emmitouflée du cou aux pieds dans une épaisse couverture foncée. Ses cheveux dénoués étaient épandus, tel un voile brillant, sur les genoux du jeune homme qui lui tenait lieu d'appuie-tête. Celui-ci avait le visage enfoui dans ses mains, mais je le reconnus sans peine, car le clair de lune embrasait ses cheveux rouge feu.

— O'Connell ! m'écriai-je. Non ! Pas Kevin O'Connell...

Emerson m'attrapa par le pan de mon corsage, que j'avais négligé de rentrer dans mon pantalon.

— Je présume qu'il fait partie des renforts, Peabody. Vous ne pensiez tout de même pas qu'il...

— Jamais de la vie ! Pas un instant. Ah ! Ah ! vous badinez, Emerson. Le meurtrier n'est pas Mr. O'Connell, c'est...

Je m'interrompis et regardai Emerson dans l'expectative. Il sourit.

— Dans la voiture, Peabody.

Et il était là, en effet, si étroitement garrotté — à l'aide de cordes, de cravates, de mouchoirs et de foulards — qu'il n'était pas plus capable de bouger que la pauvre momie qu'il avait profanée. Face à lui, sur la banquette, était assis Henry, un gourdin à la main. Mais il n'y avait plus la moindre étincelle de combativité chez l'assassin — Mr. Eustace Wilson.

Après que nous eûmes conduit le prisonnier à Bow Street et supervisé son inculpation, l'inspecteur Cuff déclara qu'il avait beaucoup à faire, mais Emerson le pria instamment de nous raccompagner à Chalfont House.

— Vous y serez beaucoup plus à l'aise pour recueillir nos dépositions, fit-il valoir. Sapristi, Cuff, nous avons eu une nuit pénible. Nous méritons un peu de repos et un cordial pour fêter notre victoire.

Heureusement, nous nous étions couchés fort tard la veille au soir ; en conséquence, nous avions fait une bonne grasse matinée. Après m'être changée et avoir ôté ce maudit corset, je me sentis fraîche comme un gardon. Nous nous réunîmes tous autour de la table de l'office, qui était commodément proche de la cuisine, et où Gargery et les autres domestiques se sentiraient plus à l'aise que dans la salle à manger. Ce fut une joyeuse fête, avec du mouton froid, des *pickles,* une excellente tarte aux pommes et une grande quantité de boissons. Lorsqu'on servit le vin, Ramsès tenta sa ruse habituelle : il tendit son verre en espérant que son père le remplirait sans y regarder à deux fois. Emerson éventa la manœuvre, mais il éclata de rire et versa un grand doigt de vin du Rhin dans le gobelet.

— Tu le mérites bien, mon fils. Allons, Peabody,

ne faites pas les gros yeux. Il doit apprendre à boire son vin comme un gentleman.

— C'est bien vrai qu'il le mérite, déclara Gargery, qui s'était déjà adjugé une pinte de bière brune. Sans lui, on ne serait pas arrivés à temps, monsieur et madame, car aucun de nous ne savait où vous étiez partis.

— Je suppose que tu t'étais accroché à l'arrière du cab ? dis-je à Ramsès.

— Oui, maman, c'est exact. Je savais que vous partiriez à la recherche de papa, alors je me suis changé et je vous ai suivie. Si grande que fût ma tentation de rester avec vous pour me rendre utile dans la mesure du possible, je savais que ce ne serait pas raisonnable. Je suis donc retourné à Londres, toujours avec le cab, et j'ai aussitôt requis l'assistance de Mr. Gargery et des autres. Comme Mr. O'Connell était venu ici prendre des nouvelles de miss Minton, j'ai pris la liberté de l'envoyer quérir également.

Kevin était de la partie, bien entendu. En fait, les seules personnes qui manquaient à la table étaient miss Minton, qui cuvait à l'étage sa débauche involontaire, et Mrs. Watson, qui veillait sur elle (et qui, de toute manière, n'eût pas trouvé la cérémonie à son goût).

— Je suis sûre que votre sollicitude ira droit au cœur de miss Minton, assurai-je à Kevin.

— Elle m'a pris pour un autre, marmonna Kevin en fixant tristement le fond de son verre de bière. Tout le temps que je la serrais contre moi en couvrant de baisers son cher visage... Oh ! je sais, un gentleman n'aurait pas dû profiter de la situation, mais c'était plus que ne pouvait en supporter un être de chair et de sang... Elle était si soumise, si douce, si tendre... Elle m'a mis les bras autour du cou, elle m'a regardé en souriant, et elle m'a appelé... elle m'a appelé...

Emerson était aussi rouge qu'un secrétaire en acajou. Je le laissai souffrir un moment avant d'interrompre le journaliste :

— Les personnes en proie au délire ou sous l'empire de la drogue n'ont pas conscience de ce qu'elles disent, Kevin. Leurs marmonnements sont dénués de toute signification. Il vous incombe de conquérir l'affection de miss Minton, si c'est là ce que vous souhaitez. Vous serez en bonne voie d'y parvenir quand je lui raconterai comment vous avez roué de coups Mr. Wilson, au plus grand mépris du danger, alors même qu'il tirait sur vous.

Emerson émit un rugissement et me foudroya du regard.

— Foin des âneries sentimentales ! Nous avons promis à l'inspecteur une déposition. Il a beaucoup de travail, figurez-vous. Il n'a pas de temps à perdre avec des fadaises romantiques. Reprenez un peu de vin, inspecteur.

— Ce n'est pas de refus, dit Cuff. Un excellent cru, professeur : fruité mais pas trop doux, avec juste ce qu'il faut d'acidité... Hum !

— Voyez-vous, expliqua Emerson, lorsqu'il s'agit d'élucider des affaires criminelles comme celle-ci, mon épouse et moi-même avons pour habitude de nous livrer à une petite compétition amicale. Je vais donc la laisser commencer le récit. Racontez à l'inspecteur comment vos déductions vous ont conduite à l'identité de l'assassin, Peabody.

Il y avait au coin de sa bouche un frémissement suspect, que je choisis d'ignorer.

— Merci, Emerson, j'accède volontiers à votre désir. Cette affaire s'est avérée l'une des plus étranges que j'aie — que nous ayons — eu à résoudre : un singulier mélange de crime crapuleux et de fioritures exotiques, si je puis m'exprimer ainsi.

— Exprimez-vous à votre gré, dit Emerson, mais venez-en au fait.

— Laissez-moi commencer par le commencement, alors... c'est-à-dire par la mort du veilleur de nuit. A ce propos, inspecteur, je pense que vous serez bien inspiré de faire exhumer le corps. Vous découvrirez, je crois, que le malheureux est mort d'une dose excessive d'opium.

— Quoi ? se récria l'inspecteur. Mais le médecin légiste a affirmé...

— Les effets d'une trop grande quantité d'opium s'apparentent à ceux d'une hémorragie cérébrale, inspecteur. Cela affecte le centre respiratoire du bulbe rachidien, ce qui entraîne la mort par défaillance respiratoire. Le veilleur n'avait jamais pris d'opium auparavant. On le lui avait donné à titre de gratification ; c'était une partie de la récompense qu'il devait toucher pour permettre à l'orgie — car il me faut bien l'appeler ainsi — de se tenir dans le musée.

« Telle était la signification des étranges débris retrouvés dans la salle où gisait le corps. Non seulement une orgie, mais une orgie inspirée des coutumes de l'Egypte ancienne : couronnes de fleurs, vin servi dans des verres en cristal (détail pas très orthodoxe, mais les banales coupes en terre cuite n'étaient pas suffisamment luxueuses pour ces jeunes gens gâtés) et costumes appropriés, comprenant des sceptres et des masques en papier mâché. C'était le genre de farce bizarre, inconvenante, qui était propre à séduire ces hommes blasés. Cependant, il y avait un autre dessein dans le choix de ce lieu invraisemblable — un dessein plus sinistre, sur lequel je reviendrai en temps opportun.

« De toute évidence, il fallait « acheter » un certain nombre de personnes pour qu'une telle cérémonie pût avoir lieu. Oldacre était l'une d'elles ; il était toujours à flagorner les riches et aurait donné son âme vile pour devenir membre d'un groupe comme celui-là. Le veilleur de nuit qui était chargé de cette partie du musée reçut une importante somme d'argent et fut invité à participer, ceci afin de s'assurer son silence. Son trépas fut accidentel ; aucun d'eux n'imaginait que l'opium le tuerait. Lorsqu'ils comprirent qu'il était mort, leur premier réflexe fut de camoufler les traces de leur bacchanale. Ils rassemblèrent les bouteilles, les verres et les couronnes de fleurs, laissant le corps à l'endroit où il gisait... C'est Ayesha, je présume, qui les pourvoyait en femmes. Celles-ci ne représentaient aucun danger : elles n'auraient jamais osé témoigner contre de si nobles gentlemen.

« Oldacre, c'était une autre affaire. Il ne s'intéressait pas uniquement à l'argent. Il voulait faire partie de la bande, devenir un intime... être invité dans leurs clubs, dans leurs belles demeures. Sa mort suffisait, en soi, à indiquer l'identité de son assassin, car lequel de ces jeunes aristocrates avait-il vraiment lieu de le craindre ? La vérité aurait provoqué un scandale, certes, mais ils étaient accoutumés aux scandales, ils en avaient déjà tant vu !

« Eustace Wilson, pour sa part, avait tout à perdre si la vérité venait à éclater. Il ne trouverait jamais un autre emploi dans l'archéologie. De surcroît, s'il était appréhendé et déshonoré, il perdrait également son ascendant sur le jeune homme qu'il dépouillait méthodiquement de sa fortune.

L'inspecteur eut une moue sceptique.

— C'est bien beau, tout ça, madame Emerson, et maintenant que l'affaire est éclaircie, votre raisonnement se tient parfaitement. Toutefois, sur le moment, je n'ai pas vu les choses ainsi. Ceux qui souffrent de... de la maladie de Sa Grâce sont parfois sujets à de violentes crises de rage. Le fait d'être menacé par une méprisable créature comme Oldacre aurait fort bien pu le conduire à commettre un meurtre dans un accès de fureur.

Emerson toussota. Il ne tentait même plus de dissimuler son sourire.

— Si vous me permettez de poursuivre, inspecteur, dis-je avec raideur, vous verrez que mon hypothèse concernant la mort d'Oldacre était confirmée par un autre indice.

— Je vous demande pardon, madame.

— Dès le début, j'avais perçu que l'homme que nous cherchions n'était pas un dilettante mais un véritable expert en égyptologie. Son costume était authentique jusque dans les plus petits détails, et les citations qu'il choisissait étaient trop obscures et trop adaptées pour être découvertes d'emblée par un simple amateur s'intéressant au sujet. Le papier trouvé dans la main d'Oldacre contenait un message inventé, non une citation — ce qui indiquait plus encore une excellente connaissance de la langue, car il est plus facile de copier un texte que d'en composer un soi-même. Les fautes d'orthographe et de grammaire du message étaient de celles qu'aurait pu faire non pas un amateur, mais un étudiant — particulièrement un étudiant de Mr. Budge.

« Oldacre était l'un des subordonnés de Budge. On pouvait à la rigueur concevoir qu'il eût écrit lui-même le message, pour des motifs inconnus, et que celui-ci fût une pure coïncidence, sans rapport avec son trépas. Toutefois, Oldacre était mort lorsque les ouchebtis et leurs messages furent envoyés aux uns et aux autres. Dieu sait s'il y a un grand nombre d'étudiants de Budge qui errent de par le monde — trop, affirmeraient d'aucuns. Cependant, le seul d'entre eux qui fût lié de près à l'affaire était Mr. Eustace Wilson. Il connaissait Oldacre, et je suis bien persuadée que leurs relations étaient plus étroites qu'il n'a bien voulu me le faire croire.

« Ce qui m'a un moment déroutée, c'est l'entrée en scène de Lord Liverpool et de son ami, Lord St. John. En fait, l'horrible maladie du comte était la cause ultime de toute l'affaire. Il n'existe aucun remède à ce mal. Le trépas est certain. Face à la mort, les gens sont prêts à essayer n'importe quelle cure, si bizarre et aberrante soit-elle. Qu'ont-ils à perdre ? L'entière vérité ne m'est apparue, je le confesse, que le soir du hourvari à l'Académie des Sciences, lorsque nous avons découvert que la momie avait été démaillotée.

« Les bandelettes avaient dû être enlevées du temps où la momie était encore à Mauldy Manor, car les responsables du Museum n'auraient certainement jamais autorisé un tel acte de vandalisme. Celui-ci avait donc forcément été perpétré par le défunt comte ou par son fils, le nouveau Lord Liverpool. Mais pourquoi auraient-ils, l'un ou l'autre, fait une chose pareille ? Le défunt comte était un collectionneur pur et simple, non un amateur féru d'égyptologie. Son fils, lui, s'intéressait encore moins au sujet. De surcroît, si c'était la curiosité scientifique — innocente quoique stupide, en l'occurrence — qui avait été à l'origine du démaillotage, il n'eût point été besoin de camoufler l'opération avec tant d'acharnement. Quelle autre raison pouvait-il bien y avoir de « dérouler » une momie ?

Emerson entrouvrit les lèvres. Il était d'humeur narquoise, ce soir, aussi estimai-je plus sage de ne pas lui laisser le loisir d'avancer une suggestion. Je m'empressai de poursuivre :

— On retrouve trace, au XIIe siècle, d'un médecin prescrivant en guise de médication une momie pilée. Quatre siècles plus tard, la momie était une drogue courante, que l'on trouvait dans toutes les échoppes d'apothicaires d'Europe. Les momies étaient importées en grandes quantités dans ce but et, quand les réserves venaient à s'épuiser, des individus sans scrupules en fabriquaient à partir de cadavres récents.

« On aurait pu croire que, à notre époque moderne, les progrès de la science et de la raison auraient détruit cette superstition. En réalité, il existe encore des boutiques à Londres — ainsi qu'à Paris et à New York, paraît-il — où l'on peut acheter de la momie en poudre. L'ignorance ne meurt jamais ; et quand elle s'allie à la désespérance, il ne faut point s'étonner que le jeune comte ait été disposé à croire que cette substance répugnante, tirée d'une source indubitablement authentique, et combinée avec des prières et des rites solennels, pût l'aider dans sa détresse.

« A l'instar d'Oldacre, Wilson a fait la connaissance du comte par l'entremise de Lord St. John, qui, lui, s'intéresse en dilettante à l'archéologie et possède par ailleurs un sens de l'humour pervers. Ils étaient tous partie prenante dans le plan d'origine. Pourquoi Lord

St. John n'y aurait-il point participé, si cela réconfortait son ami et lui permettait par la même occasion de bafouer des conventions qu'il méprisait ? Au début, les rituels et les orgies concomitantes se tinrent à Mauldy Manor ; il n'est pas surprenant que les femmes de chambre aient entendu, à diverses reprises, des bruits étranges provenant de la pièce en question. Mais un jour, le père du comte découvrit ce qui se tramait. Il n'était pas un saint, mais ces dépravations l'horrifièrent. Il fit don de la momie profanée au British Museum et s'opposa à de nouvelles expériences. Peu après, il mourut. Ce ne sera sans doute jamais prouvé, mais je subodore que l'accident de chasse était en réalité un meurtre. Il serait intéressant de se procurer la liste des invités qui étaient présents à cette occasion.

« Je subodore également que Mr. Oldacre, à l'origine, ne faisait pas partie de la conspiration. Peut-être découvrit-il ce qui se passait dans les salles austères du Museum, à la suite de quoi les membres du groupe, par la force des choses, l'acceptèrent en leur sein. Loin de se satisfaire d'un rôle subalterne, Oldacre exigea un plus grand pouvoir et une part de l'argent que Wilson soutirait à Lord Liverpool. Alors Wilson le tua. Il se considérait parfaitement à l'abri, ce bon Mr. Wilson, jusqu'au moment où Emerson et moi intervînmes dans l'affaire. Connaissant notre réputation, il redoutait (à juste titre, comme le prouva la suite) que nous percions à jour sa machination. Lorsque je découvris qu'Ayesha était impliquée dans l'histoire, les événements se précipitèrent. Ainsi que l'a fait observer un jour Emerson, la plupart des fumeries d'opium sont tenues par des Indiens ou des Chinois ; ce n'était point un hasard si Lord Liverpool s'approvisionnait en drogue dans cet établissement particulier. Il avait fait la connaissance d'Ayesha et de sa fumerie par l'intermédiaire de Wilson, qui avait travaillé en Egypte et avait des relations dans la communauté égyptienne de Londres.

« A ce moment-là, Wilson se trouvait face à un autre dangereux dilemme. Le comte se mourait ; la mystification — aussi macabre que lucrative — ne pourrait se prolonger indéfiniment. Au début, Lord St. John avait participé de bon gré à la machination ; ses amis et lui incarnaient à tour de rôle le prêtre *sem,* ce qui explique pourquoi le comportement de ce mystérieux individu — tantôt hésitant et bredouillant, tantôt plein d'aplomb et d'assurance — nous déroutait à ce point. Avec le temps, cependant, St. John en vint à mépriser Wilson et à s'irriter de l'ascendant que celui-ci exerçait sur Liverpool. Mais il n'était pas alors en mesure de s'interposer : Liverpool ne souffrait aucune critique sur l'homme qui — espérait-il — lui sauverait la vie, et lorsque le meurtre d'Oldacre apporta la preuve que le jeu « inoffensif » avait tourné au tragique, St. John ne pouvait plus révéler le complot sans impliquer son ami dans un scandale déplaisant, voire une possible accusation de meurtre. St. John n'en représentait pas moins une menace potentielle pour Wilson, et le comte lui-même devenait de plus en plus imprévisible à mesure que l'étau de la maladie se resserrait sur son corps en décomposition. Si Liverpool, jugeant que le traitement était un échec, se retournait contre son soi-disant sauveur, le pot aux roses serait aussitôt découvert.

« Wilson décida alors de faire d'une pierre deux coups : faire taire le comte avant que celui-ci ne devînt un danger, et fournir à la police le meurtrier qu'elle recherchait. Il contraignit Ayesha à m'attirer dans un guet-apens. Son message, à l'inverse des inscriptions hiératiques que nous avions vues précédemment, était rédigé de façon si maladroite, si inepte, qu'on l'eût pris pour l'œuvre d'une personne relativement ignorante de la langue. Wilson avait l'intention de se servir de moi pour la cérémonie que nous avons interrompue cette nuit. Il comptait renvoyer tous les témoins et nous éliminer, Liverpool et moi-même, de manière à faire croire — sans l'ombre d'un doute — que le comte m'avait tuée avant de se supprimer. J'imagine sans peine un certain nombre de façons dont il aurait pu arranger cette mise en scène...

— J'en suis bien persuadé, madame, dit l'inspecteur avec respect. Toutefois, ce fut miss Minton, et non vous...

J'esquissai un geste négligent de la main.

— Changement de distribution mineur, inspecteur. Le rôle de miss Minton, dans toute cette affaire, était des plus curieux. Selon moi, Wilson envisageait de l'épouser. Dire qu'il l'aimait serait une perversion de ce noble mot, mais c'est probablement celui qu'il eût employé. Toutefois, il s'offensait du mépris et de l'indifférence qu'elle lui témoignait, et quand il apprit qu'elle était sans le sou, il eut grand mal à camoufler son indignation et son incrédulité. Le narcissisme insane qui était à l'origine de sa chimère (car il va sans dire qu'une lady comme miss Minton n'aurait jamais consenti à devenir sa femme) le porta à croire qu'elle l'avait délibérément abusé, trahi, et il prit la détermination de se venger. Il découvrit, ce soir-là, qu'elle était ici même, dans cette maison. C'était là une déduction qui s'imposait : sinon, comment aurais-je pu affirmer si rapidement qu'elle était saine et sauve ? J'ai commis une erreur — je l'admets franchement — en le mettant dans la confidence, mais j'ai tenté de protéger la jeune fille en lui intimant de rester ici jusqu'au matin. J'étais à cent lieues d'imaginer qu'elle oserait ME désobéir. En fait, elle était dans un tel état de colère et de dépit qu'elle résolut de quitter la maison sur-le-champ — et Wilson, qui avait attendu dehors dans l'espoir de trouver un moyen de communiquer avec elle, n'eut aucune difficulté à la persuader de l'accompagner. Elle pensait, sans nul doute, qu'il l'escorterait jusque chez elle ; mais, une fois dans le cab, elle était à sa merci. Ce n'est pas sans raison que l'on met en garde les jeunes demoiselles contre ces dangereux véhicules !

J'avais pu m'exprimer sans aucune interruption, que ce fût de la part d'Emerson ou de Ramsès. C'était là un événement si extraordinaire qu'il méritait d'être élucidé. Emerson arborait un sourire narquois qui me donna envie de le secouer, tandis que Ramsès...

— Cet enfant est en état d'ébriété ! m'exclamai-je. Emerson, comment avez-vous pu... ?

Emerson arriva juste à temps pour empêcher Ramsès de glisser de son fauteuil. Il avait les yeux clos et n'eut aucune réaction lorsque son père le souleva dans ses bras.

— Il n'est pas ivre, Amelia, il est fatigué, se récria Emerson. Ce petit a eu une nuit bien remplie.

— Une nuit bien remplie ? Une semaine bien remplie, voulez-vous dire ! Je ne pense pas qu'il ait été dans son lit plus de... Montez-le dans sa chambre, Bob, et bordez-le. Et n'oubliez pas, je vous prie, de lui ôter ces horribles habits, et de le laver, et...

Emerson confia Ramsès au valet qui attendait, les bras tendus, et lui dit :

— Allez-y en douceur, Bob.

— Oui, monsieur. Que monsieur compte sur moi.

— Et maintenant, déclarai-je lorsque Bob fut sorti avec son fardeau endormi, il est temps de songer à nous retirer. Mais d'abord, inspecteur, vous me devez une explication. Vous n'allez pas prétendre, j'espère, que vous avez suivi le même raisonnement déductif que le mien pour parvenir à la solution du mystère ?

— Oh ! non, madame, dit-il en battant des paupières. Je serais bien incapable de tenir un tel raisonnement. Non, j'ai le regret d'avouer que l'ennuyeuse routine de l'investigation policière m'a conduit à une conclusion parfaitement erronée. Nous utilisons des informateurs...

— Ahmet ! m'écriai-je. Ce misérable petit espion ! Il ne m'a rien dit !

— Ma foi, madame, vous ne lui avez peut-être pas posé les bonnes questions, susurra l'inspecteur Cuff. Nous avions mis Ahmet en détention afin de le protéger. Connaissant la réputation de ces jeunes aristocrates, je nourrissais déjà quelques soupçons à leur endroit, et après un interrogatoire prolongé — oui, madame, un interrogatoire, pas une séance de torture — Ahmet a avoué que Lord Liverpool était l'un des clients d'Ayesha. Il ne fréquentait pas la fumerie d'opium proprement dite ; il y avait des chambres, à l'étage, réservées aux visiteurs plus distingués. Et plus tard, quand le professeur...

— Sapristi, vous avez vu l'heure ? s'écria Emerson en sortant sa montre de gousset. Je ne voudrais pas me montrer inhospitalier, inspecteur... monsieur O'Connell... Gargery...

Un murmure d'agrément interrompit l'énumération.

— Oui, vous avez raison, dit le policier en se levant. Je dois me sauver. Avec mes profonds remerciements, professeur, madame...

Nous fîmes nos adieux à l'inspecteur dans le hall, puis nous montâmes à l'étage. J'allai directement voir Ramsès, qui dormait comme une bûche. Les parties visibles de son anatomie étaient relativement propres ; j'avais de sérieux doutes quant aux autres, mais je décidai de ne pas le réveiller. Regagnant ma chambre, je trouvai Emerson allongé sur le lit. Toutefois, dès que j'eus fermé la porte, il se leva avec son alacrité coutumière et entreprit de m'aider à me préparer pour la nuit, faisant valoir qu'il eût été indélicat de déranger l'une des bonnes à une heure si tardive.

— Emerson...

— Oui, Peabody ? La peste soit de ces boutons...

— Vous avez interrompu l'inspecteur juste au moment où il allait expliquer comment vous l'aviez assisté dans son enquête.

— Vraiment, Peabody ? Ah ! ça y est...

Un bouton rebondit sur le parquet.

— Comment l'avez-vous assisté, Emerson ? Car si vous voulez me faire accroire que vous saviez qu'Eustace Wilson était le chef de bande...

— Le saviez-vous, Peabody ?

— N'ai-je point exposé mon raisonnement, Emerson ?

— Si fait, Peabody. Fort ingénieusement, de surcroît. Toutefois, l'expression de votre visage quand vous avez vu Wilson dans la voiture...

— Vous ne pouviez pas voir mon expression, Emerson. Je vous tournais le dos.

Emerson donna un coup de pied dans un vêtement qui traînait et me prit dans ses bras.

— Vous pensiez que le coupable était Lord St. John. Oh, allez, Peabody ! J'avouerai si vous en faites autant.

— Vous aussi, alors, Emerson ?

— Tout le désignait, Peabody. L'éminence grise, le mentor machiavélique, le conseiller occulte...

— Il était presque trop parfait, dis-je à regret. C'était un ancien soldat, entraîné à massacrer et à verser le sang ; un homme intelligent, cynique, à l'esprit vif...

— Corrompu et dépravé, dit Emerson en claquant des mâchoires.

— Oui, mais je crois qu'il était sincèrement dégoûté de la vie dissipée qui avait conduit son ami à une fin si hideuse. Il me l'a affirmé, en tout cas, mais ses protestations de vertu — de fraîche date — m'ont laissée quelque peu sceptique. Je crains que ses manières ne le desservent : on a tendance à déceler des sous-entendus dans tout ce qu'il dit. Quoi qu'il en soit, il n'était pas présent au château cette nuit ; j'espère vraiment qu'il trouvera la bonne épouse qu'il prétend chercher et qu'elle pourra l'aider à atteindre la paix de l'esprit et une existence vertueuse.

— Rien de tel que l'influence d'une bonne épouse, convint Emerson avec solennité. Et maintenant, Peabody, si nous... ?

— De grand cœur, Emerson.

Après un intervalle prolongé, Emerson leva la tête et déclara, un peu essoufflé :

— C'était excellent, Peabody, et j'ai la ferme intention de continuer dans la même veine d'ici quelques instants. Auparavant, toutefois, êtes-vous disposée à reconnaître que vous vous êtes trompée sur...

— Je ne vois aucune raison de poursuivre cette discussion, Emerson.

— Mmmmmm... Ma foi, Peabody, je dois admettre que vos arguments sont extrêmement convaincants.

Une aube grise, pluvieuse, pointait lorsque nous nous endormîmes, et la même lumière maussade s'offrit à mes yeux lorsque je les rouvris, quelques heures plus tard. La maison était silencieuse et paisible. Ramsès n'était visible nulle part, ni au pied du lit, ni à la porte. Je restai allongée un moment, en proie à une douce somnolence, plongée dans une méditation philosophique. Il n'est rien de plus apaisant, je crois, que la satisfaction du devoir accompli et des dangers surmontés. Un assassin — un de plus — avait été remis entre les mains de la police. Je pouvais désormais consacrer mon attention à un petit problème qui, depuis plusieurs jours, suscitait ma perplexité. Cela avait trait — fatalement — à Ramsès. Toutefois, Emerson s'éveilla avant que j'eusse pu me concentrer sur la question, et les distractions qui s'ensuivirent, dans un genre pour lequel il est singulièrement doué, orientèrent mon attention dans une autre direction.

En conséquence, l'après-midi était fort avancé lorsque nous sortîmes enfin de notre chambre. En raison du temps inclément, il faisait très sombre au-dehors et on avait allumé toutes les lampes. Comme nous longions le corridor, bras dessus bras dessous, Emerson fit observer :

— Je présume que vous insisterez pour prendre le thé, Amelia.

— Y voyez-vous des objections, Emerson ?

— Oui, j'en vois, crénom ! Et vous savez parfaitement en quoi elles consistent, Peabody.

— Je vous promets, mon chéri, de me pencher sur le problème.

— Très bien, ma chère Peabody, je m'en remets à vous. Mais sachez que je ne tolérerai pas plus longtemps cette situation. J'ai besoin de paix et de silence si je veux terminer un jour ce satané manuscrit...

A cet instant, un cri strident, horrifiant, se répercuta

dans toute la maison. Il provenait de la direction des chambres d'enfants.

— Crénom, quoi encore ? rugit Emerson. Cette petite a la voix la plus perçante qu'il m'ait été donné d'entendre, même chez une femelle. Qu'est-ce que cela donnera dans dix ans, quand ses poumons se seront développés ? Je vous conjure, Peabody...

— Ce n'était pas Violet, lui dis-je. Si vous voulez bien vous taire une minute...

De fait, un second hurlement confirma mon hypothèse : il émanait, j'en étais certaine, d'une femme plus âgée que Violet.

— L'une des bonnes, me semble-t-il, enchaînai-je. Nous ferions mieux d'aller voir de quoi il retourne.

Nous rencontrâmes la bonne en question — Mary Ann — dans le couloir. Elle avait le visage dans les mains et courait tout droit sur Emerson, qui l'intercepta poliment et l'appuya contre le mur avant de poursuivre son chemin.

— Inutile de l'interroger, dit-il, elle paraît dans un état d'extrême agitation. Je suppose qu'elle venait de la chambre de Ramsès ?

— Ce serait une hypothèse sans risque, même si je ne l'avais pas vue en sortir. Elle a dû monter le chercher pour le thé et trouver... quoi, je me le demande ?

Nous ne devions pas tarder à l'apprendre. La porte était ouverte. Chose étrange, je ne fus nullement surprise de constater que Ramsès n'était pas seul. Percy et lui se défiaient du regard, de part et d'autre de la table sur laquelle étaient disposées les momies de Ramsès. Leurs visages offraient un intéressant contraste de couleurs, car Percy était rouge de colère, tandis que Ramsès était d'une pâleur que je ne lui avais encore jamais vue. Du fait de sa carnation naturellement mate et de son hâle soutenu, ses joues avaient pris une teinte bizarre, d'un brun laiteux. Sur la table qui séparait les combattants se trouvait, semblait-il, un nouveau spécimen — tout nouveau, à vrai dire, car le sang coulait encore de ses blessures.

La carcasse était celle d'un rat. Avec leur longue queue indécemment nue et leurs dents aiguisées, les rats ne sont pas les plus avenants des animaux, mais ils n'en sont pas moins des créatures de Dieu. Les mutilations infligées à celui-ci n'étaient point imputables aux griffes d'un chat ou aux crocs d'un chien, mais, de toute évidence, à un couteau effilé manipulé par une main humaine. Pis que tout, une infime pulsation du corps martyrisé montrait que la malheureuse bête vivait encore, quoiqu'elle ne fût heureusement plus en état d'éprouver de la douleur.

Emerson était à mon côté, comme toujours quand menaçait un danger ou une difficulté. Il emporta le rat et revint bientôt, annonçant posément :

— Il est mort, Peabody.

— Merci, mon cher Emerson.

Je regardai les deux garçons. Percy se mordait la lèvre, et ses yeux brillaient de larmes qu'il refoulait à grand-peine. Pour sa part, « Ramsès » Walter Peabody Emerson affichait son habituel masque énigmatique. Toutefois, mon pénétrant regard maternel discerna une lueur d'émotion dans ses yeux noirs. De l'appréhension, pensai-je.

— Qui a fait cela ? demandai-je.

Pas de réponse. Je n'avais d'ailleurs pas escompté en recevoir. Je me tournai vers Percy, qui se raidit. Les mains derrière le dos, les lèvres serrées, il soutint mon regard sans ciller.

— Est-ce toi le fautif, Percy ?

— Non, tante Amelia.

— Dans ce cas, le coupable ne peut être que Ramsès. C'est bien cela, Percy ?

Il eût pu poser pour un portrait du Valeureux Gentleman Anglais Affrontant l'Ennemi. Il leva le menton et redressa les épaules.

— Je ne puis vous répondre, tante Amelia. Je vous dois l'affection et le respect d'un fils, mais il y a des considérations encore plus importantes pour un gentleman anglais.

— Je vois. Très bien, Percy, tu peux te retirer. Va dans ta chambre et restes-y jusqu'à ce que je te rejoigne.

— Bien, tante Amelia, dit-il en sortant d'un pas martial.

Au contraire de son cousin, Ramsès avait piteuse allure. Ses épaules étroites étaient voûtées comme s'il s'attendait à recevoir un coup, et son regard évitait soigneusement le mien.

Je lui ouvris les bras.

— Ramsès, je te dois de profondes excuses. Viens me voir.

L'émotion m'étreint au souvenir de cet instant et tire un voile sur la tendre scène qui suivit. Emerson reniflait sans vergogne et se frottait les yeux avec sa manche (il n'a jamais de mouchoir sur lui). Ramsès était assis entre nous sur le lit, son père le tenant par la taille, et — bien entendu — il parlait. Je l'interrompis.

— Tu n'as rien à expliquer, Ramsès, je comprends tout à présent. N'est-il pas fascinant, Emerson, de voir comment des événements qui paraissent d'emblée parfaitement clairs peuvent prendre une signification diamétralement opposée quand on change un tant soit peu de perspective ? Mais qui aurait pu supposer qu'un enfant de l'âge de Percy pût être si sournois ?

— C'est dû à l'enseignement pernicieux des écoles anglaises, décréta Emerson. Ces pauvres petits chenapans doivent apprendre la duplicité s'ils veulent pouvoir survivre. Je vous l'ai dit et répété...

— Une bonne centaine de fois, convins-je. Quoi qu'il en soit, Percy a forcé son talent en portant cette dernière accusation. La liste des incartades de Ramsès est impressionnante, en nombre comme en variété, et il y a peu de chose dont je l'estime incapable. Cependant, torturer et mutiler délibérément un animal... je croirais plus volontiers que le soleil se lève à l'ouest ou que mon cher époux m'est infidèle.

— Euh... hmmm, fit Emerson.

— Merci, maman, dit Ramsès. Les mots me manquent pour vous exprimer...

Sachant qu'il n'était jamais à court de mots, je l'interrompis derechef :

— Mes soupçons à l'endroit de Percy et de sa sœur ne se sont éveillés que récemment. Dès lors, j'ai entrepris de réexaminer les incidents depuis le tout début, en commençant par l'épisode de la balle de cricket dans l'estomac. Oui, je sais, Ramsès, tu as essayé de me faire comprendre qu'un joueur de l'habileté de Percy était tout à fait capable de lancer la balle dans la direction souhaitée... Malheureusement, j'étais préoccupée par des questions de vie ou de mort et n'avais donc pas le loisir d'analyser le problème avec l'attention requise. Je suppose que Violet t'avait dit que miss Helen te donnait la permission de monter sur sa bicyclette ? Oui... Violet était partie prenante dans le complot et a fait sa part de menteries, de perfidies et de crocs-en-jambe. Euh... Ramsès, tes démonstrations d'affection me touchent profondément, mais pourrais-tu les remettre à plus tard, une fois que tu seras lavé ? Quelle est donc cette substance sur ma robe ? C'est trop poisseux pour être du sang... Enfin, peu importe. Je veillerai à te dédommager, Ramsès, c'est promis. Qu'est-ce qui te ferait plaisir ?

— J'aimerais avoir l'autorisation de rosser Percy, dit Ramsès.

Son père gloussa affectueusement.

— Je m'en doute, mon garçon, je m'en doute. C'est là un désir fort louable et compréhensible. Je le voudrais bien, moi aussi... Mais ce n'est pas possible.

— Je nous débarrasserai de ce vaurien au plus tôt, assurai-je. Et de Violet par la même occasion. Tu peux considérer cela comme acquis, Ramsès. Mais j'estime qu'une récompense s'impose. Une petite gâterie, un présent...

Les yeux noirs de Ramsès étincelèrent.

— Est-ce que je pourrai récupérer mes déguisements, maman ?

A vrai dire, il s'en était très bien passé. Malgré sa petite stature qui le limitait dans le choix de ses accoutrements, le rôle de gamin des rues l'avait admirablement servi en nombre d'occasions — et la rouerie diabolique qui l'avait conduit à soudoyer un authentique spécimen de l'espèce pour faire diversion, ceci afin de me rendre moins soupçonneuse à l'avenir, me laissait écartelée entre l'admiration et l'effroi. Le seul autre rôle qu'il eût endossé était celui de la petite fille aux tresses dorées ; lorsque je lui avais confisqué la perruque d'origine, il en avait confectionné une autre avec les cheveux de la poupée de Violet. Mais ce déguisement, il fut le premier à l'admettre, offrait des possibilités plus restreintes.

— Je n'avais jamais pleinement évalué les inconvénients, non seulement d'être une femme dans la société actuelle, mais aussi d'être fortuné, expliqua-t-il avec sa pédanterie coutumière. Le seul moyen de me faire passer pour une fille était d'attacher mes pas à un adulte quelconque, ce qui n'était point satisfaisant, car la personne en question, à moins d'être extrêmement préoccupée, était très souvent la première à remarquer que j'étais sans surveillance, et s'enquérait alors de ce qu'était devenue ma nourrice. J'ai envisagé un moment de me déguiser en nain, mais je suis parvenu à la conclusion que ce rôle me vaudrait un surcroît d'attention indésirable.

Dès le début, Percy, habilement épaulé par Violet, s'était attaché à causer du tort à Ramsès. Il peut sembler incroyable qu'il existe des gens dont le principal plaisir, dans la vie, consiste à faire souffrir leur prochain ; cependant, les annales du crime, sans parler de l'histoire quotidienne de la race humaine, offrent trop d'exemples de ce genre pour que l'on puisse mettre en doute cette réalité. Au début, Ramsès s'était trouvé désemparé face à ces machinations. Il était accoutumé aux assassins, aux voleurs, mais il n'avait encore jamais rencontré d'individu tel que Percy. De surcroît, chaque fois qu'il tentait de s'expliquer, cela ne faisait qu'aggraver son cas. Bien qu'il eût la sagesse de ne pas le dire à haute et intelligible voix, il estimait — je le sentais bien — que j'avais été un peu trop rapide à le juger systématiquement fautif, et je dus convenir qu'il avait raison. (Je voudrais néanmoins faire observer, pour ma défense, que le passé de Ramsès tendait largement à confirmer une telle hypothèse.) Percy avait eu tôt fait de découvrir que Ramsès, sous un déguisement, quittait subrepticement la maison sans y être autorisé. Ramsès avait donc été « contraint » (le mot était de lui) de recourir aux pots-de-vin pour s'assurer le silence de son cousin. Percy l'avait ainsi dépouillé de tout son argent de poche et de la plupart des objets de valeur qu'il possédait, parmi lesquels la montre et le canif. Enfin, estimant que le filon était épuisé, il avait préparé son ultime mauvais coup.

Je m'octroyai la satisfaction de raccompagner moi-même Percy et Violet chez leur mère. Celle-ci était restée à Birmingham durant tout ce temps. Ce n'était qu'un exemple de plus de la parcimonie de mon frère James : s'il n'avait pas été trop ladre pour envoyer sa femme en cure, j'eusse mis davantage de temps à découvrir le pot aux roses. Elle avait congédié tous les domestiques, hormis une pauvre servante harassée qui tenta — en pure perte — de m'empêcher d'entrer. Je trouvai Elizabeth installée dans le salon, tel un crapaud, un livre dans une main et une boîte de chocolats dans l'autre. En me voyant, elle s'étrangla avec le bonbon qu'elle venait d'enfourner dans sa bouche, et je dus lui administrer plusieurs claques dans le dos avant que son visage reprît une couleur normale.

— Mais quel était leur but, crénom ? s'emporta Emerson lorsque je lui narrai mon expédition. Simplement d'économiser quelques souverains en frais de nourriture et d'entretien courant ?

— Nul doute que, pour James, ç'eût été un argument suffisant, répondis-je avec dégoût. Mais il y avait plus que cela, Emerson. Elizabeth l'a admis franchement quand j'ai exigé la vérité, car elle est encore plus stupide que James. L'idée leur est venue à la lecture des articles de journaux évoquant la santé fragile de Ramsès et ses dangereux exploits. Percy avait pour mission de s'insinuer dans nos bonnes grâces, afin que nous en fissions notre héritier si jamais il arrivait malheur à Ramsès.

Emerson vira au cramoisi le plus vif.

— Quoi ? Quoi ? Le maudit petit assassin...

— Non, non, Emerson, je ne crois pas un instant que Percy soit un meurtrier précoce, même si certains des tours qu'il a joués à Ramsès auraient pu avoir des conséquences fatales... Il était simplement censé se montrer avenant, adorable et affectionné.

— Un rôle qui outrepassait ses possibilités, grogna Emerson.

— Mais James n'a pas eu l'intelligence de s'en rendre compte. Du moins a-t-il estimé que le jeu en valait la chandelle.

Après réflexion, Emerson déclara d'une voix menaçante :

— Donc, c'est grâce à Mr. O'Connell que ces effroyables garnements ont échoué sous notre toit ! C'est lui qui a écrit cet article...

Quel dommage ! pensai-je. Juste au moment où Kevin et Emerson commençaient à si bien s'entendre... Je décidai que le moment était mal choisi pour confier à Emerson mes espoirs concernant les deux jeunes tourtereaux. Aucune véritable barrière ne les séparait : miss Minton appartenait à l'aristocratie, certes, mais elle était pauvre comme une souris d'église ; quant à lui, il gagnait un salaire suffisant pour subvenir décemment aux besoins d'une épouse, et je l'avais toujours soupçonné d'avoir des antécédents plus distingués qu'il ne voulait bien le faire croire. Il s'exprimait dans un anglais châtié — lorsqu'il renonçait à se comporter comme un Irlandais de carnaval — et son habit de soirée (qu'il avait admis lui appartenir) avait été coupé par un excellent tailleur. Tout cela semblait de fort bon augure et j'étais bien sûre que, d'ici la date du mariage, une fois surmontée sa contrariété, Emerson consentirait même à conduire la mariée à l'autel.

J'étais dans la bibliothèque, où, tout en rédigeant mon article sur la Pyramide Noire, je méditais sur la tranquillité de la vie de famille (car, lorsqu'il s'agit d'un sujet que je connais à fond, je peux aisément penser à plusieurs choses en même temps). Rien de tel, pour apprécier véritablement son bonheur, que de l'avoir momentanément perdu : ainsi, je n'avais jamais apprécié Ramsès à sa juste valeur avant de connaître Percy. La maison était divinement calme. Emerson était au British Museum. Ramsès était dans sa chambre, occupé à momifier un rat ou à fabriquer de la dynamite. Que tout cela était donc paisible ! Avec quelle ferveur remerciais-je le Ciel de ses multiples bienfaits !

Il n'y avait qu'un tout petit détail. Je n'en fis point part au Ciel, car je pensais être tout à fait capable de le régler sans aide extérieure. Pour le moment, toutefois, je ne savais pas très bien comment procéder. J'avais dit à Emerson — en toute sincérité — que je ne ferais jamais rien pour l'inciter à rompre une promesse solennelle. Cependant, il existait certainement un autre moyen de percer à jour l'identité de ce mystérieux homme au turban... Il devait être égyptien. Un allié, ou un ennemi, ou un rival en affaires, ou un amant, de la pauvre Ayesha ? Ahmet la Canaille avait été rendu à l'affection de ses amis et relations, mais j'avais moyen de le joindre. Il devait bien savoir, lui ou un autre des opiomanes qui avaient été les clients de l'infortunée Ayesha...

La porte de la bibliothèque s'ouvrit avec l'impétuosité qui caractérise mon époux bien-aimé. Je l'accueillis d'un sourire ; il me gratifia d'une fervente étreinte.

— Bonjour, Peabody ! Comment se présente votre article ?

— Fort bien, mon chéri.

— Parfait. En ce cas, vous pouvez vous accorder quelques minutes de répit.

— Certainement, mon cher Emerson.

Il se jeta sur le divan et m'invita à m'asseoir près de lui. Je m'exécutai, non sans l'observer avec une intense curiosité. Il semblait d'humeur excessivement folâtre. Son corps tout entier tressaillait d'un rire contenu qui, par instants, s'échappait de ses lèvres en un joyeux gloussement. Ses yeux étincelaient et ses joues étaient empourprées de manière fort seyante.

— Que diriez-vous d'un whisky-soda, Peabody ?

— Pas à cette heure-ci, mon chéri. Il est trop tôt.

— Il faut bien que je fête l'événement ! — Il arrondit les lèvres et émit un long sifflement. — Je l'ai échappé belle ! L'espace d'un moment, j'ai vraiment craint...

— Auriez-vous achevé votre manuscrit, Emerson ?

— Oh ! ça... Non, Peabody, il s'agit d'une chose beaucoup plus importante. Croyez-moi, j'ai échappé de justesse à un horrible destin. Allez-vous me demander ce que c'est, à la fin ?

La vérité commençait à se faire jour dans mon esprit. Je souris modestement.

— Ma foi, non, Emerson, pas s'il s'agit d'une chose que vous avez juré de ne jamais révéler. « Le silence éternel » était, me semble-t-il...

— Peabody, vous êtes parfois très contrariante. Vous êtes censée me houspiller, me chapitrer, me tarabuster jusqu'à ce que je parle.

— Considérez que c'est fait, Emerson.

Il éclata de rire.

— Merci. Laissez-moi réfléchir à la meilleure approche... Peabody, aimeriez-vous être l'épouse de Sir Radcliffe Emerson, chevalier ?

— Ma foi non, Emerson, ce ne serait pas du tout à mon goût. Me faire appeler Lady Radcliffe...

Emerson m'interrompit d'un fougueux baiser.

— Je pensais bien que vous réagiriez ainsi, j'ai donc

décliné la proposition. Toutefois, j'ai été contraint d'accepter un modeste gage d'estime.

Il me tendit un petit écrin en velours. A l'intérieur, je vis une émeraude d'une taille et d'une pureté saisissantes, montée en bague et encerclée de petits diamants.

— C'est d'un vulgaire, mon chéri ! m'exclamai-je en examinant l'objet. Comment a-t-elle pu supposer un instant que vous porteriez un tel bijou ? C'est une petite dame plutôt commune, certes, mais...

— Sacrebleu, Peabody ! Vous étiez au courant depuis le début, si je comprends bien ? L'autre soir, à mon retour de Windsor, quand vous m'avez accusé de voir une autre femme, mais en présentant la chose de telle manière que je ne savais pas très bien si vous parliez d'Ayesha ou de... Vous devriez avoir honte, Peabody !

Si j'avais été la femme arrogante et intrigante que d'aucuns voient en moi, j'aurais entretenu Emerson dans son illusion, car cela me créditait d'une omniscience quasi surhumaine. Au lieu de quoi, j'éclatai de rire et appuyai ma tête contre son épaule.

— Non, mon chéri, je n'en avais pas la moindre idée jusqu'à cet instant. Mais quand vous avez parlé d'être anobli... il n'y a qu'une seule personne en Angleterre qui puisse conférer cet honneur, si je ne m'abuse ? Le mystérieux Indien était donc son serviteur favori, le Munshi ?

— Tout juste.

Emerson avait recouvré sa belle humeur. Il aime à me voir reconnaître mes torts, et il aime encore davantage à sentir ma tête sur son épaule.

— Elle m'a convoqué, Peabody, lorsqu'il est devenu apparent que le jeune Liverpool était gravement impliqué dans une affaire qui risquait fort de se terminer par une inculpation de meurtre. C'est Cuff qui a rassemblé les preuves contre lui ; sans doute, à présent, pourrez-vous pardonner à ce brave inspecteur d'avoir dissimulé certains faits, même après que l'enquête eut été officiellement close. Tout comme moi, on lui a fait jurer le secret. Contrairement à moi, il a beaucoup à perdre s'il manque à sa parole.

— Ce n'est pas votre faute, mon chéri. Je vous ai houspillé, chapitré et tarabusté.

Emerson sourit jusqu'aux oreilles.

— Très juste. Maintenant que j'ai succombé à vos artifices sournois et à vos menaces cruelles, je puis aussi bien vous raconter le reste de l'histoire... car, en me confiant à vous, ma très chère Peabody, je ne fais que me confier à la meilleure partie de moi-même, et je sais que vous vous considérerez tenue par le même serment.

— Naturellement, mon très cher Emerson. Et permettez-moi de dire combien j'admire la subtilité toute jésuitique de votre raisonnement. Il est digne du meilleur Ramsès.

— Je vous remercie, ma chérie. Ne vous désolez point, donc, de n'avoir pu suivre les déductions de Cuff, puisqu'il détenait des informations que vous ne possédiez pas — à savoir, un long dossier sur les activités de Liverpool et de sa coterie. Il savait qu'Oldacre en faisait partie, et il savait également que ces messieurs étaient des habitués de l'établissement d'Ayesha. Etant parfaitement au courant de la maladie de Liverpool et de ses symptômes, il en est arrivé à la conclusion logique que le comte était l'un des principaux suspects du meurtre. Mais quand il a exposé ses soupçons à ses supérieurs, ceux-ci ont eu précisément la réaction que l'inspecteur, instruit par l'expérience, avait prévue : consternation et scepticisme.

— Et il a néanmoins persévéré ? Quelle attitude courageuse !

— Eh bien... pas exactement, répondit Emerson. Ce pays souffre, certes, d'un répugnant engouement pour l'aristocratie. Portons cependant à l'éternel crédit de la justice britannique qu'aucun homme, quels que soient son rang ou son titre, ne peut échapper aux conséquences d'un acte criminel. Cuff a reçu l'ordre de poursuivre son enquête, mais dans le plus grand secret, jusqu'à ce qu'il ait obtenu une preuve irréfutable de la culpabilité du comte. Naturellement, Sa Majesté devait être avisée que Liverpool était en danger. Elle a, entre autres faiblesses moins aimables, un sincère attachement pour ceux qui lui sont liés par le sang ; ce noble sentiment avait déjà épargné des ennuis au jeune homme en plusieurs occasions.

« Lorsque je suis allé voir Cuff, lundi dernier, après notre visite à la fumerie d'opium, je ne savais rien de tout cela, bien entendu, et il ne m'a fait aucune confidence à ce moment-là. Je voulais... euh, hem... j'estimais de mon devoir...

— Vous vouliez l'adresse d'Ayesha, dis-je avec calme. Peu importe, Emerson. Le passé est enterré dans la tombe de cette malheureuse. Nous n'en parlerons plus.

— Humph ! fit Emerson. Bref, quoi qu'il en soit, Cuff et moi avons eu une petite discussion sur l'affaire, à la suite de quoi il m'a fait l'honneur de mentionner mon nom à Sa Majesté. Elle m'a donc convoqué pour me prier de l'aider à prouver l'innocence du jeune homme. Elle était dans une grande détresse car, bien que Liverpool se fût rendu coupable par le passé de quelques « incartades » (pour reprendre le terme de la naïve lady) elle ne pouvait croire qu'un membre de sa famille pût commettre un crime aussi vil.

— Elle est plus que naïve, elle est carrément stupide si elle croit cela, objectai-je. J'ai à l'esprit plusieurs exemples...

— Moi de même, Peabody. Toutefois, sa requête était diantrement flatteuse. Et comme j'avais le sentiment que le comte était trop faible, physiquement et moralement, pour avoir échafaudé un tel plan, je promis à Sa Majesté de faire de mon mieux.

« A partir de ce moment-là, Cuff et moi avons travaillé de concert. C'est lui qui a entendu parler de la bizarre cérémonie prévue pour cette nuit fatidique. L'un des brigands égyptiens engagés pour l'occasion avait participé à d'autres soirées du même genre, et il s'en est vanté auprès d'une amie, laquelle en a parlé à un autre ami, qui l'a répété à un autre... lequel se trouvait être l'un des informateurs de Cuff. J'ai commis une impardonnable traîtrise, ma Peabody chérie, en vous enfermant l'autre jour dans votre chambre ; mais je me trouvais face à un dilemme fichtrement inconfortable, entre Cuff et la Couronne qui exigeaient le secret absolu, et mon intuition qui me soufflait que quelque chose d'odieux allait avoir lieu dans cet antre d'iniquité. Et pourtant, voulez-vous que je vous dise, Peabody ? Je n'ai pas été surpris de vous voir descendre l'escalier en trébuchant, empêtrée dans votre robe trop longue. J'aurais dû me douter que votre esprit brillant, incisif, éluciderait l'énigme.

— Tout est bien qui finit bien, dis-je joyeusement. Ainsi donc, vous l'avez revue aujourd'hui, et elle vous a donné cette émeraude en gage de reconnaissance ?

— C'est mieux qu'un titre de chevalier, gloussa Emerson. Je ferai réduire l'anneau à votre taille, Peabody.

— Merci, mon cher Emerson. J'accepte, parce que je ne vous imagine guère arborant des émeraudes sur votre personne.

— Et aussi, dit-il férocement, parce que le mérite vous en revient autant qu'à moi. Vous me connaissez, Peabody : je ne dis jamais de mal d'une dame, et celle-ci mérite au moins le respect dû au grand âge, mais... mais... Elle est d'une bêtise confondante, Peabody ! Elle se croit capable de régner sur un empire, mais elle dénigre toutes les autres femmes. Même vous, ma chérie ! J'ai eu beau lui dire que nous travaillions toujours ensemble, elle...

— Rassurez-vous, Emerson. La juste indignation dont vous témoignez en ma faveur, et en celle de toute la gent féminine, représente bien davantage pour moi que n'importe quel gage de source royale. Et puis, mon chéri, vous avez été en mesure de lui assurer que le jeune homme était... était...

— Humph ! grogna Emerson. Il est difficile de trouver le mot juste, n'est-ce pas ? « Innocent » ne convient guère... En tout cas, il était innocent de meurtre, Peabody. Et, à la fin, il s'est montré digne de son nom et de son lignage. Je n'ai eu aucun scrupule à passer sous silence les détails les moins ragoûtants.

— Et vous avez fort bien fait, Emerson.

— Je suis heureux d'avoir votre approbation, Peabody, car dans le cas contraire, vous me le feriez savoir en termes non équivoques. Bon, et maintenant... si nous prenions ce whisky-soda ?

DU MÊME AUTEUR

La malédiction des pharaons

« C'était bien l'intention de Sir Henry de poursuivre ses fouilles à Louxor jusqu'aux fondations de l'édifice pour s'assurer que la sépulture n'avait pas été découverte lors de la précédente expédition. Et de fait, à peine les ouvriers s'étaient-ils mis à l'œuvre, que leurs pelles dégagèrent la première marche d'un escalier taillé dans le roc.

Le *Times* en fit un compte rendu détaillé en page trois. La dépêche suivante, en provenance de Louxor, eut droit en revanche à un gros titre en première page.

Sir Henry Baskerville était allé se coucher la veille en pleine santé. On l'avait retrouvé le lendemain matin dans son lit, rigide et sans vie, le visage déformé par l'épouvante. Sur son front, on reconnaissait, grossièrement dessiné avec du sang, un uræus, le cobra sacré des anciens Égyptiens, le symbole divin des pharaons. »

Une fois encore, l'impavide Amelia Peabody, son mari, l'éminent égyptologue Radcliffe Emerson, et leur fantasque rejeton, le jeune Ramsès, devront affronter le mystère et conjurer la malédiction des pharaons.

« Je réalisai soudain qu'il me serait bien difficile d'amener Kalenischeff à se couper. Il possédait l'art du mensonge à la perfection. Aussi cessai-je de suivre attentivement la conversation. Je compris bientôt pourquoi. Une fois encore, mon instinct de détective luttait avec ma passion pour l'archéologie. Je n'avais pas grand mal à maintenir cette dernière à distance lorsqu'il s'agissait de momies d'époque romaine tardive ou de fragments de poterie. Mais à l'ombre d'une des plus majestueuses pyramides de l'Égypte, tout autre curiosité s'évanouissait, comme la lumière d'une lampe face à l'éclat du soleil. Ma respiration s'accélérait, le sang me montait au visage. Lorsque finalement Morgan nous offrit du café, je dis aussi naturellement que possible :

— Merci Monsieur, mais je crois que je vais plutôt faire un tour dans la pyramide.

— Dans la pyramide... rétorqua Morgan, les yeux écarquillés, Madame, vous n'y pensez pas...

— Mrs Emerson ne plaisant jamais lorsqu'il s'agit de pyramides, conclut son mari. »

Exotisme, mystère, humour escortent à nouveau les héros d'Elizabeth Peters dans cette passionnante enquête au pays des phraraons.

Le secret d'Amon-Râ

Quelle mouche a donc bien pu piquer la pétulante Amelia Peabody pour qu'elle s'engage, au mépris de toute prudence, au cœur du Soudan révolté, sur les traces du jeune vicomte Blacktower dont on est sans nouvelles depuis des années ?
La voici, en tout cas, perdue au milieu des sables, sous un soleil d'enfer, avec son intrépide compagnon Emerson et leur génial rejeton Ramsès. Aucune oasis en vue, pas le moindre signe de vie, à l'infini un vallonnement de dunes aveuglantes... et leur dernier chameau qui vient de rendre son dernier souffle.

Pourtant l'énigmatique message griffonné sur un fragment de papyrus par le jeune disparu ne laisse planer aucun doute sur l'existence d'une cité fabuleuse enfouie au fond des sables — une cité qui a traversé les millénaires, et dont n'oserait rêver aucun archéologue.

Au prix de quels périls Amelia et les siens parviendront-ils à s'en approcher ? Quelles épreuves les attendent au terme de cette découverte ? Il faudra toute l'ingéniosité, tout le savoir, toute la fantaisie de nos trois héros pour percer et déjouer le secret d'Amon-Râ.

Un crocodile sur un banc de sable

Sur la pente en contrebas se tenait la Chose sans Nom, immobile et livide à la clarté des étoiles. La pleine lune projetait sur elle une lumière sans ombre. Il n'y avait pas à s'y tromper : c'était bien elle. Je discernais presque le motif des bandelettes qui enserraient sa poitrine. Sa tête, informe, était enveloppée d'une sorte de linceul. La vue seule de ce monstre au repos avait de quoi faire frissonner mais lorsqu'il se retourna sans hâte, inexorablement, j'eus le plus grand mal à dompter ma terreur. C'était comme une créature marine sans regard et sans yeux, surgie du fond de l'abîme et qui cherchait sa proie.

L'indomptable Amelia Peabody, qui fait ici ses premiers pas sur la Terre des Dieux, se laissera-t-elle abuser par les facéties d'une momie somnambule ? Saura-t-elle soustraire sa protégée aux entreprises d'un chasseur de dot cynique et langoureux ? Parviendra-t-elle à déjouer les roueries des indigènes ou à surmonter les mirages des sables et à dissiper les mystères qui jalonnent sa route, en digne émule de Sherlock Holmes et d'Indiana Jones ?

Composition réalisée par NORD COMPO

IMPRIMÉ EN FRANCE PAR BRODARD ET TAUPIN
La Flèche (Sarthe).
LIBRAIRIE GÉNÉRALE FRANÇAISE - 43, quai de Grenelle - 75015 Paris
ISBN : 2 - 253 - 14708 - 7

31/4708/9